KONRAD BOGUSŁAW BACH

DER WISENT

KONRAD BOGUSŁAW BACH

DER WISENT

ROMAN

BLESSING

MIX
Papier aus verantwortungsvollen Quellen
FSC® C014496

Penguin Random House Verlagsgruppe FSC® N001967

1. Auflage 2022

Umschlaggestaltung: Serifa, München
Layout und Herstellung: Ursula Maenner
Satz: Leingärtner, Nabburg
Druck und Einband: GGP Media GmbH, Pößneck
Printed in Germany
ISBN 978-3-89667-741-9

www.blessing-verlag.de

ERSTER TEIL

Im Frühjahr 2017 verließ ein polnischer Wisent seine Herde in den Wäldern bei Mirosławiec und schritt über die angrenzenden Kartoffelfelder Richtung Westen. Bereits nach wenigen Kilometern musste er das erste große Hindernis bewältigen: die viel befahrene zehnte Landesstraße, die Szczecin mit Warszawa verbindet. Es ist nicht bekannt, wann und wo er sie überquerte, doch das Kunststück gelang, und so konnte das Tier unversehrt weiterziehen.

In den folgenden Wochen erschreckte der Wisent zahlreiche Bauern im Süden der Woiwodschaft Westpommern und im Norden der Woiwodschaft Lebus, indem er plötzlich neben ihren Rindern auf den Weiden graste oder gemächlich an ihren Gehöften vorbeischritt. Unzählige Meldungen gingen bei der Polizei, der Feuerwehr, den örtlichen Förstern und im Umweltministerium ein, doch die zuständigen Behörden zeigten sich ausgesprochen gelassen und mahnten gleichfalls zur Gelassenheit: Man solle sich, ließen sie unermüdlich verlauten, dem Wisent nicht zu sehr nähern und ihn im Übrigen einfach gewähren lassen. Und so tat man es auch. Trat ein Mensch auf etwa fünf Schritte an das Tier heran, so wandte sich der Wisent diesem zu und stampfte und scharrte mit seinen mächtigen Vorderhufen. Dies genügte aber auch schon, um jeden aberwitzigen Halbstarken zurückweichen zu lassen. Zu einem Unfall kam es nicht ein einziges Mal. Und da der Wisent ansonsten friedlich, unbekümmert und unermüdlich seinen Weg fortsetzte, gewöhnten sich die Menschen langsam an den Anblick dieses gewaltigen, immerhin ja größten Landtieres Europas vor ihrer Haustür, das sonst nur in den Naturreservaten Ostpolens und hin und wieder hinter dem Gehege eines Tierparks anzutreffen war.

Und bald schon schlossen sie den Wisent in ihr Herz.

Als er im Sommer Gorzów erreichte, war er bereits eine kleine Berühmtheit in der polnischen Öffentlichkeit. Man nannte ihn liebevoll den Wanderwisent, Gowisent (in Anlehnung an die Stadt Gorzów *Gożubr*) oder einfach nur unseren Wisent und spekulierte über den weiteren Verlauf seiner Reise. Im Netz häuften sich Aufnahmen von dem Wisent, wie er zwischen parkenden Autos umherschritt, stark befahrene Straßen überquerte – er tat dies übrigens, indem er ruhig auf eine Lücke im Verkehr wartete – und vor allem, wie er immer weiter gen Westen zog.

Zur Erntezeit erreichte er die kleine Gemeinde Owczary, die an der Oder gelegen ist. Der mächtige Grenzfluss stellte ein natürliches Hindernis für die Reise des Wanderwisents dar, und so blieb das Tier mehrere Wochen im Dorf. Es hatte keine Eile; weder entspräche diese seinem Naturell noch den Umständen, in denen sich der Wisent befand. Unbehindert konnte er über die Weiden stolzieren und in den Obstgärten nach herabgefallenen Äpfeln und anderen Früchten suchen. Er fresse sich, so sagten die Experten, seinen Winterspeck an, und dann würde er wahrscheinlich umkehren und zu seiner Herde zurückkehren.

Doch der Wisent tat etwas anderes. Am 14. September tauchte er in die Oder und begann zu schwimmen. Ohne größere Mühe durchquerte er den gewaltigen Fluss. Wenige Minuten später stand er auf deutschem Boden, schüttelte sich einmal und setzte seine Westreise fort.

Einen Tag später war er tot.

1

Schuld war Europa.

Fragte man Heniek, warum er neuerdings sein Haus nicht mehr verließ, so brummte er missfällig unter seinem vollen Schnurrbart, Europa sei schuld.

– Die Scheiß-EU mit ihren offenen Grenzen und all dem Scheiß.

Dann schob er sich einen weiteren zu heißen oder zu kalten und stets übermäßig gewürzten Bissen in die Backe und ergänzte mit vollem Mund:

– Und vor allem Scheiß-Holland.

Und unwillkürlich schaute er aus dem Fenster. Die Aussicht auf den Garten mit den zwei Obstbäumen, der Kirsche und der Pflaume, bei der sich sein Herz stets geweitet hatte, schien ihm nun klein, beengend und armselig. Und der Tisch, an dem er saß, war zu groß für ihn allein.

Heniek hatte einem ruhigen und unaufgeregten Lebensabend in Gajerudki entgegengeblickt, als ihm Europa einen Strich durch die Rechnung machte, indem es ihm seine Frau raubte. Seine Frau, das war Beatka, und sie liebten einander abgöttisch, behauptete er. Sie war die schönste Frau in Gajerudki gewesen.

– Schöner noch als Brigitte Bardot, – sagte Heniek, und Andrzej, sein Nachbar, nickte bei diesen Worten zustimmend.

– Eine vollkommene, makellose, wunderbare Frau. Sie hätte in Hollywood Karriere gemacht, wenn Gajerudki Hollywood wäre und nicht Gajerudki.

Wenn Heniek ›Hollywood‹ sagte, dann tat er das mit dem Akzent auf einem langen Y und einem klar artikulierten W – Holliewud –, sodass man zuerst nicht verstand, was er meinte.

Doch die Jahre vergingen, und Schönheit verblasste. Aber was machte das schon? Sie konnten nicht ewig Anfang zwanzig sein. Das war der Lauf der Dinge. Ihre Kinder waren nun so jung wie sie damals, und die Bäume waren groß.

Ein Jahr nachdem Jaruzelski den Kriegszustand verhängt hatte, gebar Beatka Kuba. Heniek nahm einen Spaten, grub im Garten ein Loch und pflanzte die Kirsche.

Dann kam der Papst nach Polen, der runde Tisch entstand, die ersten freien Wahlen wurden veranstaltet, Wałęsa gewann, und Wałęsa verlor wieder, und Kwaśniewski sprach fließend Russisch. Da gebar Beatka Kasia, und wiederum ging Heniek in den Garten und pflanzte die Pflaume. Schließlich wurde es ruhiger in Polen, im Fernsehen machten halb nackte Frauen Werbung für die Seife der Marke Fa, die EU kam, der Euro kam nicht, die Justizreform kam, die Flüchtlinge kamen nicht, und die Ruhe kehrte auch bei ihnen zu Hause ein. Die Kinder machten in die Windeln, in den Nachttopf und ins Klo, fuhren mit und fuhren ohne Stützräder, schrieben Diktate und schrieben Diktate ab, rauchten heimlich und rauchten offen und verließen schließlich das Haus.

Heniek pflegte den Garten mit seinen zwei Bäumen, erntete die Früchte und verarbeitete sie zu Marmelade und zu einem süßen Likör, den alle in seiner Nachbarschaft sehr schätzten, vor allem Andrzej. Niemand in Gajerudki kannte das Geheimnis, warum Henieks Likör so ungewöhnlich lecker schmeckte. Sie alle hatten die gleichen Kirschbäume auf dem gleichen Boden, kauften den gleichen Dünger und ernteten zur gleichen Zeit, und doch hatte nur Henieks Likör neben aller Süße eine feine frische Note, die ihn von den anderen abhob. Man probierte verschiedene Beigaben in Gajerudki wie Minze oder Limette oder gar Thymian, doch niemand kam je dahinter, was Heniek anders machte. Es war dies auch das einzige Geheimnis, das er vor Andrzej hatte. Wenn die Kinder jeden zweiten Sonntag mit ihren Familien zum Mittagessen kamen, dann stellte er eine ausgewählte Flasche auf den Tisch und war dabei so stolz wie ein Bildhauer, der sein gerade erst fertiggestelltes Meisterwerk präsentiert. Im Frühjahr brachte Heniek das Haus auf Vordermann, im Sommer grillte er im Garten, im Herbst sammelte er Pilze im Wald, und im Winter brannte er Schnaps im Keller. Und in der Garage stand der Audi A6, sein Falke, in den er so viel Zeit investiert hatte,

– Und ...

Hier stockte Heniek jedes Mal.

– ... und nichts weiter. Das war's so ziemlich. Was braucht man auch mehr?

Doch Beatka reichte das nicht. Während es sie in die Weite zog, wurden die Kreise, die er um sein Haus zog, immer enger. Als würde er die Entwicklung der ersten Lebensjahre im Alter wieder umkehren wollen, schaute er zuerst nicht mehr bei Kasia vorbei, die am Rand von Gajerudki wohnte. Seine Tochter versuchte, ihn aufzumuntern und zu sich einzuladen, doch Heniek brummte nur Unverständliches unter seinem Schnurrbart und folgte keiner Einladung mehr. Dann ging er auch nicht mehr zu Kuba. Der Sohn machte sich ernsthafte Sorgen um seinen Vater, doch keine Neuigkeit über die Entwicklung der Enkelkinder, kein Grillabend und kein zu reparierender Rasenmäher konnte Heniek mehr zu ihm locken. Bald kaufte er nicht einmal mehr ein, sondern saß nur noch im Garten. Und schließlich war er auch dort nicht mehr zu sehen, sondern schritt einen immer enger werdenden Kreis im Wohnzimmer ab, bis er sich zuletzt auf das Sofa setzte, von wo er nur noch zur Verrichtung der allernotwendigsten Dinge aufstand. Er trank nicht einmal, er saß nur noch da.

Anfangs kamen seine Kinder, Schwiegerkinder und Freunde noch, um ihn zu trösten oder zu tadeln, doch bald verloren sie die Lust und ließen ihn allein in seinem Alleinsein.

Nur Andrzej hielt noch zu ihm. Er suchte ihn regelmäßig auf und klagte, was aus Heniek geworden sei, sprach ihm Mut zu, zählte die hübschen, älteren, geschiedenen oder verwitweten Frauen auf, die Heniek nun alle haben konnte, und erklärte sehr lang und ausgiebig, was er an seiner Stelle mit all der gewonnenen Freiheit tun würde.

Doch Heniek zeigte kein Interesse. Er wollte nur Beatka, mit der er sechsunddreißig Jahre lang zusammengelebt hatte – mehr als die Hälfte seines bisherigen Lebens, und fast sein gesamtes Leben als erwachsener Mann. Sechsunddreißig Jahre, zwei Kinder, zwei Enkelkinder –, das konnte keine Frau mehr ersetzen, selbst wenn sie – was ausgeschlossen war – so ein besonderer Mensch wäre wie seine Beatka: Heniek, da war er sich sicher, hatte keine weiteren sechsunddreißig Jahre mehr zu leben. Niemand in Gajerudki war jemals siebenundneunzig geworden.

In der Folge kam Andrzej seltener, aber gereizter, warf ihm vor, dass er in seiner Trauer nur an sich denke, dass er seine Kinder, Enkel und Freunde vernachlässige, dass er ihm, Andrzej, zum Beispiel noch achttausend Złoty schulde und dass er offenbar überhaupt nicht daran denke, diese Schuld zu begleichen.

Das wirkte zumindest ein wenig. Heniek begann wieder, einige Stunden am Tag in seiner Werkstatt zu arbeiten; leidenschaftslos zwar und mechanisch, aber immerhin tat er nun etwas und saß nicht mehr den ganzen Tag auf dem Sofa vor dem Fernseher. Und wenn Andrzej ihn jetzt aufsuchte, lagen immer ein paar Scheine auf dem Tisch. Andrzej steckte sie mit einer Mischung aus Scham und Schuldgefühlen ein. Es war ihm peinlich, dass er Heniek in dieser Lage an so etwas Banales wie Schulden erinnert hatte. Doch sein Freund nahm es ihm nicht übel. Es war, als könnte er überhaupt nie wieder irgendwem irgendetwas übel nehmen in Anbetracht des einen übergroßen Übels, das ihm seine Frau angetan hatte. Andrzej verzweifelte und wandte sich ratlos ab. Er war ein Mann der Tat, wie man so sagt, und konnte Untätigkeit nicht ertragen.

In der Folge kam er wochenlang gar nicht mehr. Doch als er dann wieder erschien, war er unrasiert und ungewaschen. Wortlos setzte er sich neben Heniek, begann zu trinken und stand ebenfalls nicht mehr vom Sofa auf.

2

Schuld waren Europa und Marysia.

Marysia war, wie Heniek sagte, die nichtsnutzige Kollegin seiner Tochter. Sie hatte nie etwas gelernt in ihrem Leben, außer – wie Heniek ebenfalls sagte – mit dem Hintern zu wackeln und den Hintern hinzuhalten. Und zu tratschen. Sie hatte einen falschen Leberfleck über dem Mundwinkel genau wie …

– Marilyn Monroe?

– Ja, genau. Wie Marilyn Monroe.

Dieses Gajerudki war voller Filmstars. Holliewud.

Immer wenn Marysia ausging, nahm sie einen schwarzen Stift in die Hand und zeichnete sich diesen falschen Fleck über die Lippen, und dann schaute sie bei Heniek und Beatka vorbei, gab vor, mit Kasia verabredet zu sein, setzte sich selbstgefällig an das Ende des Küchentisches mit der geblümten Plastikdecke und schlürfte Beatkas Nescafé oder, ohne dass man Heniek um Erlaubnis gebeten hätte, seinen Likör. Beatka vergötterte sie und hing an ihren Lippen, genauer: einen Zentimeter über den Lippen, an dem falschen Leberfleck, der sich bei jedem Kräuseln des Mundes oder Spitzen der Lippen oder bei jedem selbstgefälligen Grinsen verformte, als wüsste er selbst nicht, ob er lieber Kreis oder Dreieck oder Strich sein wollte. Und jedes von Marysias Wörtern nahm Beatka auf, als wären es die allerkostbarsten Schätze, die die Welt zu bieten hätte:

– Hoteljob. Holland. Saisonarbeit. Aufräumen. Acht Euro fünfzig die Stunde. Plus Trinkgeld.

Während Heniek längst die Küche verlassen hatte und im Wohnzimmer genervt durch die Programme zappte – zuerst die Nachrichten, dann eine Polit-Satire und schließlich die Telefonsexdauerwerbesendung –, während er also dergestalt genervt und gelangweilt, mit zu einem Drittel harten Schwanz und vor allem aber voller Sehnsucht nach seiner Frau im Fernsehsessel saß, malte drüben in der Küche Marysias tanzender Leberfleck ein üppiges Bild von diesem Holland in der EU, dem gelobten Land, dem Land, wo Milch und Honig fließen, dem Eldorado der Gastarbeiter aus Gajerudki. Und Beatkas Augen folgten dem Leberfleck auf seinen Sprüngen und funkelten voller Abenteuerlust und Goldgier, und der ehemals Brigitte-Bardot'sche Busen hob und senkte sich vor Erregung im gleichen Takt über dem blumigen Küchentisch. Gegen diese Erregung kam Heniek nicht an.

Noch Stunden nachdem Marysia gegangen war und das Ehepaar endlich, wie es sich gehörte und wie sie es sich vor dem Traualtar geschworen hatten, zusammen im Bett lag, sah er, wie ihr Blick in die Ferne glitt, durch die Zimmerdecke hindurch bis in das entlegene Holland, und wie ihr Mund noch einmal stumm die magischen Worte formte:

– Saisonarbeit, acht Euro fünfzig, Trinkgeld.

Heniek gab sich alle Mühe, Beatka auf andere Gedanken zu bringen. Er erzählte ihr, was er in den Nachrichten gesehen hatte, und fragte sie nach ihrer Meinung. Sie hatte keine Meinung dazu.

Er wiederholte die besten Witze aus der politischen Satire-Show. Sie lächelte nur abwesend.

Er hatte Sex mit ihr. Sie ließ es geschehen.

Doch als er sich erschöpft auf seine Seite des Bettes legte und schwer atmete, schlich ihre Hand auf Fingerspitzen herbei und legte sich auf seine Brust. Wie immer, wenn sie noch mit ihm sprechen wollte, begann sie, mit seinen grauen Brusthaaren zu spielen, und drehte und wog sein kleines, blechernes Marienmedaillon, das er an einer Kette um den Hals trug. Sein Onkel Franek – Gott habe ihn selig – hatte ihm dieses Medaillon vor vielen Jahren einmal aus Jasna Góra, dem Ort der Schwarzen Madonna, mitgebracht, und seither hatte Heniek dieses Medaillon nie abgenommen. Zweiundfünfzig Jahre waren seitdem vergangen. Onkel Franek war schon längst an einem Kehlkopftumor gestorben. Aber zumindest lag er jetzt in Zduńska Wola neben seiner Frau, Seite an Seite, bis zum Tod und noch über den Tod hinaus, und die beiden Körper wärmten einander in der Kälte des Grabes.

So gehörte sich das.

Keine tausend Kilometer zwischen ihnen, keine zwei Landesgrenzen. Onkel Franek war in Polen geboren und in Polen gestorben. Von Gajerudki nach Zduńska Wola waren es siebeneinhalb Kilometer, von Zduńska Wola nach Łódź sechsundfünfzig und von Łódź nach Warszawa hundertunddreißig. Dorf, Kleinstadt, Großstadt, Metropole, alles war in der Nähe.

Wollte man im Sommer ans Meer, so fuhr man nach Hel, wollte man im Winter in die Berge, so fuhr man nach Zakopane. Burgen? Malbork. Sanktuarium? Jasna Góra. Wälder? Überall waren Wälder. Polen hatte alles. Onkel Franek hatte in seinem ganzen Leben die Heimat nicht ein einziges Mal verlassen. Und wichtiger noch: Tante Jadwiga auch nicht. Als er starb, verging nur ein Tag, nicht einmal ganze vierundzwanzig Stunden, wenn man es genau nimmt, und Jadwiga starb auch. Franek zog sie mit sich ins Grab, sagten nachher alle auf der doppelten Beerdigung.

So gehörte sich das.

Doch das Ungehörige kräuselte bereits seine Brusthaare. Die rot lackierten Fingernägel strichen sanft über seine Narbe, und die flache Hand drückte gegen die Hautschicht, unter der sich nur wenige Zentimeter tiefer sein Herz befand.

Als Beatka endlich sprach, machte sie es zumindest kurz.

– Ich möchte nächstes Jahr mit Marysia mitfahren.

– Wohin? – fragte Heniek. Er hasste es, so zu tun, als wüsste er nicht, worum es ging. Und doch tat er es immer wieder in ihren Ehegesprächen.

– Nach Domburg. In Holland.

Heniek dachte nach. Sollte er es ihr verbieten? Sie würde ja doch fahren. Sollte er eine Szene machen? Sie würde ja doch fahren. Sollte er ihr seine Meinung über Marysia sagen? Sie würde ja doch fahren. Nichts half, nichts konnte helfen. Er war müde, und vielleicht zum ersten Mal in den vierunddreißig Jahren, die sie damals verheiratet waren, kam es nicht sofort zu einem Streit. Stattdessen fragte er wie der Ehemann, der er immer sein wollte:

– Warum?

Beatka war überrascht. Jede andere Reaktion ihres Mannes hätte es ihr einfacher gemacht: Sie war bereit, ihre Stimme zu heben und ihm zu sagen, dass er nicht über sie bestimmen könne, dass dies nur wenige Wochen seien, für welche die Szene, die er gerade mache, nicht gerechtfertigt sei, dass er Marysia gar nicht kenne und daher keine Ahnung habe, wer sie sei.

Sie hatte sich noch anderes zurechtgelegt, wie etwa, dass Holland sicher sei, bestimmt sicherer als Polen, dass es gutes Geld sei und er schließlich immer gemeint habe, sie würde zu wenig verdienen, und jetzt sei ihm das auch nicht recht, und so fort.

Sie hatte sich daran gewöhnt, mit ihrem Mann zu streiten, aber sie war nicht in der Lage, mit ihm zu sprechen. Schnell prüfte sie die Antworten, die sie sich ausgedacht hatte, als sie sich im Bad die Ohrringe abgenommen und als er mit ihr geschlafen hatte, fand, dass die letzte Antwort mehr oder weniger auf seine unerwartete Frage passte, und sagte etwas gehetzt, weil sie sich insgeheim für den Ton und Inhalt schämte:

– Wir können das Geld gut gebrauchen.

Dagegen war nichts einzuwenden. Geld konnte man immer gut gebrauchen, besonders in Polen, besonders in Gajerudki. Heniek wusste das und sagte nichts mehr. Er seufzte nur leise, und Beatka legte ihren Kopf auf sein weich gekräuseltes, graues Brusthaar.

3

Seit der Mittagsstunde saßen Andrzej und Heniek zusammen und tranken. Jetzt war es zwei Uhr nachts. Vierzehn Stunden lang betranken sie sich, nüchterten aus, aßen eine Kleinigkeit und tranken weiter – den zwölften Tag in Folge. Die ganze

Zeit über lief der Fernseher und zeigte die immer gleichen Bilder: Bilder eines Sturms, der über einen Wald bei Gdańsk gefegt war und dabei alle Bäume umgeknickt hatte, und Bilder eines roten Jäckchens, welches das einzige Überbleibsel eines vermissten Mädchens darstellte.

– Schlimm, was da geschieht. – sagten mal Andrzej, mal Heniek alle drei bis vier Stunden.

Mehr sprachen sie nicht.

Und trotzdem wusste Heniek sofort, was Andrzej meinte, als er plötzlich und unvermittelt fragte:

– Hast du versucht, sie anzurufen?

Und so erwiderte er schnell:

– Nein, sie kann mich mal.

– Richtig so.

Eine halbe Stunde verging. Heniek ergriff die Fernbedienung und schaltete von der Nachrichtendauerschleife zuerst auf die Wiederholung des Champions-League-Finalspiels – Mario Mandžukić schoss gerade das zwischenzeitliche 1:1 für Juventus Turin gegen Real Madrid –, dann auf einen Softporno – ein Pärchen trieb es in einem Jeep während einer Safari – und schließlich wieder zurück auf die Nachrichten. Das rote Jäckchen war noch immer die einzige Spur des vermissten Mädchens. Andrzej wartete, bis Heniek die Fernbedienung wieder hingelegt hatte, und sagte:

– Vielleicht solltest du es trotzdem tun.

– Wozu?

– Sie könnte dort unglücklich sein.

– Na und?

– Vielleicht möchte sie zurückkehren.

– Das kann sie vergessen.

– Hm. Aber wäre es nicht eine Genugtuung zu hören, dass es ihr scheiße geht?

Heniek antwortete nicht, und auch Andrzej wartete kurz. Die Unehrlichkeit der letzten Sätze war offenkundig. Darum machte es keinen Sinn, weiter in diese Richtung zu gehen. Stattdessen fing er wieder von vorne an:

– Komm schon, ruf sie mal an!

Heniek antwortete nicht.

– Du willst es doch bestimmt auch.

Heniek antwortete immer noch nicht.

– Wenn du sie anrufst …

– Sie nimmt nicht ab. – fiel ihm Heniek gereizt ins Wort.

Er schenkte sich schnell nach und trank, ohne auch Andrzej etwas einzugießen oder zu ihm aufzuschauen. Sein Freund nahm es ihm nicht übel, weder, dass er ihm nicht gleich die Wahrheit gesagt, noch, dass er seine gastgeberischen Pflichten vergessen hatte. Er arbeitete bereits an einer Lösung.

– Hast du es von einer anderen Nummer aus probiert?

– Ja. Von verschiedenen Telefonzellen in Gajerudki, Zduńska Wola und Łódź aus, mit unterdrückter Nummer. Und einmal habe ich mir auch eine neue SIM-Karte gekauft. Es hat keinen Zweck.

– Soll ich es probieren?

– Es ist kurz vor drei.

– Egal.

– Aber sie muss morgen sicher zur Arbeit.

– Hör auf, ständig Rücksicht auf sie zu nehmen.

– Warum sollte sie bei dir rangehen?

– Ich weiß es nicht. Was schadet ein Versuch?

Heniek trank noch einmal und schaute in Andrzejs Augen, in denen Entschlossenheit und Herausforderung funkelten.

– Scheiß drauf. Tu es!

Andrzej holte schnell sein Handy hervor und wählte Beatkas Kontakt aus. Er wollte nicht, dass Heniek es sich noch einmal anders überlegte. Ohne aufzuschauen, drückte er auf ›Anrufen‹ und schaltete den Lautsprecher an. Dann erst blickte er seinem Freund in die Augen.

Sowie der erste Freiton zu hören war, stellte Heniek den Fernseher auf lautlos. Gemeinsam lauschten sie: Der Piepton ertönte und verstummte in unerbittlichem Wechsel. Andrzej und Heniek hielten beide den Atem an und starrten auf das Display mit dem grünen Hörersymbol und den drei Pfeilen, die immer wieder aufleuchteten. Als würde das Feuer eines letzten Streichholzes in ihrer Hand zu erlöschen drohen, wagten sie keine Bewegung: Sie hatten Angst, dass ihr Ausatmen oder das Quietschen des Kunstledersofas unter einer Bewegung ihres Körpers ihre letzte Hoffnung vereiteln würde. Noch nie war es so leise in Henieks Haus gewesen, und zwischen den Tönen schien ganz Gajerudki auf lautlos gestellt.

Dann verstummte das Handy, und der grüne Hörer mitsamt seinen Pfeilen verschwand.

– Keine Mailbox? – fragte Andrzej.

– Was gäbe ich dafür, noch einmal ihre Stimme zu hören! – seufzte Heniek.

Im Fernsehen begann die Wiederholung eines Beitrags über die zunehmende Zahl von Feuerbestattungen in Polen. Auch diese Kurzdoku kannten Andrzej und Heniek bereits, sie hatten sie vor drei Tagen gesehen: Zuerst wurde den Zuschauern erklärt, was Feuerbestattungen überhaupt sind und wie sie durchgeführt werden. Darauf folgten ein Vergleich der Kosten beider Bestattungsarten, bei dem die Feuerbestattungen deutlich günstiger abschnitten, ein paar Bilder von völlig überfüllten Friedhöfen und Interviews mit Bürgermeistern, die behaupteten, sie wüssten nicht, wohin mit all den Toten. Doch zum Schluss nahm der Beitrag wieder eine andere Wendung: Ein Geistlicher der Päpstlichen Universität in Kraków kam zu

Wort und erklärte, dass die Christen an die leibliche Auferstehung glauben würden und dass die Verbrennung des Körpers daher ein heidnischer Brauch und als solcher abzulehnen sei. Und die letzten Bilder galten in diesem Sinne wieder einem Friedhof am Allerheiligenfest: Während überall um sie herum die Gräber geputzt und mit Blumen und Lichtern geschmückt wurden, sagte eine alte Frau, dass sie seit zwanzig Jahren an das Grab ihres Mannes komme, um hier seine letzte Ruhestätte zu pflegen und für ihn, die große Liebe ihres Lebens, zu beten.

Heniek schaltete den Ton nicht wieder an. Er blickte dumpf auf die flimmernden und rauschenden Bilder. Nachdem sie für Beatkas Oberarmstraffung den Flatscreen verkauft hatten, war er in den Keller gestiegen, hatte den alten Röhrenfernseher hervorgeholt und wieder im Wohnzimmer angeschlossen. Obwohl er ihn erst vor einem Jahr gegen das neue Modell eingetauscht hatte, schien ihm die Technik nun unglaublich veraltet.

Andrzej stellte sein Glas besonders laut auf den Tisch und verharrte in dieser vorgebeugten Haltung. Dann stemmte er seine Arme auf seine Oberschenkel, presste Lippen und Augen für einen Augenblick zusammen und sagte:

– Lass uns hinfahren!

Heniek reagierte nicht.

– Ich meine es ernst. Lass uns zu Beatka fahren.

Heniek schaute weiterhin auf die stummen Bilder des Fernsehers.

– Hol sie dir zurück, Mann!

– Sie hat mich verlassen. – sagte Heniek, wobei er das ›sie‹ und das ›mich‹ besonders betonte.

– Na also, er lebt noch! – rief Andrzej wie zu einem unsichtbaren Zuschauer und lehnte sich wieder zurück.

– Ja, sie hat dich verlassen. Aber das heißt nicht, dass sie jetzt glücklich ist. Ihr wart dreißig Jahre zusammen.

– Sechsunddreißig.

– Sechsunddreißig, genau. Und jetzt wollte sie mal einen anderen Schwanz spüren, und gut ist. Das heißt nicht, dass sie dich nicht mehr wiedersehen will.

– Woher willst du das mit ... dem anderen Schwanz wissen?

Andrzej musste fast lachen:

– Werd erwachsen!

Doch sofort hielt er inne: Heniek schaute ihn plötzlich fest an, ganz anders als sonst. Andrzej konnte diesen Blick nicht einordnen und sprach daher schnell weiter.

– Weißt du, was ich an deiner Stelle tun würde? Wenn Iwona und nicht Beatka nach Holland gefahren wäre?

– Was?

– Ich würde da noch heute Nacht, jetzt gleich, hinfahren, morgen früh an ihrer Tür klopfen, dem Scheiß-Holländer, sofern es einen gibt – ist ja gut! –, eine runterhauen und sie auf Armen zurücktragen.

– Durch ganz Deutschland?

– Durch ganz Europa, wenn es sein müsste.

Heniek schüttelte den Kopf. Zum ersten Mal seit Wochen lächelte er, während er sich in Erinnerungen an Beweise verlor, die bezeugten, dass Beatka die Liebe seines Lebens war. Er dachte daran, wie er zu ihrer ersten Verabredung den Fiat 125p ausgeliehen hatte: Zwei Wochen lang lag er seinem Vater mit der Bitte im Ohr, und um die Schlüssel endlich zu erhalten, musste er versprechen, einen Monat lang seine Großmutter jeden Abend zur Messe nach Zduńska Wola zu begleiten. Er dachte daran, wie er selbstverständlich sein bestes Hemd angezogen hatte, obwohl es ihn so fürchterlich im

Nacken kratzte, und wie er alle Regeln der Höflichkeit befolgt hatte, die ihm seine Mutter im Vorfeld mit einem strahlenden Lächeln beigebracht hatte, das vielleicht noch schlimmer zu ertragen war als die dreißig Messen mit seiner Oma. Und dann war er einverstanden gewesen, die Hochzeit so auszurichten, wie es sich Beatka vorstellte, und auch ihre Wünsche bezüglich des Zusammenlebens hatte er stets umgesetzt: Noch immer dachte Heniek mit großem Schmerz daran, wie er seine Eltern bitten musste, das größte und schönste Zimmer des Hauses zu räumen, weil Beatka meinte, dass es Heniek und ihr zustehe. Und das vielleicht größte Opfer war, dass sie nur zwei Kinder hatten, obwohl er mindestens vier gewollt hatte. Und beide Kinder waren nach Beatkas Familie benannt worden: Kasia nach Beatkas Mutter Katarzyna und Kuba nach ihrem berühmten Großvater Jakub.

Und dann dachte er an nahezu seinen ganzen Besitz, den er verkauft hatte, nur um Beatka die Operationen zu ermöglichen, die sie sich so sehr gewünscht hatte. Und plötzlich kam ihm ein nicht unbedeutender Zweifel:

– Und wenn sie … gar nicht will?

– Das wird nicht der Fall sein.

– Warum nicht?

– Weil sie inzwischen gemerkt hat, dass Holland auch nicht besser ist, und sie vermisst dich und die Kinder und die Enkel bereits. Und wenn du dann plötzlich vor ihr stehst, wird sie wieder wissen, was sie an dir hatte.

Andrzej hielt inne. Die Worte waren ihm leicht über die wodkagetränkten Lippen gegangen. Doch nun, wo er ihre Wirkung auf Heniek sah, verspürte er plötzlich ihre Konsequenz.

– Ich habe kein Auto. – sagte Heniek in einem Ton, den Andrzej sehr gut an ihm kannte: Er war schon überzeugt und wollte nur noch die letzten Schritte bis hin zum Entschluss getragen werden. Doch in seiner Stimme lag auch Bitterkeit. Die Erinnerung an seinen verlorenen Audi, den geliebten Falken, schmerzte noch immer.

– Meins können wir leider auch nicht nehmen.

– Warum nicht?

– Ich habe es gerade zurückgegeben. Ich war nicht zufrieden damit.

– Was war damit?

– Der Motor ging unruhig.

– Und du hast es nicht zu mir gebracht?

Sowohl der Freund als auch der Mechaniker in Heniek waren empört.

– Es hatte noch Garantie.

Heniek dachte nach. Doch er sah keine andere Möglichkeit, nach Domburg zu gelangen. Im Leben nicht hätte er die Optionen Zug, Bus oder Flugzeug in Betracht gezogen. Wenn er kein Auto hatte, konnte er sich nicht fortbewegen.

Andrzej war dagegen wie immer schneller darin, Lösungen zu finden:

– Was ist mit dem Mercedes, der in der Einfahrt steht?

Er deutete dabei auf den Platz vor der Werkstatt.

– Die Bremsklötze. Und die Lüftung funktioniert nur auf den letzten beiden Stufen.

– Ansonsten fährt er?

– Ja.

– Lass uns doch den nehmen!

– Bist du verrückt? Das ist nicht mein Wagen.

– Bis wann sollst du ihn fertig haben?

– Nächste Woche.

– Also! Wir sind übermorgen zurück. Und der Besitzer merkt wahrscheinlich gar nicht, dass da zweitausend Kilometer mehr auf dem Tacho sind.

Sie schauten sich beide an.

– Auf jeden Fall, – sagte Heniek, – müsste ich die Bremsklötze austauschen. So können wir nicht fahren.

– Und ich kümmere mich um Verpflegung.

– Was ist mit der Route? Meinen Atlas können wir nicht nehmen, der ist viel zu alt.

Andrzej legte sein Smartphone auf den Tisch.

– Das navigiert uns überallhin.

Und dann ergänzte er:

– Ich muss nur Iwona Bescheid sagen, dass ich zwei Tage weg bin.

Sie schauten sich wieder an und dachten nach. Es war verblüffend, wie wenig sie brauchten, um loszufahren: ein Fahrzeug, etwas Proviant, eine Landkarte.

4

Für Heniek und Andrzej war die Zeit ohne den jeweils anderen nur eine vage Erinnerung, wie an einzelne Schattenbilder an der Wand über dem Kinderbett oder wie an den Tannenbaum des ersten Weihnachtsfestes, das man erlebt hat. Sie hatten, so konnten sie ohne Übertreibung behaupten, ihre Leben zusammen gelebt, so unterschiedlich ihre Charaktere auch waren. Denn es gibt Menschen, die finden Wege, und es gibt Menschen, die finden Gründe. Andrzej gehörte der ersten Gruppe an. Er war zwar einen Kopf kleiner als Heniek, dafür aber energischer. Und wagemutiger: Er schlug zuerst den wilden Dobermann des alten Reifenhändlers Bronisław mit einem Knüppel, er warf als Erster eine Papierkugel gegen die strenge Musiklehrerin in der Grundschule, und er schob zum ersten Mal einem Mädchen seine Hand unter den Rock.

Seine Mutter machte sich Sorgen, was aus diesem Bengel nur werden sollte, der ständig dreckige Hosen und ein verschmitztes Lächeln trug und dessen schlitzförmige Augen vor Verschlagenheit nur so strahlten. Und von dem alle sagten, er sei ein Taugenichts, ein Nichtsnutz, genau wie sein Vater.

Aber Andrzej wusste sich gegen das Leben zu behaupten. Er war kein guter Schüler, doch ein Genie darin, unbemerkt abzuschreiben. Arbeit hatte er keine, doch fand er stets neue Wege, um in den späten Siebzigerjahren an Zigaretten, Wodka und – am wichtigsten – an hellblaue Jeans zu kommen. Und wenn er auch ungehobelt und arm war, so schlich er sich doch in die Herzen und Betten zahlreicher Mädchen. Und genauso schnell, wie er hineinkam, war er auch wieder draußen.

So schien es zuerst auch mit Iwona. Sie fühlte sich von Anfang an zu Andrzej hingezogen, sehr zum Missfallen ihrer Eltern. Um ihre Tochter von dem nichtsnutzigen Schürzenjäger fernzuhalten, ließen sie ihr kaum eine freie Minute. Iwona arbeitete von frühmorgens bis spätabends als Plätterin in Zduńska Wola. Die Eltern schärften der Inhaberin, einer Bekannten, ein, auch in der Mittagspause stets ein Auge auf ihre Tochter zu werfen. Nach Feierabend musste sich Iwona sofort auf den Heimweg machen und durfte nicht eine Minute später nach Hause kommen, als ihr Vater, der die Strecke einmal zur Probe mit ihr gegangen war, für den Weg gebraucht hatte. Dann galt es, ihrer Mutter in der Küche zu helfen. War das Abendessen beendet, wusch Iwona ab und half den jüngeren Geschwistern bei den Hausarbeiten. Danach herrschte Bettruhe. Ausgehen durfte sie selbstverständlich nicht, und so war es eigentlich unmöglich, einen freien Augenblick mit ihr zu verbringen.

Doch Andrzej fand einen Weg. Er lieh sich die WSK M06 – Wueska genannt – von seinem Cousin aus und erwartete Iwona damit am Abend hinter der ersten Biegung nach der Mangelei. Statt dass sie den Heimweg nun zu Fuß bestreiten musste, stieg sie auf das kleine Motorrad. Andrzej fuhr, obwohl er keinen Führerschein hatte, so schnell er konnte, bis er auf halbem Wege zwischen Zduńska Wola und Gajerudki anhielt, wo die beiden die Wueska hinter drei großen Büschen verbargen und sich hastig auszogen.

Eine Woche lang hatten Andrzej und Iwona auf diese Weise eine halbe Stunde am Abend für sich. Er setzte sie immer kurz vor Gajerudki ab, damit man sie dort nicht zusammen sähe, und sie erschien mit geröteten Wangen zu Hause. Ein Mal fuhr Andrzej Iwona auch morgens zur Arbeit, doch der kalte Tau im Gras und die morgendliche Stunde entsprachen nicht seinem in dieser Hinsicht sehr bequemen Wesen.

Nach dieser Woche musste Andrzej, wie er Iwona erklärte, die Wueska an seinen Cousin zurückgeben, und sie konnten sich nicht mehr sehen. Iwona weinte, als er es ihr erklärte, und sie sah auch, dass er dabei bereits mit einer Hand am Gasgriff spielte.

Als er sie zum letzten Mal vor Gajerudki absetzte, schaute er nicht einmal mehr zurück. Er war bereits mit Beatka verabredet.

5

Wenn man in Gajerudki verabredet war, ging man in den Laden. Einen Namen hatte er nicht. Er brauchte keinen, er war der einzige in der Stadt. Tagsüber verkaufte Teresa Nowak hier Milch, Strumpfhosen, Wodka, Tampons und Grablichter; abends stellte ihr Mann, Waldemar Nowak, Plastikstühle und Tische auf die Veranda, bedeckte Letztere mit Tischdecken aus leicht klebrigem Wachstuch, verteilte Aschenbecher und betrieb eine Art Bar. Dies war der einzige Ort in Gajerudki, an dem man abends ausgehen konnte, und so sagte man, wenn man sich verabredete: – Wir treffen uns im Laden – oder: – Morgen bei Nowak. – Meist reichte aber auch eine vage Verabredung wie: – Am Freitag auf ein Bierchen? –, und wenn nicht explizit ein anderer Ort benannt wurde, so wussten alle, dass es um den Laden ging.

In diesem Laden hatten Andrzej und Beatka ihre dritte Verabredung. Sie saßen einander nicht mehr gegenüber, sondern bereits nebeneinander. Andrzejs rechte Hand ruhte auf der ihren, und seine linke glitt hin und wieder auf ihren nackten Oberschenkel unter dem kurzen Kleid. Sie sprachen nicht viel, sie küssten sich mehr. Beatka ließ sich alles gefallen, seine verrauchten Küsse und die Berührungen der einen wie auch der anderen Hand.

Doch plötzlich stampfte Iwona hinzu. Sie war sichtlich wütend und verzweifelt und drohte sofort, eine gewaltige Szene zu machen. Andrzej bedeutete Beatka, kurz zu warten, und führte Iwona von der Gästeveranda hinunter und um den Laden herum in den kleinen Wald, der dahinter begann. Um zu unterstreichen, dass er gleich wieder zurück sein würde, ließ er seine Zigarettenschachtel auf der bunten Tischdecke neben seinem Glas liegen. Beatka griff hinein und zündete sich eine der fünf filterlosen *Sporty* an, die noch übrig waren. Andrzej konnte sich nur die billigste Marke leisten.

– Nun, was ist? – brummte er, als er mit Iwona allein war und ungeduldig von einem Fuß auf den anderen trat.

– Das fragst du mich noch?

– Ja.

– Beatka ist los, und dass du nicht mehr kommst, und das mit dem Motorrad ist auch nur eine Ausrede, und überhaupt bist du ein verantwortungsloses Schwein! – brüllte sie und begann sofort, mit geballten Fäusten auf seine Brust einzuschlagen.

– Ich habe dir nie etwas versprochen.

Ihre Augen weiteten sich, ihre Schläge wurden härter. Andrzej hatte Mühe, ihre Fäuste abzuwehren. Vorsichtig wich er zurück, verfing sich dabei aber mit den Füßen in einem Ast und stürzte zu Boden.

Iwona gab ihm sofort einen Tritt. Mit aller Gewalt und vollem Spann traf sie ihn in der Magenkuhle. Andrzej winselte. Aber Iwona ließ nicht von ihm ab. Immer und immer wieder holte sie weit aus und trat den Liegenden so fest, wie sie nur konnte.

– Ich hasse dich, ich hasse dich! – rief sie und spuckte auf ihn hinab. – Wäre ich dir doch nie begegnet!

Als ihn ihr Fuß am Kinn erwischte, wurde die Stelle sofort heiß, und die Hitze breitete sich über sein Gesicht bis hin in seine Schläfen aus.

Jetzt hatte Andrzej genug. Er nahm den Ast, über den er gestolpert war, und schlug, als sie ihn wieder treten wollte, gegen ihr Bein. Sie hielt kurz inne und wich zurück. Da sprang er hoch und warf sich auf sie, umklammerte sofort ihre Arme und riss sie zu Boden. Mit den Knien setzte er sich auf ihre Schultern und gab ihr, weil sie noch immer versuchte, ihn, wenn auch nicht zu schlagen, so doch zumindest zu beißen, eine Ohrfeige.

– Beruhige dich, du übergeschnappte Schlampe! – schrie er und ergriff dabei ihren Hals mit einer Hand.

Sie beruhigte sich nicht. Er gab ihr noch eine Ohrfeige, doch sie spuckte ihm ins Gesicht. Dann würgte er sie, nur leicht, aber doch stark genug, dass sie wehrlos wurde.

Iwona begann zu weinen.

– O verdammt, – fluchte Andrzej –, jetzt weinst du, ja? Erst schlägst du mich wie eine Bekloppte, und jetzt weinst du?

Er atmete schwer und brauchte kurz, um seine Gedanken zu sortieren.

– Hör jetzt sofort auf und hör mir zu!

Durch die Tränen hindurch schaute Iwona ihn kurz an.

– Gut. Endlich. Also. Du willst es hören, du sollst es hören: Wir hatten eine Woche, Iwona. Das war schön, aber das ist jetzt vorbei. Wir werden uns nicht mehr treffen. Nie mehr. Komm drüber hinweg.

Iwona begann wieder zu weinen, doch nun schon leiser, innerlicher. Andrzej stand auf und ließ sie auf der Erde liegen.

– Ein Pflaster muss man mit einem Ruck abreißen. – sagte er und drehte sich von ihr weg. – Schade, dass es so enden musste.

– Andrzej. – rief sie ihm nach.

– Was noch?

– Ich bin schwanger.

Andrzej schaute sie mit offenem Mund an.

– Warum hast du das nicht gleich gesagt? – fragte er schließlich.

– Du saßt mit Beatka. Und dann war …

Doch Andrzej ließ sich auf die Knie sinken und unterbrach sie:

– Bist du sicher?

– Ja.

– Wirklich sicher?

– Ja.

– Du bist also … schwanger?

– Ja. – sagte Iwona wieder.

– Das ist ja wundervoll!

– Wundervoll?

Iwona schaute ihn vorsichtig an. Ihre Wangen waren feucht, ihr Bein schmerzte von dem Schlag mit dem Ast, kalte Erde klebte an ihrem Rücken. Eben hatte sie noch wie wild geschrien, jetzt konnte sie nichts mehr sagen.

Neben ihr kniete Andrzej, seine Augen funkelten.

– Ich werde Vater. Wir werden Eltern!

Und gleich darauf setzte er eine besorgte Miene auf.

– Steh nur schnell auf, dass du dich nicht erkältest.

Dabei reichte er ihr die Hand.

Sie schaute ihn unschlüssig an.

– Komm schon, gib mir deine Hand.

Vorsichtig ergriff sie sie und ließ sich hochziehen. Andrzej klopfte zärtlich den Dreck von ihrem Kleid, zuerst von den Schultern, dann vom Rücken und schließlich vom Po. Als er ein Laubblatt aus ihren Haaren zog, streichelte er sanft ihr Gesicht.

– Wir werden ein Kind haben. – flüsterte er und lachte dabei.

So gingen sie zusammen los. An den Laden und Waldemar Nowak und an Beatka, die mit seinen Zigaretten auf der Veranda auf ihn wartete, dachte Andrzej nicht mehr.

6

Andrzej schlief bis weit in den Nachmittag. Heniek schlief überhaupt nicht. Nachdem sein Nachbar gegangen war, blieb er noch auf dem Sofa sitzen und wartete, bis er, wie in den Wochen zuvor, irgendwann vor dem Fernseher in den Dämmerzustand fallen würde, der, seit Beatka ihn verlassen hatte, an die Stelle des Schlafes getreten war. Doch die Gedanken an die Fahrt, an die unverhoffte Aussicht, Beatka in weniger als vierundzwanzig Stunden gegenüberzustehen, und an die Möglichkeit, dass sie übermorgen bereits wieder zu Hause sein könnte, ließen ihn kein Auge zumachen. Kurz nach Sonnenaufgang gab er endgültig auf, schaltete den Fernseher aus und ging in seine Werkstatt, um den Wagen für die Fahrt vorzubereiten. Die Bremsklötze waren kein Problem; er hatte bereits passende gekauft, und die Reparatur gehörte zu den Standardeingriffen, die er auch übermüdet und betrunken ausführen konnte. Schwieriger war die Belüftung. Sie gehörte zu den Fummel- und Friemelarbeiten, die jeder Mechaniker hasste. Vorsichtig entfernte Heniek die Verkleidung der Steuerkonsole im Innenraum und probierte verschiedene Kontakte, Knöpfe und Kabel aus. Die Arbeit war anstrengend und frustrierend, und nach ein paar Stunden gab Heniek auf. Letztlich, so dachte er sich, war die Belüftung nicht so wichtig: Man könnte auch einfach die Scheiben runterkurbeln.

Nachdem sich Heniek noch einmal den Motor im Leerlauf angeschaut und den Füllstand aller Flüssigkeiten überprüft hatte, befand er, dass der Wagen so weit fahrbereit war. Er ging zurück ins Haus, packte sein bestes Hemd und seine beste Hose in die Reisetasche, rasierte sich gründlich, duschte, zog seine Cordhose, ein kariertes Hemd und die schwarze Lederweste an, die er das ganze Jahr über trug, und legte sich schließlich wieder auf das Sofa.

Andrzej kam erst Stunden später. Er brachte zehn frische Eier von seinen Hühnern im Garten, eine Reisezahnbürste und einen fürchterlichen Kater mit.

Beim Rührei legten sie ihr Geld zusammen und zählten. Viel hatten sie nicht.

– Das reicht kaum für die Spritkosten.

Dieses Mal war es an Heniek, eine Idee zu haben.

– Wir betanken ihn mit Pflanzenöl.

Andrzej lachte laut auf, wurde dann aber wieder ernst: Heniek hatte keinen Witz gemacht.

– Geht das?

Knapp eine Stunde später standen sie in einem dieser neueren Hypersupermärkte bei Zduńska Wola vor dem Regal mit den Speiseölen.

– Raps- oder Sonnenblumenöl? – fragte Andrzej, noch immer misstrauisch.

– Egal.

– Wie viele Flaschen brauchen wir?

– Alle.

Andrzej blickte die schier endlose Reihe aus Plastikflaschen mit gelber Flüssigkeit an, nahm die erstbeste in die Hand und schaute auf das Etikett. Heniek sah, wie Andrzej mit sich rang: Auf der einen Seite hasste er es, belehrt zu werden, besonders von Menschen, die ihm nahestanden, auf der anderen war er neugierig. Mit einem Schmunzeln stellte er fest, dass Andrzejs Neugier schließlich gewann:

– Ist das nicht schlecht für den Motor?

– Bei einem neueren Diesel: ja. Aber der W124 ... hat noch die Reiheneinspritzpumpen von Bosch. Der verbrennt dir alles. Die beste Baureihe von Mercedes. Ich würde sogar sagen, ... der letzte echte Mercedes überhaupt. An ihm wäre der Konzern fast Pleite gegangen, weil der ewig fährt. Unzerstörbar. Bei den späteren Modellen haben sie eingeplant, dass man ... dass die nach spätestens zweihunderttausend Kilometern kaputt sind. Dann kaufst du dir einen neuen. So verdienen sie mehr. Nicht einmal die Lacke waren danach noch rostfrei.

– Gut, gut.

Sie stellten je eine Flasche von jeder Sorte auf das Warenband und ließen die Verkäuferin den Inhalt ihrer beiden bis oben hin gefüllten Einkaufswagen zählen.

– Ist das eigentlich legal? – fragte Andrzej.

– Wir fahren nachts. – erwiderte Heniek kurz. Die junge Verkäuferin schaute auf, bemerkte dann aber, dass sie nicht mehr wusste, wo sie beim Zählen stehen geblieben war. Mit einem Seufzer begann sie von vorn.

– Wegen der Abgase?

– Niemanden interessieren die Abgase. Die Werte ... sind auch gar nicht schlechter.

– Warum dann?

Doch noch ehe Heniek antworten konnte, hatte Andrzej die Antwort bereits selbst gefunden. Wenn man nicht wusste, worum es ging, dann ging es, so sagte eine Redewendung, ums Geld.

– Wegen der Steuern?

Heniek nickte.

– Diese Schweine.

Die Verkäuferin hatte gerade die Zählung des ersten Einkaufswagens abgeschlossen und mischte sich plötzlich in das Gespräch ein.

– Es geht nur darum, dass Lebensmittel aus gutem Grund geringer besteuert werden als Treibstoff. Wenn Sie dagegen Speiseöl als Benzin benutzen, umgehen Sie die höhere Steuer. Das ist doch logisch.

Heniek und Andrzej tauschten einen überraschten Blick.

– Das sagt sich einfach, wenn man im Supermarkt an der Kasse steht. – antwortete Andrzej. – Aber wenn das junge Fräulein – hier zuckte ihr Mundwinkel kurz zusammen –, nicht in der Lebensmittelbranche tätig wäre, sondern zum

Beispiel als Fernfahrer, dann hätte es sicherlich eine andere Perspektive auf den Benzinpreis.

Die Verkäuferin sagte nichts mehr. Mit bestimmten Menschen, so hatte sie in ihrem Leben gelernt, kann man sich nicht unterhalten.

Heniek dagegen war noch drei Stunden später, als der Wagen bereits vollbepackt und vollgetankt in seiner Einfahrt stand und Andrzej das Tor aufhielt, über die Verkäuferin empört: Dass sich so eine Zwanzigjährige einfach in ihr Gespräch einmischte! Und dann noch tadelnd. Zu seiner Zeit wäre das undenkbar gewesen. Kinder und Fische, sagte ein altes Sprichwort, haben keine Stimme. So gehörte sich das.

Erst als er sich hinter das Steuer setzte und den Wagen startete, klärte sich seine Miene wieder auf. Er hatte das Zündungsgeräusch schon sein ganzes Leben lang geliebt. Nach einigen Jahren Ehe hatte Beatka immer wieder auf ihn eingeredet, sich doch eine andere Arbeit zu suchen, mit ihr zusammen in den Direktvertrieb einzusteigen. Sie verstand einfach nicht, wie diese alten, verschmutzten und schrottreifen Autos seine Leidenschaft und sein Lebensinhalt sein konnten. Sie sah in der Werkstatt nur Öl, Benzin, Rost und Abgase: Nichts, womit sie sich freiwillig länger als absolut notwendig abgeben würde. Und so mied sie diesen Ort. Doch leider blieb die Werkstatt nicht dort, wo sie war, sondern wurde von Heniek Tag für Tag in ihr Haus und Leben getragen: Wenn er sich die Hände wusch, klebten schwarze, ölige Striemen am weißen Porzellanbecken. Wenn er sich in seiner Arbeitshose an den Küchentisch setzte, ließ er manchmal Flecken auf der Polsterung zurück. Und wenn er sich nachts neben sie legte, roch er nach Benzin und Metall, und dieser Geruch hing auch dann noch an ihm, wenn er gerade geduscht hatte. Ja, selbst im Urlaub, als er eine Woche nicht an Autos gearbeitet und stattdessen jeden Tag im See gebadet hatte, blieben ihm die an den Rändern geschwärzten Fingernägel und der leicht stechende, toxische Geruch, die ihn sofort als Mechaniker verrieten.

Für Heniek war die Sache dagegen ganz einfach: Beatka hatte nie wirklich begriffen, dass er im Reparieren von Dingen etwas an sich Wertvolles, ja Beglückendes sah. Wenn er zum Beispiel nach Tagen des Suchens und Grübelns, weshalb der Ford Focus der Grundschullehrerin nicht mehr ansprang, feststellte, dass lediglich der Nockenwellensensor ausgetauscht werden musste, so fühlte er sich – das stellte er sich zumindest vor – nicht anders als einer der Ärzte in Beatkas Seifenopern, der einem hoffnungslosen, schon totgesagten Fall mit einer mutigen Diagnose in letzter Sekunde das Leben gerettet hatte. Und die erleichterte Freude der armen Pädagogin, die sich jetzt sicherlich kein neues Auto oder eine teure Reparatur hätte leisten können, versetzte ihn noch Tage danach in eine nicht zu erschütternde Zufriedenheit mit sich, der Welt und dem Leben.

Nur manchmal, wenn sie die Löcher in den Socken ihres Mannes stopfte oder eine zerrissene Jeans flickte, schaute Heniek insgeheim mit einer gewissen Sehnsucht auf seine Nachbarin Iwona. Denn Beatka reparierte schon lange nichts mehr. Und jedes Mal, wenn sie etwa sah, dass er noch immer den gelockerten Griff eines Schraubenziehers an den Schaft klebte, anstatt, wie sie vorschlug, einfach einen neuen zu kaufen, schüttelte sie nur den Kopf und meinte:

– Du lebst noch in der Volksrepublik.

Zur Zeit des Sozialismus hätte man das, was man besaß, nicht einfach weggeschmissen, nur weil es eventuell kaputt war. Beatka selbst hatte ihr Hochzeitskleid nach der Hochzeit zweimal gefärbt – zuerst hell-, dann dunkelblau – und dreimal umgenäht. So konnte sie noch mehrere Silvesterfeiern damit abdecken. Und aus dem überschüssigen Stoff, der zurückgeblieben war, als sie aus dem bodenlagen Kleid ein kurzes gemacht hatte, konnte sie noch Kleidchen für Kasia anfertigen. Das hatte Eindruck auf Heniek gemacht: Beatka war eine unglaublich talentierte Schneiderin. Und er hatte gedacht, dass sie in der Frage, wie man mit dem veralteten oder kaputten Besitz umgehen solle, gleicher Meinung waren. Doch sobald sich Mitte der Neunzigerjahre die Regale in den Geschäften zunehmend mit Waren füllten und diese nach jedem Leerkauf wie von Wunderhand unermüdlich von Neuem aufgefüllt wurden und als dann bald schon internationale Kaufhäuser aus dem Boden schossen mit Namen wie Auchan oder Intermarché oder Tesco und mit Regalreihen, deren Längen man in Polen bisher nur aus der Nationalbibliothek oder dem Archiv der Geheimpolizei kannte, da gehörten für Beatka jegliche Formen der Änderungsschneiderei, des Reparierens oder Aufbewahrens älterer Dinge der trostlosen und schnell zu vergessenden Vergangenheit an.

Das führte am Anfang häufig zu Streit. Doch bald fanden sie einen Kompromiss: Sie kauften zwar immer neue Dinge, doch die alten schmiss Heniek gegen Beatkas Willen und ohne ihr Wissen nicht weg. Stattdessen lagerte er sie fernab von ihrem Blick in der Garage und im Keller, wo er sie zum Großteil wieder in Schuss setzte und manchmal, wenn sie doch gebraucht wurden, hervorholte. So war es etwa mit dem Röhrenfernseher gewesen. Doch alle Schraubenzieher, Lampen oder Waschmaschinen, die er in seinem Leben repariert hatte, waren nichts im Vergleich zu der Komplexität und Eleganz von Kraftfahrzeugen.

Mit geübtem Ohr lauschte Heniek jetzt dem hohen Stottern der Zündung, dem kurzen Aufheulen der Gaszufuhr und dem sich einstellenden, regelmäßigen Brummen der tiefen Umdrehungen. Zufrieden, auch wenn er selbst am Motor nichts gemacht hatte, legte Heniek den Rückwärtsgang ein und lenkte den Wagen aus der Einfahrt. Dann ging er in den Leerlauf und wartete, bis Andrzej das Tor geschlossen hatte und zu ihm in den Wagen stieß.

– Bereit?

Ein letztes Mal schaute Heniek über die Rückbank mit den Schlafsäcken und der Reisetasche, der Einkaufstüte mit dem Proviant, dem Kasten Bier und den vielen Rapsölflaschen – denn nicht alle hatten in den Kofferraum gepasst – hinweg auf das Haus, in dem er sechsunddreißig Jahre lang mit Beatka gelebt hatte und das nun in der Abenddämmerung still, dunkel und friedlich dastand, als wäre die ganze Familie darinnen und würde bereits schlafen: der kleine Kuba in seinem gelbweiß gestreiften Strampler und Kasia an die von ihrer Mutter genähte Stoffpuppe gekuschelt und im Schlafzimmer das junge und glückliche Ehepaar in stiller Umarmung.

Alle Zweifel, die Heniek in den letzten Stunden befallen hatten, verflogen. Jetzt sah er wieder das Bild, für das er das alles tat: Dahin galt es zurückzukehren, dafür galt es, alle Mühen der Welt auf sich zu nehmen.

– Bereit. – antwortete Heniek, warf den ersten Gang ein und gab Gas.

Im Seitenspiegel sah er noch, wie die Umrisse der Obstbäume im Garten verschwanden, und dann erlosch das Licht in der Einfahrt, und dann waren sie auch schon an Andrzejs Haus vorbei, wo man hinter der beleuchteten Gardine Iwona in der Küche erahnen konnte, und dann fuhren sie die Straße entlang an weiteren Häusern vorbei, überquerten die eine Kreuzung Gajerudkis, bekreuzigten sich an der etwas verwitterten hellblauen Statue der heiligen Madonna, fuhren an

Waldemars Laden vorbei, in dem sich außer den Sommerhits, die im Radio liefen, in den letzten vierzig Jahren nichts verändert hatte, passierten die Kapelle und den Friedhof, auf dem ein paar Grablichter rötlich schimmerten, fuhren die Straße weiter entlang, an vielen Häusern von Freunden vorbei, vorbei an der Zufahrt zum Sägewerk und dann zum Schrottplatz, und dann kam auch schon das Grundstück von Kuba und kurz darauf das von Kasia. Und dann hatten sie Gajerudki verlassen und fuhren hinaus in den untergehenden Abend.

7

Ein Jahr zuvor hatte Beatka dieselbe Reise zuerst und zum ersten Mal unternommen. Neun gereizte Monate lagen zwischen dem kurzen Gespräch im Bett und dem Augenblick, als Beatka und Marysia in den Reisebus stiegen. Zu der Innigkeit jener Sekunden kehrten Heniek und Beatka nie wieder zurück. Stattdessen war die Zeit geprägt von bissigen Bemerkungen und halb ausgesprochenen Vorwürfen.

Auch der Abschied war kühl. Als aber Beatka in den Bus stieg, hatte sie zumindest Marysia an ihrer Seite, Heniek dagegen musste allein mit ihrem dritten Koffer, den sie doch nicht hatte mitnehmen dürfen, über den leeren Busbahnhof zurück zu seinem Auto gehen. Er betätigte die Fernbedienung, und der Audi piepte zweimal munter und fahrbereit auf. Doch für Heniek klang es, als würde ihn sein Fahrzeug verhöhnen. Schwermütig setzte er sich in den Fahrersitz und versuchte, das Glück aufzusaugen, das sonst der Geruch der Lederausstattung verbreitete. Es war ein cremefarbener 2005er A6, den Heniek nach einem Totalschaden für ein paar Złoty gekauft und komplett neu aufgebaut hatte. Über zwei Jahre hatten die Arbeiten gedauert: auseinanderschrauben, günstige Ersatzteile auftreiben, ersetzen, schweißen, lackieren, zusammenbauen, polieren. Zum Schluss hatte Heniek sogar die eintausendeinhundert Złoty und fünfzig Groszy gezahlt, um dem Audi in einem kleinen zeremoniellen Akt ein individuelles Nummernschild zu verpassen: *SOKÓŁ – Falke* sagten einem schwarze Buchstaben auf weißem Grund, wenn man von den 4,2 Litern Hubraum überholt wurde. Heniek dachte dabei an die berühmte Liedzeile: ›Hej, hej, hej, ihr Falken,/ fliegt über die Berge, Wälder und Täler dahin!‹ Er hatte das Lied geliebt, als er noch Pfadfinder war und man es gemeinsam am Lagerfeuer zur Gitarre gesungen hatte. Der Text handelte eigentlich von einem jungen Kosaken, der sich von seinem Mädchen in der Ukraine verabschiedet und in den Krieg zieht. Dennoch gehörte es nicht nur zum Erbe der Volksweisen, sondern auch und vornehmlich zu den patriotischen Liedern. Die junge polnische Armee hatte es kurz nach Ende des Ersten Weltkrieges in den beiden darauffolgenden Kriegen gesungen: im Polnisch-Ukrainischen Krieg, welchen man, da es sich dabei um einen Angriffskrieg handelte, in den polnischen Geschichtsbüchern lieber als ›die Entstehung der polnischen Grenzen‹ im Vagen hielt, und im Polnisch-Sowjetischen Krieg, welcher, da es sich dabei um einen Verteidigungskrieg handelte, als der Polnisch-Bolschewistische Krieg bezeichnet wurde. Und da Heniek darüber hinaus mit vielen anderen die Westukraine weiterhin als eigentlich polnisch, als Gebiet des früheren polnischen Großreiches betrachtete, das man nur aufgrund der unglücklichen polnischen Teilungen, der Fehlentscheidung der Pariser Friedenskonferenz und schließlich aufgrund des Ribbentrop-Molotow-Paktes verloren hatte, war auch das Besingen des Mädchens, welches in der Ukraine auf den Kosaken wartet, ein sehr patriotischer Akt.

Indem Heniek seinen Audi ›Falke‹ getauft hatte, gab er seinen tiefsten und edelsten Gefühlen Ausdruck: der Liebe zu seinem Vaterland, der Empörung über dessen tragische Geschichte, der romantischen Vorstellung, auf gewisse Weise selbst Kosak zu sein – wenn auch nicht auf einem Pferd, sondern auf dreihundertfünfzig Pferdestärken –, während zu Hause das geliebte Mädchen auf einen wartete, und schließlich auch der Erinnerung an die Jugendzeit, als man in Pfadfinderuniform durch die Wälder streifte und sich als König der Welt fühlte. Der restaurierte A6 erfüllte ihn stets mit noch größerem Stolz als sein Kirschlikör mit der geheimen Zutat und war seine größte Liebe über die eine große Liebe hinaus.

Doch die eine große Liebe war nun fort. Da half auch der Geruch des Leders nicht.

Heniek drehte den Schlüssel im Zündschloss um und hörte, wie der Motor aufknurrte. Nur kurz freute er sich über die ungeheure Kraft, die hier gleichmäßig und leise unter den niedrigen Umdrehungen lauerte, seufzte und fuhr los.

Der Falke spendete nur wenig Trost. Denn es war alles von Grund auf falsch: Der Kosak hatte das Mädchen zu verlassen, nicht sie ihn, und schon gar nicht Richtung Westen.

Heniek kehrte in das leere Haus zurück, und erst langsam drang zu ihm durch, dass er völlig allein war. Seit – damals – fünfunddreißig Jahren zum ersten Mal. Planlos schlurfte er durch die Räume, brachte Beatkas dritten Koffer wieder zurück ins Schlafzimmer, räumte die Tasse weg, an der zum letzten Mal noch Spuren ihres Lippenstiftes klebten, und setzte sich auf ihren Liegestuhl im Garten.

Nach zweiundzwanzig Stunden schickte ihm Beatka eine SMS, in der sie kurz mitteilte, dass sie ohne Zwischenfälle am Ziel in Domburg angekommen waren, diesem Ort, von dem er nicht einmal genau wusste, wo er lag. Eigentlich hatte er sogar nur eine vage Vorstellung davon, wo Holland lag.

Um sich die Zeit zu vertreiben, ging er in das Zimmer von Kasia. Sie hatten für die beiden Kinderzimmer nach deren Auszug keine Verwendung gefunden, und so hatten sie sie einfach so gelassen, wie sie waren. Kasia war immer die bessere Schülerin gewesen, daher standen die meisten Bücher – ein Brett von achtzig Zentimeter Breite voller Schulbücher – bei ihr. Alle übrigen Bücher – es waren vor allem Fotoalben – befanden sich ganz unten in der Schrankwand im Wohnzimmer. Heniek setzte sich an Kasias alten Schreibtisch aus Sperrholz, an dem, wie er sofort bemerkte, die Holzimitatfolie an der Kante nicht mehr klebte, und nahm den Atlas in die Hand. Zum ersten Mal schaute er nach, wohin es seine Frau gezogen hatte, und er wunderte sich ein wenig über die Gestalt der Niederlande. In seiner bisherigen Vorstellung sahen die Niederlande eher wie Belgien aus, und Belgien wie Luxemburg, und an Luxemburg hatte er bisher noch nie in seinem Leben gedacht. Langsam las er die Namen, die wie ein vages Echo aus dem Geografieunterricht seiner Kindheit und aus seltenen Nachrichten in ihm aufstiegen:

– *Bruksela, Antwerpia, Amsterdam.*

Es dauerte lange, bis er endlich Domburg fand, dieses kleine Städtchen direkt am Meer, fast schon mit Blick auf England, wie er überrascht feststellen musste. England hatte ihm immer besonders weit weg geschienen. Schon auf halbem Wege nach Amerika.

Heniek blätterte um auf eine Seite mit kleinerem Maßstab und wollte nun die Strecke, die seine Frau im Bus genommen haben musste, mit seinem Finger nachzeichnen, von Gajerudki bis nach Domburg, doch schon bei Dąbie kam er ins Stocken: Die neue Autobahn, die Polen zur Fußball-Europameisterschaft 2012 zwischen Poznań und Warszawa gebaut hatte, war nicht eingezeichnet. Ja, der Atlas musste sogar noch älter sein, aus den Achtzigern sicherlich, denn nach der Grenze, gleich hinter Słubice, erstreckte sich das Staatsgebiet der Deutschen Demokratischen Republik. Heniek schaute noch eine Weile auf diese Karte von Mitteleuropa, die ihm sein ganzes Leben lang unumstößlich geschienen hatte, diese Karte, auf der die Staatsgrenzen mit einer breiten, in beide Richtungen unpassierbaren Doppellinie markiert waren.

8

Henieks rechte Hand hatte den Hebel der Gangschaltung losgelassen, hatte den dritten Knopf seines Hemdes aufgeknöpft und war ihm ganz unwillkürlich auf seine Brust gerutscht, wo sie nun die Kräuselungen seiner Haare nachzeichnete und über seine Narbe strich.

Sie waren schon mehrere Stunden unterwegs und fuhren auf der neuen Autobahn der Grenze entgegen. Es gab kaum Verkehr, und die Nacht war schläfrig und lau.

– Wenn du gewusst hättest, dass Polen mal eine Autobahn bauen würde, wärest du dann beim Straßenbau geblieben? – fragte Heniek.

– Als ob die einer so kleinen Firma so einen lukrativen Auftrag erteilen würden.

– Bis dahin hättest du … ja noch wachsen können.

– Die verteilen das Geld lieber unter sich.

– Wahr. Aber zumindest haben wir jetzt ein paar Straßen, für die wir uns nicht schämen müssen.

– Wobei ich mich schäme, wenn ich daran denke, wie sie gebaut wurden. Scheiß-Chinesen!

– Hm. – brummte Heniek. Es war ein zustimmendes, aber auch nachdenkliches Brummen. Denn Heniek wusste nicht so recht. Eigentlich müsste die Lage einfach sein: Die aus dem kommunistischen China stammende Firma Covec war schuld, Polen – wie so oft – leidtragendes Opfer. Doch Polen war inzwischen gespalten, nicht, wie früher, in eine kleine Schicht kollabierender Sozialisten und die überwältigende, sich nach Freiheit sehnende Mehrheit, sondern fast genau in der Mitte der Gesellschaft: in eine Hälfte aus patriotischen Nationalkonservativen und eine Hälfte aus ebenfalls patriotischen Liberalen. So machte, als ein Jahr vor Beginn der Europameisterschaft 2012 in Polen und der Ukraine das chinesische Straßenbauunternehmen von einem Tag auf den anderen die Arbeit an der polnischen Autobahn niederlegte und wieder nach Asien verschwand, die PiS-Partei nur halbherzig China, vor allem aber der damals regierenden Bürgerplattform und dem Ministerpräsident Donald Tusk heftige Vorwürfe. Man habe, so die Kritik, bei der Auftragsvergabe nur auf den günstigsten Preis geschaut und daher eine inkompetente und betrügerische Firma engagiert. Der Feind sei also nicht in Peking, sondern im eigenen Land zu suchen.

Doch Heniek erinnerte sich noch genau, wie bereits eine Legislaturperiode zuvor die PiS-Partei unter Jarosław Kaczyński selbst über zu hohe Straßenbaukosten in Polen geklagt hatte. Der sowohl von der PiS als auch der Bürgerplattform gemeinsam erhobene Vorwurf lautete damals, die polnischen Straßenbauunternehmen würden sich illegalerweise absprechen und die Kosten für staatliche Bauvorhaben in die Höhe treiben. In der Folge hatten die damaligen Vorsitzenden der Generaldirektion für Landesstraßen und Autobahnen und der Polnischen Staatsbahnen die Volksrepublik China besucht und Interessensbekundungen für die Zukunft unterzeichnet.

Was sollte man nun, fragte sich Heniek, davon halten, wenn die freie polnische Regierung, die nationalkonservative zumal, ausgerechnet im kommunistischen China nach Alternativen zu den polnischen Firmen suchte, die die Regeln der freien Marktwirtschaft, für die doch alle gekämpft hatten, unterwanderten? Doch die Sachlage war noch komplizierter: Was nämlich schließlich zum Rückzug der chinesischen Firma geführt hatte, konnte nie befriedigend aufgeklärt werden. Der von den Chinesen angesetzte Preis lag mit 26 Millionen Złoty gute 10 Millionen unter dem nächstgünstigen Angebot und damit, so die Kritik, weit unter einem wirtschaftlich sinnvollen Wert. Das ganze Projekt schien von Anfang an nicht realisierbar. Auch verfügte die Firma nicht, wie mündlich zugesagt, über das entsprechende Eigenkapitel, um den Bau aus eigenen Mitteln zu bestreiten. So war Covec ständig auf Teilzahlungen der Generaldirektion für Landesstraßen und Autobahnen angewiesen, welche, da sie der gemachten Absprache widersprachen, nur ungern und sehr unpünktlich geleistet wurden.

Doch die Sachlage war noch viel komplizierter. Der Grund, weshalb dieses Eigenkapital nicht in genügender Menge vorhanden war, hing mit besonders harten Auflagen und Restriktionen der Bank of China zusammen. Denn Covec war eine Tochterfirma der China Railway Group, welche wiederum dem Bahnminister Liu Zhijun unterstand. Und gegen ebendiesen Minister wurden zu ebendieser Zeit schwere Korruptionsvorwürfe erhoben, die schließlich dazu führten, dass er zum Tode verurteilt wurde. Dass man eventuell verdächtige Kapitalströme ins Ausland in dieser Situation nicht unbedingt billigen wollte, schien mehr als verständlich – sofern die Korruptionsvorwürfe gegen Liu Zhijun echt waren und nicht nur vorgeschoben, um einen politischen Gegner auszuschalten.

Dann aber wäre Covec wiederum auf der Seite der Opfer und damit der Guten.

– Polnische Straßen, – fügte Andrzej hinzu, – sollten nur polnische Firmen bauen.

Doch zur Wahrheit gehörte auch, dass sich ebendiese polnischen Firmen alles andere als kooperativ gezeigt hatten: Die lokalen Zulieferer boykottierten jegliche Zusammenarbeit mit den Chinesen oder verlangten für kleinste Aufträge astronomische Summen. Und einmal drang sogar an die Öffentlichkeit, wie ein polnisches Unternehmen an einem Tag mehrere Lkw-Ladungen Bausand ablieferte und sich gegenzeichnen ließ, nur um diese in der Nacht darauf wieder aufzuladen und zu stehlen.

War nun Covec ein kommunistischer Staatsbetrieb oder Unternehmen eines Regierungsgegners? Wollte Liu Zhijun wirklich eine Autobahn bauen oder über den günstigen Auftrag nur Geld ins Ausland schaffen? Sollten polnische Regierungen überhaupt ausländische Firmen beauftragen? War es vonseiten der polnischen Baufirmen richtig gewesen, Covec zu boykottieren? – Heniek wusste es nicht. Nichts davon. Er konnte nicht eine dieser Fragen beantworten. Früher war es noch einfach gewesen: Was kommunistisch, ausländisch und insbesondere russisch war, war schlecht, was polnisch und katholisch war, war gut. Und wer regierte, hatte nur im Sinn, sich selbst zu bereichern. Einen Regierungswechsel wollte man trotzdem nicht, denn dann würden nur andere kommen, die sich bisher noch nicht bereichert hatten.

Dennoch, irgendetwas Undurchschaubares, Verwegenes musste sich im Hintergrund abgespielt haben, denn am Ende war Polen im Jahr 2012 noch immer das einzige Land Europas, dessen Hauptstadt nicht über eine Autobahn erreicht werden konnte.

So brummte Heniek in einer Mischung aus Missmut, Resignation und Galgenhumor:

– Oder wir lassen die Autobahnen wieder von den Deutschen bauen.

Andrzej wollte etwas erwidern, aber seine Aufmerksamkeit wurde von einer unerwarteten Erscheinung abgelenkt: Sie fuhren an der gewaltigen Christusstatue von Świebodzin vorbei, die auch nachts hell erleuchtet war. Zuerst sahen sie sie schräg von hinten, dann von der Seite, und schließlich konnten sie, wenn sie sich umdrehten, die Statue auch von vorn betrachten. Sie war nicht besonders schön, aber imposant: Ein ganz weißer Christus als König, mit Umhang und goldener Krone, der seine Arme leicht angewinkelt ausbreitet und in dieser Bewegung die Form des Kreuzes nachahmt, sich aber gleichzeitig auch öffnet, als wollte er die gesamte Menschheit segnen, zu sich einladen und umarmen.

Oder als wollte er sich feiern lassen.

Alles an diesem Bau war symbolträchtig: Die dreiunddreißig Meter Höhe der Statue standen für die dreiunddreißig Lebensjahre Jesu. Die Krone mit ihren drei Metern erinnerte an die drei Jahre seines öffentlichen Wirkens. Und die fünf Ringe zu seinen Füßen sollten seinen Siegeszug auf dem gesamten Erdkreis mit den fünf bewohnten Kontinenten ausdrücken.

Doch am interessantesten war wohl die Ausrichtung nach Westen. Świebodzin lag nur etwa siebzig Kilometer von der deutschen Grenze entfernt, und der gewaltige Christus – der größte der Welt übrigens, denn er war sechs Meter höher als sein berühmter Zwilling aus Rio de Janeiro – stand segnend, mahnend und einladend an der Grenze und schien dergestalt ganz Westeuropa bekehren und in den Schoß des katholischen Glaubens zurückrufen zu wollen – eines Glaubens, so das Selbstverständnis, der in Polen noch wahrhaftig und rein gelebt wurde.

Eine Weile lang war es still im alten Benz, und Heniek und Andrzej blickten abwechselnd mal direkt, mal durch Seiten- oder Rückspiegel auf den strahlenden Christus, bis die segnende, mahnende und den Westen einladende Figur endgültig am Horizont verschwunden war.

Dann nahm Andrzej ihr vorheriges Gespräch wieder auf:

– Aber wenn ein Priester in einer Stadt von vielleicht zwanzigtausend Einwohnern meint, in seinem Vorgarten den größten Jesus der Welt aufstellen zu müssen, dann klappt das in unserem Land ohne Schwierigkeiten.

9

Heniek hatte sein Marienmedaillon geküsst und dem Himmel gedankt, als Beatka nach drei Tagen zum ersten Mal anrief. Sie erzählte von der Arbeit und lachte, wie dumm doch die Holländer seien: Als ob Marysia und sie es nicht merken würden, wenn sie sich über ihren Arsch – ihren *reet* – unterhalten würden.

Nach einer Woche rief Beatka zum zweiten Mal an und klagte: Die Arbeit sei langweilig, die Wohnbedingungen seien schlecht, und Holland sei hässlich. Sie vermisse Gajerudki und ihren Heniek und denke darüber nach, vorzeitig zurückzukehren.

Eine Woche verging, und als Beatka wieder anrief, erzählte sie lauter belanglose Dinge: was Marysia und sie sich zum Frühstück machten – Rührei und Bohnen –, wo man im Hotel ungestört rauchen konnte – hinter dem Brennholzstapel –, wie man die Zeit in Domburg verbringe – alle fahren Fahrrad.

Zurückzukehren war kein Thema mehr. Jetzt hatte sie ja schon die Hälfte der vier Wochen hinter sich gebracht, den Rest würde sie auch schaffen.

Eine weitere Woche verging, und Beatka teilte Heniek mit, dass sie mit dem Gedanken spiele, länger in Domburg zu bleiben. Sie lege ja gerade gut Geld zur Seite, und das müsse sie nutzen, es sei ja schließlich zu ihrem gemeinsamen Wohl. Heniek fragte, an welche Zeitspanne sie dabei dächte, und sie meinte, nur ein, vielleicht zwei Wochen mehr.

Aus ein bis zwei Wochen wurde zuerst ein Monat. Dann wollte Beatka auch noch den halben September anhängen, und schließlich nahm sie auch noch die ganze Nebensaison mit.

Heniek lief verloren durch Gajerudki und ließ sich von seinen Freunden und Bekannten bemitleiden. Wenn sie ihre Autos in seine Werkstatt brachten, fragten sie nicht mehr, wann Beatka zurückkommen würde. Wenn er einkaufen ging, scherzten Teresa und Waldemar im Laden nicht mehr, ob er in der Lage sei, sich seine Hühnerbrühe allein zu kochen. Und wenn er abends mit Andrzej und einer Flasche seines selbst gemachten Likörs Fußball schaute, machte Andrzej keine anzüglichen Witze mehr darüber, wie lang wohl Arjen Robbens drittes Bein sei.

Inzwischen war sogar Marysia aus Holland zurückgekehrt, und Heniek überraschte sie, als sie gerade von Frau Halina kam, die in ihrem Wintergarten ein kleines Nagelstudio eingerichtet hatte. Marysia zog, als sie Heniek erblickte, hastig ihren Schlüsselbund aus der Handtasche und machte drei schnelle Schritte auf ihren blauen Fiat Panda zu. Da sie jedoch etwas zitterte, fielen ihr die Schlüssel aus der Hand. Heniek hob den Bund mit dem Eifelturm an der Kette auf und stellte sich vor das Auto.

– Marysia, seit wann sind Sie zurück?

– Seit drei Wochen.

– Wollten Sie nicht auch länger bleiben, so wie meine Frau?

– Darf ich bitte meine Schlüssel haben?

– Gleich.

– Ich habe es sehr eilig.

– Wohin denn?

Sie überlegte kurz, wurde dann aber böse und fuhr ihn energisch an:

– Das ist nicht Ihre Angelegenheit.

– Richtig.

– Die Autoschlüssel bitte.

Sie wollte nach den Schlüsseln greifen, doch Heniek zog seine Hand zurück.

– Aber Sie sind mit meiner Frau nach Holland gefahren und … allein zurückgekommen. Da muss ich sichergehen, dass alles in Ordnung ist.

– Rufen Sie sie doch an. Sie wird sich sicher freuen.

– Warum ist meine Frau länger geblieben?

– Weil sie noch mehr verdienen wollte, wahrscheinlich.

– Und Sie … wollten nicht noch mehr verdienen?

– Ich wollte zurück nach Hause. Kann ich jetzt bitte meine Schlüssel haben?

Dieses Mal klang die Frage wie eine böse Drohung. Heniek gab nach und überreichte ihr den Schlüsselbund. Marysia schob sich an ihm vorbei und öffnete die Wagentür. Als sie sie zuziehen wollte, hielt Heniek sie jedoch noch einmal auf.

– Aber wo wird Beatka denn jetzt wohnen?

– Da, wo wir auch vorher schon gewohnt haben.

– Das ist möglich?

– Warum denn nicht?

Dann zog sie die Tür zu, umfasste mit ihren pink leuchtenden Fingernägeln voller weißer Arabesken das Lenkrad und den Schalthebel und rauschte davon.

Heniek hörte noch, dass das Ventilspiel neu eingestellt werden müsste, und blieb allein in der Einfahrt von Frau Halina stehen. Im Fenster im Erdgeschoss schob eine ältere Hand mit türkisfarbenen Fingernägeln die weiße Gardine wenige Zentimeter zur Seite.

Zum ersten Mal hatte Heniek das Gefühl, dass man ihn in Gajerudki beobachtete.

10

Als Beatka das nächste Mal anrief, fragte Heniek, wo sie jetzt eigentlich untergekommen sei.

– Bei einer Freundin.

– Welche Freundin?

– Ach, die ich hier kennengelernt habe. Sie heißt Aldona und kommt aus Gliwice.

– Arbeitet sie auch im Hotel?

– Ja.

– Wie ist sie so?

– Witzig. Und äußerst unordentlich. Sie lässt überall ihre Sachen rumliegen. Und ständig muss ich ihr Geschirr in der Küche aufräumen. Und wenn sie duscht, ist das ganze Badezimmer geflutet.

– Wie alt ist sie?

– Weiß nicht, vielleicht vierzig. Sag mal, Heniu: Warum interessiert dich das so?

›Heniu‹, das sagte sie nur, wenn sie besonders zärtlich zu ihm sein wollte.

– Ach, nur so. Ich hab neulich Marysia getroffen, und sie meinte, du würdest noch in der Wohnung wohnen, die sie euch organisiert hatte.

– Aber die war doch von Anfang an nur für vier Wochen.

– Eben.

Es kam Heniek so vor, als würde Beatka kurz stocken.

– Was genau hat Marysia gesagt?

– Ach, nicht viel, sie meinte nur ...–

– Heniu, warte, – unterbrach sie ihn, – ich rufe gleich zurück. Aldona kommt gerade nach Hause. Okay? Gleich, in fünf Minuten.

Und Beatka legte auf. Heniek hielt noch eine Weile sein Handy in der Hand, dann legte er es auf den Tisch und wartete. Zehn Minuten lang dachte er an nichts. Er war nicht in der Lage, auch nur den einfachsten Gedanken zu fassen. Rein gar nichts.

Dann klingelte es wieder. Heniek war erfreut und erstaunt zugleich: Beatka rief sonst nie so schnell zurück, auch wenn sie es versprochen hatte.

– Heniu?

– Ja?

– Da bin ich wieder. Ich musste Aldona gerade mit den Einkäufen helfen. Also, wo waren wir?

– Ich hatte Marysia getroffen.

– Ach ja, richtig. Also, es ist so: Wir konnten doch noch zwei Wochen länger in der Wohnung bleiben, und dann fuhr Marysia wieder zurück. Also wusste sie nicht, dass ich nun bei Aldona wohne, und das ist schon alles. Also nichts Ungewöhnliches.

Heniek wunderte sich darüber, wie häufig Beatka ›also‹ sagte.

– Ich hatte nicht behauptet, dass es ungewöhnlich ist.

– Ja, das stimmt. Ich meine nur, damit du dir keine Sorgen machst.

– Warum sollte ich mir Sorgen machen?

– Deine Frau ist ganz allein in einem fremden Land, ohne Freunde oder Familie, nicht einmal die Sprache kann sie, und du fragst noch, warum du dir Sorgen machen solltest?

– Natürlich, Beatka, das zählt nicht. Darüber denke ich jeden Tag nach. Aber … ich kenne dich auch … und weiß, du kommst mit allem klar. Und mit jedem.

Ein kurzer Augenblick der Stille entstand.

– Willst du mich nicht fragen?

– Was?

– Das, was du immer fragst.

– Wann kommst du zurück?

– Nächste Woche.

11

Die Ziffern 78 erschienen auf der Anzeige, und die gleichgültige Stimme der Frau in dem kleinen Häuschen bestätigte, was Heniek und Andrzej sahen:

– Achtundsiebzig Złoty bitte.

Die beiden Freunde wechselten einen Blick.

– Da hätten wir auch mit dem Zug fahren können. – sagte Andrzej so laut, dass es durch das offene Fahrerfenster und an allen Motorengeräuschen vorbei zu hören war.

Die Frau im Schalterhäuschen war sichtlich müde und schlecht gelaunt.

– Sind sie aber nicht. – gähnte sie. – Karte oder bar?

Heniek wollte bereits die gemeinsame Reisekasse hervorholen, doch Andrzej hielt ihn zurück.

– Karte.

Er reichte ihr seine EC-Karte, und die Mitarbeiterin steckte sie in den Leser. Nach kurzer Zeit runzelte sie die Stirn und probierte es noch einmal.

– Kann es sein, dass Ihr Konto nicht gedeckt ist?

– Machen Sie Witze? Es geht doch nur um achtundsiebzig Złoty.

Und wie um zu betonen, dass er besonders entspannt war, nahm sich Andrzej ein Bier aus dem Kasten auf der Rückbank, öffnete es und begann zu trinken.

– Haben Sie vielleicht noch eine andere Karte? – fragte die Frau, deren einzige Aufgabe, die Autobahngebühren zu kassieren, ständig auf die immer gleichen Hindernisse stieß.

Andrzej lehnte sich vor und reichte ihr seine Kreditkarte. Da rümpfte er die Nase und fragte:

– Was riecht hier so nach Pommes?

Heniek schaltete sofort den Motor aus.

– Das ist das Öl.

– Das kann man doch riechen!

– Deswegen fahren wir auch nachts. Weniger Kontrollen.

Andrzej war nicht begeistert.

– Jeder, der hinter uns fährt, muss doch sofort merken, dass wir kein Benzin getankt haben. Wie ist das in Deutschland? Ist das dort auch verboten?

– Keine Ahnung.

– Die geht auch nicht. – unterbrach sie die Frau vom Schalterhäuschen.

Andrzej zog eine weitere EC-Karte aus seinem Portemonnaie.

– Entschuldigung, – fragte Heniek, – wissen Sie, ob man in Deutschland sein Auto mit Speiseöl betanken darf?

Die Dame blickte zum ersten Mal richtig auf: Vor ihr hielt ein alter Benz, in dem zwei ältere Herren saßen, die offenkundig nicht genug Geld dabeihatten, um die Autobahngebühr zu bezahlen. Und auf ihrem Rücksitz tummelten sich Dutzende Flaschen Speiseöl.

– Woher soll ich das wissen? Ich war noch nie dort.

Und mit routinierter, professioneller Stimme fügte sie an:

– Diese Karte funktioniert auch nicht. Haben Sie es nicht bar?

– Nein. – antwortete Andrzej, bevor Heniek etwas sagen konnte. – Ihr Gerät muss kaputt sein.

– Ich kann ein anderes holen gehen.

– Schreiben Sie uns lieber eine Rechnung.

– Gut. – seufzte die Dame.

Sie nahm Henieks Personalausweis und schrieb sich seine Daten auf. Dann öffnete sie die Schranke und sagte:

– Aber an Ihrer Stelle würde ich runter von der Autobahn. Zu viel Zivilpolizei. Nehmen Sie lieber die Landstraßen.

– Vielen Dank! – sagte Heniek und fuhr los.

Andrzej schaute ihn eine Weile von der Seite an, konnte ihm aber nichts anmerken.

– Alles in Ordnung?

– Ja, warum?

Heniek machte sich offenbar nicht viel daraus, dass sie kein Geld hatten. Er dachte nicht einmal darüber nach, dass keine seiner Bankkarten funktionierte. Andrzej dagegen tat es im Herzen weh, dass er, der er sich sein Leben lang so sehr abgemüht hatte, nun in einem alten, mit Speiseöl betankten Benz saß, der ihnen nicht einmal gehörte, und dass er nicht genug Geld auf dem Konto hatte, um lächerliche achtundsiebzig Złoty zu bezahlen. Das war es nicht, was er damals auf seiner Hochzeit seinem Schwiegervater versprochen und was er sich selbst kurz nach der Hochzeitsreise vor dem Schaufenster von Iwonas Mangelei vorgenommen hatte.

12

Drei Monate nach dem Gespräch hinter dem Laden heirateten sie. Iwonas Eltern schrien erbost auf, als sie Andrzej in ihrem Wohnzimmer sahen. Sie beschimpften ihn als Hurenbock und mehr noch Iwona als Hure und atmeten doch erleichtert auf, als sie hörten, dass die beiden heiraten wollten. Gegen die neuen Umstände waren sie machtlos. Iwonas Eltern trafen sich mit Andrzejs Mutter, und in großer Eile wurde alles vorbereitet. Der Braut durfte man keinen Bauch ansehen können, sonst würde der Priester die Trauung nicht genehmigen.

Iwonas Vater wollte zuerst jede finanzielle Beteiligung an der Hochzeit verweigern, doch letztlich musste er einsehen, dass den Eltern der Schwangeren mehr an der Heirat lag als den Eltern desjenigen, der sie geschwängert hatte. So einigte man sich auf die klassische Kostenverteilung: Die Familie der Braut zahlte den Raum und das Essen, die Familie des Bräutigams besorgte die Musik und den Wodka.

Auf der Hochzeitsfeier rührte Iwonas Vater keinen Alkohol an. Mit finsterer Miene beobachtete er, wie Andrzej zuerst mit seiner Tochter, dann – nicht weniger ausgelassen – mit seiner und schließlich mit jeder anwesenden Frau tanzte. Andrzej war ein hervorragender Tänzer, und jede Dame, die er im Arm hielt, war ein bisschen verliebt in ihn. Iwonas Vater kochte vor Wut und Abscheu: Zum ersten Ärger über seinen

Schwiegersohn gesellte sich nun eine vage, allgemeine Eifersucht hinzu. Wann immer ein Verwandter mit einer Halbliterflasche und zwei kleinen Gläsern zu ihm an den Tisch kam und mit ihm auf sein Glück als Vater der Braut anstoßen wollte, knurrte er nur:

– Er hat aus meiner Tochter eine Nutte gemacht, und er wird auch sonst ihr Leben zerstören.

Nach nur einer Stunde saß er bereits allein am Tisch. Die Gäste waren schließlich gekommen, um Spaß zu haben, mochte der Schwiegersohn auch noch so eine schlechte Partie sein.

Und überhaupt schien Iwonas Vater der Einzige zu sein, der wirklich so dachte. Nachdem Andrzej die Gunst aller Damen gewonnen hatte, machte er zusammen mit seinem Trauzeugen, Heniek natürlich, eine Runde zu den Tischen. Die beiden Freunde gossen reichlich Wodka ein, begrüßten jeden Gast persönlich, fanden immer ein passendes Kompliment, ein interessantes Gesprächsthema und vor allem einen guten Witz, tranken und scherzten und nahmen bald alle Anwesenden in den Arm. Noch bevor die Braut ihren Schleier und der Bräutigam seine Krawatte abgenommen hatten, war man in dem kleinen Festsaal bereits einhellig der Meinung, Andrzej sei ein ›toller Typ‹. Und nicht wenige meinten mit etwas Humor und viel Mitleid:

– Andrzej ist, was seine Väter angeht, vom Regen in die Traufe geraten.

Denn nirgends auf der Welt ließ sich das Fehlen eines Elternteils schlechter verbergen als auf der eigenen Hochzeit. Ob beim elterlichen Segen im Haus der Braut, in der ersten Reihe in der Kirche, bei der Begrüßung der Gäste im Festsaal, den zahlreichen Pflichttänzen mit Vater und Mutter, zu denen die Band immer wieder aufforderte, oder dem Augenblick, da das Brautpaar seinen Eltern für ihre Fürsorge und Erziehung dankte – überall musste Andrzejs Mutter allein hervortreten, wo eigentlich ein Paar erwartet wurde. Sie tat es leicht nach vorn gebeugt, mit angehobenen Schultern und angespanntem Rücken und einem Gesichtsausdruck, dem man anmerkte, dass sie sich nichts anmerken lassen wollte.

Auf der anderen Seite traten Iwonas Eltern im Glanze einer intakten Ehe auf. Doch während Iwonas Mutter im Laufe der Nacht immer wärmer lächelte, denn immerhin heiratete ihre geliebte Tochter ja, und so schlimm war die Partie, die sie gemacht hatte, nun, wie sie sich inzwischen selbst überzeugt hatte, nicht, wurde die Miene ihres Mannes von Stunde zu Stunde finsterer. Er verabscheute Andrzej und seine ganze Familie und die Hochzeit und schon jetzt das Kind, das seine Tochter in sich trug, und teilte das ganz unverblümt allen mit, die sich an seinen Tisch verirrten.

So ergänzten die Gäste, die sich mit etwas Humor und viel Mitleid über den Bräutigam unterhielten:

– Der erste Vater hat Andrzej verlassen, der zweite hasst ihn.

Indes machten Andrzej und Heniek weiter ihre Runde, bis schließlich nur noch der Tisch blieb, an dem Iwonas Vater saß. Heniek wollte Andrzej beistehen, ja selbst das Gespräch mit dem alten Griesgram führen, doch Andrzej winkte ab.

– Diese Schlacht muss ich allein schlagen.

Und als hätte er von jeher das beste Verhältnis zu seinem Schwiegervater, setzte er sich mit zwei sauberen Gläsern neben ihn, füllte sie mit Wodka und hob erwartungsvoll sein Glas zum Toast an. Nicht wenige Gäste schauten neugierig hinüber.

– Auf Iwona.

Iwonas Vater würdigte ihn keines Blickes. Mit der Spitze seines Messers schob er das kleine Glas von sich. Dann schnitt er wieder ein Stück von seinem panierten Schnitzel ab und kaute darauf.

Andrzej hatte etwas Ähnliches erwartet.

– Dann trinke ich eben auch dein Glas aus.

Und mit einer schnellen Bewegung, die bereits einige Übung verriet, leerte er beide Gläser hintereinander. Er schüttelte sich kurz, trank etwas Limonade nach und ließ den Alkohol wirken. Dann beugte er sich zu seinem Schwiegervater vor und sagte:

– Weißt du, Schwiegerpapa, du kannst mich nicht leiden. Und das verstehe ich.

Hier hob Iwonas Vater kurz seine buschigen Augenbrauen. Dann streifte er Andrzejs Hand von seiner Schulter.

– Aber ich werde dir zeigen, dass ich für deine Tochter und deine Enkelkinder sorgen kann. Ob du willst oder nicht: Du wirst sehen, ich werde ein guter Vater sein.

13

Sie fuhren nur auf kurze Hochzeitsreise. Sie hatten kein Geld, und Iwona konnte sich in der Mangelei ohnehin gerade nur zwei Tage Urlaub nehmen. Andrzej bat seinen Patenonkel, der ihm auf der Hochzeit feierlich – dem jungen Paar zum Eheglücke – einen Gefallen versprochen hatte, ihnen für ein verlängertes Wochenende seine Wohnung in Warszawa zur Verfügung zu stellen. Der Onkel war nicht sehr erfreut, dass man sein Versprechen beim Wort nahm und so schnell einlösen wollte. Doch nach ein paar fürsprechenden Anrufen von Andrzejs Mutter willigte er schließlich ein, und so machte das frische Ehepaar eine kurze, für beide die erste, Reise in die Hauptstadt.

Als sie nach vier Tagen zurückkehrten, lagen sie sich vergnügt in den Armen, flüsterten, kicherten und schienen so verliebt wie am allerersten Tag.

Während ihrer Reise hatten sie von Warszawa nichts gesehen. Egal, welche Sehenswürdigkeit ihre Familien nannten, sie waren nicht da gewesen, nicht einmal in der Altstadt oder vor dem Kulturpalast. Dabei senkten sie ein wenig verschämt den Blick und erklärten, die Wohnung ihres Onkels liege weit außerhalb, und der Verkehr sei fürchterlich, und draußen sei es viel zu kalt gewesen, und außerdem hätten sie einmal den falschen Bus genommen und so weiter. Dann kicherten sie etwas, und niemand, der sie eben noch gefragt hatte, zweifelte daran, dass sie trotzdem einen Weg gefunden hatten, sich bestens zu amüsieren.

Am nächsten Tag zog Iwona bei Andrzej ein. Das heißt: bei seiner Familie. Andrzejs jüngerer Bruder Olek räumte die Hälfte des ehemaligen Jungenzimmers und zog in das Wohnzimmer, wo er am Abend immer das Sofa aufklappen musste, wenn er sich schlafen legte. Das junge Paar gewann auf diese Weise ein Zimmer für sich, zwischen dem Schlafzimmer der Mutter und dem kleinen Mädchenzimmer, das Andrzejs Schwestern bewohnten.

An Iwonas erstem Arbeitstag als Frau Witkowska begleitete Andrzej sie bis in die Mangelei hinein, gab ihr einen Kuss und rauchte noch eine Zigarette draußen auf der Straße. Iwona warf ihm immer wieder Kusshände durch die Scheibe zu. Und Andrzej betrachtete sie und dachte, dass man den Bauch eigentlich schon sehen konnte, wenn man darum wusste.

Schließlich trat er den Stummel auf dem Bürgersteig aus, drehte sich von Iwona weg, rieb sich die Hände und sagte leise für sich:

– Gut, genug. An die Arbeit. Es wird Zeit, Geld zu verdienen.

Mit zwei Zeitungen und einem Notizbuch setzte er sich zu Hause vor das Telefon und telefonierte zwei Stunden. Überall fragte er herum, ob jemand eine Arbeit habe und ihn einstellen könne. Und obwohl ihm sein Ruf als Taugenichts und fauler Bengel vorauseilte, konnte er am nächsten Tag bereits anfangen. Ein Cousin zweiten Grades von Iwonas Vater war von seinem Auftreten auf der Hochzeit so angetan gewesen, dass er es mit ihm probieren wollte. Andrzej wurde als einfacher Handlanger im staatlichen Straßenbaubetrieb eingestellt, wo er mit einer Schubkarre Sand und Schotter herbeischaffen musste, um dann mit der Schaufel verschiedene Schichten auf dem Untergrund zu verteilen, auf dem einmal eine Straße entstehen würde. Diese Arbeit war eintönig und anstrengend. Doch Andrzej war gewillt durchzuhalten.

Als Iwonas Vater seinen Cousin nach zwei Wochen anrief und fragte, wie sich sein Schwiegersohn so mache, antwortete dieser:

– Gar nicht mal so schlecht.

Einen Monat später lautete die Antwort:

– Wenn er so weitermacht, wird er es schnell zu etwas bringen.

Und nach drei Monaten lobte er Andrzej bereits in den höchsten Tönen:

– Ganz ehrlich, er ist mein bester Arbeiter. Ich kann mir die Zeit ohne ihn gar nicht mehr vorstellen.

In der Tat hatte Andrzej es verstanden, sich schnell unentbehrlich zu machen. Er kam als Erster zur Arbeit und ging als Letzter. Wann immer etwas Schweres hochgehoben werden musste, schaute Andrzej mit einer bis dahin nicht bekannten kollegialen Aufmerksamkeit genauer hin, ob der entsprechende Arbeiter die Aufgabe nur mit Mühe bewältigen konnte. War dies der Fall, ließ er sofort seinen Spaten in der Erde stecken oder seine Schublade stehen und packte mit an. Auch war er überaus lernbereit, fragte, ohne dabei seine Vorgesetzten zu ermüden, woher der Asphalt und der Beton, der Kies oder der Schotter, die man verbaute, eigentlich kamen, weshalb gerade diese Materialien verwendet wurden und warum eine Straße so und nicht anders gebaut wurde. Da er aber gleichzeitig immer freundlich war, gern das ein oder andere Bierchen trank und ausnahmslos allen, ob es ihm nun direkt förderlich war oder nicht, höflich und respektvoll begegnete, hatte man nicht das Gefühl, er sei ein *Karierowicz*, karrieregeil, sondern einfach ein fleißiger und braver Bursche.

Vor allem aber übernahm er schnell die Verantwortung für die Geräte und das Materiallager. Dies war eine verantwortungsvolle Position mit nicht wenig Mehraufwand ohne entsprechende finanzielle Entschädigung. Darum wurde sie gern gemieden. Andrzej aber witterte darin die Chance zu einem Zusatzverdienst. Wenn fortan Geräte herausgegeben und wieder eingesammelt wurden, musste Andrzej ihre Anzahl und ihren Zustand überprüfen, sie eventuell warten und neue bestellen. Ebenso war es mit dem Baumaterial. Da man seine Arbeit jedoch nur sehr unregelmäßig und flüchtig kontrollierte, konnte Andrzej mühelos hier und da einen Sack verschwinden und bei sich zu Hause wieder auftauchen lassen oder ein Gerät als unbrauchbar aussortieren, das er ohne größere Schwierigkeiten in Henieks Werkstatt wieder instand zu setzen wusste.

Einmal ging die Straßenwalze kaputt, und dies war Andrzejs Glückstag. Das schwere Fahrzeug begann erst unruhig zu laufen, wurde dann heiß und qualmte schließlich so sehr, dass die Arbeit sofort unterbrochen werden musste.

Andrzej beriet sich mit seinem Vorgesetzten, was zu tun sei, und rief den Staatsbetrieb an, der für die Produktion und

Wartung der schweren Geräte zuständig war. Ein grobschlächtiger, fünfzigjähriger Mitarbeiter mit schwerem Werkzeugkoffer und Zigarette im Mundwinkel erschien, inspizierte die Walze kurz, betätigte die Zündung, gab mehrfach Gas, schaute in den Motorraum und murrte schließlich:

– Die beschissene Zylinderkopfdichtung.

– Wie lange werden Sie brauchen? – fragte Andrzej, der gerade erst seinen vierundzwanzigsten Geburtstag gefeiert hatte.

– Du hast keine Ahnung von Fahrzeugen, Kleiner, oder?

– Ein Freund von mir ist Mechaniker.

– Ich muss den ganzen Scheißmotor ausbauen und vielleicht auch den Zylinderkopf planieren. Weißt du, was das für eine beschissene Arbeit ist?

– So ungefähr.

– Einen Scheißdreck weißt du. Ich kann das nicht hier machen.

Er deutete dabei auf das Materiallager, in dem sie vor der Straßenwalze standen.

– Ich muss die Kleine in unsere Werkstatt in Łódź bringen.

– Wann kommen Sie sie abholen?

Der Mechaniker steckte sich eine neue Zigarette an der abgebrannten ersten an. Andrzej hatte noch nie einen echten Kettenraucher getroffen. Die Geste machte großen Eindruck auf ihn.

– Vielleicht übermorgen, vielleicht in einer Woche. Wenn du Pech hast, auch erst in zwei.

– Und dann? Wie lange dauert es dann?

Der Mechaniker zuckte nur ungeduldig mit den Schultern.

– Es dauert so lange, wie es dauert.

Er nahm schon wieder seinen Werkzeugkoffer in die sehnige Hand und schickte sich zu gehen an, da fragte Andrzej:

– Haben Sie es sehr eilig?

– Nicht unbedingt. Aber mein Anstarren wird die Walze nicht reparieren.

Andrzej schaute den Mann, der ohne Weiteres sein Vater oder besser noch: der Albtraum eines Vaters sein könnte, unschlüssig an. Er fühlte sich wie damals, als er zum ersten Mal in seinem Leben ein fremdes Mädchen ansprach.

– Was denn? – fragte der Mechaniker, als er Andrzejs Blick auffing.

Andrzej nahm seinen Mut zusammen.

– Sie sind der erste Gast in diesem meinen, nun ja, Büro. Ich möchte Sie entsprechend bewirten.

– Nein danke.

– Aber ich bestehe darauf.

– Nee, Junge, vergiss es.

– Aber es handelt sich um eine Flasche meines Hochzeitswodkas.

Und schon holte Andrzej eine Flasche und zwei Gläser aus einem Regal hervor. Eigentlich bewahrte er den Wodka in einer Kiste neben den Warnwesten auf, doch eine Flasche stand stets im Regal in einem unauffälligen Ordner zwischen vielen anderen Akten und Papieren. Diese Vorsicht wäre nicht notwendig, denn es gab kein Alkoholverbot im Betrieb. Doch Andrzej tat es trotzdem: Wenn er den Wodka dann herauszog, hatte die Handlung etwas Konspiratives an sich, und der so Bewirtete hatte das Gefühl, dass ihm eine seltene Ehre zuteilwurde.

Der Mechaniker schaute kurz unschlüssig drein. Andrzej befüllte bereits die beiden Gläser.

– Na gut, weil es der Hochzeitswodka ist, verdammt.

Andrzej lächelte. Wie damals bei dem ersten Mädchen hatten ihn ein wenig Dreistigkeit und ganz viel Beharrlichkeit vorangebracht. Schweigend hoben sie die Gläser, stießen an und tranken. Dann schenkte Andrzej sofort eine zweite Runde ein.

– Andrzej. – sagte er, nachdem sie getrunken hatten, und hielt dabei dem Mechaniker seine Hand hin.

– Felicjan. – brummte sein Gegenüber. Unwillig schüttelte er die Hand, die Andrzej ihm reichte.

Sie tranken noch einmal. Felicjan zündete sich eine weitere Zigarette an und machte es sich auf seinem Stuhl bequemer. Der Wodka begann, ihn mit wohliger Wärme zu füllen.

– Felicjan ist ein seltener Name. – begann Andrzej wieder und suchte dabei nach einem Gesprächsthema.

– Ja, ziemlich scheiße.

– Warum?

– Weil mich jeder drauf anspricht.

Andrzej biss sich auf die Lippe.

– Ich hätte gern so einen ungewöhnlichen Namen.

– Ich nicht.

Felicjan atmete zwei große Wolken Zigarettenrauch durch die Nase aus, aus jedem Nasenloch einen mächtigen Strahl. Andrzej goss nach.

– Und was bedeutet der Name?

– Was weiß ich.

– Ich dachte, wo Sie schon so hei…

– Weißt du denn, was dein Name bedeutet? – unterbrach ihn Felicjan.

Andrzej dachte nach: Er hatte noch nie über seinen Vornamen nachgedacht, nicht ein einziges Mal bisher. Er war eben Andrzej, schon immer.

– Siehst du.

Felicjan hob sein Glas und trank, diesmal allein.

– Haben Sie schon lange mit Walzen zu tun?

– Bulldozer, Betonmischer, Bagger. Wir bauen alles.

– Und Ihre Aufgabe …?

– Beschissene Kundengespräche.

– Hm.

Andrzej lächelte. Er wäre wie geschaffen für einen solchen Job, bei dem man rumreisen und mit Menschen verhandeln konnte. Aber er hatte ihn nicht. Er verwaltete das Materiallager, in dem der wortkarge und unfreundliche Felicjan sicher besser aufgehoben wäre. Niemand würde sich trauen, ihm ein Gerät in schlechtem Zustand zurückzubringen.

Der Mechaniker schenkte sich noch einmal nach.

– Ich wäre gern an Ihrer Stelle.

– Warum?

– Sie bekommen doch sicherlich eine Provision, wenn Sie eine neue Maschine verkaufen.

Felicjan zog tief an seiner Zigarette und blies Andrzej ins Gesicht.

– Nein.

– Kein bisschen?

– Nein.

– Es macht Ihren Vorgesetzten also nichts aus, ob Sie Ihren Job gut oder schlecht machen?

– Ob man steht, ob man liegt … – zitierte Felicjan den Anfang eines berühmten Sprichwortes.

Andrzej kannte es natürlich. Das Ende lautete: Zweitausend man immer kriegt.

– Und möchten Sie lieber stehen oder liegen?

Felicjan schaute ihn lange an. Die Stille wurde unangenehm.

– Was willst du eigentlich von mir, Söhnchen?

– Ich frage mich nur, ob es nicht schneller gehen würde, wenn wir gleich eine neue Walze bestellen würden, statt diese zu reparieren.

Felicjan hob sein leeres Glas ein wenig über den Schreibtisch und schwenkte es schnell hin und her. Andrzej verstand und goss nach.

– Wahrscheinlich schon. Aber es wäre auch deutlich teurer. – sagte Felicjan, nachdem er getrunken hatte.

– Wie teuer?

– Vom Listenneupreis könnte ich nur, hm, vielleicht ein Drittel runtergehen, wenn wir die kaputte Schlampe hier mitnehmen.

– Nur ein Drittel?

– Solange ich keine genauere Diagnose habe, eher sogar nur ein Viertel. Im schlimmsten Fall muss der ganze Motorblock ausgetauscht werden.

– Das glauben Sie doch nicht wirklich.

– Nein. Aber ich würde es annehmen, um den Preis zu drücken.

Die beiden Männer schauten sich einen Augenblick lang an. Dann schenkte Andrzej noch einmal ein und trank zusammen mit Felicjan. Seine Hand zitterte etwas, doch er versuchte, sich nichts anmerken zu lassen. Betont langsam stellte er sein Glas ab und wischte sich mit dem Ärmel den Mund ab. Dann fragte er wie beiläufig:

– Und wenn Sie sie gar nicht mitnehmen würden?

Der alte Mechaniker schaute Andrzej kurz in die Augen, zündete sich eine neue Zigarette an und nahm drei lange Züge, bevor er antwortete:

– Darum geht es dir also.

– Ich prüfe nur die Optionen.

– Ja ja. Also: Die neue Walze gäbe es zum Listenpreis, und die Bescheinigung, dass die hier nicht mehr zu reparieren ist, könnte ich für, hm, fünftausend ausstellen.

– Das ist zu viel.

– Viertausend, wenn du noch eine Flasche aufmachst.

Andrzej stand schweigend auf und stellte eine zweite Flasche auf den Schreibtisch.

– Viertausend sind ein guter Preis für die Kleine. – schob Felicjan nach.

Andrzej klopfte mit dem Handballen auf den Boden der Flasche, öffnete sie und goss nach.

– Also, haben wir ein Geschäft? – fragte der Mechaniker und hielt dabei Andrzej sein Glas hin.

Wortlos stieß Andrzej an. Sie tranken und setzten die Gläser besonders laut auf der Tischplatte ab.

– Sicherlich. Viertausend wären ein guter Preis für die Kleine. – pflichtete Andrzej verspätet bei. – Wenn sie in einem guten Zustand wäre. Aber mit der kaputten Zylinderkopfdichtung sollten wir, denke ich, ein Drittel sagen. Ein Viertel sogar eher, da wir noch keine genaue Diagnose haben. Im schlimmsten Fall muss ja der ganze Motorblock ausgetauscht werden.

Felicjan schmunzelte und bewegte sich in seinem Stuhl. Sein rechtes Bein tat weh, und so schlug er die Beine andersherum übereinander.

– Also ein glatter Tausender?

Andrzej antwortete nicht. Er hob nur die Augenbrauen und schaute sein Gegenüber an.

– Scheiß drauf, ein Tausender also. – sagte Felicjan und hielt ihm seine rechte Hand hin. Doch Andrzej ergriff sie nicht. Stattdessen nahm er die Flasche in die Hand und drehte ihren Verschluss auf und wieder zu.

– Aber das wäre der Preis, wenn ich die Walze von euch kaufen wollte. Ich frage ja nur, wie viel der Fetzen Papier kosten würde, der bescheinigen würde, dass wir eine neue brauchen.

– Jetzt übertreibst du aber.

– Ich prüfe nur die Optionen.

– Nenn mir einen Preis.

– Hundert.

– Nein. Siebenhundert.

– Zweihundert.

– Nein.

– Zweihundert. Für Sie wäre mit dem Papier ja alles getan. Aber ich muss mich noch um die Entsorgung kümmern. Und dann die Reparatur. Kosten über Kosten.

– Fünfhundert.

– Zweihundert. Nicht mehr.

Felicjan zündete sich eine weitere Zigarette an, obwohl die, welche er gerade im Mund hatte, noch nicht ganz aufgeraucht war.

– Zweihundert?

– Ja.

– Ach, scheiß drauf. Einverstanden. Betrachte es als Hochzeitsgeschenk.

Andrzej schenkte noch einmal ein. Sie tranken stumm und lehnten sich beide für einen Augenblick in ihren Stühlen zurück.

– Brauchen Sie einen Stift? – fragte Andrzej schließlich. Er wusste, wie viel Arbeit heute noch vor ihm lag. Außerdem wollte er nicht, dass es sich der Mechaniker noch einmal anders überlegte.

Als Andrzej endlich, mit zweihundert Złoty weniger in der Hosentasche, jedoch mit einem Zettel in der Hand, der einen zerstörerischen Motorbrand und die Irreparabilität der Straßenwalze diagnostizierte, allein im Büro zurückblieb, wurde ihm plötzlich furchtbar übel. Er kniff die Lippen zusammen, lief zu einem der vielen Eimer und übergab sich. Natürlich, er hatte auf nüchternen Magen, viel zu früh am Tag und auch zu schnell getrunken. Aber das war es nicht. Nicht der Alkohol wollte aus ihm raus, sondern die Anspannung, die Erleichterung und die Freude.

– Wir werden Straßenbauer, Heniek! – flüsterte Andrzej mit bleichem, doch glückseligem Lächeln.

14

Wir werden Straßenbauer. – wiederholte Andrzej immerfort, als er den Eimer in einem Busch auskippte und das Materiallager aufräumte.

– Ist alles in Ordnung mit dir? – fragte ihn sein Vorgesetzter, da Andrzej immer noch sehr blass aussah und etwas wackelig auf den Beinen war.

– Ja. – antwortete Andrzej kurz und zur Seite abgewandt. Er kaute auf einer Kaffeebohne herum, um den Alkoholgeruch aus seinem Mund zu überdecken.

Der Arbeitstag zog sich in die Länge. Immer wieder schaute Andrzej auf seine Uhr. Als endlich das Zeichen zum Feierabend ertönte, zog sich Andrzej schnell um und verließ als Erster die Arbeitsstelle. Statt nach Hause zu gehen, suchte er einen Schrottplatz auf und überredete den Betreiber, den er dank Heniek schon kannte, ihm für hundert Zloty ein Schreiben auszustellen, in dem er bestätigte, dass er heute eine Straßenwalze mit ausgebranntem Motor entgegengenommen hatte.

– Und wenn dich jemand fragt, wo sie jetzt ist?

– Dann sage ich, dass ihn das nichts angeht.

– Und wenn jemand hartnäckig danach fragt?

– Dann sage ich, dass ich die Teile, die noch zu gebrauchen waren, unseren Brüdern in der Tschechoslowakei verkauft habe. Und den Rest habe ich verschrottet. Irgendwo dahinten unter den Überresten des Żubr A80 müssten sie zu finden sein.

Andrzej dankte ihm und suchte nun Jacek, einen ehemaligen Mitschüler auf, der gerade beim Abendbrot saß. Andrzej setzte sich ihm gegenüber an den Tisch und wartete ungeduldig, bis dieser den letzten Tropfen Gulasch mit einer Scheibe Weißbrot aus dem Teller getupft hatte. Selbst aß er nichts. Nach zwanzig Minuten, die ihm wie eine Ewigkeit vorkamen, erhoben sich die beiden jungen Männer und stiegen in den Abschleppwagen, der Jaceks Vater gehörte. Andrzej bezahlte die Spritkosten und ließ zum Dank eine Flasche Wodka auf dem Küchentisch zurück.

Zu zweit fuhren sie zum Straßenbaubetrieb. Andrzej öffnete mit dem Schlüsselbund, den er zusammen mit der neuen Verantwortung bekommen hatte, das Materiallager, und sie luden die Walze auf den Abschleppwagen.

Als sie vor Henieks Werkstatt hielten, war die Sonne schon lange untergegangen. Sie mussten mehrmals hupen, um Heniek aus seinem Haus und Feierabend nach draußen zu locken.

Der angehende Mechaniker trat langsam und etwas fahrig, wie Andrzej schien, vor die Tür. Er schaute auf den Abschleppwagen, die Walze und dann auf Andrzej auf dem Beifahrersitz und fragte:

– Was ist das?

– Wir werden Straßenbauer.

Heniek blickte noch einmal auf die Straßenwalze.

– Was ist mit ihr?

– Ach, nur die Zylinderkopfdichtung. Meinst du, dass du das reparieren kannst?

– Ich schau sie mir morgen an. Stellt sie hier ab.

– Mir wäre es lieber, – hielt Andrzej ihn zurück, – wenn wir sie in deine Werkstatt bringen könnten. Damit man sie hier nicht gleich sehen kann.

– Sie ist aber nicht gestohlen?

– Nein!

– Gut, dann also in die Werkstatt.

Heniek öffnete die Einfahrt und räumte ein paar Werkzeuge zur Seite. Dann schoben sie mit vereinten Kräften die Walze in die Werkstatt. Heniek wollte zuerst nicht mitanpacken, doch als er sah, dass sie es ohne ihn nicht schaffen würden, half er doch.

– O verdammt. Ich habe es geahnt. – schimpfte er, als die Walze endlich an ihrem Platz stand. Dieser plötzliche Ausbruch überraschte Andrzej. Da erst bemerkte er, dass Heniek eine Krawatte und ein – sein einziges – weißes Hemd trug. Und auf diesem Hemd war nun ein Ölfleck, nicht übermäßig groß, aber doch deutlich sichtbar.

– Hast du heute noch eine Verabredung?

– Ja.

– Mit wem? – fragten Andrzej und Jacek gleichzeitig.

– Beatka.

– Beatka Grotowska? Brigitte Bardot?

– Ja.

Jacek pfiff anerkennend.

– Nicht schlecht.

Heniek lächelte verschämt und stolz, ein wenig dämlich und unendlich verliebt.

Als Andrzej endlich nach Hause kam, war er so müde wie noch nie in seinem Leben. Wie in Zeitlupe suchte er vor der Wohnungstür nach seinem Schlüssel und schob ihn ganz langsam in das Schloss. Am liebsten hätte er sich gegen den Rahmen gelehnt und wäre gleich auf der Stelle eingeschlafen.

Doch noch bevor er den Schlüssel im Schloss umdrehen konnte, wurde die Tür bereits aufgerissen, und seine Schwester stand aufgeregt vor ihm:

– Wo bist du denn die ganze Zeit gewesen?

– Ich hatte noch etwas zu erledigen. Wir werden Straßenbau… –

Iza unterbrach ihn:

– Iwona ist im Krankenhaus. Es ist so weit!

Andrzej brauchte einen kurzen Augenblick, um zu verstehen, wovon sie sprach.

– Wer hat sie hingebracht?

– Ihr Vater. Wir konnten dich weder auf der Arbeit noch sonstwo finden, also sind wir zu ihren Eltern gelaufen.

– Scheiße.

– Nicht gut?

– Nein, doch. Egal. Wie geht es ihr?

– Ich weiß nicht. Gut, glaube ich.

Andrzej betrat gar nicht erst die Wohnung. Er machte sofort kehrt, lief zurück zu Jacek und ließ sich mit dem Abschleppwagen zum Krankenhaus nach Zduńska Wola fahren.

Im Wartesaal saß bereits sein Schwiegervater. Als Andrzej eintrat, blickte er von seiner Zeitung auf, maß Andrzej einmal schweigend von unten nach oben und sagte schließlich:

– Wo hast du dich nur rumgetrieben?

– Ich hatte was Wichtiges zu erledigen.

– Wichtiger als meine Tochter?

– Ich wusste ja nicht … – Andrzej beendete den Satz nicht. Sein Schwiegervater gab ein missbilligendes Stöhnen von sich. Er trug einen tadellosen Anzug mit blauer Krawatte. Andrzej dagegen war noch verschwitzt und in Arbeitskleidung.

– Ich sehe dir doch an, dass du gesoffen hast. – sagte Iwonas Vater und widmete sich wieder seiner Zeitung.

Andrzej ballte die Fäuste: Die Anschuldigung war so richtig und dabei so falsch, dass ihn die Ungerechtigkeit wütend und ohnmächtig machte.

15

Die Grenze kam überraschend und dann auch wieder nicht so überraschend. Man hätte es eigentlich ahnen können, denn plötzlich häufte sich am Straßenrand Werbung für die sogenannten Nightclubs. Auf großen Werbebannern versprachen ihre Namen den einsamen Autofahrern geheimnisvolle Schönheit und Orte anderer Gesetzmäßigkeiten: *Sara*, *Luna*, *Eden*, *Alibi*. So kündigte sich also das Ende Polens an: zuerst Christus, dann Bordelle.

Dann aber ging es ganz schnell. Auf ein Schild mit dem polnischen Adler, welches besagte, dass man sich der Landesgrenze näherte, folgte kurze Zeit später eine Geschwindigkeitsbegrenzung. Mit vierzig Stundenkilometern fuhren Heniek und Andrzej an dem Ort vorbei, an dem sich vor noch nicht allzu langer Zeit ganze Schicksale entschieden hatten: Hier waren einst Familien auseinandergerissen oder nach vielen Jahren zusammengeführt worden, Waren waren geschmuggelt und gefunden worden, Hoffnungen in ein anderes Leben gesetzt und nach vielen Stunden des Wartens und Bangens wieder vereitelt worden. Doch jetzt war dies nur noch ein verlassener Grenzposten, der mit seinem Dach über der Straße und den kleinen Büros wie eine banale alte Tankstelle aussah. Die Durchfahrt dauerte nur wenige Sekunden.

Dann kam die Oderbrücke – der Fluss schimmerte kaum erkennbar in der Nacht – und schließlich ein Schild mit dem deutschen Adler, das besagte, dass man sich nun auf dem Gebiet der Bundesrepublik Deutschland befand.

Und das war es schon. Ein Moment der Unaufmerksamkeit, und man hätte die Grenze verpassen können.

– Halt mal an! – sagte Andrzej.

– Hier? Warum?

– Das geht so nicht.

– Was geht so nicht?

Doch da Andrzej nichts weiter sagte, fuhr Heniek rechts ran und stoppte den Wagen auf dem Standstreifen. Andrzej stieg aus.

– Das geht so nicht. – brummte er noch einmal und schüttelte dabei den Kopf.

Heniek folgte ihm hinaus und um den Wagen herum. Die Heckleuchten warfen ein warmes rotes Licht auf die Fahrbahn, auf ihre Gesichter und ihre Hände, als sie sich an den Kofferraum lehnten. Ein Auto fuhr vorbei und hupte.

– Das stinkt wirklich unmöglich nach Imbiss. – sagte Andrzej im Dunst der Abgase. – Wir müssen unbedingt auf eine weniger befahrene Straße.

– Und wir mussten aussteigen, damit du mir das sagen konntest?

– Nein.

– Was dann?

– Wir sind in Deutschland.

– Ich weiß.

Andrzej wartete noch einen kurzen Augenblick und spuckte dann aus. Seine polnische Spucke auf den deutschen Asphalt. Und Heniek verstand und tat es ihm gleich.

Dann stiegen sie wieder ins Auto und fuhren weiter.

16

Beatka hatte, was ihre Rückkehr betraf, nicht gelogen. Eine Woche später stieg sie braun gebrannt, in einem neuen Kleid, mit großer schwarzer Sonnenbrille und einem Sommerhut aus dem Bus. Sie wirkte jünger und noch energievoller, als sie es ohnehin schon immer war, und sie maß die altbekannten Einwohner und Gebäude Gajerudkis mit langen Blicken, als würde sie diese zum ersten Mal bewusst wahrnehmen.

Über Holland sprach sie wenig, und meist nur, wenn sie gefragt wurde:

– Wie ist das Wetter so in Holland?

– So wie hier, nur windiger.

– Wie sagt man auf Holländisch Guten Tag?

– *Dag*!

– Was vermisst du am meisten?

– Die Kaffeemaschine im Hotel.

Und als Heniek nach einigen Tagen wie beiläufig fragte:

– Und wie sind die holländischen Männer so? –

und Beatka antwortete:

– Ach, vergiss es. Die Hälfte ist schwul. –

war die Sache auch für ihn endgültig abgeschlossen.

Doch dann begannen die Operationen.

Einen Monat nach ihrer Rückkehr verkündete Beatka, dass sie sich die Lippen machen lassen wolle. Sie fand, dass sie konturlos, zu schmal und zu flach seien, und vereinbarte mit einer Schönheitsklinik in Łódź einen Termin. 2ml Hyaluronsäure – die Komfort Plus Deluxe Variante der drei Optionen, die zur Wahl standen. Wenn Beatka etwas machte, dann machte sie es richtig, dachte Heniek und schmunzelte. Wie recht er nur hatte.

Einen Monat später ließ sich Beatka die Augenlider straffen. Heniek hatte es bereits geahnt, denn Beatka stand in letzter Zeit häufiger als sonst vor dem Spiegel und schaute besorgt und unzufrieden drein. Dann beugte sie sich vor, zog mit ihrem Zeigefinger die Augenwinkel an, und erst jetzt huschte ein Lächeln über ihre neuen, vollen und sinnlichen Lippen.

– Wie viel wird das eigentlich kosten? – fragte Heniek wie beiläufig.

– Dreitausendachthundertneunundsiebzig Złoty.

Er hob seine buschigen Augenbrauen.

– Pro Lid. – ergänzte Beatka schnell. – Aber man sagt, dass das einen um acht bis zwölf Jahre jünger erscheinen lässt. Sind zwölf Jahre nicht sechstausend Złoty wert?

– Siebentausendsiebenhundert.

– Oder das. Aber ich zahle das ohnehin von dem Geld, das ich in Holland verdient habe.

Das stimmte nur zum Teil. Beatka hatte 1600 Euro aus Holland mitgebracht. Heniek wunderte sich, dass es nur so wenig war, doch sie meinte, dass der Lebensunterhalt dort einfach viel höher sei als in Polen. Von diesen 6800 Złoty, die ihr in Zduńska Wola in einer Wechselstube mit einem, so schien es ihr, anerkennenden Nicken aushändigt worden waren, hatte sich Beatka aber gleich nach ihrer Rückkehr neue Schuhe und zwei sehr teure Sommerkleider gekauft, und dann hatte ja auch die Lippenaufspritzung 920 Złoty gekostet. Im Endeffekt musste Heniek also über 3000 Złoty dazuzahlen, als er seine Frau zur Operation nach Łódź fuhr und dort drei Stunden auf sie wartete.

Das Ergebnis ließ sich erst nach einigen Wochen wirklich sehen. Dann aber musste auch Heniek zugeben, dass seine Frau wirklich verjüngt wirkte. Jubelnd tänzelte Beatka durch das Bad und schaute mal auf ihre Lippen, mal auf ihre Augenlider, spitzte Erstere und zog Letztere zurück, poste vor dem Spiegel, lächelte und schnitt Grimassen, strich sich schließlich über Wangen und Stirn und meinte:

– Pass auf, wenn ich erst noch die Eigenbluttherapie hinter mir habe.

Heniek wurde blass.

– Was für eine Therapie?

– Die Eigenbluttherapie, sie wird auch manchmal Vampirlifting genannt. Man entnimmt mir etwas Blut, trennt die weißen Blutkörperchen vom Rest und spritzt sie mir wieder in die Gesichtshaut. Dadurch wird die Kollagen- und Elastinproduktion angeregt, und das Hautbild bekommt eine straffere Struktur und einen lebendigeren Teint.

Heniek verstummte ob ihres geballten Fachwissens.

– Und das Beste: Das Ganze kostet nur eintausendeinhundertundfünfzig Złoty.

Also fuhr Beatka wieder nach Łódź und kehrte nach wenigen Stunden mit einem von lauter Nadelstichen geröteten Gesicht zurück. Zehn Tage lang verließ sie nicht das Haus, doch als sie endlich wieder unter Leute ging, wurde sie von all ihren Freundinnen bewundert und nach der Creme gefragt, die sie nutzte. Es war das erste Mal in ihrem Leben, dass sie über ein Schönheitsprodukt schwieg, statt es weiterzuempfehlen.

Auch Heniek war stumm, saß in seinem Fernsehsessel und schaute im Geiste die Kontoauszüge durch. Vor seinen Augen flimmerten die Bilder, zuerst die Nachrichten, dann die Satireshow und schließlich *Ruf mich an*, im Innern aber wälzte er Zahlen und Ziffern und grübelte, wo er noch Geld hatte, das er vor Beatka verstecken musste. Doch vergebens, sie hatten nichts mehr. Müde erhob sich Heniek von seinem Sessel, machte den Fernseher aus und nahm seine Pantoffeln in die

Hand. Leise stieg er die alte Holztreppe zum Schlafzimmer hinauf. Ganz vorsichtig setzte er eine Socke vor die andere und gab sich die größte Mühe, Beatka nicht zu wecken. Doch das war überflüssig, Beatka schlief noch gar nicht. Sie stand im Badezimmer und hatte die Tür weit offen gelassen. Als Heniek vorbeihuschen wollte, sagte sie plötzlich:

– Heniu, schau mal.

Er blieb stehen.

– Hm?

– Wie findest du das?

Dabei drehte sie sich zu ihm, hob ihr Kinn in die Höhe und strich mit beiden Händen ihren Hals glatt.

– Weißt du, was einen wirklich alt macht?

Heniek schüttelte den Kopf:

– Hoffnungslosigkeit?

Doch Beatka drehte sich gerade wieder zum Spiegel und hörte nicht hin. Heniek spürte, dass sie etwas sagte, was sie sich vorher schon zurechtgelegt hatte.

– Der Hals. Er wird als Erstes faltig und hässlich. Alle glauben immer, das Gesicht sei am wichtigsten, und vergessen deshalb den Hals. Aber der Hals ... ich sag dir, ohne den Hals ist das Gesicht nichts wert.

– Ein Gemälde braucht einen passenden Rahmen.

Beatka hob ihre glatten Augenbrauen und wandte sich ihm erneut zu, dieses Mal wirklich erstaunt.

– Ja, genau. Der Hals ist wie ein Rahmen. Ich hätte es nicht besser sagen können.

Der Eingriff kostete achttausendeinhundertneunundneunzig Złoty und dauerte mehrere Stunden. Heniek lieh sich das Geld dafür von Andrzej. Als Nachbar und bester Freund half Andrzej Heniek gern, zumal seine Frau gerade dank Beatka ziemlich viel Geld mit den Versicherungen von Amberlife verdient hatte. Beatka versprach, den Betrag sofort zurückzuzahlen, wenn sie das nächste Mal aus Holland zurückkäme.

– Wenn was? – fragte Heniek und schüttete dabei etwas Tee aus der wertvollen Porzellantasse über die Untertasse. Wollte man Freunde um Geld bitten, stellte man das beste Geschirr auf den Tisch.

– Wenn ich das nächste Mal aus Holland zurückkomme.

Heniek schaute Iwonka und Andrzej an, wie um bei ihnen Hilfe zu finden. Doch die beiden schlürften nur beschämt aus ihren Tassen und runzelten mitleidig die Stirn.

17

– Warum hast du mir nichts davon gesagt? – fragte Heniek, als sie allein waren.

– Es stand noch nicht fest.

– Und jetzt steht es fest?

– Ja.

– Meinst du nicht, dass solche Dinge zuerst zwischen den Ehepartnern besprochen werden sollten, bevor sie ›feststehen‹?

Beatka biss sich auf die Lippen, die vollen und sinnlichen. Heniek hatte natürlich recht. Daher galt es umso mehr, ihn das nicht spüren zu lassen.

– Äff mich nicht nach.

– Verzeih.

Seine Frau nutzte die Pause, um ihre Gedanken zu sammeln.

– Wie anders sollen wir das Geld zurückzahlen?

– Andrzej wird mir keinen großen Stress deswegen machen. Und alles andere ist bezahlt. Ich kann die achttausend Złoty in Ruhe über zwei, drei Jahre abstottern.

Da beschloss Beatka die Flucht nach vorn:

– Und was ist mit der Oberarmstraffung?

Denn beim Hals blieb es natürlich nicht.

Die Operation kostete zwei Mal zweitausendvierhundert Złoty. Da Beatka und Heniek nicht wieder Andrzej fragen wollten, gingen sie zum Pfandleiher. Jeder von ihnen sollte etwas gleich Wertvolles abgeben. Heniek wusste nicht so recht was, denn er hatte nichts von Wert, doch Beatka schlug den Fernseher vor, den großen Flatscreen, den sie ihm zum Sechzigsten geschenkt hatte. Heniek zuckte mit den Achseln und ließ es geschehen. Sie selbst versetzte ihren Verlobungsring. Heniek protestierte, doch sie meinte nur, dass sie dann auf jeden Fall motiviert sei, ihn nach ihrem Job in Holland zurückzukaufen, und so würde er auch ganz sicher seinen Fernseher wiederbekommen. Also fuhren sie zuerst zum Pfandleiher und dann nach Łódź, von wo Beatka nach einigen Stunden mit Armen wie eine Dreißigjährige zurückkehrte.

Überhaupt sah sie vorzüglich aus. Heniek hatte bis dahin nur Vorurteile gegenüber Schönheitseingriffen gehabt. Immer wieder tauchten in den Stars- und Sternchen-Magazinen, die Beatka zuerst allein und dann mit Kasia und schließlich, als diese auszog, mit Heniek zusammen zu schauen pflegte, Berichte über misslungene Schönheits-OPs auf; über den Operationsdruck und Operationswahn, über horrende Summen und horrende Ergebnisse. Er hatte sie alle gesehen, die Fotos von Jackie Stallone und Jocelyn Wildenstein, Donatella Versace und Joan Rivers, von Ewa Minge und Natalia Siwiec, von Kayah, Mickey Rourke, den Bogdanoff-Schwestern, der Herzogin von Alba und natürlich von Michael Jackson. Auch wenn er sich wahrscheinlich nur an den letzten dieser Namen erinnern konnte, war ihm zutiefst ins Bewusstsein geschrieben, dass Schönheitsoperationen nur fatale Ergebnisse vorweisen können. Und nun stand da also seine Beatka vor ihm im Bad, ganz nackt, wie sie sich ihm schon lange nicht mehr im Licht der beiden nackten Glühbirnen gezeigt hatte – nur ihre Brüste verbarg sie mit ihren Händen –, und fragte:

– Und, was sagst du?

Heniek brauchte nichts zu sagen. Sie sah es an seinem Blick. Er sog sie begierig auf, wie er dies ebenfalls schon lange nicht mehr getan hatte. Von Monat zu Monat, so schien es ihm, hatte sie eine Scheibe ihres Alters wieder abgelegt, und wenn sie auch nicht mehr aussah wie auf ihren Hochzeitsfotos auf dem Kodakpapier der Achtzigerjahre, so glich die Beatka, die nun vor ihm stand, dem Bild von Beatka, das er im Kopf hatte und das immer vor seinem inneren Auge auftauchte, wenn er seine äußeren Augen schloss und an sie dachte: eine Art Mittelwert der letzten sechsunddreißig Jahre mit allen Varianten an Blusen, Frisuren und Lippenstiften, die sie jemals getragen hatte. Diese innere Beatka war nicht mehr zwanzig, aber auch noch nicht achtundfünfzig, sie war zeitlos, alles zusammen und nichts davon.

Und so sah nun auch die Beatka aus, die vor ihm stand.

Heniek war bereit, seine Meinung über die plastische Chirurgie komplett umzuwerfen. Wenn man nun Schönheits-OP sagen würde, dann würde er nicht mehr an Michael Jackson denken, sondern an Beatka, an ihre vollen Lippen und die schlanken Oberarme, an ihren straffen Hals und die jugendlichen Augen und an diese komische Sache mit den eigenen Blutkörperchen im Gesicht, die er nicht so ganz verstanden hatte.

Beatka ließ ihn schauen und lächeln und lächelte und schaute und wartete. Einem Mann muss man Zeit geben, hatte sie gelernt. Vor allem dem eigenen.

– Und, hat es sich gelohnt? – fragte sie schließlich.

– Nur, wenn ich dieses Bild jeden Abend statt des Fernsehers zu sehen bekomme. – antwortete er in seinem scherzhaft-verführerischen Ton.

Sie lächelte weiter und wartete. Mal drehte sie sich etwas nach links, mal nach rechts, mal streckte, mal rekelte sie sich. Dann endlich stellte er die Frage, auf die sie die ganze Zeit wartete:

– War das die letzte Operation?

– Fast. Es fehlt nur noch eine.

– Welche?

– Schau mal.

Dabei hob sie langsam die Hände, mit denen sie die ganze Zeit über ihre Brüste an den Brustwarzen verdeckt hatte, nach oben und drückte sie an sich.

– Eine Brustverkleinerung.

– Wie viel? – fragte Heniek.

– Fünfundzwanzigtausend Złoty. Das sind große Brüste, der Eingriff ist nicht ganz einfach. Sie müssen sehr viel rausnehmen und ihnen dann eine ganz neue Form geben. Und die Brustwarzen müssen am Ende auch an der richtigen Stelle sitzen.

– Fünfundzwanzigtausend mal zwei?

– Nein, zusammen, was denkst du denn?

Gleich den Gesamtpreis zu nennen, war ein guter Schachzug von ihr. Sie hatte nun die Initiative gewonnen.

– Immer noch teuer. – sagte er und spürte, dass er das hätte gleich einwerfen müssen.

Beatka brachte ihre Figuren in Position:

– Ja, aber hierbei geht es nicht nur um das Aussehen. Eine Brustverkleinerung wird mir auch gegen meine Rückenschmerzen helfen. In unserem Alter wird es Zeit, auf die Gesundheit zu achten.

Heniek sah die Manöver, die sie gekonnt vollführte, aber er wusste noch nicht, worauf das alles hinauslief.

– Ja, gut, aber wo sollen wir fünfundzwanzigtausend Złoty herbekommen?

– Lass uns unser Auto verkaufen.

Schach.

– Den Falken?

– Ja.

Heniek verschränkte seine Arme vor der Brust.

– Nein.

– Warum nicht?

Das war geschickt. Sie ließ ihn sprechen.

– Das geht zu weit.

– Warum?

– Weil da zu viel Arbeit drinsteckt.

– Aber das ist die wichtigste Operation von allen.

– Dann hättest du sie machen sollen, als du noch Geld hattest.

Nicht schlecht, dachte Beatka. Sie hatte ihn unterschätzt. Schnell wehrte sie seinen Vorstoß ab.

– Aber da hatte ich noch Angst vor diesen Eingriffen. Ich musste mich zuerst überzeugen.

– Wovon?

– Dass es ungefährlich ist. Weißt du, bevor ich jemanden an meine Brüste lasse, muss ich ihm hundertprozentig vertrauen. Als Mann kannst du das natürlich nicht verstehen.

– Nein. – Heniek hasste es, wenn sie so etwas sagte.

Die beiden schauten sich an: er in seinem schmutzigen alten Pullover, sie nackt, mit an den Körper gedrückten Brüsten. Und über beiden das leise Surren der beiden Glühbirnen.

– Wir brauchen ein Auto. – sagte Heniek schließlich.

– Nein, eigentlich nicht. In Gajerudki kann man überall zu Fuß oder mit dem Fahrrad hin. Das ist auch viel gesünder. Mehr Bewegung würde uns beiden guttun.

Mit einem Mal spürte Heniek, wie sie ihn in die Enge trieb.

– Ich bin Mechaniker, ich muss ein Auto fahren. Wie sieht das denn sonst aus?

– Und muss ein Herzchirurg auch selbst ein krankes Herz haben?

– Das ist nicht dasselbe.

– Glaubst du wirklich, dass weniger Kunden zu dir kommen, nur weil du mal für ein paar Monate kein Auto hast? Oder geht es um deinen Stolz?

– Nein. Ja. Auch.

– Worum geht es dann? – fragte sie.

Schach. Erneut, aber gefährlicher als vorhin. Heniek musste seine Deckung aufgeben. Zögerlich stampfte er hin und her. Beatka wartete geduldig, ließ aber die ganze Zeit über ihren Blick auf ihm ruhen.

Heniek fand nur eine Antwort:

– Um das Prinzip.

– Und mir geht es um meine Gesundheit.

Erschöpft ließ ihr Mann seine Arme hinabgleiten. Heniek fühlte sich matt.

– Und wie kommst du zum Beispiel nach Łódź?

– Marysia fährt mich. Es ist schon alles arrangiert.

Dem war nichts mehr hinzuzufügen. Das Auto wurde schon wenige Tage später verkauft. Heniek machte noch einmal eine letzte Fahrt und dachte an all die Stunden, die er in das Fahrzeug investiert hatte, an all die Mühen bei der Beschaffung passender und immer gebrauchter, weil das günstiger war, Ersatzteile, an das Schweißen, Lackieren, Zusammenbauen und Polieren. Er dachte noch einmal an den Augenblick, als er das ganz neue, glänzende Nummernschild abgeholt und angebracht hatte: *SOKÓŁ – Falke*. Heniek drückte das Gaspedal durch und sah zu, wie sich die Nadel des Tachos in unglaublicher Geschwindigkeit nach rechts bewegte. Der A6 war sein Meisterstück. Ein letztes Mal stiegen alle seine edelsten Gefühle in ihm auf: die Liebe zu seinem Vaterland, die Empörung über dessen tragische Geschichte, die romantische Vorstellung, er sei Kosak und Beatka das Mädchen, das auf ihn wartet, und die Erinnerung an die Jugendzeit bei den Pfadfindern. Nur dieses Mal war alles im Abschied begriffen.

Es schmerzte Heniek sehr, aber letztlich war das nur ein Auto, und Beatka war seine Beatka, seine große und einzige Liebe. Und da er nichts anderes mehr hatte, was er weggeben konnte, opferte er ihr seinen Falken.

Beatka fuhr also nach Łódź und ließ sich wieder operieren. Als sie zurückkam und nach einigen Tagen den Verband abnahm, sah sie aus wie zu jener Zeit, als sie sich kennengelernt hatten. Heniek hatte ihre Brüste damals recht schnell zu sehen bekommen, es waren ja schließlich schon die frühen Achtzigerjahre, und Beatka war, auch wenn sie brav alle Sakramente empfangen hatte, kein sonderlich frommes Mädchen gewesen. Der Anblick ihrer Brüste hatte sich ihm fest im Gedächtnis eingebrannt. Und nun stand sie vor ihm, fast genauso wie damals. Lediglich die Brustwarzen sahen irgendwie anders aus. Heniek konnte nicht so recht sagen, ob sie größer waren oder dunkler oder anders geformt als früher. Aber ansonsten war da wieder Brigitte Bardot. Seine Brigitte Bardot.

Sein Opfer hatte sich gelohnt.

Eine Woche später teilte sie ihm mit, dass sie ihn verlassen werde.

18

– Schau dir das nur an. – riss Andrzej ihn unvermittelt aus der Mischung aus Erinnerung und Traum, die ihn befallen hatte. Nachdem sie bei Jacobsdorf von der Autobahn abgefahren waren, hatten sie die Plätze getauscht, damit sich nun auch Heniek etwas ausruhen konnte.

Heniek öffnete die Augen und schaute auf die Straße. Im Kegel der beiden Scheinwerfer leuchtete die gestrichelte Linie der Fahrbahnmitte. Manchmal, wenn die Straße ruhig und der Motor leise waren, hatte Heniek das Gefühl, dass nicht er sich fortbewegte, sondern dass die Fahrbahnmarkierung auf ihn herniederprasselte wie schnelle Tropfen aus einem undichten Wasserhahn. Heniek hob den Kopf, drehte sich nach links und nach rechts, schaute nach hinten, dann wieder nach vorn und fragte schließlich:

– Was meinst du?

– Da, schon wieder.

– Was?

– Die Straßenschilder.

– Was ist damit?

– Es sind so viele.

– Viele?

– Ja.

– Und darum weckst du mich?

Andrzej überhörte den Einwand:

– Gefährliche Kurve, Tempolimit siebzig, Vorsicht Wildwechsel, Überholverbot, Ortsschild, Tempolimit dreißig, Zebrastreifen, Vorfahrtsschild, Achtung Schulkinder, Gottesdienst Sonntag zehn Uhr, Tempolimit fünfzig, Ortsschild durchgestrichen, Aufhebungszeichen, …

– Ist ja gut. Ich sehe es auch.

– Wie bei uns. Die EU hält uns alle für Idioten. Früher hatten wir nur ab und an eine Geschwindigkeitsbegrenzung. Aber inzwischen ist Gajerudki voller Schilder. Und dann zeigen sie auch noch die allerdämlichsten Dinge. Als ob ich es nicht merken würde, wenn ich in eine Stadt fahre. Früher hieß es einfach: Drei Häuser aus Stein sind eine Örtlichkeit. Und dann musste man auf die Bremse treten. Basta. Da braucht doch niemand ein Schild danebenzustellen, das mir dasselbe noch einmal sagt. Ich frage dich: Was ist besser zu sehen – drei Häuser oder ein Straßenschild?

Heniek antwortete nicht.

– Siehst du. Oder wenn ich zu beiden Seiten der Straße Wald sehe, dann kann ich mir selbst denken, dass hier plötzlich Wild auftauchen könnte. Ich brauche niemanden, der mir das Offensichtliche vor die Nase hält.

– Hm.

Heniek schloss wieder die Augen.

– So verbrennen die unsere Steuergelder.

– Vielleicht.

Heniek drehte sich zur Seite und versuchte, sich in den Gurt zu kuscheln. Ganz egal, wie man es anstellte, im Auto zu schlafen war immer unbequem. Früher hatte es ihm nichts ausgemacht, auf Heumatratzen zu schlafen oder auf dünnen Matten in einem feuchten Zelt mitten im Wald. Doch inzwischen schätzte er ein weiches Bett. Auch wenn, so dachte er wehmütig, die Luft im Wald unbeschreiblich gewesen war. Noch immer hatte er den Geruch feuchter Kiefernnadeln in der Nase, die auf dem Waldboden lagen …

– Genauso ist es mit den Zigarettenschachteln.

Andrzej riss ihn wieder aus dem Schlummer.

– Die lassen dich nicht einfach in Ruhe rauchen. Aus jeder Schachtel haben die jetzt eine Todesanzeige gemacht. Mit schwarzem Balken und schwarzer Schrift. Ich weiß doch, dass es vielleicht nicht die allerbeste Idee für meine Lungen ist. Aber da müssen mich diese Idioten doch nicht jedes Mal dran erinnern. Hörst du mir zu?

– Hm.

– Und für die, die nicht lesen können, haben die sogar noch diese Bilder draufgemacht. In Farbe. Das muss ein Vermögen gekostet haben. Aber will das irgendwer sehen? Raucherbeine? Ein Loch im Hals? Irgendwelche Geschwüre? Mir wird schlecht, wenn ich eine Schachtel kaufe. Das hat doch nichts mit der Freiheit zu tun, von der sie immer reden. Oder willst du etwa diese Sachen auf deinen Zigaretten sehen?

– Hm.

– Eben. Ich sag dir: Mein Großvater hat damals noch Tabak aus Buchenblättern geraucht, wenn er keinen richtigen zur Hand hatte. Das war ein Teufelszeug. Und hat es ihm geschadet?

– Hm.

– Na ja, wenn ich es mir recht überlege, dann war sein Husten in der Tat fürchterlich. Wenn er erst keine Luft mehr bekam, dann gnade dir Gott. Es klang wie die russische Artillerie. Aber darum geht es nicht. Gestorben ist er nicht daran, sondern weil sein Pferd ihm einen Tritt verpasst hat. Und klebt seitdem jemand Warnschilder auf Pferde?

Heniek seufzte und setzte sich wieder gerade hin.

– Andrzej, was ist los?

– Es regt mich einfach auf.

– Aber warum regt es dich gerade jetzt auf?

– Weil ich es sehe.

Heniek musterte Andrzejs Augen von der Seite. Sie waren wie immer undurchdringlich. Aber auch schmaler als sonst.

– Bist du müde?

– Wie kommst du darauf?
– Schimpfst du, damit du nicht einschläfst?
– Was ist das denn für ein Blödsinn!
– Also bist du nicht müde?
– Nein.
– Ich kann also weiterschlafen?
– Natürlich.
– Gut, gute Nacht.

Heniek drehte sich wieder zur Seite. Der Gurt schnitt ihm in den Hals, und sein Kopf stieß bei jeder kleinsten Bewegung des Autos gegen das kalte Fenster. Heniek zog seine schwarze Lederweste aus und knüllte sie zu einem Kissen zusammen. Aber einschlafen konnte er nicht. Andrzejs Geschimpfe hatte auch sein Blut in Wallung versetzt, zumindest vorübergehend. Er wusste nicht, ob ihn die Wut seines Freundes angesteckt oder nur ihrerseits wütend gemacht hatte, aber er spürte, dass er sich erst beruhigen musste, um einschlafen zu können.

Andrzej tippelte indes mit den Fingern auf dem Lenkrad herum, beugte sich mehrmals vor und zurück, schaute schließlich nach rechts und sagte:

– Was ist los? Kannst du nicht einschlafen?

Heniek antwortete nicht. Er wollte sich nicht erneut aufregen, sondern endlich ausruhen. Ganz langsam spürte er, wie sein Körper wieder runterschaltete und seine Augen müde wurden. Nach einigen Minuten flogen seine Gedanken davon, zuerst zur Grenze, die gar keine gewesen war, dann nach Gajerudki zu jener Nacht, als ihm Beatka gesagt hatte, dass sie ihn verlassen werde, und schließlich nach Domburg, wo sie jetzt war und wo er bald hinkommen würde. Und langsam schlossen sich seine Augen. Nur wenn das Auto in eine Kurve fuhr oder die Fahrt verlangsamte, öffneten sie sich wieder, und er konnte selbst nicht sagen, ob er in der Zwischenzeit geschlafen hatte oder nicht. So verschwammen auch die Bilder: Die weißen Streifen der Fahrbahnmarkierung gingen in Beatkas Wirbel über, die sich unter den Berührungen seiner Finger auf ihrem Rücken abzeichneten. Heniek sah ihre Augen, die funkelten, als sie ihren glatten Hals im Spiegel betrachtete, und verlor sie wieder aus dem Blick. Die angestrahlte Häuserfassade einer Ortschaft, die sie durchfuhren, wurde von den weißen Zelten überlagert, die die Pfadfinder aufschlugen. Heniek spürte wieder den Geruch der nassen Kiefernnadeln in seiner Nase, schon sah er Wildspuren im dunklen Waldboden und die funkelnden Augen eines Rehs im Scheinwerferlicht. Die funkelnden Augen im Scheinwerferlicht.

Funkelnde Augen im Scheinwerferlicht!

– Brems! – rief er, plötzlich wieder völlig wach.

– Was?

– Brems!

Andrzej brauchte ein paar Millisekunden, um zu verstehen. Dann trat er mit aller Kraft auf die Bremse. Doch es war zu spät. Heniek sah das rotbraune Fell, hörte einen lauten Knall und spürte, wie der Gurt durch die zusammengeknüllte Weste hindurch in seinen Hals schnitt. Sein Körper wurde nach vorn geworfen und fiel in den Sitz zurück. Dann hörte er einen erneuten Knall, der nicht so laut war wie der erste, aber deutlich näher. Und Heniek spürte plötzliche Schmerzen im Knie, in der Brust und im Nacken. Seine Hose nässte sich.

Dann kamen sie zum Stehen.

Für einen kurzen Augenblick sagten beide nichts.

– Andrzej?

– Scheiße.

– Geht es dir gut?

– Scheiße, nein.

Doch Heniek sah, dass ihm nichts passiert war. Schnell prüfte er, wie es um ihn selbst stand. Er griff sich an die Brust, den Hals, den Bauch, den Kopf, das Knie, den Schritt: Alles schien zum Glück in Ordnung. Nur die Nässe beunruhigte ihn, die vom Oberschenkel bis zum Magen reichte. Während Andrzej mit seinem Gurt kämpfte, weil er ihn vor zittriger Wut nicht lösen konnte, schaltete Heniek das Licht im Innenraum ein. Als Erstes bemerkten sie die Blutspuren an der Windschutzscheibe, dann die Risse und Sprünge darin und schließlich eine aufgeplatzte Ölflasche auf dem Armaturenbrett. Sie musste beim Aufprall von der Rückbank nach vorn geflogen und an der Scheibe explodiert sein. Das war also die ölige Flüssigkeit auf Henieks Kleidung. Erleichtert atmete er auf.

Mittlerweile hatte sich Andrzej von seinem Gurt befreit und stieg aus. Heniek tat es ihm gleich. Da der Motor ausgegangen war, herrschte friedvolle Stille auf der Straße. Nur ein sanfter Wind, das Rascheln in den Bäumen und ein gedämpftes Knacken, das von der metallischen Hitze des Motors herrührte, erfüllten die frische, nächtliche Waldluft. Ein Scheinwerfer leuchtete in die Ferne der Straße, der andere lag in Scherben auf der Fahrbahn. Die Glassplitter funkelten wie eine unerklärliche Schneespur im Sommer. Vor ihnen war der Wald weiß, hinter ihnen gedämpft rot erhellt.

Andrzej und Heniek machten beide zwei Schritte nach vorn und näherten sich der Motorhaube. Sie war bis zur Mitte zusammengedrückt. Dass ein Tier solch einen Schaden verursachen konnte! Sie starrten auf das Auto, das mit Sicherheit nicht mehr fahren konnte.

Sie starrten lange.

– Was für ein Pech. – sagte schließlich Andrzej. Seine Aussage war nur auf den ersten Blick eine banale Feststellung. In

Wahrheit war sie eine Deutung des Geschehens und eine Unschuldsbeteuerung. Heniek ließ sie nicht gelten:

– Pech? Du bist eingeschlafen.

– Die Bremsen haben nicht gegriffen. Hast du sie richtig montiert?

Am liebsten hätte Heniek ihm sofort einen Tritt verpasst. Doch da die Motorhaube – zwar demoliert, aber immer noch hinderlich – zwischen ihnen lag, trat er nur gegen diese. Der Knall hallte durch den Wald.

– Wenn ein Reh auf der Straße steht, muss man die Scheinwerfer ausschalten. Das weiß doch jedes Kind!

Er stampfte vorn um den Wagen herum, und Andrzej lief sofort rückwärts zum Heck. Doch Heniek verfolgte ihn gar nicht, sondern warf sich auf den Fahrersitz. Er atmete einmal durch, als ob von seiner Ruhe der Zustand des Wagens abhinge, und drehte den Schlüssel im Zündschluss um. Eine kakofone Symphonie aus knarrenden, krächzenden und kratzenden Motorengeräuschen brauste auf und ebbte schnell wieder ab.

Heniek drehte den Schlüssel zurück und flüsterte das Gebet der Ungläubigen. Es war an keinen Gott direkt adressiert, dafür umso inbrünstiger. Keine leeren, mechanisch geflüsterten Worte – stattdessen stieg aus der gemarterten Seele in tiefster Verzweiflung und gegen alle Vernunft der Glauben an ein Wunder auf:

– Komm schon. Bitte. Bitte!

Noch einmal drehte er den Schlüssel um und sprach weiter, während die Zündung heulte und hechelte:

– Komm schon. Bitte! Mach schon! Komm schon, du Scheißkerl. Bitte, nur dieses eine Mal.

Mit einem Mal stieg weißer Rauch aus dem Innern des Motorraums auf und verkündete endgültig den Tod des Mercedes.

Zumindest eine neue Kühlung, wahrscheinlich aber ein komplett neuer Motor müssten montiert werden, damit das Auto wieder fahren konnte. Und wahrscheinlich war auch die Vorderachse verbogen. Im Grunde hatte es Heniek sofort gesehen, wollte es aber nicht wahrhaben. Doch als er den Rauch aufsteigen sah, gab er endgültig auf. Er ließ den Schlüssel los, stieg aus, öffnete die hintere Tür und zog seine Tasche aus dem Durcheinander von Öl- und Bierflaschen heraus. Sowie er den Kasten erblickte, kochte die Wut wieder neu in ihm auf:

– Vielleicht willst du noch ein Bier trinken? – sagte er und warf eine Flasche über das Autodach nach Andrzej. Sein Freund duckte sich, und die Flasche landete lautlos im Wald.

Heniek nahm eine zweite und warf auch diese, dann noch eine und noch eine, und Andrzej duckte sich und kam wieder hervor und duckte sich wieder und kam wieder hervor. Keine Flasche traf ihr Ziel.

Schließlich beruhigte sich Heniek und schloss die Tür. Andrzej, immer noch in der Hocke, schaute durch das Fenster, den unbeschädigten Innenraum des Fahrzeugs und durch das gegenüberliegende Fenster wieder hinaus, was sein Freund tat. Er tat nichts mehr. Unschlüssig stand Heniek nur noch da. Andrzej wartete noch einen Augenblick, um ganz sicherzugehen, und richtete sich wieder auf. Über das Autodach hinweg schauten sich die beiden Freunde an.

– Und was machen wir jetzt?

19

Die Geburt verlief ohne Komplikationen. Als Andrzej seine Frau und das Baby nach zwei Tagen im Krankenhaus abholte, lebten in ihrer Vierzimmerwohnung fortan eine kleine und gesunde Tochter, ihre jungen Eltern, Andrzejs Mutter, seine zwei Schwestern und der Bruder. Auch wenn niemand Andrzej deswegen Vorwürfe machte, spürten er und Iwona doch, dass es Zeit war auszuziehen.

Sie nahmen einen Kredit auf und kauften sich ein kleines Haus. Der Sozialismus hielt für Familien besonders leicht erhältliche Kredite mit sehr günstigen Zinsen bereit, sofern sich diese mit einer Immobilie bis höchstens einhundertzwanzig Quadratmeter Wohnfläche zufriedengaben. Wollte man mehr, so galt dies als Luxus, für den man kein Anrecht auf ein einfaches Darlehen hatte und für den man selbstverständlich höhere Zinsen zahlen musste.

Die jungen Witkowskis erwarben ein kleines, gerade fertiggestelltes Häuslein von siebzig Quadratmetern. Nach der Enge der elterlichen Wohnung hatten sie das Gefühl, in einem Palast zu hausen. Im Erdgeschoss befanden sich ein an den Wänden mit Holzpaneelen verkleideter Flur, eine separate Küche und ein Wohnzimmer, im Obergeschoss das Bad, das Schlafzimmer und zwei winzige Kinderzimmer. Alles war neu und roch nach Eigenheim, rosiger Zukunft und feuchtem Beton. Aber noch stolzer als auf das Haus war Andrzej auf das Grundstück: Ein kleiner Sandkasten stand da schon bereit und daneben die mächtige Garage, in der die Straßenwalze, die Heniek ohne größere Schwierigkeiten repariert hatte, gelagert wurde nebst vielen Materialien. In der Zwischenzeit hatte Andrzej nämlich im Verborgenen seine eigene Unternehmertätigkeit begonnen. Unter der Woche arbeitete er weiterhin als einfacher Handlanger im staatlichen Straßenbaubetrieb. Wo immer es aber ging, versuchte er, sich im Rahmen der Leitung des Materiallagers ein Netzwerk von Bekanntschaften aufzubauen, auf das er zurückgreifen konnte, wenn etwas ›organisiert‹ werden sollte.

Etwas organisieren oder erledigen, womit man das Wort *załatwić* übersetzen könnte, wurde zur festen Redewendung in der letzten Dekade des Sozialismus: Man bestellte keine Waren, sondern fragte in seinem Bekanntenkreis herum. Und ein paar Jahre später bezahlte man sie auch nicht mehr, sondern tauschte sie gegen etwas anderes ein. Hatte man auf diese Weise etwa drei Säcke Kies erworben und in der Garage stehen, so sagte man:

– Ich habe uns Kies organisiert.

Am Wochenende war Andrzej sein eigener Chef. Im Grunde machte er kaum andere Dinge als unter der Woche, doch nun war er selbst verantwortlich. Mit seinem Wissen um den Straßenbau, der Walze in der Garage, seinen Beziehungen zu den Zulieferern und nicht zuletzt dank seines Schlüssels zum Materiallager konnte er in Gajerudki und Umgebung kleinere Straßenabschnitte selbst bauen oder ausbessern. So kümmerte er sich um Privatstraßen oder kurze Zufahrten auf Grundstücken, auf denen die Besitzer Asphalt haben wollten. Dabei machte er keine Werbung für sich, sondern vertraute allein der Mundpropaganda. Lediglich die Walze hatte er, hauptsächlich um ihre Herkunft zu verbergen, neu lackiert und mit einer bescheidenen Plakette versehen: *Witkowski Straßenbau.*

Sandkasten, Garage – doch Andrzejs eigentlicher Stolz war ein kleiner Hühnerstall mit fünf Hühnern, der daneben stand. Er erfüllte sich einen lang gehegten Traum und holte sich jeden Tag ein frisches Ei zum Frühstück.

– Warum so klein? – fragte Iwonas Vater, als er zum ersten Mal zu Besuch kam und durch das Haus geführt wurde, das seine Tochter nun bewohnte und für den Rest ihres Lebens bewohnen würde. Es war nicht üblich umzuziehen, schon gar nicht, wenn man ein Haus hatte.

– Ich möchte Geld für Investitionen übrig haben. Und ich will den Kredit schnell abbezahlen. – antwortete Andrzej.

Doch Iwonas Vater war mit der Antwort nicht zufrieden.

– Mehr war wohl nicht möglich. – quittierte er das Gespräch und zuckte mit den Schultern, als hätte er es von Anfang an gesagt.

Iwona sah die Dinge anders als ihr Vater. Wenn sie im Türrahmen stand und beobachtete, wie Andrzej das Kinderbett zusammenschraubte, oder wenn sie zusah, wie er mit der kleinen Jadwiga auf dem Arm fernsah und dem Säugling die Nachrichten erklärte, indem er immer das aussprach, was die Nachrichten eigentlich verschleierten, oder wenn sie sich nach einer ermüdenden Nacht, in der sie mehrfach das Baby stillen musste, an einen gedeckten Frühstückstisch setzte, auf dem bereits ein weich gekochtes Ei auf sie wartete, so sah sie es als riesiges Glück an, Andrzej begegnet zu sein und sich ihn ›geangelt‹ zu haben. Mit einem immer breiteren Schmunzeln dachte sie an den Abend zurück, als sie sich mit ihm im Wald geschlagen hatte.

Aber sie sah auch, dass Andrzej nicht zufrieden war. Er verbrachte zu viel Zeit bei heißem oder kaltem oder nassem Wetter im Freien. Und wenn die Bedingungen ganz schlecht wurden, dann musste er seine Arbeit komplett einstellen und konnte sich überhaupt nichts hinzuerwerben. Ganz zu schweigen davon, dass er im Grunde sieben Tage die Woche arbeitete.

– Warum machst du nicht etwas mit Holz? – fragte Iwona, als er ihr davon erzählte, dass er sich etwas Neues suchen wollte.

– Wie kommst du darauf?

– Ich dachte nur so. Wegen des Kinderbetts, das du gebaut hast.

– Jadwiga brauchte doch ein Bett.

– Ja, aber es hat dir Spaß gemacht. Und du hast dir sehr viel Mühe dabei gegeben.

– Natürlich. Das ist meine Erstgeborene. – sagte Andrzej mit einem Stolz, den Iwona an ihm liebte.

– Auch den Hühnerstall hast du selbst geschreinert, und er sieht wirklich gut aus.

Andrzej dachte nach.

– Ja, du hast recht. Ich arbeite in der Tat gern mit Holz.

Einen Tag später erkundigte sich Andrzej bereits, welche Zimmermannsbetriebe und Tischlereien es in seiner Gegend gab. Er suchte sich einen aus und verabredete sich zum Probearbeiten. Am Wochenende davor bekam er vor Aufregung kein Auge zu. Zuerst wälzte er sich im Bett hin und her, dann schlich er durch das Haus, das aufgrund eines Stromausfalls mal wieder dunkel war, vom Kühlschrank zum Fenster, zum Fernseher und wieder zurück zum Kühlschrank. Doch auch im Morgengrauen kehrte der Strom nicht zurück, und das Probearbeiten fand nicht statt: Jaruzelski hatte das Kriegsrecht verhängt.

20

Sie hatten keine Idee, was sie jetzt machen sollten. Eine Weile diskutierten sie, ob sie einen Abschleppdienst oder ihre Kinder in Gajerudki anrufen sollten. Doch das eine scheiterte am Mangel einer entsprechenden Telefonnummer, den notwendigen Sprachkenntnissen und nicht zuletzt dem Geld, das andere taten sie ab – vordergründig, weil es zu spät in der Nacht war, in Wahrheit aber, weil sie sich schämten: Wenn überhaupt jemand mit einem geborgten Auto mitten in der Nacht einen Unfall baute und von jemand anderem abgeholt werden musste, so hatten die Söhne die Unvernünftigen und die Väter die Retter mit dem enttäuschten Kopfschütteln oder der wütenden Schimpftirade zu sein. Nicht umgekehrt. Doch was sie stattdessen tun sollten, wussten Heniek und Andrzej auch nicht. Und so vertagten sie schließlich die Frage auf den nächsten Morgen, wenn sie ausgeschlafener wären.

Vorerst schoben sie gemeinsam den Mercedes von der Straße, nahmen die Nummernschilder ab und ließen ihn, so wie er war, stehen. Heniek zog die Decke, die der Besitzer über die Rückbank geworfen hatte, ab, legte eine Flasche Pflanzenöl, denn davon hatten sie ja noch genug, in seine Tasche, streifte sich seine Weste wieder über das Hemd und beugte sich über das Reh.

– Was machst du da? – fragte Andrzej.

– Wann hast du das letzte Mal Wild gegessen? – entgegnete er Andrzej, während er mit seinem Taschenmesser mehrere blutige Fleischstücke aus dem Reh schnitt und sie in eine Plastiktüte legte.

– Dann gingen sie los.

21

Beatka sagte ihm, dass sie ihn verlassen werde, als er im Türrahmen des Schlafzimmers stand und sich darüber wunderte, dass sie dieses Mal so viel mit nach Holland nehmen wollte. Es waren nur noch zwei Tage bis zur erneuten Abreise, und Beatka packte wie wild: Sommer- und Wintersachen, Schmuck, ihre Lieblingsteller und ein paar Fotos von ihren Kindern, den goldenen Lippenstift, den Heniek überhaupt nur ein Mal auf ihren Lippen gesehen hatte, ein Adressbuch, in das sie sämtliche Telefonnummern und Anschriften ihrer Familie wie auch ihrer besten Freundinnen nachgetragen hatte, die Spitzenunterwäsche, die Heniek ihr zum siebenunddreißigsten Geburtstag geschenkt hatte, die Bettwäsche ihrer Urgroßmutter und all ihre Zeugnisse, ihr Silvesterkleid und ihre Rentenunterlagen.

Heniek sah dem Treiben eine Weile zu, bis er schließlich fragte, warum sie dieses Mal so viel mitnehme.

– Hör, Heniek, – sagte sie, – ich will dich nicht anlügen. Ich verlasse dich.

Heniek suchte Halt am Türrahmen. Er hatte noch ein Glas selbst gemachter Marmelade und ein Handtuch in der Hand, mit dem er versucht hatte, das Glas zu öffnen, als er bei seiner Frau vorbeischauen wollte.

– In unserem Alter?

Sie ließ die Bluse, die sie in der Hand hatte, sinken:

– Wir sind nicht in demselben Alter.

– Die paar Jahre.

Sie packte weiter. Heniek schaute ihr eine Weile zu, und sie spürte seinen Blick auf ihrem Nacken.

– Nach allem, was ich für dich getan habe?

– Was? Was hast du für mich getan?

– Die ganzen Operationen?

– Ich kann mich nicht erinnern, dass du mich operiert hättest.

Heniek schlug mit der Faust gegen die Tür.

– Verdammt, du weißt, was ich meine.

Sie drehte sich nicht um und packte weiter. Zumindest tat sie so, denn seine Anwesenheit war ihr äußerst unangenehm.

– Ist es ein anderer Mann?

Noch bevor sie antworten konnte, sah Heniek, wie sich ihre Nackenhaare sträubten. Er hatte das schon mehrfach an ihr wahrgenommen. Sie konnte mit allem lügen, wenn sie wollte, ihren Augen, ihrem Mund, der ganzen Körperhaltung, den Händen, den Augenbrauen, selbst ihr Grübchen früher konnte lügen. Aber im Nacken hatte sie so einen Muskel, der sich jedes Mal anspannte, wenn sie die Unwahrheit sagte.

– Natürlich. Ein anderer Mann ist das Einzige, was dir einfällt.

– Habe ich recht?

– Ich sage, dass ich dich verlassen will, und alles, was du mich fragst, ist das.

– Du hast meine Frage nicht beantwortet.

– Das habe ich auch nicht vor.

– Ist es ein anderer Mann, verdammte Scheiße?

– Nein.

– Du lügst.

– Nein.

– Sag mir die Wahrheit, du Schlampe!

Ohne sich dessen bewusst zu sein, war er langsam ein paar Schritte auf sie zugegangen.

– Habt ihr gefickt?

– Werd erwachsen, Heniu. So alt und immer noch ein Kind!

Er schlug ihr mit dem Glas in den Magen. Er erschrak selbst, so schnell passierte es, und sofort wich er einen Schritt zurück. Beatka aber krümmte sich kurz, ergriff dann ihr Handy und lief ins Badezimmer, wo sie sofort den Schlüssel im Schloss umdrehte.

Heniek wusste nicht, was er tun sollte. Er schaute auf den Haufen Kleider vor ihm, auf das Licht, das durch das Milchglasfenster aus dem Badezimmer kam, auf die vielen Taschen, die bereits gepackt an der Wand standen, und auf das Glas in seiner Hand. Aus dem Bad hörte er ein schnelles Flüstern. Beatka telefonierte. Sie wusste immer gleich, was zu tun war. Er aber stand unschlüssig da. Am liebsten hätte er das Glas gegen die Wand geworfen. Aber es hatte schon genug Gewalt gegeben in diesem Zimmer.

– Komm raus, Beatka.

Keine Antwort.

– Beatka, bitte, es tut mir leid.

Keine Antwort.

– Ich stelle auch das Glas weg. Bitte, komm. Ich wollte das nicht.

Doch Beatka schwieg unnachgiebig.

So ging er zurück in die Küche, klopfte den Deckel am Küchenboden ab und öffnete das Glas. Dann probierte er die Marmelade und beschmierte den Hefezopf damit, den er heute Morgen für Beatka gekauft hatte. Sie liebte Hefezöpfe mit Marmelade. Heniek goss sich etwas Kaffee ein und aß.

Nur wenige, so schien es ihm, Minuten später fuhr Marysia mit ihrem Bruder Olek vor. Sie klopften, Heniek öffnete, und Marysia ging schnell und entschlossen an ihm vorbei. Sie würdigte ihn keines Blickes, keines Wortes. Marilyn Monroe war ein arroganter Star, das wusste Heniek. Ihr Bruder dagegen stellte sich an der gegenüberliegenden Wand auf, nickte Heniek kurz zu, verschränkte seine muskulösen Oberarme und murmelte ein unverständliches

– Hallo.

Dann schaute er Heniek beim Essen zu.

– Möchtest du auch etwas? – fragte Heniek. – Ich glaube nicht, dass sich Beatka noch einmal dazusetzen wird.

Damit wies er auf das überschüssige Geschirr am Tisch: das feinste Porzellan, das sie hatten. Heniek bestand darauf, dass sie in den Tagen vor ihrer Abfahrt auf ihren besten Tellern aßen und aus ihren besten Tassen tranken.

Olek schüttelte den Kopf.

– Hör mal, das da oben wird sicher noch eine Weile dauern. Setz dich und trink einen Schluck Kaffee.

Olek zögerte noch etwas, überwand sich aber schließlich und setzte sich dazu. Er hielt Heniek seine Tasse hin und nahm auch ein Stück vom Hefezopf.

Heniek hatte recht. Es dauerte fast eine Stunde, bis die Frauen oben alles fertig gepackt hatten. Dann kam Marysia mit einer Tasche herunter und nahm Olek mit, damit er ihnen beim Tragen hülfe. Der Junge war stark und musste nur zwei Mal hinauf- und hinuntersteigen. stets mit mehreren Taschen und Koffern beladen. Als alles im Auto verstaut war, kam auch Beatka herab. Sie sah wundervoll aus mit ihrem glatten Gesicht und dem Make-up, das sie aufgelegt hatte, und dem neuen Busen im Dekolleté der engen Bluse mit dem breiten DG-Schriftzug. Sie schaute Heniek nur kurz an, sagte kein Wort und ging hinaus. Auch er sprach nicht, er kaute gerade.

Das war es.

Es währte nur einen Augenblick. Doch sechsunddreißig Jahre Ehe endeten in diesen wenigen Sekunden.

Heniek blieb sitzen und hörte, wie sie über den Kies zum Wagen gingen, wie sie einstiegen, die Türen schlossen, zündeten und losfuhren.

Und dann wurde es unendlich still.

Plan- und sinnlos streifte Heniek durch die Räume und nahm ihre verbliebenen Gegenstände in die Hand. Beatka hatte all ihre schönsten Sachen mitgenommen. Nur die Alltagskleider, die sie trug, wenn sie mit ihm allein zu Hause gewesen war, lagen auf einem großen Haufen in der Ecke des Schlafzimmers. Wenn er sich ihr Aussehen bei ihrem Abschied vor Augen führte, konnte er nicht umhin zu denken, dass Beatka sich wie eine Schlange gehäutet hatte und verjüngt zum Vorschein gekommen war. Ihr altes Ich hatte sie dagelassen.

Was ihn am meisten schmerzte, war, dass sie kein einziges Foto von ihnen beiden mitgenommen hatte. Die Hochzeitsfotos und die wenigen späteren, auf denen man Heniek und Beatka nebeneinander am Tisch oder Arm in Arm im Urlaub in einer Waldhütte sehen konnte, standen noch immer in ihren schweren Rahmen auf der Kommode im Wohnzimmer. Das Bewusstsein, dass Beatka sich offenbar nicht einmal mehr an ihre glücklichsten Augenblicke erinnern wollte, tat genau so weh wie der Umstand, dass Heniek die Fotos immer wieder betrachtete und so an ihre gemeinsame Geschichte erinnert wurde.

Am meisten wunderten ihn aber zwei Sprachkurse der niederländischen Sprache, die er in ihrem Nachtschrank fand: Alle Texte waren mit Anmerkungen versehen, alle Übungen waren mit ihrer schwungvollen Handschrift ausgefüllt. Sie musste monatelang daran gearbeitet haben, noch lange bevor sie ihm mitgeteilt hatte, dass sie dieses Jahr wieder nach Holland fahren würde. Heniek setzte sich auf ihre Seite des ehemaligen Ehebetts und blätterte immer wieder durch die Hefte, von denen er sich Antworten auf Fragen versprach, die er nicht zu formen wusste. Er wollte verstehen, was mit Beatka geschehen war. Doch mit jeder Seite, die er umblätterte, und jedem unverständlichen Wort, das er las, wurde ihm seine Frau nur fremder.

Auch in Gajerudki fand Heniek keine Antwort. Nicht bei Kasia, nicht bei Kuba, nicht auf dem Friedhof, nicht im Laden, nicht auf der Parkbank, nicht auf den Straßen, nicht im

Garten, nicht zwischen den beiden Obstbäumen, nicht im Haus, weder im Wohnzimmer noch in der Küche, noch im Schlafzimmer. Nirgends war ein Hinweis darauf zu finden, warum Beatka nicht mehr da war. Und je enger die Kreise wurden, auf denen Heniek nach den Spuren seiner Frau suchte, desto mehr gelangte er zu der Überzeugung, dass er der Grund war, weshalb Beatka fort war.

Und so verlor Heniek die Lust an allem und setzte sich im Wohnzimmer aufs Sofa und starrte vor sich hin. Er war allein mit dem einzigen Menschen, mit dem er nicht allein sein wollte: sich selbst.

22

Es war eine stille und finstere Nacht in Brandenburg, als zwei ältere Gestalten auf der Landstraße durch den Wald gingen. Der eine hatte ein Paar Nummernschilder und drei Flaschen Bier in der Hand, denn so viele waren noch übrig geblieben, nachdem einige im Auto zerbrochen und der Großteil von ihnen über das Autodach hinweg in den Wald geflogen war; der andere trug eine Decke und eine Plastiktüte mit einem blutigen Stück Fleisch darin. Die zwei Autos, die an ihnen vorbeifuhren, hielten nicht, um ihnen Hilfe anzubieten oder sie ein Stück weit mitzunehmen. Sie machten sogar einen Bogen um die beiden nächtlichen Wanderer. So mussten Heniek und Andrzej zu Fuß gehen. Sie wollten nicht in unmittelbarer Nähe des gestrandeten Mercedes bleiben, weil man sie sonst leicht mit dem Autowrack in Verbindung bringen könnte – einem Autowrack, das nicht auf sie zugelassen war und in dessen Innenraum sich ein Kasten Bier und zweihundertneunzehn Flaschen Öl befanden.

Anfangs fluchte Andrzej unentwegt. Dann aber zündete er sich eine Zigarette an und beruhigte sich langsam. Ganz langsam.

Als er endlich schwieg, begannen sie, den Wald, der sie umgab, wahrzunehmen: das leise Rascheln der Blätter, das verblüffend helle Mondlicht, hin und wieder ein Knacken von Zweigen oder den Ruf eines Uhus. Und vor allem, wenn auch unbewusst, die frische Waldluft. Heniek und Andrzej wechselten kein Wort, einen jeden trugen die Gedanken weit fort.

Nach etwa zwei Stunden lösten Felder den Wald ab. Heniek sprang noch schnell zwischen die Bäume, um kurz darauf mit einem Haufen Reisig und zwei längeren Stöcken wieder hervorzukommen. Dann bogen sie von der Straße ab und breiteten ihre Decke auf dem Betonfundament eines Strommastes aus. Heniek entfachte mit Andrzejs Feuerzeug ein kleines Feuer, spitzte die zwei Stöcke mit seinem Taschenmesser an und briet das Fleisch darüber. Vielleicht war es der Hunger, vielleicht das seltene Wildfleisch, vielleicht aber auch der Spaziergang durch die nächtliche Luft – Heniek wusste es nicht, aber schon lange hatte ihm nichts mehr so gut geschmeckt wie dieses ungewürzte und leicht verbrannte Stück Fleisch auf dem Stock.

– Man kann sagen, was man will, aber das selbst erjagte Fleisch schmeckt immer noch am besten.

Dabei leckte er sich die Finger, an denen Blut, Fett und Harz herabflossen, und lächelte über seinen eigenen Witz.

Andrzej horchte erstaunt auf. Seitdem Beatka ihn verlassen hatte, hatte Heniek nicht ein Mal gescherzt. Und da er selbst gern das letzte Wort behielt, entgegnete er:

– Polnisches Reh schmeckt besser.

Dann schwiegen sie wieder, wärmten sich an der kleinen Feuerstelle, aßen und tranken. Als sie sich die letzte Bierflasche teilten, begann der Morgen zu grauen und färbte kurz darauf den Himmel rosa. Es wurde kühl, und sie betteten sich zusammen auf dem Beton unter der einen Decke, die etwas zu schmal für sie beide war. Bei anderer Gelegenheit wäre ihnen die Nähe unangenehm gewesen – jetzt war sie es im Übrigen auch –, doch die Not zwang sie, sich zu überwinden und die peinliche Angelegenheit nicht anzusprechen. Während sich Andrzej hin und her wälzte auf der Suche nach einer halbwegs passablen Schlafposition, klopfte Heniek seine Reisetasche zurecht und legte sie sich wie ein Kissen unter den Kopf. Ein letztes Mal betrachtete er den Himmel, den auf der einen Seite noch Sterne erhellten, während auf der anderen bereits die Sonne aufging, schaute auf den Nebel über dem Feld und blickte auf die Straße, deren Ende nicht absehbar war. Schließlich sagte er:

– So könnten wir es schaffen.

Dann schloss er die Augen. Doch Andrzej öffnete die seinen sofort:

– Wie? Was meinst du mit ›so‹? – fragte er beunruhigt. – Und was sollen wir essen? Wir werden nicht jeden Tag ein Reh anfahren können. Und willst du die ganze Strecke etwa gehen? Und, und, und …

Doch Heniek hörte nicht mehr hin. Er schlief bereits.

23

Sie erwachten gegen Mittag. Die Sonne stand hoch und heiß über ihnen und hatte den Morgentau schon längst aus ihren Gesichtern getrocknet, als sie sich langsam streckten und stöhnten und mit den Knochen knackten.

Beide wünschten sie sich nach Gajerudki zurück, wären gern in ihren eigenen Betten, in der gewohnten und sicheren

Umgebung ihres Zuhauses aufgewacht und hätten die Eindrücke der Nacht – die weiße Fahrbahnmarkierung, das Reh im Scheinwerferlicht, die zerdrückte Motorhaube, den dunklen und stillen Wald, das Lagerfeuer unter dem Strommast – als seltsam intensiven Traum abgetan. Doch der Lärm eines vorbeifahrenden Lkws holte sie in die Wirklichkeit zurück. Es war ein Scania 114 L, ein imposanter Lastwagen, der mit seinem Sattelauflieger auf insgesamt fünf Achsen fuhr. Was aber den größten Eindruck auf die beiden Männer machte, war sein deutsches Kennzeichen. Stirnrunzelnd schauten sie ihm lange nach.

– Also noch einmal, – wollte Andrzej wissen und wischte sich dabei den morgendlichen Speichel aus dem Mundwinkel, – was meintest du gestern?

– Wir können es auch ohne Auto schaffen.

– Zu Fuß nach Holland?

– Per Anhalter.

– Das kannst du dir aus dem Kopf schlagen.

– Wir werden doch jetzt nicht einfach aufgeben und umkehren, wo wir schon die Hälfte des Weges hinter uns haben.

– Eher ein Drittel. – wandte Andrzej ein.

– Es macht doch überhaupt keinen Sinn, jetzt einfach zurückzufahren.

– Ich glaube, es ist sogar erst ein Viertel.

– Egal. Wir sind schon über die Grenze.

Andrzej sah, dass Heniek es wirklich ernst meinte. Sein Freund schüttelte die Decke aus und faltete sie zusammen.

– Wie stellst du dir das überhaupt vor? Dass jetzt gleich ein Auto vorbeikommt, das zufällig genau nach Holland in dieses beschissene Domburg fährt?

– Wir müssen nur immer vorwärtskommen, die ganze Zeit Richtung Westen. Das ist …

Dabei prüfte er kurz den Sonnenstand, zögerte und zeigte schließlich in die Richtung, in welche die Straße führte und in welche der Laster gerade gefahren war.

– … da lang. Einfach nur immer da lang, dann werden wir es schon schaffen.

– Wir haben nichts dabei.

Heniek nahm einen Bissen von dem Fleisch, das sie in der Nacht gebraten hatten. Ein verbranntes Steak war übrig geblieben und hatte auf dem Beton neben ihnen gelegen.

– Hier, frühstücke erst mal. Dann siehst du alles nicht mehr so hoffnungslos.

– Ich werde nicht per Anhalter durch Deutschland fahren.

– Iss.

Andrzej verscheuchte die Fliegen vom Fleisch und biss ab.

– Wenn du nicht mitkommst, – sagte Heniek, – musst du allein nach Gajerudki zurückfahren.

– Du bist ein Arschloch, weißt du das?

Heniek lächelte.

– Die ganze Fahrt war deine Idee.

Andrzej kaute und sagte lange Zeit nichts mehr. Sein Blick wanderte über das weite Zuckerrübenfeld und die Straße, die kein Ende nahm.

– Per Anhalter? Wir gehen nicht zu Fuß?

Heniek reichte ihm seine Hand.

– Per Anhalter.

– Na gut, wir versuchen es. Aber wenn wir morgen Abend nicht in Holland sind, kehren wir um.

Sie standen auf, stellten sich an die Straße und warteten.

Und warteten.

Gute fünfzehn Minuten lang passierte nichts. Kein einziges Auto kam, weder in die eine noch in die andere Richtung. Ungeduldig begann Andrzej, auf und ab zu gehen. Er hasste es zu warten. Als endlich ein Auto erschien, aber, ohne zu bremsen, an ihren erhobenen Daumen vorbeifuhr, zündete er sich eine Zigarette an und machte wieder ein paar Schritte vor und zurück.

– Wenn du ohnehin rumläufst, – meinte schließlich Heniek etwas genervt, – dann können wir auch gleich in die richtige Richtung laufen. Solange kein Auto kommt.

Andrzej war einverstanden. Er mochte es nicht, sich selbst zu widersprechen, aber zu warten, hasste er noch mehr.

Und so machten sie sich auf, zu Fuß Richtung Westen.

Doch nicht lange. Denn bereits nach drei Schritten blieb Andrzej plötzlich stehen und wurde sehr unruhig. Er griff sich in die eine, dann in die andere Hosentasche, klopfte die Brusttasche seines Hemdes, dann die Gesäßtaschen seiner Hose und schließlich seinen ganzen Körper ab, kehrte zu ihrem Schlafplatz unter dem Strommast zurück, schaute auf das Betonfundament, auf dem sie gelegen hatten, suchte das Feld ringsum ab und begann das Ganze noch einmal von vorn.

– Verdammt.

– Was ist?

– Scheiße, Scheiße, Scheiße!

– Was?

– Wir müssen noch mal zurück. Ich habe mein Handy im Auto gelassen.

24

Das Kriegsrecht fror das gesellschaftliche Leben völlig ein. Andrzej ging zum verabredeten Termin in die Tischlerei, doch die Tür war verschlossen. Als er den Besitzer im Laden antraf und darauf ansprach, meinte dieser nur:

– Wir haben jetzt wirklich andere Sorgen.

Wie sehr das zutraf, musste Andrzej kurz darauf selbst feststellen: Er wurde wieder eingezogen.

Sein Vorgesetzter konnte sich noch sehr gut an den Nichtsnutz Witkowski aus der Grundausbildung erinnern und verkündete ganz ruhig und fast beiläufig, als würde er die allergewöhnlichste Sache der Welt erklären:

– Was früher galt, ist jetzt außer Kraft gesetzt. Wenn du noch einmal muckst, kann ich dich mit einem Schnipsen erschießen lassen. Einfach so.

Und dabei schnipste er tatsächlich, als ob er sichergehen wollte, dass Andrzej ihn nicht missverstand. Andrzej schwieg lediglich, und dieses Schweigen wurde zu seiner Grundhaltung während des Kriegsrechts. Wann immer er fortan angeschrien oder beleidigt wurde oder den Befehl bekam, eine Demonstration zu beobachten und notfalls auseinanderzuschlagen, senkte Andrzej seinen Blick und wartete geduldig ab, bis der Sturm vorüberzog. Er versuchte, möglichst häufig nichts zu tun, und nur, wenn gerade jemand hinschaute, tat er so, als ob er seine Befehle ausführen würde. So fiel er kaum auf und war gleichzeitig einer der vielen Unbekannten, die dafür sorgten, dass die anderthalb Jahre Kriegsrecht mit verblüffend wenig Blutvergießen über das Land gingen.

In Andrzejs Innerem aber wuchs die Überzeugung, dass es mit dem Staat zu Ende ging. Während er bei der Gründung der Solidarność noch angenommen hatte, dass sich das System vielleicht reformieren lasse, sah er jetzt ein, dass die Volksrepublik Polen, wie er sie kannte, im Sterben lag und dass es nur eine Frage der Zeit war, bis man sie zu Grabe tragen würde.

Daran änderte auch der Umstand nichts, dass das Kriegsrecht schließlich aufgehoben wurde und das Leben wieder mehr oder weniger seinen normalen Lauf nahm. Andrzej hatte dieses Phänomen schon mehrfach bemerkt: Wenn Menschen im Sterben liegen, dann gibt es einen Tag, an dem es ihnen auf einmal wieder besser geht, an dem sie schier geheilt scheinen. Wenn sie vorher etwa im Koma lagen, dann wachen sie nun wieder auf, haben einen ungeheuren Appetit, sprechen und machen sogar einen Spaziergang. So war es mit Henieks Onkel gewesen. Und wenn sie aufgrund hohen Fiebers nicht mehr ansprechbar waren, sich an nichts mehr erinnern konnten und jeden und alles durcheinanderbrachten, dann legt sich das Fieber auf einen Schlag, und sie erkennen alle, die sie besuchen kommen, und scherzen sogar mit ihnen. Andrzejs Großmutter war es so ergangen. Die Familien, die die letzten Tage über am Bett Wache gehalten haben, weil das unausgesprochene ›es‹ jeden Augenblick eintreten könnte, schöpfen dann wieder Hoffnung, sprechen vielleicht auch von einem Wunder und werden schließlich von den Kranken selbst nach Hause geschickt: Sie hätten ja schon genug ausgeharrt im Krankenhaus und sollten sich erholen.

Kurz darauf, meist noch in derselben Nacht, sind die Sterbenden, die nun wieder Kranke oder Geheilte genannt werden, plötzlich tot.

– Es ist fast so, als würde der Körper, der im Zustand der Krankheit ganz sparsam mit seinen Reserven umgeht, nun, wo alles hoffnungslos scheint, das bisschen Leben, das noch in ihm steckt, auf einen Schlag verschwenden wollen.

Und Andrzej ergänzte:

– Das Leben verarscht dich von vorne bis hinten. Statt dich klar und einfach sterben zu lassen, gibt es dir kurz vor Schluss noch mal die Hoffnung, dass du überleben wirst.

Doch Heniek sah das ganz anders:

– Mir scheint es eher, als … würde uns … Gott gegen alle Wahrscheinlichkeit noch einen Tag schenken. Wenn nichts mehr zu hoffen ist, wachen wir plötzlich auf, können wieder denken und … wir sprechen und haben so die Möglichkeit, uns von unseren Nächsten zu verabschieden.

Dieses letzte Aufbäumen der Kräfte glaubte Andrzej auch in der Volksrepublik zu erkennen, als 1983 das Kriegsrecht wieder aufgehoben wurde, und er war fest entschlossen, sein Wissen für sich zu nutzen. Während alle um ihn herum in ihr altes Leben zurückkehrten, versuchte Andrzej in größter Eile, einen neuen Kredit aufzunehmen. Da er aber noch das Haus abzubezahlen hatte, entsprach die Summe, die man ihm gewähren wollte, nicht annähernd seinen Vorstellungen. So dankte er nur und ließ stattdessen die Monatsraten für den aktuellen Kredit erhöhen. Beim Hinausgehen versprach er, bald wiederzukommen.

Von da an machte er täglich Überstunden. Am Wochenende fuhr er mit seiner Walze aus, und wenn er keinen Auftrag hatte, nahm er, wo es nur ging, kleinere Jobs an – bei einem Umzug oder beim Fliesen eines Badezimmers oder auf dem Bau. Fast unentwegt arbeitete er, und Iwona machte sich Sorgen, dass er das nicht lange durchhalten könnte. Doch so schnell er auch Geld ansammelte, es reichte nicht, um sich aus dem Kredit samt Strafgebühr herauszukaufen. Unruhig ging Andrzej auf und ab und dachte nach.

Schließlich verkaufte er seine Firma.

Sein Schwiegervater, der zuerst über die Anschaffung der Straßenwalze geschimpft hatte, klagte nun, dass Andrzej überhaupt keinen Plan im Leben habe und ziellos seinen Launen nachgebe. Und auch Heniek konnte Andrzejs Entscheidung nicht gutheißen, befanden sie sich doch in einer Zeit, in der alle versuchten, möglichst viele Waren anzuhäufen und nicht zu verkaufen. Nur Iwona unterstützte Andrzej und drängte, er solle es noch einmal mit der Tischlerei versuchen.

Andrzejs Firma bestand im Grunde aus einem ordentlich gefüllten Lagerraum, den überaus wertvollen Kontakten zu den Zulieferern und natürlich der Straßenwalze. Trotz aller zärtlicher Erinnerung an den Tag der Gründung verkaufte Andrzej sein kleines Gewerbe ganz nüchtern an den Meistbietenden. Ein wenig Geld musste er sich noch von Heniek und – was besonders unangenehm war – von seinem Schwiegervater leihen, und schließlich konnte er mit einer großen Tasche voller Scheine die Bank betreten und den Kredit abbezahlen.

Mit der einen Immobilie als Sicherheit durfte er nun einen weitaus größeren Kredit aufnehmen und nutzte ihn, um sich davon eines der schönsten Gehöfte und so viel Land, wie er nur bekommen konnte, in und um Gajerudki zu kaufen.

– Wieder möglichst hohe Raten?

– Nein. – antwortete Andrzej. – Möglichst gering, bei möglichst langer Laufzeit. Aber mit der Option auf Sondertilgung.

Der Bankmitarbeiter schaute neugierig auf.

– Erwarten Sie ein Erbe?

– So in der Art.

Iwona, die kleine Jadwiga und Andrzej zogen um. Die Kreditraten waren so immens, dass die Familie zwar ein riesiges Haus bewohnte, aber kaum Geld für Brot und Butter hatte. Über die Runden zu kommen, war jeden Monat aufs Neue ein Kraftakt. An Sondertilgungen war gar nicht zu denken.

Doch Andrzej schien sehr entspannt. Mehr noch, Geld, so konnte man denken, spielte gar keine Rolle mehr für ihn. Nur noch ganz selten, wenn etwa der Kühlschrank ausgetauscht oder ein Fahrrad mit Stützrädern für Jadwiga gekauft werden sollte, machte er Überstunden oder nahm einen zusätzlichen Job an. Die meiste Zeit verbrachte er dagegen mit seinen nun schon zwei Kindern oder mit Iwona, die zum dritten Mal schwanger war, oder auch mit Freunden im Laden. Doch seine Frau wurde langsam nervös, da sie sich doch hin und wieder Nylonstrumpfhosen oder auch eine neue Bluse kaufen wollte.

– Was ist der Plan? – fragte sie schließlich Andrzej, nachdem sie beim Einkaufen einmal drei Kartoffeln aus dem Korb nehmen musste, weil sie nicht genug Geld hatte.

– Wir warten.

– Worauf?

– Auf die Inflation.

25

Den Weg, den sie in der Nacht zurückgelegt hatten, noch einmal zu gehen, machte, obwohl es sich nur um zwei Stunden handelte, Heniek wütender als der Unfall mit dem Reh. Es war wie eine Folter für ihn, die getane Arbeit wiederholen zu müssen und gleichzeitig zu wissen, dass jeder Schritt, den sie in die falsche Richtung setzten, noch einmal einen weiteren gleichen in entgegengesetzter Richtung nach sich ziehen würde.

So stampfte er voraus und sprach kein Wort zu Andrzej.

Und es wurde nicht besser, als sie am Ziel ankamen. Denn noch bevor sie ihr Auto in der Ferne sahen, bemerkten sie Blinklichter am Straßenrand: zuerst die gelben eines Abschleppwagens und dann die blauen eines Polizeiautos.

– Sieht aus, als kämen wir zu spät.

– Scheiß deutsche Effizienz. – schimpfte Andrzej. – In Polen würde das Auto noch an Weihnachten auf der Straße stehen.

Und da er plötzlich merkte, dass er etwas gesagt hatte, was Heniek nur noch mehr verärgern konnte, schob er nach:

– Natürlich nicht bei uns in Gajerudki. Kuba macht seine Arbeit gut.

Heniek schüttelte nur den Kopf und versteckte sich im Straßengraben. Andrzej machte es ihm nach, und gemeinsam sahen sie zu, wie ihr Mercedes auf die Ladefläche gehoben wurde, während ein Polizist mit seinem Fuß halbherzig die Glassplitter von der Fahrbahn fegte. Die Überreste des Rehs waren bereits entfernt worden.

Schon wenige Minuten später fuhren Abschleppdienst und Polizei los.

Als die beiden Fahrzeuge an Heniek und Andrzej vorbeikamen, duckten sich die beiden Polen und warteten noch eine Weile ab, bevor sie zum Unfallort eilten. Sie hatten keine große Hoffnung, suchten aber trotzdem nach Andrzejs Handy.

Doch wie erwartet, war es gerade an ihnen vorbeigefahren.

Im Gebüsch fand Andrzej zumindest zwei unversehrte Bierflaschen, die Heniek in der Nacht zuvor nach ihm geworfen hatte.

Dennoch: Sie waren die zwei Stunden völlig umsonst zurückgelaufen.

26

Die letzten Tage des Sozialismus währten noch sechs Jahre. Immer wieder quälten Andrzej Zweifel, ob seine Spekulation aufgehen würde und ob, selbst wenn alles gelingen würde, das Opfer nicht zu groß war. Immerhin wuchsen seine Kinder in einem Haus auf, in dem man sich rein gar nichts leisten konnte.

Doch schließlich zog die Inflation an. Innerhalb weniger Monate stieg sie auf über zwanzig, dann vierzig, dann hundert

Prozent, und bald galoppierte sie so rasend schnell davon, dass man abends nicht mehr wissen konnte, was das Geld wert war, das man am Morgen verdient hatte. Die Preise für Butter wurden in Zehntausend, die für Fernseher in Millionen Złoty angegeben. Viele wollten es Andrzej gleichtun und schnell noch einen Kredit aufnehmen. Doch mittlerweile schützten sich die Banken, indem sie die Zinsen direkt an die Inflation koppelten oder keine Kredite mehr vergaben. Andrzej war einer der Letzten, die noch einen alten Kreditvertrag abgeschlossen hatten und jetzt ungeheuren Gewinn herausschlagen konnten. Während man um ihn herum über den Wertverlust des Geldes und das Fehlen von Waren in den Geschäften klagte, wurde sein verschmitztes Grinsen immer verschmitzter. Schließlich fand er, dass der Tag gekommen war, an dem er sein Haus und seine Ländereien abbezahlen wollte.

Im Trainingsanzug, eine muntere Melodie pfeifend, betrat er die Bank, bat den Mitarbeiter um seine Dokumente und legte, als dieser ihn anhand der Akten erkannte, drei gleiche Scheine auf den Tisch. Mit den ersten beiden bezahlte er die verbleibende Summe ab: zweihundert Quadratmeter Wohnfläche und acht Hektar Land gehörten nun unwiderruflich ihm.

– Und wofür ist der? – fragte der Mitarbeiter und zeigte auf den dritten Schein.

– Das ist Ihr Trinkgeld.

Für den Nachhauseweg im Taxi musste er mehr bezahlen.

27

War es bereits eine Folter gewesen, den Weg zurücklaufen zu müssen, so war die dritte Runde auf derselben Strecke eine Höllenqual. Keines der wenigen Autos, das an ihnen vorbeifuhr, wollte sie mitnehmen, und so mussten sie wieder dieselben Kurven und Bäume und Straßenschilder sehen wie schon in der Nacht zuvor und wie nochmals vor zwei Stunden.

Sie sagten nichts – zumindest nicht laut, denn innerlich fluchten sie unentwegt –, aber sie atmeten beide erleichtert auf, als sie endlich das Zuckerrübenfeld und den Strommast erblickten, unter dem sie geschlafen hatten.

Andrzej wartete noch, bis sie das Feld hinter sich gelassen, hatten, öffnete eine Bierflasche und reichte sie Heniek:

– Zur Feier des Augenblicks. Ab jetzt geht es nur noch vorwärts in Richtung Domburg.

Heniek nahm sie bereitwillig an. Seine Verärgerung, die ohnehin kaum über einen so langen Zeitraum bestehen konnte, denn dafür war Heniek zu gutmütig, wich einer neu aufkeimenden Zuversicht. Außerdem waren sie ja nun schon vier Stunden in der prallen Mittagssonne gelaufen. Heniek hatte einfach Hunger und Durst.

Nachdem er einen großen Schluck getrunken hatte, schaute er auf sein altes Nokia, das in seiner Hosentasche vibrierte, nahm aber nicht ab.

– Rate mal, wer gerade anruft.

– Wer?

– Der Besitzer des Mercedes.

Sie lachten.

– Ich bezahl dir den Wagen, wenn Beatka und wir wieder in Gajerudki sind. – sagte Andrzej.

Dann schaute er sich um.

– Aber so langsam könnte uns mal jemand mitnehmen.

– Hier fahren einfach zu wenig Autos lang.

Da kam gerade ein Fahrzeug von hinten auf sie zu. Heniek und Andrzej drehten sich um und streckten ihre Daumen aus. Doch der Fahrer des Citroën C5, ein älterer Mann mit grauen Haaren und einer ebenfalls grauhaarigen Beifahrerin, wechselte nur auf die linke Fahrbahn und hupte, während er an Heniek und Andrzej vorbeifuhr.

– Arschloch.

– Wichser. – riefen die beiden Freunde dem Fahrzeug hinterher, das dank seiner hydropneumatischen Federung in einer besonders weichen Bewegung zurück auf die rechte Fahrbahn wechselte.

28

Andrzej nahm in seinem Leben drei Kredite auf. Von dem ersten kaufte er das kleine Haus, in das er mit Iwona und seinem Sohn zog. Manchmal, in den seltenen trübsinnigen Stunden, dachte er, dass dies die ruhigste und irgendwie schönste Zeit seines Lebens gewesen war. Iwona dachte das immer, auch in ihren nicht trübsinnigen Stunden.

Mit seinem zweiten Kredit landete Andrzej seinen großen Coup und wurde zu einem der reichsten Männer Gajerudkis. Noch im hohen Alter sollte Andrzej später denken, dass dieses das Kunst- und Schelmenstück seines Lebens war. Immer wieder fragten sich die Leute, wie er das nur geahnt hatte, er, der Nichtsnutz, der einfache Straßenbauer. In Anbetracht der hohen Zinsen gab es ein paar schlaue Köpfe, die auf die Idee kamen, im Ausland einen Kredit aufzunehmen und das Geld im Inland einfach auf einem Sparkonto anzulegen. Da auch die Habenzinsen in der Volksrepublik höher waren als die Sollzinsen in Frankreich, Großbritannien oder der BRD, schien das Geschäft eine sichere Sache. Natürlich war eine solche Aktion nur möglich, wenn man Kontakte in den Westen hatte. Doch diejenigen, die so zu Geld kommen wollten, wurden bitter bestraft: Denn während sich ihr Geld zuerst tatsächlich mehrte, wurde es bald von der Inflation und den fatalen Wechselkursen dahingerafft.

Andrzej dagegen hatte nicht statisch gedacht, sondern dynamisch. Und da er wusste, dass man auch als erfolgreicher Geschäftsmann, als der er sich – halb im Scherz, halb im Ernst – gab, nur interessant war, solange man auch geheimnisumwoben blieb, erzählte er niemandem von seinen Gedanken über das Leben, das sich kurz vor dem Tod noch einmal aufbäumt, oder von den letzten Stunden des Sozialismus und erst recht nicht von dem sympathischen Offizier, den er während seines zweiten Wehrdienstes kennengelernt hatte und der nach einer Flasche Wodka nur allzu gern über makroökonomische Zusammenhänge philosophierte.

Andrzej und Iwona warteten zusammen die Wende ab und bekamen noch vier weitere Kinder – nach vier Töchtern und nur einem Jungen endlich endlich wieder einen Sohn. Im Zuge der Privatisierung staatlicher Betriebe verkaufte Andrzej seinen Landbesitz und kaufte sich dafür ein kleines Sägewerk. Von da an ging er nicht nur aus Pflicht, sondern auch gern zur Arbeit. Iwona war zuerst überrascht, dass Andrzej keine Tischlerei betrieb, doch er erklärte, dass das Organisieren, Zuschneiden und Verkaufen von Holz eher seinen Talenten entsprach.

Als Iwonas Eltern zu Besuch kamen, machte Andrzej eine lange Führung durch das Sägewerk für sie. Dann aßen sie im großen Salon ihres frisch renovierten Hauses zu Mittag, und schließlich nahmen sie im Wohnzimmer Platz, die Schwiegereltern und Iwona in drei teuren und neuen Sesseln, Andrzej ihnen gegenüber auf dem Sofa, umgeben von seinen sechs Kindern, mit denen er während des Gesprächs im Glanze seines Familienglückes spielte.

Sein Schwiegervater sprach die ganze Zeit über kaum ein Wort, doch Andrzej konnte an seinen erstaunten und neidvollen Blicken erkennen, dass alles großen Eindruck auf ihn machte. Und später, kurz vor Abend, als die Eltern trotz aller Einladungen nicht mehr zum Abendessen bleiben wollten und nachdem Andrzej seiner Schwiegermutter in den Mantel geholfen und seinem Schwiegervater die Hand gereicht hatte, berührte dieser ihn fast, so empfand es Andrzej, zärtlich an der Schulter und sagte:

– Du schlägst dich gut, Sohn. Mach weiter so.

Hätte er doch nur damals, so dachte Andrzej später noch viele Male, nicht ›weitergemacht‹, sondern aufgehört und sich an dem erfreut, was er hatte. Aber er hatte weitergemacht und – was niemand wusste – sogar noch einen dritten Kredit aufgenommen.

29

Das kleine Städtchen, das sie erreichten, machte ihnen Angst: Heniek las Straßennamen wie Straße der Jugend, Straße der Republik oder Ernst-Thälmann-Straße und blickte mal auf die durchaus malerischen Steinfassaden, mal auf die nackten und grauen Plattenbauten, und je länger sie durch das Städtchen gingen, desto bedrückender erschien es Heniek, trotz des strahlenden Sonnenscheins, in den es getaucht war.

– Wo sind alle? – fragte Andrzej nach einer Weile. Er sprach leise, um die Stille nicht zu stören. Wie man auf einem Friedhof spricht.

Außer ihnen war niemand auf den Straßen. Abgesehen von einer alten Frau, die am Ortseingang hinter einer Gardine hervorgelugt hatte, waren sie noch niemandem begegnet; und auch in dem kleinen Laden, in dem sie Brot, Salami und Schnaps kaufen wollten, griffen nur zwei Herren in gebückter Haltung und wie in Zeitlupe mit zitternden Händen nach den Gurkengläsern im Regal.

Noch mehr verstörten Heniek und Andrzej die verbarrikadierten Türen und Fenster. In einigen Gebäuden waren passgenaue Sperrholzplatten mit Belüftungsgittern in die Fassaden eingelassen. In anderen hatte man die Fenster nur notdürftig und provisorisch mit Brettern zugenagelt. Die meisten waren jedoch gänzlich ungeschützt gelassen worden. Das Glas war inzwischen zerschlagen, wahrscheinlich mit Steinen beworfen worden, und ragte nur in einzelnen unregelmäßigen Scherben von der Ober- und Unterkante der Rahmen in die Leere hinein. Wie offene Münder gähnten, drohten oder schnappten sie nach den beiden Männern, die sich in ihre Stadt verirrt hatten.

– So wird es bei uns auch bald aussehen. – sagte Heniek. – Das ist die Politik der EU.

– Großstädte lassen sich einfacher regieren. – pflichtete Andrzej ihm bei.

Sie gingen noch eine Weile, bevor sie einsehen mussten:

– Hier werden wir keine Mitfahrgelegenheit finden. Weder in die eine noch in die andere Richtung.

– Lass uns schnell etwas zu essen kaufen und dann wieder von hier verschwinden.

Doch an der Kasse merkten Heniek und Andrzej, dass sie die Waren gar nicht bezahlen konnten, weil sie nur Złoty im

Portemonnaie hatten. Sie versuchten es mit ihren EC-Karten, nur um erneut festzustellen, dass keines ihrer Konten ausreichend gedeckt war.

Der Verkäufer presste seine blassen Lippen zusammen und klopfte ungeduldig mit seinem knochigen Finger auf die Ladentheke. Obwohl er eigentlich nichts zu tun hatte, machte es ihn nervös, dass die Bedienung der beiden Polen deutlich länger dauerte als ein gewöhnlicher Kundenkontakt.

– Wir müssen eine Bank finden. – flüsterte Heniek und wollte Brot, Wurst und Schnaps bereits wieder zurücklegen.

Andrzej fühlte sich dagegen nicht so unwohl wie Heniek und der Verkäufer. In aller Ruhe holte er noch einmal seine polnischen Geldscheine hervor und sagte:

– Vier zu eins.

Dabei streckte er vier Finger seiner linken und den Zeigefinger seiner rechten Hand in die Luft.

– Vier Złoty für einen Euro. Vier Złoty – ein Euro. Verstehen Sie?

Obwohl Andrzej alles auf Polnisch sagte und ›Euro‹ dabei ›Ełro‹ aussprach, verstand der Verkäufer tatsächlich.

Er antwortete:

– Wir sind hier keine Wechselstube.

– Was sagt er? – fragte Andrzej.

– Keine Ahnung.

Der Verkäufer presste die Lippen noch fester zusammen und vereinfachte seine Antwort deutlich:

– Nein.

Das verstanden Heniek und Andrzej.

– Fünf zu eins. – sagte Andrzej und zeigte dabei mit seiner linken Hand erst auf sein Geld und dann auf die Kasse des Verkäufers.

– Nein.

– Na gut, du deutscher Jude. Sechs zu eins.

Dem Verkäufer entgingen die Details von Andrzejs letztem Angebot. Wahrscheinlich hätte er kein Verständnis dafür gezeigt, dass man bis heute in den zentraleren Regionen Polens spricht, als hätte es den Zweiten Weltkrieg, das Pogrom von Kielce nach Kriegsende oder die ganze mit Kwaśniewski und Jedwabne einsetzende Aufarbeitung der polnischen Beteiligung an der Judenverfolgung nie gegeben. Andrzej und Heniek waren Männer, die Traditionen lebten und nicht infrage stellten. Und wenn ihre Großväter bereits harte Verhandlungspartner, Geizkrägen und Betrüger als Juden bezeichnet hatten, dann sprachen sie nicht anders.

Vielleicht wäre es dem Verkäufer aber auch egal gewesen.

Er sah nur, dass der Pole immer weiter verhandelte und nicht begreifen wollte, dass man hier keine Złoty akzeptieren würde, egal welchen Kurs er ihm anbieten würde. Darum überwand er sich und seine ihm eigene Reserviertheit, wischte heftig mit den Händen über den Scheinen hin und her und sagte entschieden:

– Keine Zlotys. Zlotys – nein. Nur Euro. Euro – ja. Złotys – nein. Hier Deutschland. Nicht Polska, – das Wort kannte er tatsächlich auf Polnisch, – da Zlotys, hier Euro. Wir sind hier doch nicht in Afrika!

– Ja, ist ja gut. Ich hab's kapiert. – sagte Andrzej und packte sein Geld wieder ein.

Der Verkäufer atmete durch und presste die Lippen wieder etwas auseinander. Er wischte sich den Schweiß, den sein kurzer Ausbruch hervorgerufen hatte, von der Stirn.

– Versuch's noch mal mit der Karte. – sagte Andrzej zu Heniek. – Nur das Brot. Ich lege in der Zwischenzeit den Rest zurück.

Heniek zeigte auf das Brot und legte seine Kreditkarte darauf, während Andrzej die restlichen Sachen zurück in den Laden brachte. Der Verkäufer seufzte und vollführte ungeduldig und zugleich lustlos die Handgriffe, die notwendig waren, nur damit auf dem Display erneut die Fehlermeldung aufleuchten konnte.

Wieder klopfte der knochige Finger auf der Ladentheke, und wieder schaute der Verkäufer Heniek vorwurfsvoll an.

– Entschuldigung. – sagte Heniek schnell und schob das Brot dem Verkäufer zu. Es war ihm unangenehm, noch länger vor der Theke zu stehen und seinem Gegenüber Zeit zu rauben.

– Hat nicht geklappt. – sagte Heniek, als Andrzej wieder zwischen den Regalen hervorkam.

– Dann eben nicht. – brummte sein Freund. Und dem Mann hinter der Theke rief er überaus freundlich zu: – Auf Wiedersehen.

Der Verkäufer nickte und schüttelte den Kopf zugleich. Von dieser Begegnung würde er noch einen Monat lang seinen Stammkunden erzählen:

– Die beiden Polen, die hier mit Złotys zahlen wollten. Tsi tsi tsi.

Andrzej und Heniek atmeten beim Verlassen des Ladens indes nur kurz auf. Sofort hatten sie wieder das Gefühl, als würden sie von verunstalteten Ungeheuern, von gewaltigen Riesen mit ausgestochenen Augen, von grauen zahnlosen Greisen belauert.

Unschlüssig schaute Heniek seinen Freund an. Er wusste nicht weiter.

– Lass uns, – schlug Andrzej vor, – erst mal ein gemütliches Plätzchen zum Essen finden. Dann schauen wir, wie wir hier wegkommen.

– Aber wir haben ...

Andrzej grinste.

– Ist das eine Salami in meiner Hose, oder freue ich mich nur, dich zu sehen?

30

Henieks Empörung über den Diebstahl währte nur bis zum nächsten Magenknurren. Dann war sein Widerstand gebrochen, und er aß mit.

– Ich wollte ja zahlen. – rechtfertigte sich Andrzej, als er in die Salami biss. – Du hast es selbst gesehen.

– Ja.

– Aber wenn der Kerl nicht in der Lage ist, mal ein kleines bisschen von seiner Gewohnheit abzurücken, dann ist es wirklich nicht meine Schuld.

– Hm. – pflichtete ihm Heniek kauend bei.

– Und er hätte sogar Gewinn gemacht.

So und so ähnlich sprach Andrzej noch eine Weile, eher mit sich selbst als mit seinem Freund, und führte dabei einen der ältesten Monologe, seitdem der Mensch sprechen kann: denjenigen, mit dem man sich selbst überzeugt, dass man im Recht ist.

Heniek entgegnete nichts und sprach überhaupt wenig. Mal biss er in die Salami, mal trank er etwas von jenem Schnaps, den Andrzej ebenfalls hatte mitgehen lassen. Er spürte, wie Fett und Alkohol in Magen und Blut flossen, ihn aber nicht sättigten. Eine vollwertige Mahlzeit war dies nicht.

– Wir klauen nie wieder etwas. – entgegnete er schließlich. – Aber wenn, dann beim nächsten Mal auch Brot.

Andrzej lächelte und nahm die Flasche zurück. Er kniff die kleinen Augen zusammen und blickte umher.

– Für wen haben sie nur die ganzen Wahlplakate aufgehängt?

Heniek lachte.

– Nein, ich meine es ernst: Wo sind alle?

– Drinnen.

– Drinnen?

– In ihren Wohnungen.

– Und die jungen Leute? Die hocken im Sommer doch nicht vorm Fernseher.

Auch Heniek blickte sich noch einmal um. Selbst die kleine, restaurierte Burg, vor der sie saßen und die sehr hübsch aussah – weshalb sie sich diesen Platz für ihr Essen ausgesucht hatten –, täuschte nicht über die Probleme der Stadt hinweg. Nur wenige Schritte weiter sah man bereits die leer stehenden Mietshäuser und verblassten Schilder von Geschäften, die längst aufgegeben worden waren.

Heniek zuckte mit den Schultern:

– Wo Arbeit ist.

Andrzej trank noch einmal und zündete sich eine Zigarette an. Seine Schachtel ging beunruhigend schnell zur Neige.

– Ich hätte auch Zigaretten klauen sollen.

– Das wäre nicht so einfach gewesen. Die stehen an der Kasse. Im Käfig.

Andrzej blies den Rauch aus.

– Unsere Kinder fahren nach Deutschland, England oder Holland, um dort zu arbeiten. Weil es in Polen keine Arbeit gibt. Und die Araber kommen auch hierher.

– Und die Ukrainer kommen zu uns. – ergänzte Heniek. Nach der Annexion der Krim durch Russland und den Kämpfen im Donbass war über eine Million Ukrainer nach Polen eingewandert. Doch in der EU berücksichtigte man diese Zahl nicht, wenn es um eine sogenannte gerechte Verteilung der Asylbewerber im Zuge der großen Migrationskrise ging: Zum einen sorgte die Annexion der Krim in Europa nicht für so große Schlagzeilen wie der syrische Bürgerkrieg und die Bekämpfung des IS, sodass sie 2015 fast wieder aus dem öffentlichen Bewusstsein verschwunden war. Zum anderen stellten nur wenige Tausend der nach Polen eingewanderten Migranten dort auch tatsächlich einen Antrag auf Asyl. Die meisten taten es nicht, da der Status als Asylant eine Arbeitsgenehmigung ausschloss. Und an der lag nahezu allen. Denn man kann Geflüchteter sein und trotzdem arbeiten wollen.

– Ja … – sprach Andrzej weiter. Henieks Einwurf hatte seinen Gedankengang für einen Augenblick verwirrt. – Aber … Wo ist denn die ganze Arbeit?

Heniek dachte nach.

– Bei uns ist eigentlich genug Arbeit. Aber niemand will für das wenige Geld arbeiten. Nur eben die Ukrainer.

– Natürlich kann ein Pole bei uns nichts mehr verdienen, wenn eine Million Ukrainer kommen und die Löhne drücken. – sagte Andrzej. – Aber weißt du, was?

– Hm?

– Immer noch besser als die Araber.

Andrzejs Blick blieb wieder an den Plakaten hängen, deren Versprechen an die Wähler er nicht verstehen konnte. Doch was es auch war, gehalten worden war es sicherlich nicht.

– Weißt du, was mir auffällt?

– Was?

– Wenn bei uns Wahlen sind, dann ist jedes Plakat weißrot. Egal von welcher Partei.

Heniek verstand nicht. Natürlich waren in Polen alle Plakate in den Nationalfarben gehalten oder zeigten zumindest die weiß-rote Fahne. Es ging doch um Polen, wie sollten sie sonst sein?

– Und?

– Hier ist kein einziges Plakat schwarz-rot-gold. Von keiner einzigen Partei. Die da hinten sind die einzigen, die überhaupt die deutsche Fahne drauf haben.

Heniek blickte erneut über die Straße vor ihm. Die meisten Plakate waren rot, einige grün und einige schwarz-weiß mit seltsam neonfarbigen Schriftzügen.

Nur über den blauen Plakaten prangte ein schwarz-rotgoldener Streifen.

– Das ist bestimmt wegen der Flüchtlinge. Noch etwas länger, und bald ist auf den Plakaten ein Halbmond zu sehen.

– Und Kopftücher.

So schimpften sie noch eine Weile, bestärkten sich in ihren Überzeugungen und ahnten nicht, dass es sich genau andersherum verhielt, dass die Deutschlandfahnen nicht wegen der Geflüchteten aus der Öffentlichkeit verschwunden, sondern ganz im Gegenteil wegen dieser erst in der deutschen Öffentlichkeit wieder erschienen waren, und dass die Fahnen die Partei, die sie auf ihren Plakaten abbildete, erfolgreich machten.

Ebenso entging den beiden Polen, dass der angenehme Ort, den sie sich für ihr Mahl ausgesucht hatten, ausgerechnet eine ehemalige Burg der Tempelritter war. Und restauriert worden war sie nicht von einem Investor, sondern mit EU-Geldern.

Andrzej stand auf.

– Hier wird uns niemand mitnehmen. Wir sollten an der Autobahn stehen.

– Hier ist aber keine Autobahn.

Andrzej sagte nicht, was er dachte. Er schaute nur in die Richtung, aus der sie gekommen waren. Heniek verstand seinen Gedanken.

– Wir werden auf keinen Fall den Weg noch einmal zurückgehen!

– Was schlägst du dann vor?

– Weitergehen.

– Wohin?

– Nach Westen. Irgendwann wird schon eine größere Stadt kommen. Oder eine Autobahn.

– Bis morgen Abend. Danach kehre ich um.

31

– Wir wissen nicht, wo sie hinführt.

– Wo soll sie schon hinführen? – fragte Andrzej ungeduldig und schritt weiter.

– Warte mal.

– Was?

– Bleib stehen!

Andrzej blieb unzufrieden stehen. Das Städtchen lag nun schon drei Stunden zurück. Seitdem hatte kein Auto angehalten, um die beiden mitzunehmen. Und Andrzej hasste die Eintönigkeit des Gehens.

– Schau mal, – sagte Heniek, – die Straße nimmt hier eine Kurve und geht dann die ganze Zeit geradeaus.

– Ja und?

– Willst du kilometerweit in die falsche Richtung laufen?

Andrzej schaute die Straße, dann ihn, dann wieder die Straße an.

– Kann ich was dafür, dass die keine geraden Straßen bauen können?

Er wollte weitergehen, doch Heniek folgte ihm nicht. Andrzej wandte sich noch einmal um:

– Sollen wir etwa durch den Wald laufen, oder was?

– Ja, genau.

Andrzej schaute den Wald, dann ihn, dann wieder den Wald an.

– Ich gehe da nicht rein.

– Hast du Angst vor der Baba Jaga?

– Auf der Straße geht es sich besser.

Heniek blieb weiterhin stehen. Den Hügel hinab führte die Straße mehrere Kilometer Richtung Norden.

– Wir verlieren bestimmt einen halben Tag, wenn wir da lang weiterlaufen.

Andrzej hob die Hände zum Himmel:

– Wir haben noch siebenhundert Kilometer vor uns, und du erzählst mir was von einem halben Tag! Wie sollen wir das nur schaffen? Je schaffen?

– Indem wir eine Abkürzung nehmen.

– Wir hatten vereinbart, dass wir morgen Abend in Holland sind oder umkehren. Das da, – dabei zeigte Andrzej auf den Wald, – ist nicht Holland. Das ist ein Wald. Da ist die Straße. Wir bleiben auf der Straße. Ende.

– Jetzt hör mir mal zu, – sagte Heniek und wurde dabei wütend, – es ist deine Schuld, dass wir … kein Auto haben, und es ist deine Schuld, dass wir heute Morgen vier Stunden … verloren haben, weil wir erst mal in die verdammte falsche Richtung laufen mussten. Und gebracht hat es uns auch nichts. Vielleicht solltest du jetzt einfach mal die Klappe halten und mich entscheiden lassen.

Zwei Sekunden starrte Andrzej seinen Freund noch an, dann zuckte er mit den Schultern, stampfte die paar Schritte, die er vorangegangen war, zurück und ging auf den Wald zu.

Heniek wunderte sich zuerst, dass Andrzejs Widerstand so plötzlich gebrochen war. Doch sein Freund befand sich bereits in jenem Zustand, in dem einem alles egal ist, ja, in dem man jede Verschlechterung der Lage, jede zusätzliche Hürde oder Schwierigkeit sogar mit einer gewissen Lust auf sich nimmt. Als ob es nur reichen würde, möglichst viel ungerechtes Leid auf sich zu laden, sodass der Beschwerdekatalog lang und gewichtig genug werde, damit man auf ausgleichende Gerechtigkeit hoffen dürfe:

– Das alles – würde die höhere Instanz sagen – musstest du ertragen, hast du ertragen wegen eines Fehlers unsererseits, du, so geduldig und edel?

Und dann würde man entschädigt werden, großzügig entschädigt für alle Ungerechtigkeit und jedes Leid, die einem widerfahren. Und jede Verschlechterung der Lage, jede zusätzliche Hürde oder Schwierigkeit würde aufgewogen durch eine vierzig Mal schwerere Belohnung auf der Waage der Gerechtigkeit, genau so, wie man es in vager Erwartung dieses Augenblicks in seinem Leid bereits vorausgeahnt hatte.

Doch nichts dergleichen würde jemals geschehen. Jetzt nicht mehr. In der Kindheit kam das noch vor. Die Eltern schrien den kleinen Heniek an, weil er beim Spielen mit seinem Cousin eine Vase umgeworfen hatte, und erschrocken und überwältigt stand Heniek da, weinte und stammelte weinend, nicht er, sondern sein Cousin habe im Vorbeilaufen seinen Stock wie einen Husarensäbel geschwungen und so die Vase erwischt. Doch noch bevor Heniek seine stotternd hervorgebrachte Erklärung beenden konnte, gab ihm sein Vater bereits mit halber Kraft eine Ohrfeige und dann mit voller Kraft einen scharfen Klaps auf den Hinten. Heniek tanzte sofort den Tanz der geschlagenen Kinder, bückte sich nach dem ersten und streckte sich nach dem zweiten Schlag, verdeckte mit je einer Hand die brennende Wange und den schmerzenden Hintern und drehte sich schnell im Kreis. Erst als er sah, dass sein Vater nicht noch einmal zuschlagen würde, ließ er seine Hände fallen und begann, leise zu weinen.

Doch dann, in dem Augenblick, da alles verloren und hoffnungslos schien, meldete sich wie eine himmlische Erscheinung, wie eine göttliche Intervention, wie ein beschnurrbarteter Deus ex Machina sein Onkel zu Wort und sagte, dass er die vermeintliche Tat auch gesehen habe und dass sein Sohn, Henieks Cousin, und nicht er die Vase umgeworfen habe. Und die Eltern schauten sich an, und für einen Moment war es leise, denn auch Henieks Schluchzen pausierte in ängstlicher Erwartung.

– Na, dann hast du Glück gehabt. – sagte Henieks Vater zuerst und tat die Sache damit vorerst ab. Aber nur für den Augenblick, denn schon wenige Sekunden später tat es ihm leid, seinen unschuldigen Sohn angeschrien und geschlagen zu haben, und während die Mutter Heniek umarmte und an ihre Brust drückte und ihm zur Linderung seines Schmerzes noch ein weiteres Stück Kuchen mit Sahne gestattete, überlegte der Vater schon, was er tun konnte, um das Unrecht wieder auszugleichen: Sollte er auf dem Nachhauseweg Heniek auf seine Schultern nehmen und mit ihm Pferdchen spielen? Oder sollte er Henieks Stock nehmen und mit dem Messer daraus einen richtigen Säbel samt eingeritzten Vornamen schnitzen? Oder sollte er ihm heute vor dem Einschlafen noch ein Glas Milch mit Honig erlauben? Was davon würde Heniek die größte Freude und ihm die angemessene Vergebung für seine voreilige und ungerechte Strafe bereiten?

Und schließlich tat er alles drei.

Und noch am Abend, wenn der kleine Heniek in seinem Bett am warmen Herd in der Küche lag und die Mutter ihn zudeckte, sprach er leise und herzzerreißend gequält:

– Ich habe die Vase wirklich nicht umgeworfen.

Und seine Mutter küsste ihn noch einmal auf die Wange und strich ihm zärtlich die Haare aus der Stirn und flüsterte:

– Ich weiß, mein Sohn. Ich weiß.

So war es in der Kindheit.

Doch das endete, wenn man erwachsen wurde. Zu häufig hatte Heniek in den sechsunddreißig Jahren mit Beatka ungerechtes Leid erdulden müssen. Sie hatten etwa Besuch und aßen zu Mittag, und nach der – im Übrigen hervorragenden – Hühnerbrühe, denn Beatka war eine vortreffliche Köchin, war Heniek dabei, den Gästen am Tisch eine Geschichte zu erzählen, und immer mehr steigerte er sich hinein, als plötzlich Beatka ihn auf dem Höhepunkt unterbrach, ihm mitten ins Wort fiel mit den Worten:

– Wir brauchen noch Gurken!

Heniek schaute die Gäste Hilfe suchend an. Doch wer würde sich schon einmischen und sagen, dass Gurken warten können? Es würde auch nichts bringen, denn dann würde Beatka nur antworten, dass das – im Übrigen ebenfalls hervorragende – Kotelett Devolaille schon fertig sei und kalt werde und ohne eine Beilage nicht gegessen werden könne, und dann würde man nur unnötig diskutieren und weder Henieks Geschichte zu Ende hören noch essen. Und so stand Heniek mit einem unzufriedenen Seufzer auf und schritt schnell die Treppe zum Keller hinab, suchte in der Speisekammer zwischen allen Einmachgläsern voller Kirschen und Kürbis und Pflaumen nach den Gurken, und dann lief er wieder die Treppe hinauf und setzte sich an den Tisch, wo das Gespräch bereits vorangeschritten war, seine unbeendet gebliebene Geschichte schon längst hinter sich gelassen hatte und keine Anzeichen machte, nun, wo er wieder da war, auf diese zurückzukommen. Und er seufzte abermals und stellte das Glas leise auf den Tisch und nahm Messer und Gabel in die Hand, zerschnitt sein

Devolaille und wollte, wenn er schon nicht erzählen durfte, doch zumindest mit gesundem Appetit essen, als Beatkas Stimme erneut scharf und schmerzvoll auf ihn niederstürzte:

– Nicht die, die vom Vorjahr.

Und wieder schaute sich Heniek Hilfe suchend um, und vielleicht erwiderte einer der Gäste seinen Blick auch mit einer Spur von Anteilnahme; die meisten aber waren in ihre Teller vertieft. Und Heniek seufzte zum dritten Mal und stand auf, dieses Mal langsam, denn die Art, wie sie mit ihm umging vor ihren gemeinsamen Freunden, tat weh, und er fühlte sich, als wäre er die fremdeste Person hier am Tisch, wo es doch sein Tisch in seinem Haus war. Und als er in den Keller hinabschritt und nach einem neuen Glas suchte und es hinaufbrachte, öffnete und auf den Tisch stellte, da nahm niemand mehr davon, denn man hatte sich am ersten Glas bedient und war nun satt. Und während sich nun alle unterhielten, aß er das Kotelett, und es schien, dass niemand wusste, niemand Notiz genommen hatte von dem, was vorgefallen war. Und als er dann abends im Schlafzimmer Beatka eröffnete:

– Ich hätte gern die Geschichte beendet.

und dabei erklären musste, um welche Geschichte es eigentlich ging, dann antwortete sie nur:

– Warum hast du das nicht?

Das alles – das freiwillige Aufladen von Leid, die Schläge seiner Kindheit und das Essen mit Beatka – ging Heniek mehr oder weniger, wenn auch nicht in klaren Gedanken, so doch in einer vagen Ahnung derselben durch den Kopf, als sein Freund mit den Schultern zuckte und an ihm vorbei in den Wald stampfte.

Andrzejs Gedanken bewegten sich derweil in eine ganz andere Richtung:

– Und das nur, weil du's deiner Frau nicht richtig besorgen kannst! – brummte er im Vorübergehen und betrat den Wald.

32

Im Schatten der Bäume war es angenehmer. Nachdem Andrzej und Heniek nahezu den ganzen Tag in der prallen Sonne verbracht hatten, konnten sie sich nun etwas vom Schwindel und der Mattheit erholen, welche die direkte Sonneneinstrahlung bei ihnen hervorgerufen hatte. Nur ihre Köpfe schmerzten; zuerst wenig, mit jedem Schritt aber immer mehr, und Heniek spürte, wie die Hitze eines Sonnenbrands ihm in Gesicht und Nacken fuhr. Keiner von beiden hatte daran gedacht, sich vor der Sonne zu schützen. Heniek hatte zumindest noch Haare auf dem Kopf. Doch Andrzejs glatter Schädel glühte bereits in einem sehr ungesunden, fleischfarbenen Rosa.

– Glaubst du immer noch, dass wir es so schaffen können? – spottete Andrzej, nachdem sie eine Stunde lang schweigend durch den immer dichter werdenden Wald gelaufen waren.

Der Weg war mühselig: Sie mussten sich durch große Sträucher kämpfen, auf dem Boden rankte Efeu, unter dem nicht zu sehen war, ob sie auf ebenen Waldboden traten oder in gefährliche Mulden. Zweige und Äste, die der Vordermann zur Seite drückte, schlugen dem Hintermann ins Gesicht. Wurzeln, sichtbar und verdeckt, ließen sie ein ums andere Mal stolpern.

Vor allem aber war kein Ende in Sicht. Keine Autobahn, keine Stadt, keine Bundesstraße. Nicht einmal ein Trampelpfad. Nur das erbarmungslose Dunkelgrün, der orangene Sonnenuntergang, und die dunkle Nacht.

– Ganz toll! – schimpfte Andrzej. – Großartige Entscheidung.

Während sie gingen, rauchte er unentwegt.

– Ich habe noch vier Zigaretten. – verkündete er.

– Dann ... solltest du vielleicht langsamer rauchen.

– Ja haben wir denn etwas zu essen?

Heniek hielt an und schaute sich um. Er dachte kurz nach und schien in seiner Erinnerung zu suchen.

– Damals haben wir ...

– Ich werde, – unterbrach ihn Andrzej, – keine Kräuter oder Blätter fressen. Ich bin doch kein Pferd.

Und mit Blick auf den Grashalm, den Heniek im Mund kaute, ergänzte er:

– Und auch keine Kuh.

– Wir haben einmal, – sprach Heniek, ohne auf Andrzej zu achten, – eine ... Übung gemacht: Man musste eine Woche ohne ... Nahrung im Wald überleben. Mit Wurzeln ...

– Vergiss es. Ich werde nicht nach Wurzeln graben oder Rinde kauen. Und weißt du, warum nicht? Weil wir nicht eine Woche in diesem verdammten Wald rumhängen werden. Wir kehren um.

Heniek antwortete nicht. Er wusste, dass Andrzej das nicht ernst meinen konnte. Nachdem sie einen Tag lang in eine Richtung gelaufen waren, war die Energie, die sie aufbringen müssten, um den Fehler einzusehen und umzukehren, viel zu groß. Eher würden sie noch tagelang herumirren in der Hoffnung, dass es irgendwie doch noch gut ausgehen, dass sie in der falschen Richtung doch noch einen unerwarteten Ausweg finden würden.

Zumindest mussten sie nicht auf dem Waldboden schlafen. Denn plötzlich stießen sie auf eine Hütte. Vorsichtig schlichen sie um sie herum, lauschten und klopften. Als niemand öffnete, versuchten sie, selbst die Tür aufzumachen, doch sie war abgeriegelt.

– Scheint verlassen zu sein. – sagte Andrzej.

– Sollen wir …?

Ehe Heniek seine Frage aussprechen konnte, hatte Andrzej bereits mit einem Stein ein Fenster eingeschlagen.

– Pass auf die Scherben auf.

Andrzej öffnete das Fenster und kletterte hinein.

Heniek wartete draußen und spähte in die Hütte, doch innen war es noch dunkler als im Wald. Andrzej machte ein paar Schritte in die Finsternis hinein und war nicht mehr zu sehen. Dafür entstand ein plötzlicher Lärm, als wäre jemand über einen Haufen Töpfe gestolpert.

– Andrzej? Ej, alles in Ordnung?

Keine Antwort.

– Knusper, Knusper, Knäuschen, – sagte Andrzej plötzlich, als er wieder im Fenster erschien, – wer knabbert an meinem Häuschen?

– Was war das? – fragte Heniek.

– Ich habe keine Ahnung. Auf jeden Fall konnte ich keinen Stromschalter finden.

– Kann man da drin schlafen?

– Komm rein.

Andrzej reichte Heniek seine Hand und zog ihn hinein.

– Hier sind irgendwelche Sofas oder so.

– Wo?

Andrzej schob ihn in die Richtung.

– Was riecht hier so seltsam?

– Kleber? Oder Farbe?

Vorsichtig tasteten sie die Dunkelheit ab, bis sie die beiden Sofas gefunden und sich auf ihnen niedergelegt hatten.

– Kommen morgen drei Bären und fragen, wer in ihren Bettchen geschlafen hat?

Andrzej lächelte in der Dunkelheit und zog seine Schuhe aus.

– Ist doch gut gelaufen! – sagte Heniek schließlich, als er seine Beine auf dem weichen Polster ausstreckte. – Ist es nicht ein Glück, einfach wieder ein Dach über dem Kopf und ein Sofa unterm Hintern zu haben?

– Morgen fahren wir zurück nach Polen. – sagte Andrzej. – Zwei Tage sind vergangen.

Doch dann seufzte auch er zufrieden und schlief sofort ein.

33

Als Andrzej die Augen öffnete, blickte er geradewegs in ein Hakenkreuz. Er schloss die Augen wieder, wischte sich den klebrigen Schlaf aus ihnen heraus und öffnete sie erneut. Das Hakenkreuz war immer noch da.

Andrzej richtete den Kopf auf. Doch egal, ob man senkrecht oder waagerecht darauf schaut, ein Hakenkreuz bleibt immer ein Hakenkreuz.

– Ej, Heniu. – flüsterte Andrzej.

Heniek schaute kurz auf und drehte sich weg.

– Heniek, Scheiße, wach auf!

– Was ist?

Andrzejs Ton hatte ihn nun doch alarmiert. Er blickte in die Richtung, in die sein Freund wies: Eine riesige rot-weiß-schwarze Hakenkreuzfahne hing dort an der Wand.

Heniek schaute in die entgegengesetzte Richtung, wo ihm ein Panzer seinen Lauf entgegenstreckte.

– Wo sind wir hier? – fragte Andrzej, als er an der Decke die Modellflugzeuge mit den schwarzen Kreuzen auf weißem Grund entdeckte, deren kleine Plastikbomben bereit schienen, jederzeit auf die beiden polnischen Fremdkörper in diesem kleinen Dritten Reich herabzuprasseln. Heniek und Andrzej setzten sich schnell auf und schauten sich um.

Der Raum war voller offenbar selbst gedruckter Abbildungen Hitlers, Görings, Goebbels und einiger weiterer Nazis, die Heniek und Andrzej nicht kannten. In einer Ecke stand eine Art Werkbank, auf der die in Wüstenfarben lackierten Karosserieteile eines VW Typ 82 Kübelwagens trockneten. Daher kam also der sonderbare Geruch, den sie wahrgenommen hatten.

In einer anderen Ecke stand eine Trainingsbank mit ein paar Hanteln. Sie war noch sehr neu, und die Hanteln hatten keine hohen Gewichte. Darüber war Andrzej gestern gestürzt.

Am meisten erweckte jedoch eine alte schwere Vitrine Andrzejs und dann auch Henieks Interesse: Hinter einigen Medaillen und Hakenkreuzansteckern lagen dort zwei alte Handgranaten.

– Die sind echt, oder? – fragte Andrzej.

Doch Heniek hatte keine Zeit zu antworten. Die Tür wurde nämlich aufgeschlossen, und herein trat ein vielleicht zwanzigjähriger Junge mit zwei Bäckertüten vor der Brust. Er wollte sie gerade auf dem Couchtisch abstellen, da erblickte er die beiden fremden Männer. Sofort richtete er sich wieder auf und fragte:

– Wer seid ihr?

Zumindest glaubten Heniek und Andrzej, dass er das fragte.

– Entschuldige, wir haben uns hier vertan, – sagte Heniek, – wir wussten nicht, dass … wir wollten keine Na…

– Wir sind gleich wieder weg. – fiel ihm Andrzej bestimmt ins Wort.

Der Junge starrte mit offenem Mund mal auf den einen, mal auf den anderen der beiden Ausländer. Er verstand kein

Polnisch, verstand aber, dass hier zwei Polen in sein Gebiet eingedrungen waren. Da der einzige mögliche Ausgang, den er kannte, die Konfrontation war, prüfte er schnell seine Aussichten und erkannte sofort, dass er keine Chance hatte: Die beiden Männer waren zu groß, zu stark, zu zweit. Also ließ er die beiden Tüten, so wie er sie hielt, fallen und rannte – nicht sehr heldenhaft, aber sehr schnell – durch die offene Tür hinaus. Heniek eilte ihm hinterher und rief noch:

– Warte!

Doch der Junge war bereits auf und davon.

– Der geht Verstärkung holen. – sagte Andrzej.

Heniek kam wieder herein und räumte schnell seine Sachen zusammen. Andrzej schaute ihm zuerst zu; nachdem er sich die Schuhe angezogen hatte, gab es ja nichts, was er hätte zusammenräumen können. Dann aber dachte er, dass dies vielleicht eine gute Gelegenheit sei, etwas daran zu ändern. Also schaute er sich noch einmal in der Hütte um, wobei sein Blick dieses Mal alle Nazi-Devotionalien ignorierte und nur nach Nützlichem suchte: Sicherlich würde er den Schlafsack mitnehmen, in dem er heute Nacht geschlafen hatte; neben der Trainingsbank lag eine Isomatte, die könnte man auch gut gebrauchen. Während er sie zusammenrollte und sich fragte, wie er seine Beute tragen sollte, entdeckte er neben dem Sofa einen Bundeswehrrucksack. Er öffnete ihn und stopfte Schlafsack und Matte schnell hinein.

– Mach schon! – rief Heniek, der bereits fertig war und in der Tür wartete. Doch sein Blick fiel auf die Backtüten auf dem Boden, und so hob er eine auf. Andrzej nutzte die Zeit, um mit dem geöffneten Rucksack noch einmal durch die Hütte zu laufen und alles hineinzuschieben, was ihm nur halbwegs nützlich vorkam. Heniek stand indes mit der Tüte auf und meinte:

– Ich geh schon mal raus.

– Bin gleich da. – sagte Andrzej, wobei er die Flagge von der Wand riss.

Dann blieb er vor der Vitrine stehen.

Vieles, was man so tut, dachte Andrzej später, tut man ohne richtigen Grund. Zumindest kennt man ihn häufig nicht. Meist rechtfertigt man sich im Nachhinein, findet Gründe, die gar nicht schlecht, die häufig sogar verblüffend überzeugend sind, und wenn man ehrlich ist, dann wünscht man sich nachher, man hätte diese Gründe schon im Moment der Tat gedacht. Doch so ist es meist nicht. Meist handelt man aus einem undurchsichtigen, grund- und sinnlosen Impuls heraus.

So war es, als Andrzej vor der Vitrine stand und überlegte, was er noch einpacken sollte, als sein Blick wieder auf die beiden Granaten fiel. Nachher erklärte er, dass eine Explosion und womöglich ein Brand in der Hütte die Verfolger ablenken, vielleicht sogar die Feuerwehr und Polizei anlocken würden, sodass die Nazis damit beschäftigt wären zu erklären, weshalb sie lauter Nazizeug hatten. Und wenn nicht, wenn die Explosion die Verfolger nicht ablenken würde, so hätten sie zumindest eine Nazihütte in die Luft gesprengt. Kein schlechter Abgang.

Doch im Augenblick, als Andrzej auf die beiden Handgranaten schaute, dachte er das alles nicht. Er schaute sie nur kurz an, und dann zog er einfach an den beiden kleinen Reißleinen.

Und lief hinaus.

Und rief Heniek zu, er solle in Deckung gehen, was aber unnötig war, weil Heniek ohnehin bereits hinter den Bäumen stand und sich versteckte für den Fall, dass die Verstärkung einträfe.

Wenn Andrzej überhaupt irgendetwas dachte, dann:

– Wie wohl die Explosion aussieht?

Erst als er loslief, merkte er, dass er sich nicht einmal die allerentscheidendste Frage gestellt hatte, nämlich:

– Wie viel Zeit wohl zwischen dem Auslösen und der Explosion liegen mag?

34

Die Stielhandgranate 43 der Wehrmacht wurde von 1943 bis 1945 als Weiterentwicklung der beiden Vorgängermodelle 24 und 39 produziert. Sie war 356 mm lang bei einem Durchmesser des Topfes von 70 mm und einem Gesamtgewicht von 624 g. Im Zweiten Weltkrieg wurden etwa 75 Millionen dieser Granaten hergestellt. Zwei davon trug ein blonder, sechzehnjähriger Soldat namens Joseph Titus Töpfer hinter seiner Koppel, als er bei Fürstenwalde ins Holz floh. Er hatte, wie man später so sagen würde, tapfer und ehrenvoll gekämpft, hatte drei sowjetische Soldaten schwer verwundet und seinen Kameraden den Rücken freigehalten, bis er einsehen musste, dass diese ihm den Rücken gekehrt hatten oder um ihn herum auf dem Rücken lagen. Und als ihn dann noch eine Kugel an der Schulter erwischte, sodass er nicht mehr in der Lage war, sein Gewehr zu halten, zog auch er sich zurück, nahm Herz und Beine in die Hand und lief, so schnell er nur konnte, hinein in einen der verbliebenen deutschen Wälder. Dort starb er einen Tag darauf, und nur die Raben hörten seine letzten Worte, was sehr bedauerlich ist, denn Joseph Titus war ein sehr aufgeweckter und kluger Gymnasiast gewesen, dem unter anderen Umständen sicherlich eine juristische Karriere, vielleicht sogar die eines besonders eloquenten Staatsanwalts beschieden gewesen wäre.

Ein halbes Jahr später fand ein kleiner, schweigsamer Junge namens Fritz Gieberich das, was die Raben und Würmer von Joseph Titus übrig gelassen hatten. An den beiden Granaten hatten sie keinen Geschmack gefunden, und so steckte der kleine Fritz diese Trophäen ein und verbarg sie auf dem Dachboden einer alten Scheune zwischen all seinen anderen Schätzen.

Dort blieben sie siebzig Jahre. Der kleine und schweigsame Fritz war ohnehin von Natur aus ein Sammler. Doch die entbehrungsreiche Zeit der unmittelbaren Nachkriegsjahre und die Armut der jungen Demokratischen Republik beflügelten noch seinen Hang, Dinge aufzulesen und auf dem Dachboden zu verstecken. Daran änderte sich auch nichts, als seine Mutter starb und er den Hof übernahm, und auch nicht, als die Demokratische Republik starb und sein Fürstenwalde plötzlich zu Westeuropa gehörte. Noch immer warf er alte Kleidung nicht weg, sondern verstaute sie in Tüten neben rostigen Werkzeugen, Felgen und Autoreifen zu Fahrzeugen, die er längst nicht mehr besaß. Auf seinem Dachboden und dann im Keller, in der Garage, auf dem Hof und schließlich auch im Wohnzimmer und Flur stapelten sich alte Programmzeitschriften, Telefone, Eierkartons, Holzbretter, Kabel, Antennen, Wasserhähne, Koffer, Gürtel und ausgewaschene Flaschen, Einmachgläser und Joghurtbecher.

Erst sein Tod setzte dieser Sammelleidenschaft ein Ende. Seine Tochter Amanda und sein Enkel Jurek standen ratlos vor dem Berg an Dingen, in denen der alte Fritz, der im Laufe der Jahre immer schweigsamer geworden war, irgendeinen Wert gesehen haben musste. Doch für die beiden war das alles nur Gerümpel.

– Was hilft's? – fragte Jurek, krempelte seine Ärmel hoch und begann, sich durch den Krempel zu arbeiten. Was er verbrennen konnte, stapelte er zu einem großen Scheiterhaufen.

Was nicht brennbar war, wanderte in einen, dann in einen zweiten und dritten und vierten Container. Das wenige von Wert verkaufte er.

So arbeitete er sich Kubikmeter für Kubikmeter durch das Leben seines Großvaters, in umgekehrter Reihenfolge, vom Jahr 2015 immer weiter zurück. Siebzig Lebensjahre im Rückwärtsgang, bis er im hintersten, verborgensten Winkel des Dachbodens eine letzte kleine Kiste erblickte. Nicht wenig staunte da Jurek, als er neben einem Kaleidoskop, einem Bilderbuch und einem Holzelefanten zwei Wehrmachtsgranaten darin fand.

Obwohl er wusste, dass sie gefährlich waren, wog er sie in der Hand, strich über den Stiel und schwang sie über die Schulter, als wolle er prüfen, wie sie sich wohl werfen lassen würden. Jurek hatte noch nie eine Granate in der Hand gehalten. Als Kind einer toleranten Mutter einerseits und der Achtzigerjahre andererseits war er pazifistisch aufgewachsen und hatte, als er in das entsprechende Alter kam, statt des Wehrdienstes lieber als Altenpfleger gearbeitet. Doch Jurek war auch pragmatisch, und seine Verwunderung wich schnell der Frage, was er nun mit den Granaten anstellen sollte. Sicherlich würde er sie nicht auf den Scheiterhaufen werfen oder in den gewöhnlichen Restmüll. Der Polizei wollte er den Fund jedoch auch nicht melden, er hatte keine Lust auf unangenehme Nachfragen und Nachforschungen und die Neugier der Nachbarn.

Je länger er sie in der Hand hielt, desto mehr gelangte er zu der Überzeugung, dass die beiden Granaten sicherlich von Wert waren und dass er, wenn er sie an die entsprechenden Interessenten verkaufen würde, nicht so sehr als Waffenhändler einzuschätzen wäre, sondern eher als Finder und Verkäufer seltener historischer Artefakte.

Mit einem neuen, nur für diesen Anlass gekauften Prepaidhandy und einem einmaligen Account unter fremdem Namen stellte er die beiden Granaten auf E-Bay-Kleinanzeigen. Das Gesetz zur Einschränkung des Waffenhandels umging Jurek, indem er nur die Stiele reinstellte, sobald jemand anrief, jedoch erklärte, dass er hier eigentlich zwei vollständige und intakte Granaten zum Kauf anbiete.

Der neunzehnjährige Ronny Müller schluckte, als er dies am Telefon hörte. In einem Städtchen aufgewachsen, in dem die coolen Jungs alle Neonazis waren, wollte Ronny nicht uncool und vor allem nicht anders sein. Sein sensibler Charakter und die Bilder von Wildblumen, die er in seinem Hausaufgabenheft anstelle von Hausaufgaben anfertigte, brachten ihm vonseiten der anderen Kinder so viel Spott und Schläge ein, dass er, wenn er der Schule auch sonst nicht viel zu verdanken hatte, diese eine Lektion doch ein für alle Mal gelernt hatte: Bei der Wahl zwischen Opfer oder Täter wollte er lieber letzterer Fraktion angehören. So ließ er die Wildblumen nur noch Unkraut sein, und seinen feinen Pinsel schwang er fortan nicht mehr über seinem Hausaufgabenheft, sondern über den Läufen von Panzern und den Flügeln von Jagdflugzeugen. Was bedauerlich ist, denn unter anderen Umständen wäre ihm sicherlich eine Karriere als Grafiker, vielleicht sogar als Künstler beschieden gewesen.

Doch um den harten Jungs zu beweisen, wie ernst er es damit meinte, zu ihnen zu gehören, brauchte es mehr. Ronny bemerkte schnell, dass die Nazis keinen Ort hatten, wo sie sich treffen konnten. Sicherlich, meist standen sie um einen tiefer gelegten Volkswagen Golf herum auf dem Parkplatz der Aral-Tankstelle oder wechselten sich auf der Mauer hinter dem inzwischen geschlossenen Lidl ab. Aber gemütlich oder warm hatten sie es nicht. Also machte sich Ronny daran, die alte Jagdhütte, die seit Jahren verwahrlost im Wald stand, als ihr neues Hauptquartier, wie sie es nannten, herzurichten: Er schaffte weggeworfene Polstermöbel herbei und hängte ein paar Fahnen und Drucke, die den rechtsnationalen Charakter des Etablissements unterstreichen sollten, über die schlimmsten Löcher und Flecken in den Wänden. Im Vitrinenschrank wollte er gemeinsame Schätze sammeln, und seine Sammlung sollte mit zwei echten Granatstielen beginnen, die er im Internet gefunden hatte.

Doch Ronny schluckte, als ihm der Verkäufer am Telefon mitteilte, dass es sich bei den Artefakten in Wahrheit um zwei ganze Granaten handele. Denn er erkannte sofort, dass er gefunden hatte, wonach er suchte. Er nahm einen Direktkredit in Höhe von zweitausend Euro auf und kaufte die beiden Granaten, die ihm auf wunderbare Weise Zugang zur Gruppe der Nazis im Ort verschaffen sollten, die sein Schutzgeld sein würden, sein Fährgeld für die Überfahrt von der Opfer- auf die Täterseite.

Und die Rechnung ging auf. Von da an traf man sich regelmäßig in Ronnys Hütte, und es wurde zur Tradition, dass jeder vierte Samstag im Monat mit einem patriotischen Mettfrühstück in der ehemaligen Jagdhütte begonnen wurde.

Doch dann kam ein alter Pole daher und zog einfach an den Reißleinen. Ohne Grund. Ohne genau zu wissen, warum er es tat. Und die Granaten sprengten in die Luft, was in die Luft zu sprengen sicherlich nicht Ziel und Zweck ihrer Existenz gewesen war.

35

4,4 Sekunden. So lautete die Antwort auf die Frage, die sich Andrzej nicht gestellt hatte. Eine exakt genormte Zeitspanne. 4,4 Sekunden sind nicht viel. Doch wenn es darauf ankommt, dann kann viel geschehen. In 4,4 Sekunden schaffte es Andrzej, die Granaten zurück in die Vitrine zu legen – warum genau er das tat und sie nicht einfach fallen ließ, ist nicht zu erklären –, mit dem Rucksack auf dem Rücken hinauszulaufen,

– Geh in Deckung! –

zu rufen, selbst in den nächsten Busch zu springen, abzuwarten, aufzuschauen und

– Warum passiert ...? –

zu fragen.

Das ›nichts‹ seiner Frage konnte Andrzej nicht mehr aussprechen, die Explosion fiel ihm ins Wort. Ein Knall, die Hütte schien sich kurz zu schütteln, ein Fenster zersprang.

Andrzej und Heniek, die vor Schreck sofort zu Boden gesunken waren, schauten auf.

– Das war's? – fragte Andrzej.

– Bist du völlig übergeschnappt? – schrie ihn Heniek an.

Doch Andrzej wollte nicht über die Gefährlichkeit seiner Handlung nachdenken. Er sah nur, dass die Hütte immer noch stand und nur etwas heruntergekommener aussah als vorher und dass da überhaupt nicht der Krater entstanden war, den er sich vorgestellt hatte.

– Das war's? – fragte er erneut.

Heniek antwortete ihm nicht.

– Kein Wunder, dass sie den Krieg verloren haben.

– Halt die Klappe. – sagte Heniek resigniert.

Andrzej sagte tatsächlich nichts mehr, aber nicht, weil Heniek ihn ermahnt hatte, sondern weil sie Stimmen hörten;

tiefe deutsche Stimmen und dazu das Stampfen von mindestens drei Paaren schwerer Stiefel.

– Verfluchter Vollidiot! – flüsterte Heniek, zog Andrzej hoch und lief los. Hinter einer breiten Linde versteckten sie sich. Heniek holte seinen kleinen Rasierspiegel aus seiner Tasche, um mit diesem am Baumstamm vorbeizuschauen.

– Los, zum nächsten. – sagte er, nachdem er sich vergewissert hatte, dass die Luft rein war. Schnell schlichen die beiden zu den nächsten beiden Bäumen, die breit genug waren, dass man sich dahinter verbergen konnte. Dann schaute Heniek erneut durch den Spiegel, wartete ab und gab das Zeichen, zu den nächsten Bäumen zu laufen.

So taten sie es eine Weile. Als die Hütte endlich außer Sichtweit war, liefen Heniek und Andrzej plötzlich los. Sie rannten lange, aber nicht so, wie alte Männer es tun – sofern diese überhaupt je laufen –, sondern so, wie sie als Kinder gelaufen waren, wenn sie etwa am Pfarrhaus geklingelt und sich hinter den Hecken versteckt hatten, der Priester sie aber trotzdem entdeckte, aufscheuchte und ihnen Verwünschungen hinterherrief, während sie sich, so schnell sie konnten, aus dem Staub machten. Oder wie damals, als sie sich auf Bronisławs Hof geschlichen hatten, weil sie meinten, der Alte sei mit seinem Hund spazieren gegangen, und sie auf den Bergen aus Autoreifen herumgeklettert waren, bis das wilde Bellen des Dobermanns sie vom Hof und über den Zaun jagte.

Genauso liefen sie jetzt, und der erste Schrecken und die erste Angst wichen langsam der Einsicht, davongekommen zu sein, und einer sich rasant ausbreitenden übermäßigen Freude, die überbordete und Heniek und Andrzej beim Laufen johlen und in die Luft springen ließ.

Bis Andrzej stolperte und der Länge nach auf den Boden fiel.

Heniek kniete sich sofort neben ihn.

– Alles in Ordnung? – fragte er.

Doch Andrzej antwortete nicht. Besorgt drehte Heniek ihn auf den Rücken:

– Ej, Andrzej, alles in Ordnung?

Da sah er, dass Andrzej lachte, zuerst leise und in sich hinein, aber bald schon immer lauter, ungezwungener und derart ansteckend, dass Heniek schließlich mit einstimmte. Es dauerte lange, bis sie sich wieder beruhigten, denn es war ein Lachen der puren Lebensfreude.

– Sag mal, – fragte Heniek schließlich, – was hast du dir eigentlich dabei gedacht?

– Ehrlich? – antwortete Andrzej. – Nichts.

36

Am Nachmittag waren sie in Berlin. Es geschah ganz unerwartet, denn sie waren zuerst gar nicht weitergegangen, sondern hatten sich von dem Lauf erholt und verzehrt, was sie erbeutet hatten. Nach der vollbrachten Anstrengung und der überstandenen Gefahr schmeckten die Mettbrötchen wie eine Offenbarung. Im Schatten zweier mächtiger Eichen saßen sie und kauten und lächelten sich an. Vielleicht, so dachten sie später, hätten sie sich etwas aufsparen sollen. Doch der Hunger war zu groß, und das rohe Fleisch war zu lecker. Und vielleicht, so rechtfertigten sie ihren Mangel an Voraussicht nachträglich, wäre es ja auch keine gute Idee gewesen, rohes Fleisch mitten im Hochsommer an der frischen Luft aufzuheben.

Erst als die Sonne den höchsten Punkt am Himmel erreichte, erhoben sie sich, seufzend und stöhnend, denn ihre Knochen schmerzten.

– So was sollten wir in unserem Alter nicht mehr machen. – meinte Andrzej.

Heniek schaute sich um: vor ihnen Wald, hinter ihnen Wald. Und dann die Neonazis.

– Willst du immer noch umkehren? – fragte er, obwohl er die Antwort wusste.

Das wollte Andrzej nicht. Denn auch er teilte nun dieses eigenartige Gefühl, welches Heniek in der ersten Nacht am Feuer beschlichen hatte: Alles war jetzt möglich. Sie hatten nichts zu verlieren und waren deshalb die Herren der Welt.

Und außerdem war er ja nun ausgerüstet: Er hatte einen Rucksack, eine Isomatte, einen Schlafsack und sogar eine Hakenkreuzfahne, die er als Handtuch benutzen wollte.

Ein Lied pfeifend, schulterte Andrzej seinen Rucksack und folgte Heniek. Zu ihrer Überraschung traten sie kurz darauf auf eine Bundesstraße. Und zu ihrer noch größeren Überraschung hielt kurz darauf sogar ein Auto.

– Wohin geht's? – fragte eine übergewichtige Frau, die Ruhe und Güte ausstrahlte. Wenn man sie sah, wollte man sich gleich in ihre Umarmung kuscheln.

Heniek antwortete nicht, sondern zeigte nur die Straße runter Richtung Westen.

Die Frau lachte:

– Ist Berlin in Ordnung?

– Berlin gut. – beeilte sich Andrzej, eines der wenigen deutschen Wörter einzuwerfen, die er kannte.

Die Fahrerin, die sich als Jenny vorstellte und Erzieherin war, klappte den Beifahrersitz ihres apfelgrünen Twingos um und ließ die beiden Anhalter einsteigen.

– Und? Was sagst du … Bereust du es, dass wir in den Wald gegangen sind? – fragte Heniek, nachdem sie ein paar Kilometer gefahren waren.

Andrzejs Antwort bestand nur aus einem kurzen Knurren, das vielleicht ein zustimmendes ›Hm‹ darstellte.

– Wo soll ich euch eigentlich absetzen? – fragte Jenny mit ihrer ruhigen und gütigen Stimme.

Sie erhielt keine Antwort.

Da ihre beiden Mitfahrer sie nicht verstanden, beschloss Jenny, sie dorthin zu bringen, wo man ihre Sprache sprach. Sie dachte zuerst an die polnische Botschaft, kam dann aber auf die Idee, die polnische Gemeinde anzusteuern.

– Ihr Polen seid doch so katholisch.

Das waren sie in der Tat. Sowohl die Polen im Allgemeinem – mit knapp 87 % – als auch Heniek und Andrzej im Besonderen – mit 100 %. Sie stiegen zuerst erstaunt aus und fragten sich, warum Jenny sie vor einer Kirche absetzte. Doch als sie das zweisprachige Schild mit der Aufschrift Polnische Katholische Mission sahen, begriffen sie.

Schnell bedankten sie sich, so gut sie konnten, indem sie ihrem ersten Impuls nachkamen, Jenny umarmten und das polnische *Dziękujemy* sprachen. Jenny lachte und lachte noch mehr, weil sie auf polnisch *Proszę* entgegnen konnte. Dann schloss sie die beiden in ihre Arme und ihr Herz und fuhr davon.

Mit strahlenden Gesichtern betraten Andrzej und Heniek das Pfarrbüro, das zwar nicht mehr geöffnet hatte, dessen Tür aber noch offen stand und in dem ein Priester hinter einem Schreibtisch saß. Andrzej und Heniek setzten sich in die beiden Sessel gegenüber und lächelten noch immer.

Der Priester strich sich mit der Hand über den Kopf. Er tat dies ein wenig zu selbstverständlich und verriet damit, dass diese Bewegung bereits Gewohnheit war. Auf diese Weise prüfte er, ob die wenigen Haare, die er sich von rechts quer über den kahlen Schädel gekämmt hatte, noch an ihrer Stelle lagen.

Hinter seinem Schreibtisch hingen zwei Bilder: die Schwarze Madonna von Częstochowa und das Bild von Papst Johannes Paul II., das wenige Tage nach dessen Wahl gemacht worden war und den großen Polen noch ganz zu Beginn seines Pontifikats zeigte: gesund und mit achtundfünfzig Jahren auf der Höhe seiner Schaffenskraft. Die Zahl der Kopien dieses Porträts, das seit 1978 in polnischen Wohnzimmern und Pfarrhäusern rund um den Globus hängt, ist Legion. Die anderen beiden Päpste, die seitdem gekommen waren, spielten in diesem Pfarrbüro dagegen keine Rolle; weder Ratzinger noch Franziskus, von denen man nur Letzteren mit seinem Papstnamen, Ersteren dagegen mit seinem bürgerlichen zu bezeichnen pflegte.

– Grüß Gott. Was kann ich für die Herren tun?

– Wir wollen nach Domburg.

Der Priester schaute die immer noch strahlenden Gestalten fragend an.

– Das ist in Holland.

– An der Küste.

Die Frage wich nicht aus dem Gesicht des Geistlichen.

– Und weshalb kommen die Herren zu mir?

– Wir möchten Sie bitten …, dass Sie …

– Uns die Fahrt organisieren. – sprang Andrzej seinem Freund zu Hilfe.

Der Priester lehnte sich in seinem Sessel zurück und faltete die Hände wie zum Gebet.

– Aber, meine Herren, das hier ist kein Reisebüro.

– Wir sind Landsleute und brauchen Hilfe.

– Ja, genau! Er da – dabei zeigte Andrzej auf das Bild des polnischen Papstes – hätte es sicher gewollt.

Der Priester drehte sich um und folgte der Richtung, in die Andrzejs Finger wies.

– Was wollen Sie denn so dringend am Meer in Holland, mitten im Sommer?

– Da ist … Ich will zu meiner Frau.

Die Fingerspitzen des Priesters klopften sanft gegeneinander.

– Und was macht Ihre Frau in Domburg?

Heniek zögerte.

– Ich …

– Das wissen wir eben auch nicht. – füllte Andrzej die Pause, die Henieks Zögern öffnete.

Der Priester drehte seinen Sessel leicht hin und her und seufzte tief, als würde er einmal mehr alles Leid der Menschheit auf seinen geweihten Schultern tragen.

– Nein, es tut mir leid, ich vermittle keine Fahrten. Kommen Sie wieder, wenn Sie eine Taufe oder Beerdigung wünschen. Oder eine Annullierung Ihrer Ehe.

– Aber …

– Können Sie uns wenigstens eine Unterkunft für heute Nacht zur Verfügung stellen?

Andrzej dachte ganz pragmatisch: Wenn nicht schon das Fernziel, so doch zumindest das allernächste.

Der Priester musterte die beiden Besucher genauer. Sie sahen müde aus, und sie waren sehr schmutzig. Ihre Kleidung roch nach Schweiß, Öl und Lagerfeuer. Die faltigen Gesichter waren gerötet, und verdauter Schnapsgeruch hing in der Luft.

Und ins Pfarrbüro war gerade erst eingebrochen worden. Schon zum zweiten Mal diesen Sommer.

Der Priester strich sich über die Haare und drehte erneut seinen Sessel hin und her.

– Ich bedaure sehr, das hier ist kein Hotel.

– Lassen Sie uns bitte einfach nur auf dem Boden schlafen. Morgen früh sind wir weg.

– Von Pole zu Pole. – ergänzte Heniek.

– Eigentlich sind die Besuchszeiten längst vorbei. Sie kamen nur ins Büro, weil ich die Tür noch nicht abgeschlossen hatte.

– Aber …

– Gott zum Gruß! – sagte der Priester langsam und unter Betonung jedes einzelnen Wortes.

– Gott zum Gruß …! – wiederholte Andrzej, als sie wieder draußen standen. Und dann betonte auch er jedes einzelne Wort: – Was für ein Arschloch.

– Komm, suchen wir woanders Hilfe.

Heniek ging zwei Schritte voran, merkte aber sofort, dass Andrzej ihm nicht folgte.

– Was ist?

Sein Freund machte ein verkniffenes Gesicht und presste seine Augenlider zu zwei wütenden Schlitzen zusammen.

– Nein, *er* soll uns helfen.

– Der Priester?

– Ja. Er wird uns die Fahrt nach Holland organisieren.

– Er hat doch … Du hast doch gehört, was er gesagt hat.

– Er wird seine Meinung ändern.

– Gehen wir …

– Nein! *Er* oder keiner.

– Warum, Andrzej?

– Weil ich es nicht leiden kann, wenn man mich so behandelt. Und weil er was für das Geld tun soll, das ich jeden Sonntag in die Scheiß-Kollekte werfe.

– Ich kann mich nicht erinnern … Du gehst doch gar nicht in die Kirche.

– An Weihnachten. Und Ostern. Den Korb segnen.

Heniek runzelte die Stirn und betrachtete die gewaltige Basilika in Andrzejs Rücken, deren Hauptportal die warmen

Farben des Sonnenuntergangs spiegelte. Wie viele Menschen hatten daran gebaut? Wie viele Generationen von Vätern und Söhnen hatten Stein auf Stein herbeigetragen und aufeinandergelegt? Sandstein und Granit und Marmor und unzählige einfache Ziegel. Wie viel Mörtel war angerührt worden? Wie viele Schaufelstiche hatten das Fundament ausgegraben? Wie viele Tischler hatten die Bänke, wie viele Glaser die Fenster gemacht? Und aus wie vielen einzelnen bunten Steinchen war das kunstvolle Mosaik in der Apsis zusammengelegt worden, das Christus Pantokrator zeigte? Wer hatte die Steine ausgesucht und in kleine Stückchen zerschlagen? Wer hatte sie in mehreren Metern Höhe zu einem Bild angeordnet? Und wie viele Künstler hatten die Gemälde gemalt, die die Seitenschiffe schmückten? Die Statuen? Die vielen Säulen? Das Altarziborium? Wer hatte die schweren Türen gegossen? Wer den achteckigen Turm errichtet? Wer, ja wer?

Wie viele Mühen und Hoffnungen und Entbehrungen, bis diese mächtige Kirche hier vor ihnen beiden stehen konnte! Wie klein und unbedeutend waren sie beide dagegen.

– Und was sollen wir tun?

Nun schaute auch Andrzej auf die Kirche. Und dann auf den Platz. Er hatte noch keine Idee, das sah Heniek sofort. Aber er war auch schnell darin, Ideen zu finden. Das konnte Andrzej.

– Wir warten.

– Aber …?

– Er wird seine Meinung ändern. Ich kenne Leute wie ihn.

– Komm, Andrzej, – probierte es Heniek ein letztes Mal, – scheiß auf den Priester! Lass uns … Gehen wir einfach woanders hin.

– Nein. Du hattest den Wald. Jetzt bin ich dran. Wir warten hier.

37

Als der Priester die Kirche nach der Abendmesse verließ, saßen Andrzej und Heniek gegenüber dem Hauptportal auf dem gepflasterten Boden. Der Priester strich sich vor Überraschung seine lichten Strähnen über den Kopf und schaute schnell in eine andere Richtung.

Bis zu den Laudes hatte er die Begegnung jedoch wieder vergessen. Erst als er auf dem Weg zur Morgenmesse die beiden alten Männer wiedersah, die aneinandergekuschelt gegenüber einer leeren Schnapsflasche und seiner Kirche schliefen, vergaß er sie nicht mehr. Von nun an dachte er ständig an sie: wenn er sich auf dem Weg zur Kirche befand oder wenn er diese verließ, und bald auch schon während der Messen, denn die beiden Männer wurden zu seinen treuesten Schäfchen, und auch beim Abnehmen der Beichte im Beichtstuhl, wo ihn Andrzej jedes Mal aufsuchte, um ihm sehr ausführlich und unter Ausschmückung sämtlicher Details von seinen vorehelichen Liebschaften zu erzählen.

So, wie Heniek und Andrzej einfach nur vor oder in seiner Kirche saßen, so setzten sie sich immer mehr in seinen Gedanken fest. Er sah nicht, dass sie einmal kurz zur Bank gingen, um all ihr Bargeld gegen Euros zu tauschen, und ahnte nur, dass sie zwischendurch auch einkaufen gehen mussten. Denn jeden Tag lag eine andere Flasche neben ihnen, und daneben die Plastikverpackungen von Toastbrot oder die länglichen, schmalen Gläser, in denen in Supermärkten Wiener Würstchen verkauft wurden.

Aber er stellte es sich vor. Immer häufiger. Und außerdem hatte er noch einen anderen Verdacht, denn die Einnahmen durch die Kollekte nahmen merklich ab, seitdem die beiden Männer in die Kirche kamen.

Nach einer Woche, am siebten Tage, gab der Priester nach. Er tat es nicht aus Mitgefühl oder aufgrund eines schlechten Gewissens oder gar aus einer katholischen Pflicht heraus. Wenn die Bedürftigen nur geduldig genug ihre Bedürftigkeit anmahnen, dann wecken sie in den Bessergestellten schließlich doch jene edle Seelenrührung, die notwendig ist, um ihnen eine gute Tat zu erweisen: diejenige, die zum Ziel hat, sie endlich loszuwerden.

– Also gut, kommen Sie mit. – sagte er eines Nachmittags zu Heniek und Andrzej. Auf das ›Grüß Gott‹ verzichtete er dieses Mal. Er öffnete den beiden Müßiggängern und Betrunkenen, in denen er schließlich zwei Mühselige und Beladene erkannt hatte, die Türen zu seinem zweijährigen 5er-BMW und fuhr sie zu einem Café, wo er nach einem kurzen Telefonat, das zwei einander unbekannten Personen dienen sollte, einander zu erkennen, sie zu einem jungen Mann führte, der ihm von einem Tisch und über dem weiß leuchtenden Apfel seines Laptops zuwinkte.

– Das ist Herr Blomqvist. – stellte der Priester die drei Männer einander vor. – Er kann euch bis knapp vor Magdeburg mitnehmen. Das ist nicht weit, aber näher an Holland als meine Kirche.

Dann strich er sich ein letztes Mal über die Haare auf dem Kopf, gab dem Schweden einen Zehneuroschein und sagte schnell, wie man sich nach einer lästigen Arbeit die Hände abwischt, um sich möglichst schnell abzuwenden und nicht mehr an die Angelegenheit denken zu müssen:

– Gute Fahrt.

– Gott vergelt's! – antwortete Andrzej mit seinem breitesten Lächeln.

38

Der Schnurrbart – was ist es mit ihm? Dieser schmale Streifen Gesichtshaar zwischen Mund und Nase. Diese wenigen Zentimeter von einer Wange zur anderen. Der Oberlippenbart. Und doch. Wer würde Salvador Dalí nicht an seinem Schnurrbart erkennen? Tom Selleck oder Horst Lichter? Groucho oder Karl Marx? Kaiser Wilhelm II., Freddie Mercury oder Hulk Hogan? Wie zahlreich sind die Formen und Bezeichnungen! Da gibt es den Zwirbelbart, den Bleistiftbart, den englischen, das Menjou-Bärtchen, den klassischen Schnauzer – auch Walross genannt –, den Fu-Manchu-Bart, den Chevron, den ungarischen Bart, den Slawenhaken, den Revoluzzerbart, den Hufeisen- oder Bikerbart, den Pornobalken und natürlich die Fliege oder den Zweifingerbart, der nach seinem berühmtesten Träger meist jedoch nur noch als Hitlerbärtchen bezeichnet wird.

Polen hat ein besonderes Verhältnis zum Schnurrbart. Schon Franciszek Dionizy Kniaźnin widmete seinem Schnurrbart sogar ein eigenes Gedicht, das mit den Worten »Schmuck des Gesichts, geschwungener Schnurrbart, du meiner Nase doppelter Halbanker!« beginnt und mit den Worten »Ich bleibe meiner Gesinnung treu und rühme mich Pole, indem ich Pole bin« endet. Weit verzweigt und ins Dunkel der Geschichte getaucht ist die Herkunft dieses buschigen polnischen Nationalsymbols: Während die Griechen und Römer ihre Gesichter glatt rasierten oder mit Vollbärten schmückten, tauchten um das dritte Jahrhundert vor Christus im heutigen Kleinasien die ersten Abbildungen von skythischen Reitern mit einem breiten schwarzen Balken über der Oberlippe auf. Wahrscheinlich ist, dass diese Mode auf eine Einwanderung der Sarmaten aus dem Gebiet des heutigen Nordirans und der

Kaukasusregion zurückzuführen ist. Diese Sarmaten machten jedoch nicht halt in Skythien, sondern zogen über den Schwarzmeerraum und die Krim immer weiter Richtung Westen, bis sie schließlich im Zuge der großen Völkerwanderung nahezu ganz Osteuropa bis zur Weichsel und Warthe besiedelten. Das Slawentum als Ganzes wird gelegentlich auf die Sarmaten zurückgeführt. In Polen aber erlangten die Sarmaten eine besondere Bedeutung, da sich, viele Jahrhunderte später, der polnische Adel auf diese vermeintliche sarmatische Herkunft zu beziehen begann und im 17. Jahrhundert einen wallenden langen Kontusz, den schmalen Krummsäbel und einen Schnurrbart trug. Und wenn auch die orientalischen Gewänder und Waffen Privileg des Adels blieben, so wurde der Schnurrbart – zuerst geschwungen, später immer buschiger – vom Erkennungszeichen des Adels zum Symbol polnischen Patriotismus, welches von so bedeutenden historischen Persönlichkeiten wie Jósef Piłsudski und Lech Wałęsa ebenso getragen wurde wie von nahezu jedem männlichen Polen über vierzig.

Heniek und Andrzej waren da nicht anders, zumindest Heniek nicht. Denn den Walrossbart, der sein Gesicht dominierte, trug er schon so lange, dass er sich nicht mehr daran erinnern konnte, wie er ohne ihn aussah. Andrzej dagegen war glatt rasiert. Auch er hatte sich in den Achtzigerjahren einen Schnurrbart wachsen lassen, nicht so voll, etwas schmaler, etwas gepflegter. Als ihm aber seine Kopfhaare auszufallen begannen, rasierte er sich völlig glatt, weil er den Eindruck hatte, der Schnurrbart lenke durch seine Anwesenheit von Haaren an einer Stelle nur umso mehr den Blick auf die Abwesenheit derselben an anderer Stelle. Außerdem wirkte sein Gesicht so noch energischer, kraftvoller, kurz: männlicher, wie er meinte.

Doch sowohl Andrzej als auch Heniek blieb verborgen, dass der Ursprung des polnischen Schnurrbarts, dieses doppelten Halbankers polnischen Nationalstolzes, dieses Gesichtsschmucks in Rot und Weiß, mit dem sich jeder Pole als Pole rühmt, ursprünglich aus einer Region stammt, welche die stolzen Bartträger nun im Zuge der großen Einwanderungswelle als ihrer eigenen Kultur völlig entgegengesetzt bezeichneten.

Doch der polnische Schnurrbart war nichts gegen den von Blomqvist. Der Schwede, der sofort freundlich erklärte, Andrzej und Heniek sollten ihn einfach mit seinem Vornamen Søren ansprechen, trug einen besonders kunstvoll gezwirbelten, in zwei tollkühnen Spiralen endenden Kaiser-Wilhelm-Bart. Vor über hundert Jahren war der deutsche Souverän bemüht gewesen, diese Mode zu etablieren; inzwischen hatte sie sich in Berlin durchgesetzt.

Auch Sørens Haare verrieten denselben Grad an Sorgfalt und denselben Willen zur Gestaltung: An den Seiten zu einem Undercut rasiert, wurden sie in Richtung Scheitel unmerklich länger, bis sie plötzlich in einem harten Übergang auf eine üppige, nach links gekämmte Welle dichten Haares trafen, die Søren durch ein leichtes Zurückwerfen des Kopfes immer wieder aus der Stirn an ihren eigentlichen Platz zurückbeorderte.

– Was ist denn das für einer? – flüsterte Andrzej. Sein Blick blieb dabei nicht einmal lange auf der Haar- und Bartpracht stehen, sondern wanderte über das tief ausgeschnittene T-Shirt, die Kette aus dunklen Perlen, die Søren um den Hals trug, und über die beiden Flesh-Tunnel-Ohrringe die er zum ersten Mal in seinem Leben sah.

– Es geht gleich los. – sagte der Schwede fröhlich.

Zur Begrüßung stand er sogar auf und reichte den beiden seine muskulöse Hand.

– Noch zehn Minuten. – Dabei streckte er alle zehn Finger aus. – *Ten minutes. Desjat minut.* Ich muss hier noch etwas fertig machen. Holt euch solange einen Kaffee. Er ist hier *really good.*

Und damit setzte er sich wieder hinter sein MacBook. Andrzej und Heniek tauschten einen fragenden Blick und schauten sich um. Das ganze Café war voller Computer und den dazugehörigen Menschen. Sie trugen Vollbärte, einen Dutt, Undercuts oder Piercings. Nicht wenige der Besucher hatten gewaltige Bügelkopfhörer aufgesetzt, und trotz der Größe des Cafés und der Menge an Menschen war es ungewöhnlich leise. Nur eine sanfte Hintergrundmusik, das regelmäßige Klackern der Tastaturen und hin und wieder das Zischen der Espressomaschine erfüllten den Raum.

Wichtiges wurde hier vollbracht, das spürten Heniek und Andrzej, auch wenn sie nicht sagen konnten, was genau es war: Was wussten sie auch schon über das Programmieren von Websites, über das Schreiben geisteswissenschaftlicher Dissertationen, über das Entwerfen von Abstracts und Exposés, über Blogs, das Komponieren von Jingles und Beats oder das Schneiden von Kurzfilmen?

Sie konnten nicht einmal die Preise an der Theke lesen. Die handschriftlich mit weißem Füller auf schwarzen Karton geschriebenen Dezimalzahlen 4,3 für ein Stück Kuchen oder 3,5 für einen großen Keks sahen ihnen mehr nach ungewöhnlichen Mengenangaben aus. Preisschilder brauchten ein Währungszeichen und einen Preis, den man an seiner angemessenen und vernünftigen Höhe als solchen erkennen konnte. Umso mehr waren sie daher erstaunt, als sie für je einen Kaffee – da sie sich nicht verständlich machen konnten, was für einen sie wollten, zuckte die Barista schließlich mit den Schultern und brühte ihnen zwei Americano – und ein Stück

Karottenkuchen beziehungsweise einen Cookie 14,2 Euro zahlen mussten. Das war ihr gesamtes Geld. In der Woche, die sie vor der polnischen Kirche verbracht hatten, waren Würstchen, Toastbrot, Schnaps und Zigaretten ihr täglicher Einkauf gewesen. Heniek hätte auf Letztere verzichten können, aber Andrzej nicht. Als die beiden nun ihr Restgeld in Empfang nahmen und in Henieks Portemonnaie schauten, mussten sie einsehen, dass sich nur noch wenige Cents und die zwei trockenen Karpfenschuppen, die Beatka Heniek letztes Weihnachten zum letzten Mal als Glücksbringer hineingelegt hatte, darin befanden. Voller schlechter Vorahnungen schauten sie sich an.

Und dann schmeckte ihnen der Kaffee nicht einmal. Ihr ganzes Leben lang hatten sie ihren Kaffee auf was man in Polen ›türkische Weise‹ nennt getrunken, bei der jedoch, anders als in der Türkei, der gemahlene Kaffee nicht in einem kleinen Kännchen, sondern direkt in der Tasse, und eigentlich sogar eher in einem Glas aufgebrüht wird. Dies war ihrer unumstößlichen Überzeugung nach die einzige Art, wie man Kaffee zu trinken hatte. Daher schmeckte ihnen der Americano abwechselnd zu wässrig, zu bitter und überhaupt nicht wie richtiger Kaffee.

Auch dem Gebäck war nur ein geringfügig milderes Urteil beschieden. Andrzej war mit seinem Cookie im Grunde zufrieden, wollte am liebsten aber seinen kahlen Kopf gegen eine Wand dafür hämmern, dass er 3,50 Euro, also 14 bis 15 Złoty, für einen einzigen Keks ausgegeben hatte. Heniek dagegen fand seinen Karottenkuchen zu langweilig. Der Teig war gut, aber Beatka hätte mehr draus gemacht, hätte ihn halbiert und zumindest noch eine üppige Schicht Sahne, Früchte oder Kajmak eingefügt. Beatka buk vortreffliche Kuchen und Torten, und immer war zu Hause etwas da gewesen, das man nach dem Frühstück und nach dem Mittagessen zum Kaffee auf den Tisch stellen konnte. Henieks Brust presste sich bei dieser Erinnerung zusammen, und dieses schicke Café mit all seinen prunkvollen, sich nach oben verjüngenden Fenstern, mit den gebürsteten Industrielampen über den kleinen Tischen aus dunklem Massivholz, den glänzenden weißen Kacheln hinter der Theke und den großen Glühdrahtbirnen, die ein angenehm gedämpftes Licht warfen, wirkte plötzlich so fremd und traurig und vor allem sinnlos gegen ein Stück Apfelkuchen auf ihrer Plastikdecke in Gajerudki auf ihrem Küchentisch, und gegen die zwei Gläser Kaffee, die beiden weißen Teller mit Blümchen, den Tortenheber in Beatkas Hand mit den schweren Ringen und ihren rosa Lippenstift an ihrem Glas. Immer betrübter schaute Heniek in seinen faden Kaffee und immer gedankenverlorener schnitt er mit seiner kleinen Gabel Häppchen vom Kuchen ab und bemerkte nicht, wie Søren den Zeigefinger seiner linken Hand in die Luft hob, mit seiner rechten immer schneller ein paar Tasten betätigte, bevor er eine letzte besonders laut und abschließend drückte und sein MacBook zuklappte.

– So, es kann losgehen! – sagte er. – *Poschli.* Jetzt wirklich.

39

›Wirklich‹, ›echt‹ und ›real‹ waren Sørens Lieblingswörter.

– Das ist mein Auto. *That's my car. Moja maschina.* – sagte er etwa, als sie zum Parkplatz gingen. – Nicht dieser elektronische Scheiß, einfach ein echtes Auto. *You understand: a real car.*

Das echte Auto war ein roter Lada 2107, Baujahr 1989. Er war sehr gut erhalten, wahrscheinlich sogar restauriert worden und erstrahlte in makellosem Lack und glänzendem Chrom. Aber es war eben doch ein Lada, aus der Baureihe Shiguli zumal, welche auf Polnisch Żyguli geschrieben wird und unglücklicherweise an das polnische Wort für Kotze anklingt.

Heniek und Andrzej starrten mit ungläubigem Lächeln auf das Auto. Sie waren fassungslos, dass im 21. Jahrhundert noch jemand einen Lada fahren konnte. Der alte Bronek besaß noch einen solchen. Doch selbst er, der schon seit vielen Jahren nur noch in der Vergangenheit lebte, fuhr ihn nicht mehr, sondern ließ ihn in seiner Garage stehen. Er hatte kein Geld, um sich etwas Neues zu kaufen, das wussten alle in Gajerudki. Und das Zittern in seinen Händen und Beinen war inzwischen zu stark, um überhaupt noch Auto zu fahren. Auch das wussten alle in Gajerudki, obwohl seine Frau ihm nicht mehr gestattete, aus dem Haus zu gehen. Sie selbst fuhr das Auto auch nur einmal im Monat, wenn sie zum Friedhof nach Zduńska Wola wollte.

Solche Menschen besaßen einen Lada.

Und Søren.

Und Søren war sogar sichtlich stolz auf sein Fahrzeug. Er präsentierte es mit breitem Lächeln, öffnete seinen Mitfahrern bereitwillig die Türen und strich sanft über das Lenkrad, bevor er den Schlüssel umdrehte. Der Motor sprang unruhig an. Von neugierigem Gaffen und Zündungsaussetzern begleitet, bahnte sich der Lada seinen Weg über die alten Alleen Ostberlins bis hinauf auf den westlichen Stadtring. Einmal glich ein Auto, das sie links überholte, seine Geschwindigkeit der ihrigen an, fuhr lange Zeit neben ihnen und hupte schließlich. Der Fahrer lächelte freundlich zeigte ihnen seinen erhobenen Daumen. Søren nickte nur und er schien solche Gesten der Bewunderung gewohnt zu sein.

– Was macht ihr hier in Berlin? – fragte er seine Mitfahrer.

– Nein Berlin. Domburg. – beeilte sich Heniek, ein vermeintliches Missverständnis aufzulösen.

– Domburg?

– Domburg. *Hollandia.*

– Ja, aber was macht ihr hier in Berlin? – versuchte Søren es noch einmal.

– Nein Berlin. – antwortete Heniek erneut und schob, um deutlich zu machen, dass er eine Richtung meinte, seine Hand in zwei kurzen Bewegungen geradeaus. – *Hollandia.*

– Schon klar, – lachte Søren, – aber hier in Berlin?

Heniek und Andrzej schauten sich ratlos an.

– *Schto wy delaete zdes?*

Auch das verstanden Heniek und Andrzej nicht wirklich. Sie sprachen kein Russisch. Das wenige, das sie in der Schule gelernt hatten, hatten sie inzwischen wieder vergessen.

Heniek versuchte es noch einmal mit der Richtung. Er zeigte auf sich und seinen Freund und bewegte dann seine Hand nach vorn:

– *Morze północne.*

Da er jedoch merkte, dass das polnische Wort für Nordsee keine Wirkung hervorrief, ergänzte er noch einmal, geografisch ungenau, dafür verständlicher:

– *Atlantyk.*

– *Nascha maschina* kaputt. – sagte Andrzej, der einen anderen Gedankengang verfolgt hatte.

– Ah, – antwortete Søren befriedigt, – *moja Lada nikogda nie* kaputt. Das ist ein echtes Auto. *Nastojaschtschaja maschina.*

Und dabei liebkoste er den Shiguli, indem er ihm erneut über das Lenkrad und den Schaltknüppel strich.

Heniek und Andrzej tauschten einen Blick, der mehr Kopfschütteln ausdrückte, als wenn sie wirklich ihre Köpfe bewegt hätten.

Indes sprach auch Søren nicht wirklich Russisch. Obwohl er der Überzeugung war, dass die Technik das Sprachenlernen bald überflüssig machen würde, denn in wenigen Jahren schon würden die Handys so weit sein, jedes Gespräch simultan zu übersetzen, hatte er einmal einen zweiwöchigen Intensivkurs in Sankt Petersburg besucht und lernte auch weiterhin hin und wieder, wenn er auf Toilette ging, ein paar Vokabeln mithilfe einer Sprachlernapp. Irgendetwas musste man ja schließlich in seiner Freizeit tun. So war er noch imstande zu fragen, welchen Beruf seine Mitfahrer ausübten – Henieks ›Mechanik‹ verstand er sofort, Andrzej musste mit einigen Umwegen und indem er auf das Holzetui von Sørens Handy zeigte erklären, dass er Tischler war –, doch seine Begeisterung darüber konnte der Schwede nicht mehr auf Russisch ausdrücken:

– Das ist ganz wundervoll. Wirklich. *Otschen krasno*! Das sind wenigstens noch echte Berufe. Mit Holz arbeiten, wie gern würde ich so etwas machen. *I'd like to do that, believe me*. Holz ist ein besonderes Material. Es ist weich und hart zugleich, es ist warm, jedes Stück ist einzigartig, individuell, versteht ihr? Und es ist nachhaltig. *It's sustainable*. Ihr macht etwas Richtiges, *that's what I wanted to say*. Echte Arbeit. Mit euren Händen. *Rukami*. Ihr erschafft etwas, das bleibt. Etwas Sinnvolles. Ihr versteht? *Meaningful*. Das muss ich unbedingt auf Russisch nachschlagen. Ich mache dagegen nur *fucking* Werbekampagnen. Das war mal cool. Aber das tun alle. Meistens für Onlineshops. Etwas User Interface, etwas Webdesign, aber hauptsächlich Webauftritte, Social Media. *Tell your story. All that shit.*

So fuhren sie. Unter dem Rückspiegel wackelte anstelle eines Rosenkranzes oder eines Anhängers des heiligen Christophorus, des Patrons der Reisenden, den man an dieser Stelle in Polen vorgefunden hätte, ein kleines Bild von Che Guevara. Der Motor heulte aufgrund der hohen Umdrehungen, die die achtzig Stundenkilometer dem vierten Gang abverlangten, als sie vom Stadtring auf die Autobahn wechselten.

Bald schon verkündete ein kleiner Bär, dass sie die deutsche Hauptstadt hinter sich ließen. Eine Woche hatten sie hier verbracht und doch nichts gesehen: nicht den Kurfürstendamm, nicht den Potsdamer Platz, keine Überreste der Mauer, nicht einmal das Brandenburger Tor. Sie hatten bloß vor der polnischen Kirche gewartet und getrunken.

Und Søren redete:

– Aber man kann hier nicht einfach die Zeit zurückdrehen, eine Werkstatt aufmachen und Tischler sein. *That's capitalism, baby*. Wenn einer Kapitalist ist, müssen's alle sein. Das Rad dreht sich immer weiter, immer weiter, *you know*. Und wenn du stehen bleibst, dann verlierst du. Wenn du mitläufst, verlierst du genau genommen auch. Aber anders. Nicht so schnell. Du wirst ausgelaugt und ausgebeutet. Oder du beutest dich selbst aus. Das System fickt dich immer. Aber so ist das. *Brave new world*.

– Wovon spricht dieser Wikinger nur? – fragte Heniek leise.

– Ich habe keine Ahnung.

– Es kann doch nicht sein, dass es nur Verlierer gibt. – sagte Søren an der Zapfsäule. Der Tank des Ladas reichte für 25 Liter, und die waren nach einer Stunde Fahrt aufgebraucht. – *Only losers. Everywhere*. Was machen wir falsch? Zum Beispiel klagen wir alle, dass wir zu viel arbeiten. *Potschemu nie robotajem* ... wie sagt man weniger? *Less*. Alle zusammen einfach weniger. Aber nein, irgendwer will so viel arbeiten, weil er keine Hobbys hat, und dann müssen alle mehr arbeiten, denn *this is how the system works*. Und für das, was wirklich wichtig ist, haben wir keine Zeit. Deswegen, – dabei klopfte er seinem Lada aufs Dach, – fahre ich den hier. Entschleunigung. *Slow down*. Aber auf Englisch klingt das scheiße. Wo sind eigentlich eure Frauen?

Die unvermittelte Frage blieb ohne Antwort. Søren deutete auf Henieks und Andrzejs Eheringe:

– *U was zheny*?

– *Da*. – sagte Andrzej.

– *Da*. – sagte auch Heniek. – *Hollandia*.

Und dabei streckte er seine Hand wieder Richtung Westen. Søren nickte:

– Da habt ihr noch gut was vor euch. Es ist weit. *Hollandia daleko*.

– *Da*. – nickte Heniek.

– Frauen waren im Sozialismus glücklicher. – sagte Søren, als sie weiterfuhren. – *W sozialismie ... u zhenschtschyn stschaste. Rabota byla*. Sie hatten Arbeit, Krippen, Kitas. *Sozialism horoschyj dla zhenstschyn*.

– Der hat sie nicht alle. – brummte Andrzej. Er hatte die letzten Worte verstanden. – Der ist doch völlig bekloppt!

– Was? – fragte Søren.

Andrzej wollte ihm etwas entgegnen, doch das enge Korsett der Wörter, die er noch kannte, erlaubte ihm kaum mehr als:

– *W sozialismie* nichts *horoscho*. Nichts! *Wsjo niet horoscho. Dlja zhenschtschyni, dlja wsech*.

– Ja, – pflichtete ihm Søren bei, – du meinst die Unterdrückung und die Armut, den KGB und so weiter. *I know, I know. Ja znaju*. Aber das ist nur eine Seite. Die andere ist, dass es den Frauen besser ging. Ich darf das sagen, ich komme aus

Schweden. Nirgends auf der Welt wurde so viel für die Gleichberechtigung getan wie in Skandinavien. Die Frauen konnten bei euch genauso viel und für dasselbe Geld arbeiten wie die Männer.

Dabei hob er seine rechte Hand in die Luft und rieb den Daumen an Zeige- und Mittelfinger. Das internationale Symbol für Geld.

– Und mit dem Geld kommt alles. In jedem System. Da waren die Kommunisten den Kapitalisten gleich. Wer das Geld hat, hat das Sagen. *Money rules*. Aber wenn die Frauen genauso viel Geld haben, weil sie genauso viel arbeiten und verdienen wie die Männer, dann … dann haben die Männer nichts mehr zu sagen. Das Ende des Patriarchats. *Do you know* Aschenputtel? Cinderella? Das ist das kapitalistische Märchen schlechthin …

– Ich halte es nicht mehr aus! – klagte Andrzej. – Der hört einfach nicht auf zu reden.

– Pst. – zischte Heniek. – Er fährt nämlich auch.

– Was sagt er? – fragte Søren Heniek.

– Hm?

– Was … *Schto on goworit*?

– Ach. – Heniek winkte ab. – *On … on …*

– Wie viel hast du eigentlich für dieses Auto gegeben? – versuchte Andrzej, das Thema zu wechseln.

– *Schto*? – fragte Søren, da er die Frage nicht verstanden hatte.

– *Eta Lada – skolka*? – versuchte es Andrzej noch einmal und rieb dabei genauso den Daumen an Zeige- und Mittelfinger, wie es Søren vorher getan hatte.

– Ah.

Søren zeigte vier Finger in die Höhe und zeichnete dann mit dem Zeigefinger drei Nullen auf das Armaturenbrett:

– *Tschetyre tysjatschi.*

– Rubel?

– Euro.

– Viertausend Euro? – rief Andrzej aus. – Viertausend?? Ach du Scheiße. Was für ein Dummkopf.

– Günstig, nicht wahr? – sagte Søren. – Billiger kann man einen Oldtimer kaum bekommen. Und dann noch so einen kultigen.

Und dann strich er wieder über das Lenkrad. Andrzej und Heniek schwiegen, weil sie weder wussten, was, noch, wie sie es sagen sollten. Doch es war nicht nötig. Nach einem kurzen Augenblick nahm Søren seinen vorherigen Gesprächsfaden unbekümmert auf.

– Der Prinz, das ist keine echte Beziehung. Aschenputtel kennt ihn doch gar nicht. Sie heiratet ihn nur, weil er ein reicher Mann ist. Die einzige Möglichkeit, ihre ökonomische Position zu verbessern. *Real love, you know*, geht nur auf Augenhöhe. Finanzieller Augenhöhe. Nicht mit jemandem, weil er Chefarzt oder Anwalt ist. Oder … aber da sind wir ja schon.

Søren fuhr von der Autobahn ab und hielt an einer Tankstelle.

– Also, es war nett mit euch. *Nice to meet you. Prijatna poznawat.* – sagte er, während er das Auto erneut betankte. – Hier ist meine Karte. Ich bin auf allen Kanälen erreichbar. Falls ihr mal online Werbung machen wollt. *I'm your man.*

Heniek und Andrzej blieben in einer Wolke aus Abgasen zurück.

– Sag nichts. – brummte Andrzej. – Ich brauche jetzt erst mal zehn Minuten Stille.

40

Noch lange danach schwirrten ihnen die Köpfe von all den Wörtern, Sprachen und Ideen. Heniek ging, um zu pinkeln, ein paar Schritte in den angrenzenden Wald hinein, und sofort saugte er wieder die belebende Frische der Bäume ein.

– Lass uns etwas gehen! – rief er.

– In den Wald?

– Hör mal, wie leise es da drinnen ist.

– Und wo ...?

– Immer nach Westen.

Andrzej schüttelte den Kopf und hob den Daumen. Doch das einzige Auto, das gerade vorfuhr, machte einen weiten Bogen um den Anhalter. Eine Weile schaute er dem Seat Alhambra noch nach, dann schloss er sich schließlich Heniek an. Nach all dem Warten vor der polnischen Kirche, im Café und im Auto konnten sie beide es nicht ertragen, noch länger untätig zu sein.

So gingen sie los.

Und dann wanderten sie.

Bis es Abend wurde, hatten sie den Wald noch nicht verlassen.

– Genug für heute. – entschied Heniek. – Zeit, einen Platz zum Schlafen zu finden.

Andrzej runzelte die Stirn.

– Hier?

– Nein. Im Hotel Victoria.

Für einen kurzen Augenblick schaute Andrzej ihn überrascht an. Dann musste er Heniek recht geben: Natürlich, wo sollten sie sonst schlafen als da, wo sie gerade waren? Doch die schlagfertige, scherzhafte Weise, mit der Heniek ihm entgegnet hatte, beeindruckte Andrzej. Irgendetwas an seinem Freund schien sich zu verändern, seitdem sie losgefahren waren, wenn sie zu Fuß gingen oder wenn Heniek die Führung übernahm.

Andrzej versuchte, sich zu erinnern, wann er Heniek das letzte Mal so erlebt hatte. Doch er konnte nicht. Wenn überhaupt, dann lag es Jahrzehnte zurück.

Sie schliefen früh ein. Und wachten früh auf. Es musste mitten in der Nacht sein, denn es war finster. Nur das Mondlicht strahlte zwischen den Wipfeln und hinterließ silbrig leuchtende Scheiben auf dem Boden. Hin und wieder sahen sie auch einen Stern am Himmel funkeln.

Es war kalt. So kalt, dass sie davon aufgewacht waren. Doch es verging noch eine Stunde, in der sie sich schlafend stellten. Mal drehten sie sich auf die eine, mal auf die andere Seite, und während sie sich so hin und her wälzten, knackten die Äste und raschelten die Blätter unter ihnen. Endlich fragte Andrzej:

– Heniek, schläfst du?

– Nein. Du?

Andrzej gab sich nicht die Mühe, das Offensichtliche noch einmal zu bestätigen.

– Ist dir auch kalt?

– Arschkalt.

Sie lachten zähneklappernd.

– Wir könnten ..., sollen wir ein Feuer machen?

– Ich will mich nicht bewegen.

Eine Weile versuchten sie noch weiterzuschlafen, doch vergeblich. Die Kälte war überall: im Gesicht, im Nacken, in den Händen, den Füßen, den Beinen, am Rücken, am Bauch, in der Brust.

– Andrzej, wir sollten ... lass uns weitergehen.

– Jetzt?

– Ja, es macht keinen Sinn, hier rumzuliegen und zu frieren. Wenn wir gehen, dann wird uns wärmer.

– Gut.

Sie rührten sich nicht.

– Worauf wartest du?

– Auf dich.

– Und ich auf dich.

Sie lachten erneut und klapperten mit den Zähnen.

– Scheiße, ist das kalt. Wie kann es im Sommer nur so kalt sein!

– Das ist der Wald. Unter den Blättern …, die Bäume, sie erzeugen ihr eigenes Mikroklima …

– Scheiß Bäume! – rief Andrzej. – Elende Egoisten!

Sein Ruf verklang im Wald.

– Für jemanden, der mit Holz arbeitet …, ein Sägewerk besitzt, schimpfst du ziemlich viel.

– Das ist ihre Rache.

Heniek schaute Andrzej aus wenigen Zentimetern Entfernung an. Dann lachten sie beide wieder los.

– Du redest so einen Blödsinn.

– Ich rede, damit mir mein Mund nicht einfriert.

– So klingt das auch.

Sie lagen immer noch reglos da.

– Stehen wir also auf?

– Einschlafen …, ich meine, wir werden nicht mehr einschlafen, oder?

– Ich weiß nicht, wann wir uns hingelegt haben. Aber das ist bestimmt fünfzehn Stunden her.

– Du bist ein Spinner.

– Also, stehen wir auf?

– Ja.

– Aber da draußen ist es kalt.

– Zum Erfrieren.

– Wir tun es trotzdem?

– Ja.

– Zusammen?

– Ja.

– Auf drei?

– Gut.

– Bist du bereit?

– Ja, du?

– Nein. Aber los.

Sie zählten bis drei. Heniek schlug die Decke zurück, Andrzej kroch aus seinem Schlafsack.

– Scheiße, es ist noch kälter, als ich gedacht habe. – schimpfte er. – Scheiß Tau.

In größter Eile banden sie sich ihre Schuhe zu. Heniek erhob sich aus dem Bett aus Zweigen und Blättern, das er aufgeworfen hatte, damit er nicht direkt auf der Erde lag. Mühselig rollte er zur Seite und stand ächzend auf: Sein Rücken schmerzte, und er fasste sich unwillkürlich ins Kreuz. Andrzej versuchte, sich nach vorn abzudrücken. Doch weder der Untergrund noch seine Bauchmuskeln waren dafür hart genug, und so blieb er mitten in der Bewegung stehen und fiel wieder zurück.

– Scheiße, Cholera!

Heniek reichte ihm seine Hand und zog ihn hoch. Von einem Bein aufs andere tretend, klopften sie die Erde und Ameisen von sich und suchten dann schnell ihre Sachen zusammen.

– Und wie wissen wir, in welche Richtung wir gehen müssen?

Heniek schaute zum Himmel und hob seine linke Hand.

– Da lang.

Einmal Pfadfinder, immer Pfadfinder.

Und dann gingen sie los.

Und dann wanderten sie.

Mehrere Tage lang. Der Wald endete, und Felder kamen. Die Felder endeten, und sie erreichten eine Straße. Und dann wieder Felder. Und hin und wieder ein Dorf. Und ständig Wälder. Sie gaben ihre letzten Münzen für ein paar Brötchen aus. Sie klauten Birnen von Bäumen und einmal ein Huhn aus einem Hühnerstall. Ihm den Kopf umzudrehen und es bloß mit dem kleinen Taschenmesser zu entfiedern und zu schneiden, war mühselig. Es aber über dem Feuer zu braten, erschien Andrzej und Heniek wie ein Stück Seligkeit.

Doch die meiste Zeit fanden sie nichts. Müde und hungrig schleppten sie sich vorwärts. Die Schuhe, die sie trugen, platzten auf, weil sie nicht für längere Wanderungen geeignet waren. Ihre Köpfe brannten, ihre Mägen knurrten. Und Andrzej war ständig gereizt, weil er keine Zigaretten mehr hatte.

Wann immer sie eine Straße erreichten, versuchten sie, ein Auto anzuhalten. Doch vergeblich. Je länger sie unterwegs waren, desto wilder und kläglicher sahen sie aus. So jemanden will niemand mitnehmen.

Bald fluchten Andrzej und Heniek unentwegt: auf die Autos, die nicht hielten, auf die Deutschen, denen es an Herzlichkeit fehlte. Auf das Geld, das sie nicht hatten, auf die Knochen, die schmerzten, auf ihre Schuhe, auf den Hunger, auf die Hitze, auf die Sonne, auf Holland und Europa. Als Andrzej jedoch auch auf Beatka zu fluchen begann, schwieg Heniek.

41

Flüssen wohnt etwas Besonderes inne. Vielleicht, weil wir es nach Jahrtausenden, in denen wir Städte gründeten, ahnen, wenn wir an eine Stelle gelangen, wo unsere Urvorfahren sich niedergelassen und eine Siedlung gegründet hätten. Und in Zeiten, da der Mensch noch keine Städte gründete, hätten unsere Ururvorfahren am Fluss doch zumindest halt- und Rast gemacht und ihre Vorräte aufgefüllt. So etwas muss doch im Gedächtnis bleiben.

Vielleicht ist es aber auch der Stellenwert, den Flüsse in unserer Kultur haben: das Wunder an der Weichsel, die Wolga-Lieder, die Oder-Neiße-Grenze, an der schönen blauen Donau, der Rubikon, Euphrat und Tigris, das Rheingold, die Unbekannte aus der Seine, die Taufe im Jordan. Und obwohl Heniek und Andrzej wahrscheinlich nur Erstere und Letzteres davon wirklich kannten – Erstere aus der Schule, Letzteres aus der Kirche –, so wuchsen sie doch in einer Welt auf, in der Flüsse gleichsam als Adern auf den Landkarten, als Seelen von Völkern und Ländern galten.

Vielleicht ist es aber auch nichts davon. Vielleicht sind es bloß die strahlend blaue Farbe, die glänzenden Reflexionen der Sonnenstrahlen auf ihrer Oberfläche und das Spiel aus Form und Formlosigkeit, die, insbesondere wenn man aus dem dichten Gehölz eines Waldes tritt, den Blick und das Gemüt des Betrachters fesseln und mit Bewunderung füllen. Ein Schauspiel, das uns beeindruckt um seiner selbst willen, ohne in höheren oder tieferen Schichten unseres Bewusstseins etwas zum Klingen bringen zu müssen.

Was es auch sein mochte – es erging Heniek und Andrzej so, als sie plötzlich und ganz unerwartet auf einen Fluss stießen. Sie wanderten nun schon – wer von beiden könnte es mit

Sicherheit sagen? – seit mehreren Tagen. Die Sonne stand hoch am Himmel, die Luft war warm und trocken. Die beiden Wanderer waren hungrig, durstig und ausgelaugt. Sie redeten nicht mehr, sie blickten nicht einmal mehr geradeaus, sondern nur zu Boden, direkt vor ihre Füße. In diesem Zustand wären sie wahrscheinlich weitergelaufen, bis sie umgekippt wären. Doch dann kam der Fluss.

Sie sahen ihn erst, als sie schon fast an seinem Ufer standen. Voller Verwunderung blieben sie stehen und betrachteten das ruhige Fließen und Funkeln.

Doch der Augenblick der Erhabenheit währte nicht lange.

– Und was jetzt?

Hilflos stemmte Heniek die Hände in die Seiten und schaute nach links und nach rechts. Doch wo er auch hinsah – es war nur Wasser zu sehen. Andrzej hob müde seine Augenbrauen.

– Wie sollte ich …? – verteidigte sich Heniek. – Ich konnte doch nicht wissen, dass hier ein Fluss ist.

– Deswegen baut man Straßen nicht immer gerade.

Heniek dachte nach:

– Wir müssen rüberschwimmen.

– Was glaubst du, wie viele Flüsse liegen noch zwischen dir und Beatka?

Heniek versuchte, es sich vorzustellen. Fünf? Zehn? Zwanzig?

Er wusste es nicht. Darauf hatte er nicht geachtet, als er sich in Kasias Zimmer die Strecke auf dem Atlas angeschaut hatte. Und auf Andrzejs Handy konnten sie ja nicht schauen. Unwillkürlich strich er sich durch seinen Schnurrbart und über seinen Bauch, wie er es immer tat, wenn er nachdachte. Beatka hatte dies gehasst, hatte gemeint, er sehe dann aus wie ein dummer Bauer. Und er wollte es sich auch abgewöhnen. Doch es war ihm nie gelungen.

– Vielleicht ist das Wasser gar nicht tief.

Heniek zog sich aus und schritt hinein. Im schlimmsten Fall, so dachte er sich, würde er kurz baden und sich abkühlen.

Andrzej schaute sich unterdessen um: Eigentlich wollte er nur warten, möglichst ungeduldig und ostentativ, aber er konnte nicht. Ja, sie hätten nicht in den Wald gehen sollen. Aber er wusste auch, dass hier, bis auf Recht zu haben, nichts zu gewinnen wäre. Und Recht zu haben, war nicht sonderlich viel wert, wenn es dafür galt, eine weitere Nacht zwischen den Bäumen zu verbringen. Unwillkürlich wanderte sein Blick daher über die Baumkronen – nein, hinüberklettern konnten sie nicht – und zu den Stöcken und Ästen, die auf der Erde lagen: Das meiste war zu dünn, um daraus ein Floß zu bauen. Und die Äste an den Bäumen würden sie ohne Werkzeug nicht absägen können. Doch ein Floß würden sie brauchen. Andrzej sah, wie Heniek immer tiefer ins Wasser stieg und schließlich keinen Halt mehr unter den Füßen spürte. Hinüberzuschwimmen war kein Problem. Es war zwar eine dieser Sachen, die man ihnen immer eingetrichtert hatte – Schwimm nicht im Fluss, sonst reißt er dich mit! –, aber irgendwie mussten sie ihr Zeug trocken halten. Wenn sie doch zumindest ein kleines Floß bauen könnten, nur um Henieks Tasche und seinen neuen Rucksack, die Decke und ihre Kleidung trocken ans andere Ufer zu bringen. Aber sie hatten nichts, um das Holz zusammenzubinden oder zusammenzuschrauben. Andrzej schlug mit einem Stock gegen eine Wurzel, und das trockene Holz in seiner Hand zerbrach auf der Stelle. Wütend warf er die Splitter zu Boden.

Da rief Heniek:

– Ich habe ein Ruderboot gefunden.

42

Es gab nicht viele deutsche Wörter, die Heniek und Andrzej verstanden. ›Halt!‹ gehörte jedoch dazu. Vor allem, wenn es laut und scharf gerufen wurde. Sie hatten dieses Wort bereits in unzähligen Filmen gehört. Meist kam es aus dem Mund eines Wehrmachtssoldaten, SS-Offiziers oder eines Wächters. Viele Jahre lang hatten polnische und sowjetische Kriegsfilme das TV-Programm gefüllt, und die deutschen Rollen waren auf die immer wiederkehrenden Ausdrücke

– Halt! Stehen bleiben! Hände hoch! –

und das bedrohliche Hochhalten eines Maschinengewehrs beschränkt gewesen. Inzwischen entstanden andere Filme, in denen die polnische Beteiligung an den Verbrechen des Zweiten Weltkriegs thematisiert wurde. Andrzej und Heniek hassten sie. Hatte ihr Land nicht schon genug gelitten? Beide hatten sie mindestens ein Familienmitglied im Krieg verloren. Bei Andrzej waren es die beiden Brüder seines Vaters gewesen, und sein Vater selbst hatte den Krieg niemals hinter sich gelassen. Nichts war ihm danach heilig, weder seine Gesundheit noch die Entwicklung seiner Kinder, geschweige denn das Sakrament der Ehe. Er trank und schlug und machte sich irgendwann aus dem Staub. Nur Gott und die Huren wussten, wo er sich danach rumtrieb.

Und nun kamen irgendwelche Leute und meinten, ihnen und der ganzen Welt erzählen zu müssen, dass Polen nicht nur Opfer, sondern auch Täter waren. Andrzej und Heniek würden ihnen am liebsten dafür direkt einen Schlag ins Gesicht verpassen.

– Halt! – rief die deutsche Stimme erneut.

Doch die Wirkung war eine ganz gegenteilige: Heniek ruderte, so schnell er konnte, weiter.

– Halt, bleibt stehen! Das ist mein Boot.

Ein grüner Tarnanzug kam zwischen den Bäumen hervor und gestikulierte heftig.

– Mach schneller! – rief Andrzej.

Als der Besitzer des Bootes sah, dass seine Worte bisher nicht die erhoffte Wirkung zeitigten, beschloss er, ihnen mehr Nachdruck zu verleihen. Er nahm das Gewehr, das er geschultert hatte, lud durch und schoss in die Luft.

– Kommt sofort zurück!

Seine Worte verstanden Heniek und Andrzej nicht. Umso verständlicher war aber der Schuss – mit oder ohne Kenntnis der vielen Kriegsfilme. Heniek hielt inne.

– Mach weiter! – zischte Andrzej.

Doch Heniek war wie erstarrt. Andrzej versuchte, ihm die Ruder aus der Hand zu reißen. Da wehrte sich sein Freund.

– Nein!

– Keine Angst, der wird uns schon nicht erschießen. – rief Andrzej.

– Das ist aber sein Boot.

Andrzej schaute ihn mit offenem Mund an.

– Und das merkst du erst jetzt?

– Wir können nicht einfach ... durch die Welt fahren und uns ... nehmen, worauf wir Lust haben.

– Wir können aber auch nicht einfach zurückfahren und dem Nazi sein Boot zurückgeben.

– Das ist kein Nazi.

– Woher willst du das wissen?

– Der sieht anders aus.

– Ja, gefährlicher.

Heniek schaute wieder ans Ufer, von dem sie gekommen waren und wo der fremde Mann mit dem Gewehr in der Hand wild gestikulierte.

Andrzej atmete laut aus:

– Willst du zu Beatka?

– Ja, aber nicht so.

Die Antwort genügte Andrzej nicht. Er versuchte, Heniek noch einmal die Ruder aus der Hand zu reißen. Heniek wehrte sich, und das Boot schwankte gefährlich.

Sie kämpften trotzdem. Um die Ruder und um den Kurs.

– Du hast …, – kam Heniek plötzlich eine Idee, – doch einfach Angst vor ihm.

– Hab ich nicht.

Als der Mann am Ufer sah, dass Heniek und Andrzej nicht mehr ruderten, sondern miteinander rauften, rief er noch einmal:

– Hierher, kommt zurück!

Doch es klang nun anders, nicht mehr so wütend.

Andrzej gab nach.

– Wie du willst. Aber wenn er uns abknallt, dann …

Er beendete den Satz nicht, weil er merkte, dass es keine sinnvolle Drohung gab, die noch folgen konnte. Stattdessen brummte er:

– Wenn du was erreichen willst, dann musst du es dir einfach nehmen.

Das Ruderboot wendete und schwamm wieder dem Ufer entgegen, von wo es gekommen war und wo ein Mann mit Gewehr wartete. Andrzej machte sich unwillkürlich klein und spannte alle Muskeln an. Auch Heniek umfasste die Ruder fester, bereit, zumindest eines sofort aus dem Wasser zu ziehen und als Waffe zu verwenden.

43

Es war nicht nötig. Sobald sich ihm das Boot näherte, sicherte der Tarnanzug wieder sein Gewehr und hob es auf die Schulter.

– Soll ich schimpfen oder mich bedanken? – scherzte er mit heller Stimme, als das Boot nur noch wenige Meter von ihm entfernt war.

Zum Zeichen, dass sie nichts verstanden, hob Heniek seine beiden Handflächen zum Himmel. Doch gleich darauf musste er wieder hektisch die Ruder ergreifen, die bei dieser Aktion beinahe ins Wasser gefallen wären. Andrzej fasste sich an die Stirn und senkte seinen Kopf vor Scham.

– *Po polsku.* – sagte Heniek.

– Ah, Polen.

Er fing das Tau auf, zog das Boot ans Ufer und reichte den beiden Bootdiebe seine Hand. Andrzej ließ Heniek zuerst aussteigen. Immer noch fürchtete er einen Hinterhalt.

– Willkommen in Sachsen-Anhalt. – sagte die helle Stimme gut gelaunt. Sie gehörte einem Mann von etwa fünfzig Jahren, der Heniek kaum bis zur Brust reichte: Der Tarnanzug war höchstens 1,65m groß und hager wie Heniek im Alter von zehn Jahren. Ein Nazi war er nicht. Auch kein Soldat. Er war Jäger.

Heniek wusste nicht so recht, was er tun sollte. Als Zeichen der Entschuldigung deutete er eine Art Verneigung an und überreichte dem Besitzer die beiden Ruder.

– Entschuldigung. – sagte er auf Polnisch. Und dann zeigte er in die Richtung, aus der sie gekommen waren, bewegte Zeige- und Mittelfinger wie das Beinpaar eines Miniaturmännchens über seinen Unterarm und wies schließlich auf den Fluss, den sie überqueren mussten.

– Das macht man nicht. – sagte der kleine Jäger. – Einem Mann einfach so sein Ruderboot klauen. Ich hätte keine Möglichkeit gehabt, zurück zu meinem Auto zu gelangen.

– Auto? – wiederholte Andrzej das einzige Wort, das er verstanden hatte.

– Ja, dort.

Er zeigte auf eine Stelle am anderen Ufer, wo die beiden Polen im Schatten einiger Bäume einen Geländewagen erkannten. Verheißungsvoll und erhaben graste er zwischen den Sträuchern wie ein seltenes, heiliges Tier in Schwarzmetallic.

– Jetzt wird mir aber klar, warum ich nichts finden konnte. – sprach der Jäger weiter. – Ihr habt mir alle Tiere verscheucht.

Heniek und Andrzej verstanden kein Wort.

– Ich bin Günther. – sagte der Jäger und streckte Heniek seine Hand entgegen. Heniek schüttelte sie.

– Heniek.

– Andrzej.

Alle Feindseligkeit war verflogen. Günther legte sein Gewehr ins Boot und blickte noch einmal über seine Schulter. Die beiden Wanderer taten ihm leid.

– Ihr wollt also rüber? Soll ich euch mitnehmen?

Und da die beiden ihn nicht verstanden, machte Günther sich noch einmal durch Gesten verständlich. Freudig willigten sie ein.

Günther begann, eine Melodie zu pfeifen, und pfiff sie die ganze Überfahrt über, pfiff sie, während sich auf seinen schmalen, aber nicht kraftlosen Armen die Sehnen spannten und das Boot ruhig durch das Wasser glitt, pfiff sie beim Festmachen des Bootes und auch dann noch, als sie schon vor dem Auto standen und er seinen Tarnanzug auszog. Der

Mercedes G 500 war ein schönes Fahrzeug, geräumig und robust. Sein 5,5-Liter-Motor galt als ebenso unverwüstlich wie die Karosserie. Seit 1979 hatte die Kooperation aus Mercedes-Benz und der österreichischen Steyr Daimler Puch kaum etwas am Äußeren des klobigen Geländewagens verändert. Technisch dagegen wurde das Fahrzeug ständig weiterentwickelt und befand sich stets auf dem neuesten Stand. Die 388 PS kamen überall durch. Mit diesem Auto könnte man die Welt umrunden. Die Fahrt nach Domburg wäre ein Klacks.

Andrzej kniff die Augen zusammen, und kurz darauf tat es auch Heniek. Sie hatten denselben Gedanken, sie sahen es einander an: Es wäre ein Leichtes, diese halbe Portion zwischen ihnen, die sich gerade auszog und ihre Tarnjacke zusammenfaltete, zu überwältigen. Ihm mit einem Stein, einem Ast oder dem Ruder eines auf den Hinterkopf zu verpassen und ihm seine Autoschlüssel abzunehmen. Bis er zu sich kommen und aus dem Wald hinausfinden würde, wären sie schon längst in Holland.

Andrzej nickte unmerklich, aber fordernd. Heniek, der hinter Günther stand, bewegte seinen Kopf verneinend nach links und rechts. Doch Andrzej ballte seine Faust, und Heniek spürte, wie ihm das Blut in die Schläfen floss. Seine Hand zitterte plötzlich. Er schaute nach dem Gewehr, das Günther ans Auto gelehnt hatte und das näher an ihm als an seinem Freund stand.

Andrzej beobachtete seinen Blick und blinzelte.

Der Deutsche öffnete jetzt seine Hose. Gleich wäre er am verwundbarsten. Mit der Hose zwischen seinen Knöcheln würde er weder kämpfen noch fliehen können.

Heniek müsste ihn nur ergreifen. Oder ihm auf den Hinterkopf schlagen. Und sein Gewehr an sich nehmen.

Und plötzlich spürte Heniek, dass er es tun würde. Sie waren schon genug gelaufen. Sie hatten genug im Wald geschlafen. Günther war allein, und sie waren zu zweit. Niemand wusste, dass sie hier waren. Niemand würde ihnen die Tat nachweisen können. Niemand würde sie je finden. Die Gelegenheit war da, es galt nur, sie zu ergreifen.

Heniek ballte seine zitternde Faust und hob sie in die Luft. Andrzej sah es, suchte kampfbereit einen festeren Stand und beugte sich nach vorn.

Und Günther zog seine Hose aus.

44

Der Penis – was ist es mit ihm? Dieses kleine Organ. Dieser so simple Aufbau aus Wurzel, Schaft und Eichel. Kaum mehr als drei Schwellkörper. Nicht einmal ein Knochen.

Und doch gibt es keinen anderen Körperteil, der ihm gleicht, keinen, der so mächtig, so erhaben, so umstritten wäre. Wer könnte sich so vieler Namen rühmen wie er: Glied, Phallus, Schwanz, Pimmel, Schniedel, Puller, Schniepel, Lümmel, Dödel, Aal, Anaconda, Banane, Wurst, Bolzen, Flöte, Fleischpeitsche, Gurke, Schlauch, Kobra, Lunte, Gemächt, Liebesknochen, Rohr, Rute, Schweif, Ständer, Nagel, Kolben, einäugige Schlange, bestes Stück, bester Freund, Schwert, Wurzel, Hammer, Lötkolben, Lurch, Nudel, Rüssel, Riemen, Pinsel, Stamm, Pipimann, Willy, Schniedelwutz, Zepter, Zauberstab, Bohrer, Latte, Stange, drittes Bein und Johannes. Welch bunter Reigen von Metaphern, welch allegorische Reise über den gesamten Weltkreis! Wie wenig Namen haben dagegen das Herz, die Lunge oder das Gehirn. Und doch bezeugt die Fülle der Ausdrücke nur die Ratlosigkeit und Unbeholfenheit, mit der wir dem Penis begegnen: Kein menschliches Wort kann sein wahres Wesen erfassen. Wie mannigfaltig ist auch die Auseinandersetzung mit ihm in der Kunst, von den ersten Höhlenmalereien über die Architektur und ihren Türmen bis hin zur zeitgenössischen Performance. Wie rätselhaft ist noch immer sein Anblick, weckt Erstaunen, vielleicht Gelächter, vielleicht Lust, manchmal Angst und manchmal Respekt. Insbesondere, wenn er groß ist. Denn ein großer Penis zeugt von Stärke, von Unabhängigkeit und von Macht.

Und einen solchen Penis hatte Günther.

Als er seine Hose auszog, stockten Andrzej und Heniek. Die Verblüffung lähmte ihre Kampfbereitschaft und unterbrach den Gedankenstrudel, der zur Untat geführt hätte. Und plötzlich war der Augenblick, da die beiden Männer zu Verbrechern hätten werden können, verflogen.

Günther bemerkte gar nicht die Gefahr, in welcher er geschwebt hatte. Ganz ungeniert zog er die Hose über seine Knöchel, suchte nun, völlig nackt, nach seinen Autoschlüsseln, lief, immer noch nackt – aber nicht in der gekrümmten Haltung, die Andrzej und Heniek einnehmen würden, wenn sie untenrum unbekleidet wären, sondern ungezwungen und wie selbstverständlich gerade aufgerichtet – hin und her, öffnete den Kofferraum und zog, sein Lied pfeifend, in aller Ruhe eine hellbraune Hose und ein kariertes Hemd an.

Andrzej und Heniek drehten sich weg und konnten doch nicht umhin, immer wieder hinzuschauen. Günthers Penis war riesig.

– Dieser Zwerg hat den Längsten, den ich je gesehen habe. – dachte Andrzej ohne den geringsten Anflug von Ironie. Und sofort stieg der kleine Mann in ihrer beider Achtung. Und selbst der Gedanke, dass Günther sich nur deshalb vor ihnen umzog, um sie mit seinem langen Schwanz zu beeindrucken, tat diesem Eindruck keinen Abbruch. Im Übrigen irrten sich Heniek und Andrzej darin, da sie die Unbekümmertheit, mit der in Ostdeutschland Nacktheit bedacht und Freikörperkultur zelebriert wird, aus Polen nicht kannten.

Doch während sie bis dahin Günther lediglich belächelt und nicht ernst genommen, ja ihn bereits zum Opfer gemacht hatten, fühlten sie sich nun durch ihn übertroffen. Ihn zu überwältigen und ihm sein Auto zu nehmen, war nicht mehr möglich. Erleichtert atmete Heniek auf. Doch blass war er noch immer: Nie in seinem Leben war er der Möglichkeit, seine Existenz könnte die sicheren Bahnen des Gesetzes und der Zivilisation verlassen, so nahe gekommen wie jetzt. Wie eine Kugel eine Zeit lang auf der äußersten Kante der Kegelbahn balanciert, um schließlich doch nicht in die Fehlwurfrinne zu fallen, hatte er für einen kurzen Augenblick in den Abgrund unumkehrbarer Gesetzlosigkeit geschaut und war nur durch einen Zufall nicht hineingefallen. Schwindel spürte er noch immer.

– Alles gut? – fragte Günther. – Du siehst krank aus.

Heniek lächelte unbeholfen und breitete die Hände aus, die eben noch zu Fäusten geballt waren.

– Willst du eine Aspirin?

– Nein, nein.

Günther hielt ihm dennoch eine Packung Tabletten hin, setzte sich dann in den offenen Kofferraum und zog seine Schuhe an. Er war in jeder Hinsicht gut ausgerüstet: Wenn er jagte, trug er einen Tarnanzug und schwere Militärstiefel; wenn er Auto fuhr, zog er sich schwarze Rennfahrerschuhe mit dem Wappen von Ferrari an.

– Ah, – sagte Andrzej und deutete auf das schwarze Pferd auf goldenem Hintergrund, – Michael Schumacher. Gut.

Günther lächelte freudig.

– Der Beste. Eine Legende. Mein Idol. Ich habe jedes seiner Rennen gesehen.

Und um seine Worte verständlicher zu machen, zeigte er zuerst auf sich, öffnete dann wie der Christus von Świebodzin weit seine Arme – womit er ›alles‹ ausdrücken wollte – und formte schließlich mit seinen Händen ein Fernglas vor seinen Augen: Ich habe alles gesehen.

Andrzej wusste nicht, was er auf diese Mitteilung entgegnen sollte. So ließ er nur bewundernd seinen Mund offen und streckte anerkennend den Daumen in die Höhe.

Da kam ihm Heniek zu Hilfe:

– Der Regen von Spanien. 1996.

Günther schaute ihn fragend an.

– *Hiszpania.* – wiederholte Heniek nur und deutete dabei mit den Fingern Regen an.

Günthers Gesicht erstrahlte vor Begeisterung:

– Der Circuit de Catalunya! Wann war das? Fünfundneunzig? Sechsundneunzig? Ein legendäres Rennen. Ich habe meinen Augen nicht geglaubt, dass man so fahren kann. Die Leute können sagen, was sie wollen, für mich ist Schumacher der beste Rennfahrer aller Zeiten.

Und plötzlich war er da: der gemeinsame Boden, das geteilte Interesse, die Verbrüderung durch Formel 1, die Völkerverständigung auf Grundlage des Sports. Günther begann, irgendwelche Rennen und Ereignisse aufzuzählen und durch Gesten zu unterstreichen – das Überholmanöver in Hockenheim, das Rennen im fünften Gang, die Aufholjagd von 1995 –, und Heniek nickte begeistert und sprach die Orte und Jahreszahlen nach.

– Was war in Spanien? – fragte Andrzej Heniek leise.

– Schumachers erster Sieg für Ferrari. Eine unglaubliche Fahrt. Alesi, Villeneuve und Frentzen hatten keine Chance.

– Ja, ja. Frentzen wurde sogar überrundet. – pflichtete Günther, erneut in Erinnerung schwelgend, bei.

– Wenn es um Sport im Regen geht, sind die Deutschen immer im Vorteil. – versuchte Andrzej, auch etwas beizusteuern.

Doch Günther und Heniek achteten nicht auf ihn. Sie tauschten immer mehr Rennen und Einzelheiten aus, und das gemeinsame begeisterte Erinnern knüpfte ein feines Band von Sympathie zwischen ihnen und bildete jene Grundierung, die durch weiteren Auftrag im Laufe der Zeit einmal die Farbe von Freundschaft annehmen könnte. Daher wunderte es nicht, dass Günther, nachdem er endlich den Kofferraum schloss, fragte:

– Soll ich euch ein Stück mitnehmen?

45

Andrzej und Heniek mussten schmunzeln, dass sie so lange vergeblich versucht hatten, eine Mitfahrgelegenheit zu finden, und dass sich diese nun am menschenverlassensten Ort ihrer bisherigen Reise von selbst eingestellt hatte.

Der kleine Günther hatte den großen Wagen gut im Griff. Seine Rennpilotenschuhe lagen ruhig auf den Pedalen, und er manövrierte den Geländewagen sicher über die Waldwege bis hin zur ersten asphaltierten Straße. Als das Gespräch über Formel 1 erschöpft war, pfiff er wieder das Lied, das er schon zuvor angestimmt hatte.

Andrzej und Heniek schwiegen. Sie mussten noch immer verarbeiten, dass sie diesen unschuldigen Mann beinahe überfallen hätten.

– Wo soll ich euch eigentlich absetzen? – unterbrach Günther sein Lied und stellte damit dieselbe Frage, die schon Jenny in Berlin den beiden gestellt hatte.

Auch er erhielt keine Antwort.

– Wohin wollt ihr? – verkürzte Günther seine Frage.

Doch die beiden Polen verstanden ihn noch immer nicht. Günther musste seine Hand heben und durch die Windschutzscheibe in verschiedene Richtungen zeigen.

Da erst begriffen sie.

– *Hollandia*. – sagte Heniek.

– Holland? – lachte Günther plötzlich. – Ihr wollt nach Holland? Zu Fuß?

Er schüttelte den Kopf und lachte noch immer.

– *Hollandia*. – wiederholte Heniek.

– Ja. Aber wie? – fragte Günther.

Da er keine Antwort erhielt, schüttelte er wieder den Kopf, wurde aber ernster:

– Nein, so weit fahre ich nicht. Dann lass ich euch lieber raus, wo ihr eine Mitfahrgelegenheit finden könnt.

Begleitet vom tiefen Brummen der dreihundertachtundachtzig PS und dem hohen Pfeifen Günthers, fuhren sie auf eine Tankstelle und hielten.

Günther nickte lächelnd, als er sah, wie Andrzej seinen Bundeswehrrucksack schulterte, und lachte noch mehr, als er Richtung Westen zeigte und sagte:

– Viel Glück mit *Hollandia*.

Dann fuhr er davon. Andrzej und Heniek schauten ihm noch eine Weile nach. Dieser Günther war seltsam gewesen, fast lächerlich. Und doch wünschten sich beide insgeheim, sie wären ein wenig wie er: unbekümmert und unbeirrt. Und ohne Geldsorgen. Die G-Reihe von Mercedes hatte Andrzej und Heniek schon immer gefallen, aber die Fahrzeuge waren in Polen selten und viel zu teuer. Wenn man solch ein Auto fuhr, dann hatte man es geschafft, wie man so sagt. Dann konnte man in seiner Freizeit jagen gehen.

Für einen kurzen Augenblick kreuzten sich Henieks und Andrzejs Blicke. Dann schauten sie beide rasch weg. Sie hatten in der letzten Stunde genug von sich preisgegeben und genug voneinander gesehen. Jetzt waren sie einander unangenehm.

So schauten sie sich stattdessen um: Sie standen auf einer kleinen Tankstelle, hinter der ein Wald begann.

– Das ist doch nicht …? – sagte Andrzej.

Und auch Heniek spürte Verblüffung, ganz kurz eine damit einhergehende Belustigung und dann etwas, als würde ihm der Boden unter den Füßen weggezogen. Die Tankstelle sah derjenigen, auf der sie vor einigen Tagen von Søren abgesetzt worden waren, erschreckend ähnlich.

– Das kann … nicht …

– Doch. Genau da stand sein verfickter Lada. Für den er Viertausend bezahlt hat. Und da bist du zum Pissen in den Wald gegangen.

– Aber wie …?

– Erklär du es mir!

– Wir haben doch … wir sind doch die ganze Zeit … nach Westen gegangen.

– Sind wir das? Westen, ja? Der Scheiß-Sonnenstand?

– Aber …

Andrzejs Kopf lief rot an.

– Scheiße, Scheiße, Scheiße.

Er trat gegen eine Tonne.

– Beruhig dich! – sagte Heniek. – Wir müssen im Kreis gegangen sein.

Andrzej schubste ihn von sich.

– Ich zeig dir gleich einen Kreis. *Kurwa*!

– Du bist doch nur so drauf, weil du auf Entzug bist.

– Entzug? Du kriegst gleich Entzug. *Kurwa*!

Und weil es nicht reichte, rief er noch einmal:

– *Kurwa, Kurwa, Kurwa*!

– *Kurwa*! – ertönte plötzlich ein Echo. Aber es war nicht seine Stimme. Es kam von einer Frau.

– *Kurwa*!

Heniek und Andrzej schauten auf. *Kurwa* – das unfehlbare Zeichen, dass Polen zugegen waren. Das Wort bedeutet so viel wie ›Hure‹ oder ›Nutte‹ und wird als Kraftausdruck verwendet. Man mag darüber spekulieren, warum Polen an bezahlten Sex denken, wenn sie fluchen. Immerhin, darf man sich trösten, folgen sie darin den eleganten Franzosen und ihrem vornehmen *putain*. Überhaupt ist man in Polen in dieser Frage recht romanisch, da das zweithäufigste Schimpfwort – *chuj* – wie der italienische *cazzo* ›Schwanz‹ bedeutet. An Sex denken auch die Engländer, wenn sie fluchen, doch sie geben sich nicht mit unnötigen Details ab und sagen direkt *fuck*. Nur Deutschland, die verspätete Nation, befindet sich mit seinem ›Scheiße‹ noch immer in der analen Entwicklungsphase.

– *Kurwa*, Scheiße, warum ich?

Das wiederum verstanden Heniek und Andrzej nicht, weil es überwiegend auf Deutsch gesprochen war. Doch sie erahnten den Sinn: Es musste sich um einen Fluch handeln oder um das vage Gebet zum Gott der Motorisierung, das auch Heniek gesprochen hatte, nachdem sie gegen das Reh gefahren waren und er gegen alle Vernunft gehofft hatte, der Mercedes könnte doch noch anspringen. Und es war die ewige Klage:

– Mein Gott, mein Gott, warum hast du mich verlassen?

Die junge Frau musste zweifelsohne Schwierigkeiten mit ihrem Wagen haben. Und dem ersten Impuls folgend, einem Mitmenschen in misslicher Lage zu helfen, insbesondere, wenn es sich um eine Landsfrau handelte, ließen die beiden ab von ihrer eigenen verzweifelten Wut und traten zu der *damsel in distress*, die sich so gar nicht wie eine Dame aufführte, sondern mit ihren weißen Stiefeletten noch einmal gegen die Autoreifen trat und voller Verzweiflung und Inbrunst und genauso wie Andrzej soeben

– *Kurwa, kurwa, kurwa*!

wiederholte.

– Was ist passiert?

Auch die junge Frau folgte ihrem ersten Impuls, doch auf ganz andere Weise. Sie sprang einen Schritt zur Seite und hielt ihre Handtasche fest. Die beiden Männer waren von dieser Reaktion so überrascht, dass sie erschrocken stehen blieben.

– Wir wollen Ihnen nur helfen. Keine Angst, wir sind keine Diebe. – sagte Andrzej.

Heniek hingegen sagte nichts. Er musste wieder an Günther denken, den er fast auf den Hinterkopf geschlagen hätte. Und an den Mercedes, den sie sich geborgt hatten.

– Bitte klauen Sie mir nichts, ich habe eh kein Geld!

Und einem neuen Einfall folgend, brach sie das Gespräch mit den beiden vermeintlichen Verbrechern ab und rief stattdessen laut und weit:

– Hilfe!

Läge die Tankstelle woanders auf der Welt, dann wäre jetzt womöglich ein unrasierter Tankwart mit Bierbauch, fleckigem Unterhemd und einer Schrotflinte in der Hand herausgestürmt und hätte die beiden Landstreicher vertrieben. Doch in diesem Niemandsland, wo das Wild in den Wäldern auf seiner Wanderung noch immer plötzlich kehrtmacht, weil hier vor achtundzwanzig Jahren einmal eine Grenze verlief, und zwar nicht irgendeine, sondern die unüberwindbarste Grenze Europas, schaute eine schlecht gelaunte Kassiererin um die fünfzig mit blondierten Locken unter der vergilbten Haube nur sehr kurz und sehr gelangweilt von der Bulette auf, die sie gerade auf einen Teller hob, und ein verschrecktes Ehepaar, das nicht jünger schien als sie, aber genauso grau war wie die Bulette, schaute noch verschreckter weg.

Nur Heniek und Andrzej zeigten eine deutliche Reaktion und hoben die Hände.

– Fräulein, keine Angst. – wiederholte Andrzej.

Die junge Frau beruhigte sich etwas, als sie sah, dass die beiden Männer nicht weiter auf sie zukamen und die Hände hochhielten.

– Was wollt ihr? – fragte sie, nun auf Polnisch.

– Vielleicht können wir helfen.

– Ich bin Mechaniker. – ergänzte Heniek.

Da blitzte ein klein wenig Hoffnung in ihren Augen auf.

– Wo ist das Problem? – fragte Heniek mit Blick auf den Peugeot, der unauffällig und fahrbereit an der Zapfsäule stand.

Die Frau zögerte noch kurz, entspannte sich dann aber etwas und trat wieder an den Wagen und zu den beiden Fremden.

– Ich habe das falsche Benzin getankt.

Stille.

Da Heniek und Andrzej sie nur anstarrten, wischte sie sich ihre geglätteten Haare aus dem Gesicht und schob nach:

– Ich schwöre, es war nur eine Sekunde. Ich habe kurz an was anderes gedacht, und dann war es schon zu spät. Ich verstehe auch nicht, warum man es nicht so macht, dass Benzin und Diesel unterschiedliche, wie sagt man? Eingänge, äh … Zapfhähne … was auch immer haben. Die nicht miteinander kompatibel wären. Dann könnte das gar nicht passieren. So aber ist es so, als wollten die das extra.

Die beiden Männer starrten sie weiterhin an. Andrzej sprach schließlich als Erster:

– Das ist mir noch nie passiert. Meistens ist der Zapfhahn für Diesel dicker und passt gar nicht in einen Benzinertank.

Das passiert selten. – widersprach ihm Heniek.

– Wirklich?

– Wirklich? – fragte auch die Frau, die sich sofort freute, mit ihrem Versehen nicht allein zu sein.

– Vielleicht einmal im Monat. Meist, wenn sich Leute einen Neuwagen kaufen. Dann vergehen ein paar Wochen, sie … passen beim Tanken nicht mehr auf, denken an irgendwas anderes …, und in jahrelanger Gewohnheit greifen sie zum Diesel, oder umgekehrt.

– Ja genau, so ähnlich war es bei mir auch! Sie können mir also helfen? – belebte sich die junge Frau immer mehr.

– Nicht wirklich. Der Tank muss leer gepumpt werden. Das geht nur mit 'nem langen Schlauch und der Pumpe.

Die Frau war auf einen Schlag wieder ernüchtert.

– Das hat mir die Werkstatt auch gerade gesagt: Dreihundert Euro, und das Benzin kommt dann noch dazu, das muss ich noch mal kaufen.

– Jesus Maria. – mischte sich Andrzej wieder in das Gespräch ein. Manchmal werden Polen auch religiös, wenn sie fluchen.

– Warum ist in diesem verfluchten Land alles so teuer?

– Und das an diesem Scheißtag. Dreihundert Euro habe ich gerade einfach nicht über, und außerdem kann ich jetzt nicht zwei Stunden warten, bis der Werkstattwagen kommt. Ich bin verabredet, und es ist superwichtig. *Kurwa*!

– Zwei Stunden?

– Ja, das hat mir der Typ am Telefon gerade gesagt.

Andrzej schaute seinen Freund erwartungsvoll an. Heniek dachte nach, blickte sich um und sagte schließlich:

– Es könnte … gibt da eine Möglichkeit. Ich könnte …

Doch Andrzej unterbrach ihn:

– Nur wenn Sie uns dafür mitnehmen.

Sie schauten sich an: Andrzej die Frau, die Frau Andrzej, Heniek Andrzej, Heniek die Frau, die Frau Heniek, Andrzej Heniek.

– Wo wollt ihr denn hin?

Die junge Frau merkte nicht, dass sie die Höflichkeitsform verlassen hatte.

– Nach Westen. – sagte Andrzej, wobei er jede Silbe betonte, als spräche er sie zu Heniek, nicht zu ihr.

– Ich fahre nach Burgwedel.

Fragende Gesichter.

– Das ist im Nordwesten.

– Also haben wir eine Abmachung? – fragte Andrzej.

– Und ihr macht nichts kaputt?

– Es könnte sein, dass die Batterie leer …

Doch Andrzej unterbrach seinen Freund wieder.

– Natürlich nicht! Dieser Mann hat in seinem Leben mehr Zeit mit Autos verbracht als mit Menschen.

Bevor die junge Frau zusagen konnte, verriet bereits ihr Lächeln, dass sie einverstanden war.

– Gut.

– Als Erstes müssen wir das Auto … dorthin schieben. – sagte Heniek und zeigte auf eine Stelle hinter der Tankstellenwand.

Die Frau entriegelte ihren Peugeot und löste die Handbremse.

– Oh, sieh mal da! – sagte Andrzej, als er sich dem Heck näherte. – Guck guck!

Im Auto saß ein kleines Kind in einem Kindersitz und starrte ihn mit großen Augen an.

– Wie heißt denn der Kleine?

– Das ist eine Sie. Eva.

– Ewa, also. – korrigierte Andrzej, für den die polnische Variante die einzig kanonische war. – Hallo, Ewunia.

Und dann schaute er wieder ihre Mutter an, hob seine Hand an seine Brust und sagte:

– Andrzej, und das ist Heniek.

– Julia. – stellte sich die junge Frau vor.

46

Heniek hatte die Stelle nicht nur ausgesucht, weil sie vor den Blicken des Tankstellenpersonals geschützt war, sondern auch, weil sich dort ein Gulli befand. Nachdem er die Motorhaube geöffnet und die Plastikabdeckung des Motors abgenommen hatte, bat er Julia, in die Tankstelle zu gehen und einen Schraubenschlüssel zu kaufen, denn sie hatte keinen in ihrem Kofferraum. Als sie zurückkehrte, klemmte er den Schlauch zwischen Benzinpumpe und Motor ab, startete den Wagen, sodass die Benzinpumpe zu arbeiten begann, und leitete den Treibstoff in den Gulli unterm Auto.

Julia protestierte zuerst, weil sie nicht wollte, dass das Benzin über die Kanalisation ins Grundwasser gelänge, doch als Heniek fragte, was sie stattdessen vorschlage, blickte sie nur zögernd hin und her, zuckte schließlich mit den Schultern und wandte sich, ohne Heniek Antwort zu geben, von der offenen Motorhaube ab. Der Mechaniker ließ sie in dem Glauben, selbst keine Verantwortung für die Entscheidung zu übernehmen, und machte weiter wie geplant. Und Julia schaute nicht mehr hin.

Es dauerte eine Weile, bis das Benzin abgeflossen war. Heniek starrte auf den Motor und dachte über Andrzejs

Worte nach. Wenn man einen gewöhnlichen Tag nahm, dann arbeitete er etwa neun Stunden in seiner Werkstatt. Manchmal waren es nur acht, nicht selten aber auch zwölf oder noch mehr. Samstags verbrachte er ebenfalls noch einmal sechs oder sieben Stunden dort. Das machte fünfzig bis sechzig Stunden die Woche. Wenn er ins Haus trat, wusch er sich die Hände, aß, damals noch mit seiner Familie, später dann mit Beatka, und nach dem Essen erledigte er meist irgendetwas im Keller, reparierte ein Spielzeug, kochte Marmelade oder setzte seinen Likör an. Als die Kinder noch klein gewesen waren, hatte er mehr Zeit mit ihnen verbracht, hatte ihnen stundenlang beim Schlafen zugeschaut, doch später beschränkte es sich auf ein kurzes Gespräch über die Schule, ein wenig Blödsinn vorm Schlafengehen und einen Kuss im Bett. Als die beiden schon größer waren, fiel auch das weg. Und den Rest des Abends verbrachte Heniek vorm Fernseher. Manchmal saß Beatka neben ihm, meist jedoch nicht.

Das war wirklich nicht viel. Andrzej hatte recht, dachte Heniek. Zumindest was die letzten sechsunddreißig Jahre anging, hatte er in der Tat mehr Stunden mit Autos als mit Menschen verbracht.

Und das setzte sich jetzt hier an der Tankstelle fort. In der Zwischenzeit hatte nämlich die kleine Eva zu quengeln begonnen. Julia holte sie aus dem Wagen heraus, trug sie ein paar Schritte zur Seite, da sie nicht wollte, dass ihr Kind den stechenden Benzingeruch einatmete, und reichte ihr beide Zeigefinger, die das kleine Mädchen sofort ergriff.

Da Andrzej nichts zu tun hatte, trat er zu Julia und ging vor dem kleinen Mädchen in die Hocke.

– Wie alt ist sie? Anderthalb?

– Zwanzig Monate. Ich weiß, sie sieht jünger aus.

Und ehe Andrzej etwas erwidern konnte, sagte Julia:

– Sie kann noch nicht alleine gehen. Ich muss sie die ganze Zeit an den Händen halten.

– Das kommt noch.

– Alle anderen Kinder in ihrem Alter können schon laufen. Schon längst.

– Scheiß auf die anderen Kinder. Du bist aber eine ganz Süße. Hast du ein Lächeln für den Onkel?

– Ich sollte das überprüfen lassen.

– Und eine Hand reicht nicht?

– Guck. Siehst du? Sie will immer beide halten.

Andrzej schaute kurz zu, wie Julia in halb gebückter Haltung rückwärts vor dem kleinen Kind einherschritt und es an beiden Händen hielt. Er runzelte die Stirn.

– Du machst dich so noch ganz fertig.

– Ich weiß. Mein Rücken ist schon ganz am Arsch.

– Hast du versucht, ihr etwas anderes in die Hand zu geben?

– Was?

– Egal. Irgendwas Hartes. Einen Stock oder die Flasche oder so.

– Was soll das bringen?

– Darf ich?

– Lieber nicht.

– Ach komm. Ich habe sechs Kinder. Schau zu.

Und Andrzej ergriff Evas Hand. Sofort streckte ihm das Mädchen ihre zweite entgegen, doch statt auch diese zu ergreifen, legte Andrzej einen Stein hinein. Eva umfasste ihn, verlor – begleitet von einem ängstlichen Aufschrei Julias – kurz das Gleichgewicht, fing sich dann aber wieder. Vorsichtig machte sie einen kleinen Schritt nach vorn, wackelte noch einmal mit dem ganzen Körper und schritt wieder voran. Ihre kleinen, unsicheren Schritte wurden langsam fester, die wackeligen Pausen dazwischen immer kürzer.

Andrzej konnte sich schließlich aufrichten und das Mädchen lediglich an einer Hand führen.

– Toll machst du das, Eva, ganz großartig! – lobte er das kleine Mädchen, das blass lächelnd mit dem Stein in der Hand neben ihm stand. – Sie kann gehen, sie hat nur Angst.

– Und der Stein hilft? – fragte Julia, die der Sache immer noch nicht glauben konnte.

– Wenn sie was in der Hand spürt, fühlt sie sich sicher.

– Aber der Stein gibt ihr doch kein bisschen Sicherheit. Er ist sogar gefährlich.

– Ja. – widersprach Andrzej gar nicht. – Das ganze Leben ist eine einzige Verarsche.

– Wie wahr. – pflichtete Julia, ein wenig in Gedanken versunken, bei.

Und schließlich flüsterte sie:

– Danke schön.

47

Die Tankwartin staunte nicht wenig, als Heniek und Andrzej den Peugeot wieder an die Zapfsäulen schoben und Julia ihn noch einmal voll betankte.

– Hatten Sie nicht eben schon getankt? Und zwar Diesel? – fragte sie, wobei die Neugier sie weniger mürrisch klingen ließ.

Julia wusste nicht, was sie entgegnen sollte. Und da ihr auch nach ein paar Sekunden nichts einfiel, sagte sie eben nichts, lächelte nur und zuckte mit den Schultern. Die Tankwartin schüttelte ihre blondierten Locken unter der Haube und reichte Julia ihre Kreditkarte und den Beleg.

Und kurz darauf befanden sie sich bereits auf der Straße. Trotz Julias kantiger Fahrweise streckten sich Heniek und

Andrzej und seufzten vor Glück, dass es dieses Mal so schnell mit einer Mitfahrgelegenheit geklappt hatte.

– Wie kommt es, dass du Polnisch sprichst? – fragte Andrzej schließlich. Er saß hinten neben Eva und spielte mit dem Mädchen die ganze Zeit schon Guck guck da da, sodass das Kinderlachen das Auto füllte und auch Julia und Heniek vorne immer wieder schmunzeln mussten.

– Meine Eltern kommen aus Polen.

– Du nicht?

– Nein, ich bin hier geboren.

– Und wieso sind deine Eltern ausgewandert?

– Es waren die Neunziger. Die Grenze war offen. Meine Eltern hatten genug von der Scheiße. Ihre Worte.

– Wo ist der Onkel? Wo ist der Onkel? Na, na? Da ist der Onkel. – sagte Andrzej wieder zu Eva gewandt.

Er sprach so, dass selbst diese eintönigen Wiederholungen für die beiden Erwachsenen vorne faszinierend klangen. Heniek hatte diese Fähigkeit an Andrzej immer beneidet: Er konnte auf eine Art mit Menschen sprechen, die sofort Vertraulichkeit und Interesse weckte. Besonders stark wirkte dies bei Frauen. Die kleine Ewunia war ohnehin im siebten Himmel. Aber auch Julia am Steuer hörte aufmerksam und amüsiert zu, als warte sie nur auf die nächste Frage.

– Und ihr konntet einfach so nach Deutschland spazieren? Hat da auch schon Merkel regiert?

– Nein, – sagte sie und lachte, – wir waren Spätaussiedler.

– Was ist das?

– Volksdeutsche. – sagte Julia scharf und auf Deutsch, zwinkerte jedoch dabei.

Doch Heniek und Andrzej schauten sie nur fragend an.

– Wir haben deutsche Vorfahren und daher das Recht, wieder als Deutsche in Deutschland zu leben.

– Oha, – scherzte Andrzej, – du siehst mir aber gar nicht deutsch aus. Was meinst du, Heniek?

– Slawische Gene. – sagte Heniek trocken.

Andrzej klatschte in die Hände:

– Genau: slawische Gene, polnische Schönheit. Eine Kunigunde sieht anders aus!

Und weil Eva erstaunt aufgeschaut hatte, klatschte Andrzej noch einmal, nun für das kleine Mädchen. Auch sie klatschte.

– Wer in eurer Familie war deutsch? – fragte Andrzej weiter.

– Unser Schäferhund. – lachte Julia. – Ihr wisst doch: Wir haben getrickst, wie es nur ging, um einwandern zu können.

– Und deine Eltern sind zusammen ausgereist? – fragte Heniek.

Die Stimmung kippte für einen Augenblick. Eigentlich war Henieks Frage harmlos. Doch irgendetwas an der Art, wie er sie stellte, verriet eine tiefe Traurigkeit und machte deshalb traurig.

– Heniek meint, ob sich deine Eltern in Polen oder in Deutschland kennengelernt haben. – beeilte sich Andrzej, die Stimmung zu retten.

– In Polen. Katowice.

– Und du? Fühlst du dich eher als Polin oder als Deutsche?

Julia schüttelte den Kopf.

– Wisst ihr, dass mir diese Frage noch nie von einem Deutschen gestellt wurde?

– Weil du hier lebst.

Julia lächelte, wie man lächelt, wenn man einen falschen Gedankengang nicht zum ersten Mal hört.

– Nein. Weil es sie nicht interessiert.

– Es interessiert sie nicht?

– Ja. Ist doch scheißegal, ob ich mich deutsch oder polnisch oder japanisch oder sonst was fühle. Was ändert das?

Andrzej und Heniek schauten ungläubig.

– Es ist den Deutschen also egal, ob sich ihre Bürger als Deutsche fühlen?

– Genau.

– Kein Wunder! – sagte Andrzej, der wieder an die Flüchtlingswelle des vorletzten Jahres dachte.

– Was soll das schon heißen, sich deutsch oder polnisch fühlen? – hakte Julia nach. Ohne es zu merken, hatten sie den scherzhaften Ton verlassen.

– Heniek, sag du: Was heißt das, sich deutsch oder polnisch fühlen? – gab Andrzej die Frage weiter.

Heniek dachte kurz nach.

– Das ist das Wichtigste. – antwortete er schließlich. – Es sagt dir, wer du bist.

– Bravo!

Andrzej klatschte in die Hände, und sofort stimmte auch Eva wieder in sein Klatschen ein und rief:

– Avo! Avo!

– Oh, du willst schon sprechen, meine Kleine.

– Für mich sind die Menschen um mich herum wichtiger. – entgegnete Julia. – Nicht einmal meine Familie, sondern meine Freunde, denn die suche ich aus. Und dann die Entscheidungen, die ich in meinem Leben getroffen habe, die guten wie die schlechten, und Eva natürlich und mein Job und mein Lieblingsessen, der Pizzabringdienst um die Ecke, die Serien, die ich schaue. Selbst meine Friseurin ist für mich wichtiger als das Land, zu dem ich mich dazuzähle. Früher machte es einen beschissenen Unterschied, ob man aus dem einen Dorf oder aus dem anderen Dorf zwei Kilometer weiter kommt, aus Vilariba und Vilabajo. Aber heute? Wir sind jetzt in der EU, es gibt keine Grenzen, ich kann im Herbst nach Schweden und im Sommer nach Mallorca fahren, und irgendwann werden Landesgrenzen überhaupt keine Rolle mehr spielen. Ihr werdet noch sehen.

Es wurde still. Selbst Eva hielt in ihrem Spiel inne. Heniek und Andrzej sagten nichts. Der Gedankengang war für die beiden alten Männer so abwegig, als hätte jemand gesagt, in naher Zukunft würde es einmal keinen Besitz mehr geben und auch keine Religionen. Sie schüttelten nur den Kopf und fragten sich, wo sie anfangen sollten.

– Julia. – versuchte es Andrzej noch einmal.

Grundsatzdebatten waren ihm nicht so wichtig wie gute Laune:

– Ich stelle die Frage anders: Wenn Deutschland gegen Polen spielt, für wen bist du dann?

Da brauchte Julia nicht lange zu überlegen:

– Na, das ist doch ganz klar. Für Deutschland. Die gewinnen zumindest.

Stille. Wieder schüttelten die beiden alten Männer den Kopf. Doch Andrzej hatte genug von der Diskussion und legte Eva seine Hände auf die Ohren.

– Hör nicht auf die Mama, liebe Ewunia, du wirst eine ganz tolle Polin. Und wenn du erst mal groß bist, dann wirst du allen Deutschen den Kopf verdrehen.

Da klingelte Julias Handy. Sie legte die Handtasche auf ihren Schoß und begann, darin zu kramen. Ihre Fahrweise wurde dadurch nur noch gefährlicher. Ständig driftete der Wagen nach links oder rechts ab, und wenn Julia das merkte, dann korrigierte sie den Kurs mit einer viel zu heftigen Drehung des Lenkrads in die entgegengesetzte Richtung. Alle im Auto hielten den Atem an.

Auch als sie das Handy endlich fand und an ihr Ohr führte, wurde es kaum besser.

– Was? Nein! – rief sie, während sie einen Lastwagen in einer Kurve überholte. Und dann sagte sie noch weitere Dinge, die Heniek und Andrzej nicht verstanden. Doch mit

Sicherheit hatte sie eine schlechte Nachricht erhalten. Denn ihr Gesichtsausdruck veränderte sich und wurde von Sekunde zu Sekunde immer gequälter.

– *Kurwa*! – sagte sie schließlich, als das Gespräch endete. Und dann wählte sie selbst einen Kontakt und rief an.

Auch dieses und die nächsten drei Gespräche verliefen alle auf Deutsch. Heniek und Andrzej verstanden zuerst gar nichts. Doch mit der Zeit begannen sie, Evas Namen, ›Baby‹ in irgendeiner Verbindung und das Wort ›spontan‹, das wohl genauso viel bedeutete wie das polnische *spontanicznie*, herauszuhören.

Und natürlich verstanden sie, dass Julia ein Problem hatte. Unaufhörlich scrollte sie zwischen den Gesprächen durch ihre Kontaktliste. Als sie schließlich so in ihr Handy vertieft war, dass nur Henieks Griff ins Lenkrad in allerletzter Sekunde einen Unfall verhinderte, meinte Andrzej:

– Jetzt, verdammt nochmal, nimm dich zusammen. Fahr ran, wenn du telefonieren musst, oder leg das Scheiß-Handy weg.

Julia warf es resigniert auf die kleine Ablage vor dem Schalthebel und starrte auf die Straße.

– Was ist denn passiert? – fragte Heniek nach ein paar Augenblicken stillen Autofahrens. Seine Stimme klang sanft, fast väterlich.

– Mein Babysitter hat abgesagt, und ich finde keinen Ersatz.

– Für heute?

– Ja.

– Dann … brauchst du jetzt auf jeden Fall nicht mehr so zu rasen, nicht wahr? – sagte Heniek noch sanfter als zuvor.

– Nein, das stimmt. – bestätigte Julia bitter und ging tatsächlich vom Gas.

Sie schwiegen eine Weile. Nur hin und wieder schlug Julia gegen das Lenkrad und zischte:

– Scheiße! – oder – *Kurwa! Kurwa! Kurwa*! Wenn ich einmal Glück habe, passiert so was.

Und auf der Rückbank schmatzte Eva und rieb sich schläfrig die Augen.

– Für wie lange brauchst du denn einen Babysitter? – fragte Andrzej.

– Für ein paar Stunden, vielleicht sogar die ganze Nacht.

– Du, und wenn wir auf Ewunia aufpassen würden?

48

Julia wohnte zusammen mit Eva in einer Zweizimmerwohnung. Die Wände waren, wie sie auf Nachfrage der beiden älteren Herren hin erklärte, cappuccinofarben angestrichen, die Möbel waren alle IKEA-weiß, und Wandtattoos präsentierten Lebensweisheiten und höchste Werte in englischer Sprache: *Smile. Joy and Happyness. Keep it simple. Live, Laugh, Love.*

Julia zeigte den beiden Männern hastig, wo sich die Beutel mit dem Milchbrei für Eva befanden und erklärte kurz die Schlafens- und Essenszeiten ihres Kindes, bevor sie im Badezimmer verschwand, aus dem nacheinander Beinrasierer, elektrische Zahnbürste, Dusche und Fön zu hören waren. Als sie schließlich fertig war, huschte sie im Bademantel ins Schlafzimmer und kam dreißig Minuten später geschminkt, frisiert und in einem aufreizend engen Top mit kurzem Rock wieder heraus. Sie schaute noch einmal skeptisch auf die beiden Männer, dann auf ihre Wohnung und das Kind, welche sie im Begriff war, ihnen anzuvertrauen, und nachdem sie schweigend ihre hohen Schuhe angezogen und die schwarze Handtasche mit goldfarbener Kette anstelle eines Tragegurtes umgelegt hatte, blieb sie unschlüssig stehen.

– Du siehst sehr schön aus. – sagte Heniek.

– Danke. – lächelte Julia, die gerade über etwas anderes als ihr Aussehen nachdachte.

– Keine Angst, – meinte Andrzej, – wir kriegen das hin.

– Sicher?

– Andrzej hat sechs Kinder großgezogen. – sagte Heniek. – Fünf davon waren Mädchen.

– Hm. – meinte Julia. – Wenn sie schreit, dann macht ihr etwas warme Milch in der Flasche. Aber …

– Nicht zu viel. – fiel ihr Andrzej ins Wort. – Besser etwas Wasser dazugeben. Schläft sie mit Schnuller?

– Ja.

– Unter der Decke oder im Schlafsack?

– Unter der Decke.

Julias Gesicht klärte sich auf. Sie sah, dass ihr Kind in guten Händen war.

– Und gibst du ihr manchmal Sekt dazu?

– Was?

– Ein paar Tropfen Sekt in die Flasche. Damit sie durchschläft.

– Nein! Gott, nein! Ihr etwa?

– Nur ein paarmal. Bei Agatka. Die hat sonst die ganze Nacht durchgeschrien.

– Du machst Witze.

– Nein, wirklich, ein paar Tropfen schaden dem Kind nicht. Aber wie es schläft!

– In Evas Flasche kommt kein Alkohol!

– Gut, ist deine Entscheidung.

– Mein Vater, – sagte Heniek, – hat, wenn … wenn bei uns die Zähne kamen, hat er Mohn im Mörser zerstampft und uns aufs Zahnfleisch geschmiert.

Andrzej hob den Zeigefinger:

– Die Hausrezepte sind immer noch die besten.

Julia schaute die beiden Männer an. Eigentlich hatte sie sich schon entschieden, Eva mit ihnen allein zu lassen. Doch nun kamen ihr wieder Zweifel.

Heniek sah, wie sie zögerte.

– Möchtest du vielleicht unsere Personalausweise mitnehmen?

Julias Stirn klärte sich auf.

– Nein, aber ich würde mir ein Foto machen.

Sie schaute auf die Uhr, beschleunigte dann ihre Bewegungen und machte schnell die Fotos.

– Ich ruf später an, geht bitte ran. – sagte sie.

Und dann zog sie die Tür hinter sich zu und schloss ab.

Andrzej und Heniek blieben einen Augenblick stehen, bis beide gleichzeitig zu jubeln begannen. Heniek presste seine Stirn gegen die seines Freundes und sagte:

– Du bist ein Genie.

– Ich weiß. – lächelte Andrzej.

– Aber es wäre fast noch schiefgegangen.

– Diese Eltern von heute! Glauben, Kinder können nichts ab.

– Und auf der anderen Seite … lässt sie ihr Kind einfach mit … mit zwei Fremden zu Hause.

Andrzej grinste:

– Sie muss es wohl sehr nötig haben.

Und dann ging er durch die Wohnung und zeigte die Schätze, die sie erbeutet hatten, wobei er jedes einzelne Wort wie eine seltene Kostbarkeit betonte:

– Was darf es sein? Butter aus dem Kühlschrank? Nein, sie hat nur Margarine. Oder ein heißer Tee? Oder vielleicht ein Kaffee? Aber ich weiß nicht, ob ich diese Maschine zum Laufen kriege. Oder wollen wir heute Nacht die Heizung einfach auf fünf aufdrehen? Wenn wir zwischen zwanzig Kissen schlafen?

– Duschen. – sagte Heniek entschieden. – Erst einmal duschen.

49

Julias Wohnung barg noch mehr Dinge, denen Heniek und Andrzej nun einen ganz anderen Wert zuschrieben als noch vor ihrer Abreise: An erster Stelle stand da die Waschmaschine. Sowie sie diese im Bad entdeckten, zogen sich die beiden Männer komplett aus, wuschen ihre Wäsche und hängten sie auf einem Wäschetrockner im Wohnzimmer auf.

– Endlich kann ich … kriege ich diesen Ölfleck aus meiner Hose und dem Hemd.

Geduscht und rasiert banden sie sich daraufhin Handtücher um ihre Körper und schritten nun sauber und entspannt umher wie römische Senatoren in den Thermen.

Heniek schaltete den Fernseher ein und schaute mit Eva einen Zeichentrickfilm, während sich Andrzej noch einmal ins Bad zurückzog und es über eine halbe Stunde lang genoss, endlich wieder im Sitzen, und zwar auf Porzellan, sein Geschäft verrichten zu dürfen. Nur eine Zigarette fehlte ihm noch zum völligen Glück.

Eine Packung Fertigspaghetti und ein Aldi-Dornfelder bildeten das Abendessen, bevor Andrzej Eva zu Bett brachte. Heniek lud in der Zeit sein Handy auf und überprüfte die

Nachrichten: Kuba und Kasia hatten jeweils zweimal angerufen. An beide schickte er eine kurze Nachricht, in der er mitteilte, dass er unterwegs sei und sich melden werde, sobald er zurückkomme. Als Kasia daraufhin sofort anrief, schaltete Heniek das Handy auf stumm und schaute weiter durch die Nachrichten. Über zehnmal hatte der Eigentümer des Mercedes probiert, Heniek zu erreichen, wobei er auch immer ungeduldigere SMS geschickt hatte, die im Abstand von wenigen Sekunden nun nacheinander auf dem Handy erschienen und in der Androhung, die Polizei einzuschalten, gipfelten.

Beatka hatte sich dagegen nicht gemeldet.

Dafür rief Julia auf dem Festnetz an. Sie klang nicht mehr so besorgt wie vorher; sie hatte, das war deutlich zu hören, getrunken und Spaß. Kurz erkundigte sie sich, was Eva mache und wie die Lage zu Hause sei, um dann mitzuteilen, dass sie erst am Morgen zurückkommen werde. Sie fragte nicht einmal, ob das in Ordnung sei.

– Perfekt. – sagte Andrzej, als er aus dem gemeinsamen Schlafzimmer von Mutter und Tochter zurückkehrte und es sich mit einer Tüte Chips und zwei Gläsern Bailey's, dem einzigen stärkeren Alkohol, den Julia besaß, neben Heniek auf der Couch gemütlich machte.

– Ich könnte ewig hier bleiben. Jetzt nur noch ficken.

– Du solltest Iwona anrufen. – sagte Heniek.

– Hm. – brummte Andrzej nur und starrte auf den Fernseher.

– Wirklich. – beharrte Heniek.

– Verstehst du, worum es da geht?

Andrzej deutete auf den Bildschirm. Es lief eine Sendung, in welcher einige Frauen und Männer völlig nackt über eine Insel liefen und sich hin und wieder über Dinge unterhielten, die die beiden Polen nicht verstehen konnten. Und dann sprachen sie in plötzlichen Schnitten auf einmal direkt in die Kamera, was Andrzej und Heniek nur noch ratloser machte.

Heniek schaute kurz hin. Er hatte die Sendung eingeschaltet, als Andrzej noch mit Eva im Schlafzimmer gewesen war, und hatte so Gelegenheit gehabt, etwas länger zuzuschauen. Trotz des paradiesischen Settings auf einer tropischen Insel und trotz aller Kameraflüge über die Korallenriffe und der Musikeinblendungen wollte sich keine behagliche Atmosphäre einstellen. Nach dem ersten Gefühl von Überraschung, Lust und wohliger Übelkeit, das die bloßen Brüste und rasierten Scheiden der Protagonistinnen bei Heniek auslösten, hatte er das Gefühl, dass die Nackten alle gewissermaßen noch immer bekleidet waren, dass sie – auch wenn er selbst es nicht so benannt hätte – weiterhin eine unsichtbare kulturelle und zivilisatorische Hülle trugen, die es ihnen unmöglich machte, einfach nur da zu sein und sich der Sonne, des Strands und des Meeres zu erfreuen und vor allem dessen, dass sie Männer und Frauen und nackt waren.

– Sie macht sich bestimmt Sorgen. – sagte er wieder zu Andrzej gewandt.

– Hm.

Die Dinge, so dachte Heniek mit Blick auf seinen Freund und den Fernseher, könnten so einfach sein. Und doch machen wir sie so schwer.

– Jetzt ruf sofort Iwona an, sonst mach ich es! – sagte er mit erhobener Stimme.

– Ja, ist ja schon gut. – gab Andrzej nach und verzog sich mit dem schnurlosen Telefon in die offene Küche. – Reg dich ab!

Und dann ergänzte er leise:

– Das bringt deine Beatka auch nicht zurück.

– Nein. – sagte Heniek, der das sehr wohl gehört hatte. – Aber zumindest benimmst du dich nicht wie ein Arsch.

– Du meinst, Beatka benimmt sich wie ein Arsch? – fragte Andrzej mit grausamer Freude.

– Manchmal. Sie hat ihre Gründe.

Andrzej ließ die Arme theatralisch herabfallen.

– Ich glaub es nicht!

– Ruf jetzt Iwona an und lenk nicht ab!

Andrzej warf Heniek noch einen wütenden Blick zu, wählte dann aber die Nummer.

Sowie Iwona ranging, drehte er sich instinktiv von seinem Freund weg. Doch der Wohn- und Kochbereich war so klein, dass ohnehin alles zu hören war:

– Ich bin's. ... Nein. ... Alles gut. ... Wirklich. Ich rauche sogar weniger. ... Wo? Tja, das ist eine lange Geschichte. ... Sehr lang. Wir hatten einen Autounfall, mussten zuerst in die falsche Richtung laufen, mein Handy ist weg, eine Gruppe von Nazis ist hinter uns her, und geschossen wurde auch auf uns. ... Wirklich! ... Das ist meine Sache! Ich weiß noch nicht. ... Ja, ich komme zurück. ... Wirklich. Jetzt halt die Klappe und warte! Ja, ich melde mich noch mal. Nein! *Ich* rufe *dich* an.

Und dann legte er auf, schritt zum Kühlschrank und öffnete ihn, ohne etwas herauszuholen, schritt zum Glasschrank, schaute in die Schublade mit den Süßigkeiten hinein, machte noch ein paar weitere ziellose Schritte in der Küche und kehrte schließlich zu Heniek zurück.

– Was? – fragte er gereizt, weil Heniek ihn die ganze Zeit über anschaute.

– Darf ich dich etwas fragen? Ganz ehrlich?

– Wenn's sein muss. – brummte Andrzej.

– Liebst du Iwona?

Andrzej lachte kurz auf.

– Was ist das denn für eine Frage? Sie ist meine Frau.

– Wieso behandelst du sie dann so?

Doch Andrzej antwortete nicht. Er nippte nur an seinem Glas und schwieg und schaute auf die nackten Gestalten, die über den Strand liefen und sich doch nicht zu Pärchen zusammenfinden wollten.

50

Julia kehrte um elf Uhr morgens zurück. Sie war gekleidet wie am Abend zuvor, nur dass ein großer dunkler Fleck ihr Top färbte. Müde und verkatert wanderte ihr Blick über das Chaos aus Töpfen, Essensresten, Gläsern und Flaschen, das ihre beiden Babysitter in Küche und Wohnzimmer hinterlassen hatten, und dann auf die beiden älteren Männer in Handtüchern. Wie um ihr schlechtes Gewissen auszudrücken, küsste sie Eva, die im Kindersitz am Tisch saß und das Rührei aß, das Heniek und Andrzej mit viel Zwiebeln, Tomaten, Knoblauch und Gewürzen zubereitet hatten.

– Kaffee? – fragte Andrzej.

Julia nickte und nahm einen dampfenden Becher entgegen. Sie erkundigte sich schnell, ob alles gut gelaufen sei. Während der Antwort verzog sie das Gesicht: Der türkische Kaffee schmeckte ihr nicht.

– Und du? Hast du dich gut amüsiert? – fragte Andrzej.

Ein Lächeln umspielte kurz Julias Lippen.

– Hm.

Mehr sagte sie nicht. Stattdessen zog sie sich ins Bad zurück:

– Meine Schicht fängt gleich an.

– Wo arbeitest du?

– Ich bin Altenpflegerin.

– Gibt es genug Arbeit?

– Mehr als genug. Zu viel für eine Generation. – unterbrach sie sich beim Zähneputzen.

Ehe Julia unter die Dusche steigen konnte, rief Andrzej sie noch einmal zurück:

– Julia!

– Was?

– Hast du vielleicht normalen Zucker?

– Der ist gesünder.

Unzufrieden kippten sich Andrzej und Heniek je einen Löffel des Rohrzuckers in den Kaffee. Im sozialistischen Polen hatte es in den Sechziger- und Siebzigerjahren auch braunen Zucker gegeben. Er wurde aus Kuba importiert, um die junge Wirtschaft des karibischen Bruderstaates zu unterstützen. Doch niemand in Polen wollte braunen Zucker kaufen. Er galt als minderwertig, als schlechter kommunistischer Ersatz für den luxuriösen weißen. Nun dagegen kam brauner Zucker in Mode. So ändern sich die Zeiten.

– Ich habe gar nicht gefragt, wo ihr hinwollt. – sagte Julia, als sie wieder aus dem Bad kam.

– Nach Domburg. – sagte Heniek.

– Ans Meer. – ergänzte Andrzej

– Schön.

Die beiden Männer schwiegen.

– Meine ganzen Verwandten bleiben im Sommer immer nur in Polen. Meine Eltern auch. Jahrelang sind sie in den Urlaub nach Polen gefahren. Erst letztes Jahr waren sie zum ersten Mal in der Türkei. Ich check es nicht. Als ob es verboten wäre, die Welt zu sehen.

Sie verschwand im Schlafzimmer und zog sich an.

– Also, ich muss in zehn Minuten los. – rief sie.

– Wann kommst du … bist du zurück?

Julia schaute durch die Tür:

– Nein, nein. Ich nehme Eva mit.

– Sollen wir nicht noch auf sie aufpassen?

– Ist nicht nötig. – rief Julia wieder aus dem Schlafzimmer. Sie wurde langsam ungeduldig, weil die beiden Männer ihre Winke nicht verstanden.

– Ich nehme sie mit auf Arbeit.

– Aber wir könnten uns ... um sie kümmern. Auf einem Spielplatz ... oder im Park.

– Außerdem ist so ein Altenheim doch nicht der richtige Platz für ein kleines Kind.

– Die alten Leute lieben sie. Nirgends wird sie so verwöhnt.

Andrzej und Heniek schauten sich an. Dann beugte sich Andrzej zu Eva und sagte:

– Na, dann gehst du jetzt zu den alten Deutschen. War es schön mit dem Onkel? War es schön?

Das Mädchen lächelte ihm zu und griff nach seiner Nase.

– Au, nicht schon wieder!

Julia kam angezogen aus dem Schlafzimmer und atmete laut aus, als sie sah, dass Andrzej mit Eva spielte und Heniek weiterhin in der Küche stand und ruhig seinen Kaffee trank.

– Zeigst du der Mama, wie gut du bereits laufen kannst? – sagte Andrzej. Und ohne eine Antwort Julias abzuwarten, nahm er ihre Tochter bei der Hand und ging mit ihr durch das Wohnzimmer. Eva folgte ihm, schon deutlich sicherer auf den Beinen. Sie hielt lediglich Andrzejs rechte Hand, mit der anderen umfasste sie einen kleinen Plastiklöffel.

– Wundervoll, meine Kleine! – freute sich Julia und küsste noch einmal ihre Tochter. Doch dann wurde sie ernst:

– Wir müssen jetzt los.

– Wann seid ihr zurück?

Julia richtete sich auf und machte unwillkürlich einen Schritt zurück, als erwarte sie einen Kampf.

– Ihr müsst jetzt auch gehen. Wir haben noch drei Minuten.

– Brauchst du nicht heute Abend …?

– Nein danke.

– Und du bist dir ganz sicher wegen der Arbeit? Es macht uns nichts aus. – probierte es Andrzej noch einmal.

– Ich nehme Eva mit. – sagte Julia und zog ihre Tochter an sich heran.

Andrzej hob die Hände.

– Ist ja gut. Ist ja gut. Wir wollten nur helfen.

– Dann machen wir uns jetzt fertig. – ergänzte Heniek.

– Ja. – sagte Julia bestimmt.

Es entstand eine peinliche Szene, weil die beiden Männer sich nicht vor Julia umziehen, aber auch nicht einfach in ihr Schlafzimmer gehen wollten. Und zusammen wollten sie auch nicht in das viel zu enge Bad. Nacheinander zogen sie ihre noch nassen Sachen an und suchten alles zusammen, was ihnen gehörte.

– Verzeihung für die … Sollen wir nicht noch aufräumen? – fragte Heniek.

– Nein, ist okay.

Ihr Blick jedoch sagte, dass sie es nicht okay fand.

– Haben wir alles? – Andrzej prüfte noch einmal den Inhalt seines Bundeswehrrucksacks.

Julia hatte bereits Eva auf den Arm genommen und die Wohnungstür geöffnet, da fragte Heniek plötzlich:

– Und was ist mit … und unsere Bezahlung?

Julia schaute ihn überrascht an.

– Wir haben nichts ausgemacht. Ich dachte …

– Dachtest du, wir machen das für umsonst?

– Na ja …

Andrzej, der zuerst verblüfft war von Henieks Vorstoß, sprang ihm nun bei:

– Wie viel zahlst du denn normalerweise deinen Babysittern?

– Zehn Euro die Stunde.

– Zehn Euro die Stunde? *Kurwa*! Kein Wunder, dass alle nur noch hier arbeiten wollen.

– Aber …

– Also, elf heute plus … neun Uhr … drei gestern macht vierzehn Stunden. Hundertvierzig Euro.

– Bitte bar auf die Hand.

51

Andrzej und Heniek freuten sich wie kleine Kinder unterm Tannenbaum. Nicht nur hatten sie den Abend im Bad, die Nacht in Betten, den Morgen in einer Küche verbringen können – sie besaßen nun auch wieder Geld. Sogar mehr als am Anfang ihrer Reise.

Sofort kauften sie sich zwei Flaschen Bier und eine Packung Zigaretten und legten sich auf einer Wiese in die Sonne. Schließlich mussten sie ihre Kleidung trocknen. Aber auch als dies längst geschehen war, blieben sie noch lange liegen. Sie hatten das Gefühl, dass die Zeit plötzlich langsamer fließe. Und alle Sorgen, wie es weitergehen sollte oder wo sie heute Nacht schlafen würden, schienen ihnen plötzlich nicht von Bedeutung.

Als sie schließlich am Abend doch aufbrachen, kamen sie nur drei Straßen weiter. Dort erhellte ein violetter Schriftzug die Straße: *Orchidee*. Zwei Frauen traten zum Rauchen aus der Tür, und für einen kurzen Augenblick waren Musik zu hören und das gedämpfte bunte Licht einer Tanzbeleuchtung zu erkennen.

Andrzej war sofort begeistert:

– Komm, lass uns reingehen und ein Bier trinken.

– Noch eins?

– Ja, aber wie richtige Menschen. Nicht wie Schafe auf der Weide. Das haben wir uns verdient.

Heniek widersprach nicht lange. Er fand es nicht vernünftig, einen weiteren Teil des gerade erst verdienten Geldes auszugeben. Und außerdem hatten sie es sich erst gestern bei Julia und heute auf der Wiese gut gehen lassen. Doch andererseits fühlte er dasselbe, was auch Andrzej verspürte, dass sie nämlich – ohne Sprachkenntnisse und sehr schnell auch ohne Geld – bereits so weit gekommen waren und dass sie es sich daher gewissermaßen verdient hatten, wenigstens ein wenig zu feiern. Wenn sie einmal einen Tag Pause machen würden, wäre es auch nicht schlimm.

Die *Orchidee* war eine Tanzbar von der Sorte, wie sie in Kleinstädten vorherrschen, wo es nicht genug Besucher gibt, als dass man eine Kneipe und eine Disco unabhängig voneinander betreiben könnte. Daher gab es sowohl Stühle und Tische an den Wänden als auch eine kleine Tanzfläche mit bunten Lichtern und einer silbernen Discokugel. Die Musik – Schlager und einfacher Pop – war nicht allzu laut, und es war auch hell genug, dass Andrzej und Heniek den ganzen Raum sofort überblicken konnten. Viele Menschen waren nicht da. An einem Tisch saß ein Bikerpärchen – beide in schwarzem Leder, seine Haare lang, blond und glatt, ihre Haare lang, blond und gelockt –, an einem anderen Tisch tranken ein paar Jugendliche hastig ihre Bier- und Schnapsgläser leer, bevor jemand sie nach ihrem Ausweis fragen konnte. In der Mitte des Bereichs, wo die Tische standen, saß eine Gruppe von

Frauen zwischen fünfzig und sechzig, die aufgeregt durcheinandersprachen, lachten und kreischten. Sie wurden plötzlich still, als Heniek und Andrzej den Raum betraten, musterten die beiden Fremden neugierig, tuschelten etwas und lachten dann wieder.

Andrzej schickte einen interessierten Blick und ein Lächeln hinüber und behielt die Frauen auch im Auge, als Heniek und er mit ihren zwei Gläsern an einem Tisch in der Ecke saßen. Und auch als Heniek ihm seine Überlegungen zur Fernsehsendung am Vortag und zur Verlegenheit zwischen den Geschlechtern darlegte, linste Andrzej immer wieder hinüber.

– Welche gefällt dir am meisten? – unterbrach er plötzlich die Ausführungen seines Freundes.

Heniek schaute ihn nicht böse an: Andrzej hatte sich gewaschen, hatte geschlafen, gegessen und getrunken. Es war klar, wonach ihm nun der Sinn stand. Das war schon mit zwanzig so gewesen, das war mit sechzig nicht anders. Er kannte ihn.

– Nur Beatka. – antwortete Heniek.

Andrzej verdrehte die Augen.

– Schon klar. Aber wenn Beatka nicht wäre?

Heniek nahm einen Schluck und drehte sich unauffällig um.

– Die Schwarzhaarige.

Andrzej nickte.

– War das so klar?

– Ja.

– Aber Beatka ... Sie sieht Beatka überhaupt nicht ähnlich.

– Genau.

Heniek schaute ihn fragend an.

– Nach dreißig Jahren hast du einfach Lust auf was anderes.

– Ich will Beatka.

– Ja, ja.

– Warum machen wir wohl sonst diese Scheiß-Reise?

Andrzej nahm einen Schluck.

– Du magst vielleicht Beatka wollen. Er, – dabei zeigte Andrzej nach unten, – will mal endlich wieder eine andere.

Heniek schüttelte den Kopf. Und da er nicht die Gegenfrage stellte, sagte Andrzej von sich aus:

– Mir gefällt die Kleine mit der Brille.

– Du hast sie doch nicht mehr …

– Warum?

Heniek schüttelte den Kopf und nahm einen Schluck.

– Arme Iwona. – flüsterte er.

– Hej, – wurde Andrzej plötzlich lauter, – was soll das heißen? Meinst du, dass Iwona es so schlecht mit mir hat? Willst du das sagen? Das beschissen größte Haus in Gajerudki. Und sechs Kinder. Sie muss wirklich sehr unglücklich sein!

– Nein, ich meinte nur …

– Du hast wohl vergessen, dass nicht sie weggelaufen ist, sondern Beatka, hm?

Heniek schaute ihn mit großen Augen an.

– Nein, das habe ich nicht vergessen.

Andrzej hielt seinem Blick stand.

– Also. Schau auf den verfluchten Balken in deinem Auge, bevor du den Splitter … Wie war das? … Aus den Augen des anderen ziehst oder so.

Dabei musste er lachen.

– Ja, ich glaube.

– Ich habe mich immer gefragt, was dieser Balken soll. – sagte Andrzej schon wieder gut gelaunt. – Was für ein Schwachsinn. Als ob jemand mit einem Balken im Auge rumlaufen würde.

– Entschuldige, Andrzej, ich hätte mich nicht einmi… ich hätte das nicht sagen sollen.

Andrzej trank sein Bier aus.

– Ein Tanz, und es ist vergessen.

Und dabei stand er auf.

Heniek verzog den Mundwinkel. Aber nur kurz. Denn wenn er ehrlich war, freute es ihn, dass sein Freund ihn drängte. Er nahm noch einen Schluck und folgte Andrzej an den Tisch der Frauengruppe, wo sie durch Gesten zwei Damen zum Tanzen aufforderten.

Am bis dahin lautesten Tisch wurde es schlagartig still. Die aufgeforderten Frauen schauten Heniek und Andrzej an und wussten nicht, wie sie sich verhalten sollten. Dann folgten ein Scherz aus der Gruppe ihrer Freundinnen, ein zurückhaltendes Lachen, und schließlich standen sie tatsächlich auf und ließen sich von den beiden Polen auf die Tanzfläche führen.

Waren sie zuerst von Henieks und Andrzejs Unbefangenheit beeindruckt, waren sie es noch mehr, als sie merkten, dass die beiden tanzen konnten. Andrzej und Heniek wählten sofort und anders, als sie es erwartet hatten, die geschlossene Tanzhaltung, tanzten dann aber keine standardisierten Schritte, sondern ihre eigenen – so, wie man es in Polen macht, wo kaum jemand einen Tanzkurs belegt hat, aber beinahe alle tanzen können. Andrzej und Heniek hatten jedoch Taktgefühl, Selbstsicherheit und Erfahrung, und das reichte, damit ihre Partnerinnen sofort mittanzen konnten. Schon nach wenigen Schritten bauten sie die ersten Drehungen ein, und noch bevor der Refrain ein zweites Mal erklungen war, fühlten sich ihre Tanzpartnerinnen nicht mehr unsicher oder unbehaglich, sondern hatten bereits Spaß.

Sie tanzten zu drei Liedern, dann führten sie ihre Damen zu ihrem Tisch zurück und forderten sofort die nächsten beiden auf. So gehörte sich das: Ein Mann hatte möglichst mit jeder Frau, unbedingt aber mit jeder Frau ohne Begleitung zu tanzen.

Als sie diese Pflichtaufgabe mit Bravour gemeistert hatten und vor Anstrengung schwer atmeten, setzten sie sich zu den Frauen an den Tisch. Andrzej brachte von der Theke ein kleines Tablett mit acht Wodkagläsern mit und animierte alle, zusammen anzustoßen und zusammen zu trinken. Wieder zögerten die Damen. Dieses Mal tauschten sie nicht nur überraschte und geschmeichelte, sondern auch besorgte und abwehrende Blicke. Aber dann sagten sie nacheinander etwas, das wahrscheinlich ein ›Na gut‹ sein musste, wischten mit der Hand ihren letzten Widerstand zur Seite und tranken doch.

Mit dem Wodka kam die Verständigung. Die Frauen stellten sich vor: Bettina, Monika, Jutta, Ioanna, Evanthia und Eirini. Heniek und Andrzej versuchten, die ihnen fremden Laute nachzusprechen, bevor sie selbst ihren Namen nannten.

– Andres? – fragte Bettina.

– Andrzej. – verbesserte Andrzej.

Doch die Frauen konnten noch immer nichts damit anfangen.

– Andrej? – fragte Bettina erneut und schob ihre Brille zurück.

Andrzej schaute Heniek an.

– Sie macht einen Russen aus mir.

Protestierend klopfte er sich auf die Brust und sagte:

– *Polska*. Andrzej, AndRZej.

– Wir nennen dich einfach Andreas. – sprang Jutta bei.

Und aus Heniek wurde im gleichen Zuge Heinrich.

Dann tanzten sie wieder. Dieses Mal tauschten sie die Partnerinnen, sodass die Damen, die zuerst mit Andreas getanzt hatten, nun von Heinrich aufgefordert wurden und umgekehrt.

Das Tanzen machte euphorisch. Die Euphorie ließ sie noch eine Runde trinken. Und das Trinken löste ihre Zungen.

Schnell verschwand die Verlegenheit, die ihre Anwesenheit am Tisch der Damen verursacht hatte, und es wurde wieder gescherzt und gelacht wie zuvor. Ja, sogar lauter. Man verstand sich nicht, keine der sechs Frauen sprach Polnisch, und Andrzej und Heniek sprachen weder Deutsch noch Englisch. Noch Griechisch. Denn es stellte sich heraus, dass drei von ihnen Griechinnen waren. Aber vielleicht war der Mangel an Verständigung auch hilfreich. Denn worüber hätten sie sich ernsthaft unterhalten können? So blieb ihnen nur, zusammen zu tanzen, zu trinken und hin und wieder etwas nachzusprechen, ohne den Sinn dabei zu verstehen:

– Hifte? – schnappte Andrzej etwa ein Wort Monikas auf. Jutta verbesserte:

– Hüfte.

Und um ihm die Aussprache zu erleichtern, wiederholte sie:

– Ü, ü, ü. – wobei sie das Ü wie ein kurzes Ö aussprach – ö, ö, ö –, da es im Wort Hüfte ja so klingt.

Andrzej sprach ihr nach, sagte aber nicht Hüfte, sondern:

– Ö, ö, ö.

Und alle lachten.

– Hüfte? – fragte er nun.

Evanthia stand auf und zeigte ihm mit der Hand, was das Wort bedeutete. Andrzejs Augen begannen zu strahlen.

– Ah! Hüfte … Hüfte!

– Hüfte. – wiederholte auch Heniek in seiner ruhigen und zurückhaltenden Weise, die von den Damen als besonders trockener Humor aufgenommen und gefeiert wurde.

Und schon tanzten sie wieder. Andreas und Heinrich forderten nun die Frauen auf, mit denen es sich jeweils am besten getanzt hatte, und wurden immer ausgelassener in ihren Bewegungen. Andrzej wirbelte Jutta so lange herum, bis sie

– Genug! – rief.

Und dann beugte er mehrfach ihren Oberkörper zurück. Es war seine Lieblingsfigur. Auch Heniek drehte Eirini mal um seine rechte, mal um seine linke Hand und sah zwischen ihren hin und her fliegenden schwarzen Haaren ihr vergnügtes Lächeln.

Nach dem Tanz ging Heniek zur Theke und brachte wieder acht Wodkagläser an den Tisch, und dann sagte er

– Prost. – wie es die Damen getan hatten, und wunderte sich, warum diese lachten, und ließ sich erklären, dass sein ›Prost‹ wie ›Brust‹ geklungen hatte, und ließ sich erklären, was Brust bedeutete.

– Ah! Brust … Brust! Prost Brust! – sagte Andrzej, und wieder lachten alle, und dann schüttelten sich alle, weil der Wodka bitter schmeckte.

Heniek stand auf und folgte einem kleinen Messingjungen an der Tür, der in einen Topf pinkelte, und auf der Toilette waren lauter Namen in Herzen geschrieben, und die Fugen zwischen den Kacheln waren dreckig, und der Handtuchspender war leer. Und die Gläser waren wieder gefüllt, als er zurückkehrte. Andrzej wischte mit seinem Finger einen Wodkatropfen von Juttas Handgelenk.

Und Andrzej sagte:

– Jutta, Hüfte, gut!

Heniek hörte sich selbst nachsprechen:

– Mein Mann bringt mich um.

Er sah einen Ehering, der ihm von gegenüber des Tisches gezeigt wurde, und er nickte, weil er verstand, und er fühlte seinen eigenen Ehering, als er mit Bettina tanzte.

– Arschloch? – schnappte er noch ein Wort auf. – Arschloch?

– Nicht du. – entgegneten ihm drei Stimmen gleichzeitig. – Eirinis Mann.

– Ex-Mann. – ergänzte jemand, wahrscheinlich Jutta.

– Ex? – fragte Heniek.

– Sex? – fragte Andrzej, und alle lachten wieder.

Und dann tanzte Heniek erneut mit Eirini, und zwischen ihren hin und her fliegenden schwarzen Haaren war ihr Lächeln noch vergnügter. Und dann drehte sich auch Heniek. Und dann drehte sich der Raum, und er trank wieder und tanzte wieder, und plötzlich küsste er Eirini, und die Nacht draußen war kühl, und Eirini fragte:

– Kaffee?

Und Heniek ging mit, und ein Taxi fuhr vor. Und Andrzej und Jutta waren nicht mehr da. Und die anderen Frauen auch nicht mehr, und Eirini zog einen Schlüsselbund aus ihrer Handtasche, zog ihn eine schmale Treppe in einem dunklen Treppenhaus hoch; eine helle Lampe, weiße Küchenschränke, schwarzer Kaffee und das immer lautere Ticken einer Wanduhr.

Und dann kam Heniek zu sich.

Es war drei Uhr nachts.

Ihm gegenüber saß Eirini.

Sie tranken zusammen Kaffee.

Und sie würden gleich miteinander schlafen.

52

Die Lust – was ist es mit ihr? Ein paar Hormone. Ein vom Hirn vorgespielter Mangel. Die Durchblutung entlegener Körperregionen. Ein Zustand, dem mit wenigen Handgriffen beizukommen ist.

Und doch bestimmt die Lust wie kaum etwas anderes die geschlechtlichen Beziehungen. Heniek kannte Lust vor allem als etwas, das von ihm ausging. Er kannte das Gefühl, Beatka zu begehren, sie anzuschauen, an sie denken zu müssen, sie sich vorzustellen, sie sich auszumalen, über sie zu fantasieren.

Er kannte den Konflikt, der erwuchs, wenn er Lust hatte und sie nicht. Die Enttäuschung, wenn er ins Bett kam und sie schon schlief. Das Gefühl der Zurückweisung, wenn er sich unter der Decke an ihren Körper schob, sie aber zurückwich. Am Anfang war es noch nicht so gewesen, doch mit jedem Jahr ihrer Ehe und ganz besonders ab der Geburt Kasias schliefen sie immer seltener miteinander. Was blieb, war Frustration. Dann schlich Heniek durch das Haus und schlug die Schubladen der Sperrholzküchenschränke zu oder trat gegen den Mülleimer, dessen Deckel hakte, und antwortete Beatka nur einsilbig und unfreundlich und von Tag zu Tag gereizter.

Dann hasste er seine Frau, die er doch nur liebte und begehrte.

Und wenn sie ihm erklärte, dass sie gerade nicht den Kopf dafür frei habe oder dass sie sich nicht wohlfühle oder auch einfach, dass sie gerade keine Lust habe, dann schlug er mit der Faust auf den Küchentisch oder ins Kissen und schimpfte:

– Verdammt nochmal, du bist meine Frau! Wen soll ich denn sonst ficken?

Und dann wunderte er sich, wie schnell und übergangslos sich dieses edle Gefühl in ihm in ein so ganz unedles verwandelt hatte. Die Lust, die mit Liebe und Zärtlichkeit begonnen hatte, endete mit Hass und Gewalt.

Aber Beatka ließ sich nicht davon beeindrucken. Sie drehte sich weg und sagte:

– Das ist nicht mein Problem.

Und Heniek blieb nur noch mehr allein. Bis ein paar weitere Tage vergingen und er es noch einmal versuchte und sich wieder ganz zaghaft an sie schmiegte und Beatka das sagte, was in den letzten Jahren das Höchste war, was er erhoffen konnte:

– Na gut, aber schnell. Ich muss morgen früh los.

Eirini dagegen hatte Lust, ohne dass sich Heniek darum bemüht hätte. Sie schmiss sich nicht in der Küche auf ihn, sie riss ihm nicht die Kleider vom Leib. Aber sie führte Heniek ins Schlafzimmer, zog sich aus und bedeutete ihm, es ihr gleichzutun.

Sie war nicht so schön wie Beatka. Nicht einmal annähernd. Ihre Hüften waren zu breit, und der Bauch hing schlaff hinab. Ihre kräftigen Schultern verliehen ihrer Statur etwas Männliches, ihr Hals, der Rahmen, zeigte die unerbittlichen Falten des Alters, und ihr Gesicht war denkbar weit entfernt von Holliewud. Sie schien es auch zu wissen, weil sie das Licht dämpfte und unter die Decke huschte. Dann aber legte sie wie zufällig ihren Unterarm unter ihre Brüste und drückte sie leicht nach oben, sodass sie voller und straffer erschienen.

Das war rührend. Eirini musste fünfzig Jahre alt sein, und doch waren das Bedürfnis zu gefallen und das Wissen um die eigenen Vorzüge noch genauso in ihr wie die Unsicherheit, der Selbstzweifel und die Scham.

Heniek ging es da nicht anders. Während er sein Hemd aufknöpfte, zog er seinen Bauch ein, und als er sich die Hose auszog, beugte er sich nach vorn. Dann huschte auch er schnell unter die Decke, denn nackt vor ihr zu stehen, war ihm unangenehm.

Eirini zog ihn unter der Decke zu sich. Ihr Atem roch nach Wodka, ihre Küsse schmeckten nach Kaffee. Aber ihre Lippen waren heiß. Da er sich sehr zurückhaltend, ja fast passiv verhielt, übernahm sie die Führung. Ihre Hand glitt immer tiefer an ihm herab, über seine Seite bis auf seinen Po und von dort auf das gegenüberliegende Stehende. Eirini streichelte seinen Schwanz und rieb ihn, und dann nahm sie seine Hoden in die Hand. Heniek ließ sich nicht mehr bitten. Er stieg auf sie hinauf und ließ sich von ihrer Hand einführen und drückte sein Becken in dieser unnatürlichsten aller natürlichen Bewegungen gegen und zwischen und in sie.

Eirini war deutlich kleiner als er, und als er auf ihr lag, reichte ihr Kopf ihm nur bis zum Schlüsselbein. Sein blechernes Marienmedaillon lag auf ihrer Stirn, und Heniek musste es sich nach hinten auf den Rücken werfen, damit es sie nicht störte. Als seine Bewegungen regelmäßiger und tiefer wurden, begann sie, mit ihren Händen über sein graues, weiches Brusthaar zu streichen.

Beatka tat dies, wenn sie mit ihm reden wollte. Sie hatte es getan, nachdem sie zum letzten Mal miteinander geschlafen hatten, bevor sie zum ersten Mal nach Holland fuhr und alles anders wurde. Insbesondere sie. Er war wütend gewesen damals. Auf Europa und die offenen Grenzen. Auf Holland mit seinen Hoteljobs. Auf die acht Euro fünfzig plus Trinkgeld. Auf Marysia mit ihrem falschen Leberfleck.

Und auf Beatka selbst.

Auf ihr Desinteresse für die Nachrichten.

Auf ihr abwesendes Lächeln, als er ihr die Witze aus der Satireshow erzählt hatte.

Auf ihr kurzes Schlucken, als er sie zwischen den Beinen berührt hatte. Doch sie hatte sich weder weggedreht noch seine Hand zur Seite geschoben. Da hatte er sie bei den Hüften gepackt, hatte sie auf alle viere gedreht, damit sie ja nicht mehr zur Decke hinaufschauen konnte, hatte ihr den Schlüpfer bis zu den Knien hinabgezogen und war von hinten in sie eingedrungen. Die Trockenheit hatte gebrannt, doch er hatte sie wie damals gefickt, als sie noch jung waren, sie noch Brigitte Bardot und er noch Gunther Sachs. Sie hatte es geschehen lassen. Nach kurzer Zeit hatte sie sogar ihr Gesicht seitlich aufs Kissen gelegt und sich mit ihren Händen etwas nachgeholfen. Heniek hatte gespürt, wie ihr Mittelfinger wenige Zentimeter vor seinem Glied pulsierende, rotierende und vibrierende Bewegungen vollführt hatte.

Endlich war sie wieder da gewesen, seine Beatka, ganz so, wie er sie kannte und liebte und brauchte. Sein gerührter Blick war auf den ihrigen seitlich auf dem Kissen gefallen, und sie hatte ihm zugelächelt, und er hatte zurückgelächelt, und sie hatte noch einmal gelächelt und die Augen vor Lust geschlossen. Und da hatte er gespürt, wie sie etwas feuchter wurde, und mit einem Mal war es schön zwischen ihnen gewesen, und ein warmes, wonniges Glück hatte sich seiner bemächtigt, Tränen waren ihm in die Augen gestiegen, er hatte ihren Hintern umfasst und sich über ihren Rücken gelegt und sie auf diese Weise umfasst: hinter ihr, auf ihr und in ihr.

Dann hatte er sich wieder aufgerichtet und weitergemacht, genauso wie eben noch, nur nicht mehr so wild. Doch ihre Finger hatten sich nicht mehr bewegt, weder pulsierend noch rotierend, noch vibrierend. Heniek hatte wieder ihren Blick gesucht. Ihre Augen waren geöffnet gewesen, doch sie hatten in eine ganz andere Richtung geschaut. Heniek war dem Blick zur Schlafzimmerwand und dann durch diese hindurch gefolgt, raus aus dem Haus, durch den Garten, an der Werkstatt vorbei, über den Garten von Andrzej und Iwona, die Straße hinunter, an der verwitterten Madonna vorbei, vorbei an Waldemars Laden, an der Kirche, dem Friedhof, dem Sägewerk und dem Schrottplatz vorbei, und immer so fort, in die Weite, ganz weit hinaus, aus Gajerudki hinaus, der

A2, der Autobahn der Freiheit, nach Westen folgend, über die Grenze, über Deutschland hinweg bis hin nach Holland mit seiner Saisonarbeit, den acht Euro fünfzig und dem Trinkgeld.

Selbst hier in ihr Schlafzimmer, in ihr geheiligtes Ehebett hatte sich Marysias falscher Leberfleck geschlichen, und er hatte den intimen Augenblick verhindert, den Vollzug der ehelichen Pflichten, den heiligen Akt der Ehe.

Mit aller Kraft seiner Arbeiterhände hatte er Beatka an ihren Hüften gefasst und sie gegen sich gedrückt, mit aller Kraft seiner schwachen Lenden hatte er sich an ihrem Holliewud-Hintern gerieben, mit aller Kraft seines schon alten Gliedes war er in sie gestoßen, immer und immer wieder und immer und immer schneller. Mit aller Gewalt hatte er versucht, sie in ihr gemeinsames und geliebtes Gajerudki zurückzuficken.

Doch je mehr er sich bemüht hatte, desto weniger anwesend war sie gewesen. Und als er kam, schien sie schon ganz weg.

Das war ihr letztes Mal als Mann und Frau gewesen, bevor sich ein Kontinent zwischen sie geschoben hatte. Einen Augenblick später hatte sie mit seinen Brusthaaren gespielt und gesagt, sie wolle mit Marysia mitfahren.

Und dann war sie verschwunden.

Und dann war er ihr gefolgt.

Durch das unbekannte und verhasste Europa war er ihr gefolgt, und er folgte ihr immer noch, fuhr und trampte und ruderte und ging seiner Frau hinterher.

Und nun, auf halbem Wege, schlief er mit Eirini.

Sie küsste seine Brustwarzen und spielte mit seinen Brusthaaren und hob ihr Becken und stöhnte leise und gab sich so viel mehr Mühe, als es Beatka je getan hatte.

Doch –

Doch Henieks Erektion verschwand.

Einfach so. Eben noch war alles gut und angenehm und schön gewesen, und plötzlich wurde er einfach schlaff. Die Lust – was ist es mit ihr?

Heniek spürte es sofort und versuchte, mit schnellen, heftigen Stößen gegenzuwirken. Eirini glaubte zuerst, er wollte das Tempo erhöhen, und antwortete, indem sie ihren heißen Atem gegen seine Brust hauchte. Doch plötzlich öffnete sie ihre Augen und hielt inne. Dann legte sie ihre Hände auf seinen Hintern und bohrte ihre Fingernägel in sein Fleisch. Mit schnellen rhythmischen Bewegungen ihres Beckens wollte sie ihn wieder zum Stehen bewegen.

Heniek versuchte, an etwas Erotisches zu denken. Er sah Beatka nach ihrer letzten OP und erinnerte sich an den allerletzten Sex, den sie hatten, kurz vor ihrer zweiten und endgültigen Abfahrt: Es ging von Beatka aus, und das war ungewöhnlich und äußerst erregend für ihn gewesen. Beatka hatte alle Operationen hinter sich gebracht, von der Lippenaufspritzung bis zur Brustverkleinerung, und sie sah göttlich aus. Nach einer langen Weile war sie aus dem Badezimmer herausgekommen, wo sie sich vor dem Spiegel hin und her gedreht hatte, hatte vor dem Bett ihren Schlafrock abgestreift und sich erneut hin und her gedreht, doch dieses Mal vor Heniek. Seine großen und erstaunten Augen waren nun ihr Spiegel gewesen, und dieser Spiegel sagte ihr mehr als der im Badezimmer, und sie hatte sich von allen Seiten gezeigt und sich vor- und zurückgebeugt und immer neue und immer aufreizendere Haltungen eingenommen. Und dann war sie ins Bett und auf ihn gestiegen und hatte seine Hände geführt: auf ihren Bauch, an ihren Hals, auf ihre Brüste. Und Heniek war gerührt und erregt gewesen und Beatka auch. Und sie waren gemeinsam gekommen und hatten noch lange aufeinandergelegen, und Beatka hatte ihn gestreichelt und geflüstert:

– Behalt mich so in Erinnerung.

Was diese Worte wirklich bedeuteten, hatte Heniek erst später verstanden. Doch erst jetzt kam ihm der Gedanke, dass Beatka sich damals nicht nur von ihm verabschiedet hatte, sondern dass sie ihren neuen Körper ausprobiert, im Bett geprüft hatte und dass nun andere Männer …

Nein, nicht an Beatka, er musste an etwas anderes denken. Heniek rief sich die letzte Sexszene in Erinnerung, die er im Fernsehen gesehen hatte: Ein junges Pärchen trieb es während einer Safari im Jeep. Er dachte daran, wie Eirini ihm beim Tanzen zugelächelt und wie sie sich vor ihm ausgezogen hatte. Selbst an Wanda dachte er, Andrzejs Cousine, mit der er einmal eine Fahrradtour gemacht hatte. Das war sehr viele Jahre her, er war vielleicht fünfzehn Jahre alt gewesen damals und sie zwei oder drei Jahre älter. Es war besonders heiß gewesen an diesem Tag, und an einem kleinen Baggersee wollten sie sich abkühlen, doch sie hatten keine Badesachen dabei. Und so waren sie in Unterwäsche geschwommen. Aber Wandas Unterwäsche war ganz weiß und dünn gewesen, und als sie sich zum Trocknen hingelegt hatten, zeichneten sich ihre Brüste und ihre Schamhaare dunkel ab unter dem hellen Stoff. So hatten sie dagelegen, ihre Augen geschlossen, seine geöffnet, und sie hatten beide so getan, als würden sie schlafen, und hatten doch beide gewusst, dass sie nicht schliefen, und er hatte kaum zu schlucken gewagt, bis Wanda ihm ganz leise zuflüsterte:

– Wenn du willst, kannst du es dir machen.

Es war sein erstes und daher vielleicht intensivstes erotisches Erlebnis gewesen. Auch daran dachte er nun.

Wütend presste er seine Fäuste in das weiße Kopfkissen. Eirini versuchte, ihn mit Worten anzuspornen:

– Komm schon, Heinrich.

Doch das half leider gar nicht.

Sie mussten einsehen, dass es vorbei war. Heniek legte sich auf die Seite. Eirini warf enttäuscht ihren Kopf zurück und drehte sich unzufrieden von ihm weg. Nach einem Augenblick drehte sie sich jedoch wieder zu ihm, schmiegte sich an ihn und sagte mit sanfter Stimme.

– Ist okay. Das passiert.

Und sie fasste seine Hand und drückte sie und schob sie dann zwischen ihre Beine. Sie hatte immer noch Lust und wollte, dass er mit seinen Fingern beendete, was er mit seinem Schwanz nur begonnen hatte.

Doch ihre sanfte Stimme tröstete ihn nicht, und ihre Lust bereitete ihm keine mehr. Heniek war verwirrt und erschrocken und zog seine Hand zurück.

Eirini richtete sich wütend auf.

– Nein? Das nicht? Wenn du nicht mehr willst, dann ist es vorbei?

– Hm?

– Na, wenn es vorbei ist, dann kannst du auch gehen.

– Hm?

– Raus hier.

Und da er nicht verstand, was sie sagte, sprang sie aus dem Bett, warf seine Sachen auf ihn und zeigte auf die Tür.

– Ist es zu viel verlangt, einfach mal ordentlich …?

Doch sie beendete ihren Satz nicht. Mit der Hand vorm Mund wankte sie in schnellen Schritten ins Badezimmer.

Heniek blieb kurz unschlüssig liegen, folgte ihr dann aber und sah, wie sie sich über die Kloschüssel beugte und übergab. Er zögerte kurz, trat dann zu ihr heran und hielt ihr ihre Haare aus dem Gesicht.

So endete ihre Liebesnacht. Sie waren bemüht gewesen, sich von ihrer besten Seite zu zeigen. Und nun hockten sie auf dem kalten Kachelboden im hellen Bad. Nackt. Er mit schlaffem Glied, sie über die Kloschüssel gebeugt. Zwei Fremde, die nicht zueinanderfinden konnten, obwohl sie wollten.

– Geh bitte. – sagte Eirini erneut, als sie wieder sprechen konnte.

Heniek stand auf, suchte im Schlafzimmer seine Kleidung zusammen und zog sich an. Doch als er die Wohnungstür öffnete, wurde ihm klar, dass er nicht wusste, wohin er gehen sollte. Und da er die Nacht nicht auf der Straße verbringen wollte, zog er die Tür wieder zu. Er tat es besonders laut, damit es Eirini im Bad hören konnte. Und dann schlich er ganz leise durch den Flur zurück, auf Zehenspitzen ins fremde Wohnzimmer und suchte, ohne das Licht anzuschalten, nach der Couch und legte sich darauf und lauschte, ob er bemerkt worden war. Und während er lauschte, drehte sich über ihm die Decke, und das bunte Muster des gelben Sofaüberwurfs drehte sich, und seine Gedanken drehten sich.

Doch nicht das Naheliegende beschäftigte ihn. Zwar wusste er nicht, wo er war, kannte weder die Stadt noch die Straße, weder das Haus noch die Frau. Und auch Andrzej war woanders, und sie würden sich irgendwie wieder finden müssen.

Aber das machte nichts. Das sorgte ihn nicht. Seine Gedanken kreisten um anderes:

Die Kinder waren ausgezogen.

Beatka war weg.

Und nun ließ auch seine Potenz nach.

Immer weniger blieb ihm noch.

Die Dinge gingen zu Ende.

ZWEITER TEIL

Als der Wisent am 14. September 2017 am Westufer der Oder aus den Fluten stieg, wusste er nicht, dass er der erste wild lebende Vertreter seiner Art war, der nach zweihundertfünfzig Jahren wieder deutschen Boden betrat. Er gähnte bloß gelangweilt, weil es diesseits des Flusses genauso aussah wie jenseits, schüttelte sein zottiges Fell und schritt weiter. Die Nacht – die erste außerhalb seines Geburtslandes – verbrachte er unweit des Grenzstädtchens Lebus.

Am Morgen des 15. September wurde er von einem Fußgänger, der zum Kräutersammeln den Weg über den Oderdeich genommen hatte, auf den benachbarten Wiesen gesehen. Der Mann staunte nicht schlecht, als er vom Wolfstrapp und den Brennnesseln, aus denen er sich einen Beruhigungstee für sein in letzter Zeit unruhig schlagendes Herz kochen wollte, aufschaute und das gewaltige Tier erblickte: zwei Meter Höhe, drei Meter Länge, fast eine Tonne Gewicht. Der Wisent setzte seine muskulösen Vorderbeine mit dem dichten braunen Fell auf den Deich, knörte und spannte seinen gewaltigen Buckel zu einem majestätischen Bogen. Die kleine ovale Pupille blickte grimmig umher, und in der Luft lag der markante Geruch von Moschus.

Erschrocken ließ der Spaziergänger Wolfstrapp Wolfstrapp und Brennnesseln Unkraut sein, lief, so schnell sein nun noch unruhiger schlagendes Herz es ihm erlaubte, nach Hause zurück und verständigte die zuständigen Behörden.

Im Ordnungsamt Lebus wusste man nichts vom Wander-, Go- oder gar von ›unserem‹ Wisent. Den Medientrubel um den paarhufigen polnischen Star hatte man im benachbarten

Brandenburg nicht mitbekommen. Und weil die polnischen Behörden nicht im Entferntesten angenommen hatten, ihr Wisent könnte ihr Land verlassen, hatten sie die deutsche Seite auch nicht vorgewarnt.

So war der Direktor des zuständigen Ordnungsamts völlig unvorbereitet, als man ihm meldete, ein gewaltiger Wisentbulle sei gesichtet worden, der die umliegenden Wiesen unsicher mache und sich langsam den Toren der Stadt nähere. Die Aufregung, mit der der Spaziergänger den Vorfall gemeldet hatte, bemächtigte sich schnell des ganzen Ordnungsamts. Es galt, da war man sich einig, die Bevölkerung zu schützen. Ein paar Mitarbeiter fuhren unverzüglich hinaus, um sich zusammen mit Einsatzkräften der Feuerwehr dem Tier in den Weg zu stellen und es zur Umkehr zu zwingen. Mehrere Stunden lang versuchten sie mit Händen, Winkerkellen und Tüchern, den Wisent in eine andere Richtung zu lotsen. Doch vergeblich. Das Tier bestand stur darauf, seinen einmal eingeschlagenen Weg Richtung Westen fortzusetzen.

Als man dem Direktor am Nachmittag meldete, alle bisherigen Versuche seien ohne Erfolg geblieben, ja, der Wisent werde sogar langsam ungeduldig und reagiere zunehmend gereizt und aggressiv auf die Maßnahmen, die sich ihm in den Weg stellten, beschloss man, die Strategie zu ändern. Statt auf seine Kooperation zu setzen, wollte man den Wisent nun vorübergehend betäuben und dann aus der Nähe der Stadt schaffen. Händeringend suchte man nach einem Tierarzt, der sich dieser Aufgabe annehmen würde. Zahlreiche Telefonate wurden geführt, und mehrere Stunden verstrichen.

Doch wieder ohne Erfolg. Da die Leitstelle Oderland dem Lebuser Ordnungsamt keinen Tierarzt nennen konnte, der über ein Betäubungsgewehr und ein so starkes Betäubungsmittel verfügte, wie es für dieses gewaltige Tier vonnöten gewesen wäre, musste der Plan wieder aufgegeben werden. In den zuständigen Behörden kam man auch nicht auf die Idee, die polnische Seite um Hilfe zu bitten. Im Übrigen hätte es ohnehin nichts gebracht. Denn obwohl man dort sehr wohl die passende Ausrüstung gehabt hätte, hätte man diese nicht diesseits der Grenze einsetzen dürfen: Das in Polen verwendete Betäubungsmittel, das aus afrikanischen Nationalparks bekannt ist, ist in Deutschland nicht zugelassen.

Unterdessen begann die Sonne unterzugehen. Auf keinen Fall wollte man den Wisent nachts unbeaufsichtigt lassen. Er stelle, so die einstimmige Einschätzung aller beteiligten Personen, eine Gefahr für Leib und Leben der Deichspaziergänger, der Radtouristen des Oder-Neiße-Radwegs und nicht zuletzt der Bevölkerung der Stadt Lebus dar. Diese Einschätzung der Behörden darf nicht verwundern: Wer wäre denn auch bereit gewesen, mit seinem Widerspruch die Verantwortung für einen möglichen Unfall auf sich zu nehmen? Vorsicht, so die ständig wiederholte Devise, war besser als Nachsicht.

Da sich keine andere Lösung der Angelegenheit abzeichnete, gab der Direktor am Abend sein Einverständnis zu einem Abschuss des Tieres. Sofort fanden sich zwei Jäger ein, die den Wisent in Blitzeseile ins Visier nahmen und mit einem präzisen Kopfschuss zur Strecke brachten. Im Ordnungsamt atmete man erleichtert auf. Schnell gab man noch Anweisungen, den Kadaver in eine Fleischerei zu bringen, wo sein Fleisch herausgeschnitten und zum Verzehr vorbereitet werden sollte. Dann ging ein langer und nervenaufreibender Tag endlich zu Endc. Die Mitarbeiter schüttelten einander zum Abschied die Hände, bevor man sich allerseits einen ruhigen Feierabend wünschte.

Der Feierabend war ruhig.

Der nächste Tag war es nicht. Und danach kein einziger mehr. Als man in Polen von dem Abschuss erfuhr, hob eine Welle des Entsetzens und der Empörung an. Der Wisent war ja nicht einfach irgendein Stier, sondern ein Symbol polnischen Nationalstolzes: groß, ungeschoren, männlich, archaisch. Es war, als hätte man Polen selbst erschossen. Im Ordnungsamt Lebus klingelte das Telefon Sturm. Die Postfächer quollen über voller beleidigender Hassnachrichten. Hashtags, Sonderberichte, Titelseiten – auf allen Kanälen wurde das Leben, Leiden und Sterben des Wanderwisents beschrieben, besungen und beklagt. Der PiS-Abgeordnete Janusz Wojciechowski verfasste sogar ein Gedicht über den Wisent und veröffentlichte es in den Zeitungen. Es beginnt mit den Worten:

Ach Wisent, wärest du doch im polnischen Dickicht geblieben,
Nie hätte ein fremder Schütze dich aufgetrieben,

stellt im Mittelteil die rhetorische Frage:

Hat dich der Duft der Wiesen dorthin verführt?
Hast du nach der dortigen Demokratie Verlangen gespürt?

um dann mit den Worten zu enden:

Und obwohl du ganz Polen friedlich durchschrittest,
du deine Freiheit jenseits der Oder nicht einen Tag lang
bestrittest.

So schnell man in Deutschland bereit gewesen war, das Gewehr in die Hand zu nehmen, so schnell bemühte man in Polen auch Nazi-Vergleiche. Kritik gegenüber dem Vorgehen des Ordnungsamts Lebus kam im Übrigen auch von deutscher

Seite. Die Grünen, der WWF und zahlreiche private Tierschützer und -liebhaber schlossen sich der Protestwelle an. Ihnen ging es nicht um Nationalstolz, sondern um Artenschutz, und sie schrieben keine Gedichte, sondern reichten Klage gegen den Direktor des Ordnungsamts ein. So wurde in der Wisent-Sache aufgrund von Verstößen gegen den Tierschutz ermittelt.

Doch ein Jahr später wurde das Ermittlungsverfahren gegen den Direktor eingestellt: Obwohl es sich bei dem Wisent um eine streng geschützte Tierart gehandelt habe, sei der Abschuss zum Zweck der Gefahrenabwehr ordnungsrechtlich gerechtfertigt gewesen. Anträge auf Revision der Anklage wurden abgelehnt.

Man mag darüber spekulieren, was den Wisent bewogen hatte, seine große Westreise zu unternehmen. Vielleicht hatte er sich mit seinen Artgenossen überworfen, war in einem Kampf um die Rangordnung unterlegen und musste daraufhin das Feld räumen. Und weil er so stur oder in seinem Stolz gekränkt war, ging er nicht einfach in den nächsten Wald, sondern stampfte, so weit er konnte, davon.

Vielleicht ging er aber auch freiwillig, hatte einfach genug von Polen und wollte sich einmal die Welt anschauen. Und welch Überraschung: Sie nahm kein Ende. Hinter jedem Wald kam immer noch ein Feld, auf jedes Feld folgte wieder ein Wald.

Vielleicht war er aber auch auf der Suche nach einem Ort gewesen, wo er sich niederlassen könnte. Wo er einer Wisentkuh begegnen, mit ihr eine eigene Herde gründen und auf diese Weise, wie man so sagt, sein Glück machen würde. Das aber wäre besonders traurig, nicht nur, weil er starb, ohne sein Ziel zu erreichen, sondern weil er dort, wo es ihn hinzog, niemals einem anderen Wisent begegnet wäre: Er lief sein ganzes Leben lang in die falsche Richtung.

53

Als Alicja, ihre jüngste Tochter, die Erstkommunion feierte, saß Iwona gedankenversunken am Tisch. Die weiße Tischdecke mit den fünfundzwanzig Gedecken glänzte im warmen Maisonnenlicht, die parfümierten Plastikblüten dufteten im Haarkranz des frommen Mädchens, und alle Gäste beneideten und beglückwünschten die stolze Gastgeberin. Und doch breitete sich in Iwona das Gefühl aus, dass etwas nicht stimmte. Wie wenn auf der Gitarre eine Saite nicht gestimmt ist, so hatte Iwona das Gefühl, dass ihr innerer Ton nicht zu dem der Anwesenden passte. Abwechselnd schaute sie auf Beatka, die ein tief ausgeschnittenes Kleid trug und mit allen anwesenden Männern flirtete, auf Andrzej, der in einem Sessel saß, rauchte und wenig verstohlen in das Dekolleté spähte, das Beatka präsentierte, auf Heniek, der unbeholfen versuchte, ein Gespräch mit seinem Platznachbarn zu führen, welches dieser aber nach ein paar Augenblicken aus Langeweile abbrach, auf die übrigen Gäste, die sie seit ihrer Kindheit kannte und mit denen sie gemeinsam gealtert war, auf die Schüssel mit Salzkartoffeln, die sie in der Hand hielt, und auf das jüngste ihrer sechs Kinder, das, wie man ihm anlässlich dieser Gelegenheit beigebracht hatte, mit geradem Rücken am Tisch saß und vornehm vom Schweineschnitzel aß, um kurz darauf doch mit den anderen Kindern zwischen den Stühlen wild Fangen zu spielen. Und sosehr sich Iwona bemühte, alles schön zu finden, was sie sah, das Unbehagen wuchs ständig an.

– Was ist mit dir, Iwonka? – fragte Beatka.

Iwona konnte die Frage nicht beantworten, weil sie selbst nicht wusste, was sie hatte. Darum meinte sie nur:

– Ach, nur eine leichte Magenverstimmung.

– Da habe ich genau das Richtige.

– Was?

– Ein wahres Wundermittel. Es kommt aus Kanada und ist erst seit wenigen Wochen auf dem Markt. Hier, probier mal.

Und dabei griff sie in ihre Handtasche, die seitlich an ihrer Stuhllehne hing – denn Handtaschen, so eine ihrer Regeln, dürfen niemals auf dem Boden stehen –, und holte ein kleines Plastikfläschchen heraus. Sie öffnete den Verschluss.

– Mach den Mund auf.

– Lieber nicht, Beatka.

– Jetzt hab dich nicht so. Meinst du, ich würde dir etwas anbieten, wenn ich nicht hundertprozentig sicher wäre, dass es gut für dich ist?

– Nein, aber …

– Also. Mund auf!

Auf die ihr eigene energische Weise ergriff sie Iwonas Kinn und zog daran. Iwona schaute verlegen nach links und rechts, öffnete aber schließlich den Mund, um die Szene möglichst schnell hinter sich zu bringen. Beatka hob das Fläschchen auf Höhe ihrer Lippen und betätigte den Sprühverschluss. Eine feuchte Wolke, die nach Lorbeer, Lavendel und Eukalyptus schmeckte, spritzte in Iwonas Mund.

– Mach deinen Bauch frei!

– Was?

– Das Spray ist auch zur äußerlichen Anwendung gedacht.

Iwona nahm ihrer Freundin das Fläschchen aus der Hand und schob es sich unter die Bluse.

– Ich verstehe nicht, wie das etwas bringen soll.

Beatka schaute sie triumphierend an.

– Ein typischer Denkfehler der Schulmedizin. Dabei nehmen deine Hautzellen Wirkstoffe viel schneller auf als der Verdauungsapparat.

Iwona betätigte den Auslöser.

– Und, geht es dir schon besser? – fragte Beatka, als Iwona ihr das Fläschchen zurückgab.

– Ja. – log Iwona. Ihre Verstimmung hielt noch immer an, doch eine weitere Behandlung wollte sie unbedingt vermeiden. Beatka schaute zufrieden drein. Sie hatte schon wieder einen Fall plötzlicher Genesung erlebt, von dem sie beim nächsten Mal würde erzählen können.

– Und weißt du, was das Beste ist?

– Was?

– Damit kann man sogar Geld verdienen. Richtig viel Geld verdienen.

Iwona war nicht überrascht. Beatka arbeitete seit einigen Jahren im Multi-Level-Marketing-Sektor. Die MLMs waren eine Begleiterscheinung des jungen Kapitalismus und erfreuten sich in Polen wie in den meisten ehemaligen Ostblockstaaten großer Beliebtheit. Weder gab es nämlich dieselben Restriktionen des Gesetzgebers wie im Westen noch größere Vorbehalte der Bevölkerung. Vielmehr galten sie als unkomplizierter, schneller, ja amerikanischer Weg zu großem Reichtum.

– Vielleicht würde es dir guttun, wieder zu arbeiten.

Iwona wollte sich gerade unter dem Vorwand, Tee zu kochen, vom Tisch entfernen, da fielen Beatkas letzte Worte. Sie blieb noch einmal sitzen. So lange hatte sie gebrütet, was sie verstimmte, und fast in einem Nebensatz hatte Beatka es auf den Punkt gebracht: Sie musste wieder arbeiten. Sie brauchte eine Tätigkeit, eine Aufgabe.

Beatka war ohne Zweifel ihre beste Freundin.

– Gut, nimm mich zum nächsten Treffen mit.

Als Beatka schon einen Tag später mit ihrem Auto vorfuhr und Iwona abholte, fühlte Iwona, wie ihre Verstimmung abnahm. Die beiden Frauen saßen äußerst schick – Beatka im Blazer und Iwona in einer dunkelblauen Bluse – und vor allem ohne ihre Männer im Wagen und fuhren zu einem eigenen Termin, der nichts mit Einkäufen, dem Kosmetiksalon oder ihren Kindern zu tun hatte. Während der siebeneinhalb Kilometer nach Zduńska Wola hatte Iwona das Gefühl, aus einer jahrelangen Betäubung zu erwachen. Sie öffnete das Fenster und klopfte den Rhythmus des Radiosongs mit.

Aber vielleicht war es auch nur das Adrenalin. Denn immerhin wusste sie, dass der Termin wichtig war, hatte aber ansonsten keine Ahnung, was genau sie erwartete.

Beatka hielt vor einer Plattenbausiedlung. Sie fuhren in den dritten Stock, wo ihnen eine Frau Ende vierzig öffnete und sie an einen Tisch begleitete. Es gab Kaffee und Kuchen. Iwona brauchte nichts zu tun, als zuzuhören und zu nicken, wenn Beatka eine Aussage über die Heilkraft des Sprays machte oder von den außerordentlichen Verdienstmöglichkeiten im MLM-System berichtete. Als die Gastgeberin einen skeptischen Einwand formulierte, erwähnte Beatka auch Iwonas Magenverstimmung und wie traurig es doch gewesen wäre, an der Erstkommunion der eigenen Tochter aufgrund von Bauchschmerzen nicht teilnehmen zu können. Iwona widersprach nicht, auch wenn sie wusste, dass es sich nicht so zugetragen hatte. Und am Ende des Abends war die potenzielle Kundin bereit, eine tatsächliche Kundin und Mitarbeiterin – denn im MLM war man immer beides zugleich – zu werden. Beatka schlug vor, Iwona solle ebenfalls gleich ihren Vertrag unterschreiben, dann habe sie die angeworbene Frau sofort unter sich im System. Und Iwona, die sich schon längst entschieden hatte, dass sie einen Abend wie diesen unbedingt wiederholen wollte, schien der Vorschlag sehr klug.

Auf dem Rückweg kaufte sie an einer Tankstelle eine Flasche Sekt. Als Beatka sie fragend anschaute, meinte sie, sie wolle ihren ersten Erfolg im eigenen Business feiern. Die beiden Frauen hielten hinter dem Ortsschild von Gajerudki und setzten sich auf die Motorhaube. Den Sekt tranken sie aus Pappbechern.

54

Sechs Monate später war Iwona schon zwei Level im System aufgestiegen und hatte ihr erstes Gehalt, die Provision für das Anwerben neuer Kunden, erhalten. Doch da erklärte Beatka, dass sie eine neue Firma gefunden habe.

– Warum machen wir nicht mit dem Spray weiter? – fragte Iwona, die gerade noch einen großen Karton bestellt hatte. Um das Gehalt auch tatsächlich zu erhalten, musste man monatlich zwanzig Dosen bestellen. In der Sprache der Multi-Level-Marketing-Systeme nannte sich das Qualifikation.

– Das können wir, das können wir, – sagte Beatka, – aber nebenher. Ich habe etwas Besseres gefunden.

Iwona schaute sie unzufrieden an. Nicht wenig hatte sie bereits in diese Firma investiert: Sie hatte Beatka auf zahlreiche Verkaufsgespräche für das Heilspray begleitet, von denen sie auch einige selbst geleitet hatte, sie hatte zwei kostenpflichtige, nicht unbedingt günstige Workshops zur Wirkungsweise des Produkts und zur Funktionsweise des Systems besucht und viele Infohefte gelesen. Und sie hatte sich erst vor wenigen Tagen mit Andrzej über ihre neue Tätigkeit gestritten.

Da Iwona schwieg, fragte Beatka:

– Was ist, Iwona?

– Andrzej hat eine schlechte Meinung über MLMs.

Beatka verwunderte diese Bemerkung nicht. Sie hatte schon oft ihre Arbeit rechtfertigen müssen.

– Hat er schon mal in einem gearbeitet?

– Nein.

– Na, siehst du.

Iwona drehte ihren rechten Fußballen auf den Küchenfliesen hin und her. Sie wusste nicht so recht, wie sie sagen sollte, was sie bedrückte.

– Er meint, dass das alles bloß Betrug sei.

– Iwona, Schatz, würde ich dich betrügen?

– Nein. Natürlich nicht. Aber ...

Wieder wartete Beatka ab. Iwona musste ihre Zweifel selbst aussprechen.

– Aber du könntest dich irren.

– Ich mache das schon seit über zehn Jahren. Glaub mir, ich kenne mich aus.

Jedes Mal, wenn Beatka sprach, schaute sie Iwona fest in die Augen. Und jedes Mal musste Iwona nach kurzer Zeit ihren Blick senken.

– Ja, eben. – sagte sie leise.

– Eben. – wiederholte Iwona. – Bei den Treffen sagst du immer, dass man in wenigen Monaten mehrere Tausend Złoty verdienen könne.

– Ja.

– Und dass man sich, sobald die Struktur nur groß und dynamisch genug sei, sehr bald ein passives Einkommen aufgebaut habe.

– Genau.

– Und dass dieses Einkommen so hoch sei, dass man dann überhaupt nicht mehr arbeiten müsse.

– Stimmt.

– Wie kommt es dann, dass du seit zehn Jahren arbeiten musst?

– Ich muss nicht, niemand zwingt mich.

Beatkas kurze Antworten und ihre Weigerung, offensichtliche Widersprüche anzuerkennen, machten Iwona zunehmend wütend.

– Aber du bist noch immer nicht reich!

– Ich musste die Sache erst lernen.

– Zehn Jahre lang?

– Wenn man an der Börse oder in einer Bank arbeiten will, muss man vorher auch studieren.

– Aber du sagst doch immer, dass Multi-Level-Marketing-Systeme so einfach zu begreifen sind, dass jede Hausfrau sofort und eben ohne Studium damit Geld machen kann.

– Ja. Wenn man einen Sponsor hat, der sich auskennt und einem hilft.

– Und du hattest niemanden?

– Ich musste die Sache ganz allein lernen. Du dagegen hast das Glück, dass ich deine Sponsorin bin und dir helfen will. Mich hat niemand wochenlang zu den Treffen mit meinen Kunden begleitet.

Eine kurze Pause entstand, und Beatka seufzte tief. Dann sprach sie zum ersten Mal von allein weiter.

– Alle Personen, die wir am Anfang getroffen haben, kamen von mir. Und trotzdem haben wir sie nicht direkt unter mich, sondern in deine Struktur gebracht.

Da konnte Iwona nicht widersprechen. Allerdings wusste sie, dass Beatka das sehr wohl auch für sich selbst getan hatte. Aus den Broschüren und Vorträgen hatte Iwona mittlerweile gelernt, dass man beim Bau der eigenen Struktur nicht auf Breite, sondern auf Tiefe setzen sollte.

– Und ich denke, dass es sich schon ausgezahlt hat. Du hast bereits dein erstes Gehalt erhalten.

– Achthundert Złoty.

– Achthundert Złoty im fünften Monat. Wo bekommt man das so schnell? Und was musstest du dafür tun? Hin und wieder zu einem Treffen fahren und Menschen beim Kaffee von der Zusammenarbeit überzeugen.

– Und zwanzig Dosen für tausend Złoty bestellen.

– Ja, aber die kannst du verkaufen. Und denk daran: Das ist nur der Anfang. Wenn du erst achttausend und nicht achthundert Złoty verdienst, kannst du die Qualifikation auch einfach in den Müll schmeißen.

– Aber ich werde nicht auf achttausend kommen.

– Warum nicht?

– Na, weil du doch schon was Neues gefunden hast.

– Umso schneller wirst du auf achttausend kommen. Oder fünfzehntausend. Oder fünfzigtausend. Pro Monat. So viel verdient nämlich der Mann, mit dem ich mich gestern getroffen habe. Nach einem halben Jahr. Er hat mir seine Kontoauszüge gezeigt.

Doch Iwona hob nur kurz die Augenbrauen vor Verblüffung. Geld machte keinen so großen Eindruck auf sie wie auf ihre Freundin. Beatka schätzte Iwonas Reserviertheit falsch ein und glaubte daher, ihr die Bedeutung der genannten Summe vor Augen führen zu müssen:

– Schätzchen, wie viel hast du damals in der Mangelei verdient?

– Wenig.

Bei der Erwähnung der Mangelei sah Iwona sofort wieder das Bild von Andrzej vor Augen, wie er sie ein paar Tage nach ihrer Hochzeit zur Arbeit gebracht und vor der Fensterscheibe noch eine Zigarette geraucht hatte. Sie hatte ihm Kusshände zugeworfen, und dann hatte er seine Zigarette ausgedrückt, sich die Hände gerieben und war davongegangen, um sich Arbeit zu suchen. Es war eine schwierige Zeit gewesen damals, als sie noch schwanger war und arbeiten musste, als Andrzej und sie kein Geld hatten und bei seiner Mutter wohnen mussten. Und doch war diese Zeit, das wurde Iwona gerade bewusst, besser gewesen. Damals hatte noch alles vor ihnen gelegen.

Beatka fragte indes weiter:

– Und was glaubst du, wie hoch wird deine Rente ausfallen für die paar Jahre, die du gearbeitet hast?

– Noch geringer.

– Siehst du.

Iwona schwieg. Sie hörte nur halb hin.

– Immer wieder habe ich es mit Menschen wie dir zu tun. Menschen, die keinen oder einen schlechten Job haben und ihn trotzdem ausführen. Die sich tagtäglich abmühen, nur um am Ende des Monats nicht genug zu essen zu haben. Und was machen diese Menschen dagegen? Nichts. Gar nichts. Sie beklagen sich nur. Und wenn ich frage, worauf sie warten, worauf sie hoffen, dann sagen sie: auf die Rente. Als ob es im Alter besser würde! Dann, wenn man noch weniger Geld hat und wenn die ganzen Krankheiten kommen, weil man sein Leben lang hart gearbeitet hat. Glaubst du, dass du es besser haben wirst, wenn du in Rente gehst?

Diese Worte trafen Iwona. Beatka sagte das Richtige, auch wenn sie das Falsche dabei meinte: Iwona hatte in der Tat Angst vor dem Alter. Sie fürchtete nicht die Armut, von der Beatka sprach und die so viele ältere Menschen in Gajerudki und Zduńska Wola betraf. Schließlich hatten sie und Andrzej ja mehr als genug. In dieser Hinsicht war Iwona überaus bescheiden und so ganz anders als die anderen Menschen um sie herum.

Iwona fürchtete auch nicht die Krankheiten und den Tod, welche das Alter wohl oder übel mit sich bringen würde. Noch erfreute sie sich bester Gesundheit, und solange sich der Tod nicht mit Gewalt ankündigte, sah Iwona Erstere als selbstverständlich und Letzteren als weit entfernt an. In dieser Hinsicht war Iwona ganz so wie die anderen Menschen um sie herum.

Ihre größte Sorge galt Andrzej. In all den Jahren, die sie schon zusammen verlebt hatten, war er ihr immer noch nicht überdrüssig oder gleichgültig geworden. Als sie vor wenigen Wochen einen kleinen Festsaal gemietet und ihre Silberhochzeit gefeiert hatten und Andrzej ihr beim ersten Tanz, es war genau jenes Lied, jener Walzer, zu dem sie auch auf ihrer Hochzeit getanzt hatten, ins Ohr geflüstert hatte, dass die fünfundzwanzig Jahre, die sie zusammengelebt hatten, die besten seines Lebens waren und dass er glücklich war, dass alles so gekommen war, wie es gekommen war, und dass er sich für alles entschuldige, womit er sie vielleicht verletzt haben könnte – alles, dessen er sich bewusst sei und wofür er sich schäme, und alles, was er ihr unabsichtlich angetan haben könnte, sodass er nicht einmal darum wisse, und schließlich auch alles, was er ihr angetan habe, ohne dass sie davon wisse –, und dass er ihr unendlich dankbar sei für das, was sie zusammen erreicht hätten, da war sie im festen Rahmen seiner Führung vor Rührung fast zerflossen und hatte, als wären sie Abiturienten beim Abiball, beim Tanzen ihren feuchten Schoß gegen seinen obszön harten Penis gepresst und war ganz seliges Lächeln gewesen und hatte gefühlt: Sie liebte ihn noch immer.

Doch trotz der Zärtlichkeiten, die er ihr ins Ohr geflüstert hatte, hatte sie Angst, ihn zu verlieren. Von Beginn an hatte sie ihn mit der Schwangerschaft gegen seinen Willen an sich gebunden, und auch jetzt noch hatte sie das unbestimmte Gefühl, dass er ihr nicht wirklich zustand und dass sie sich ihn verdienen, sich seiner immer wieder vergewissern musste. Sie wusste, dass Andrzej, der einmal als der größte Taugenichts gegolten hatte, nun eine gute, vielleicht sogar die beste Partie in Gajerudki war. Und sie sah die Blicke der Frauen, die auf der Suche waren, an Andrzej hoch- und hinabwandern: die Blicke der ewigen, aber immer noch hoffnungsvollen alten Jungfern, die Blicke der geschiedenen Frauen und die Blicke derjenigen, die bereit wären, sich scheiden zu lassen. Auch entging ihr nicht, dass Andrzej nicht nur die Blicke bemerkte und mit einem Lächeln quittierte. Er selbst prüfte immer wieder die Frauen um ihn herum, schaute mal hier in einen Ausschnitt oder folgte da der Linie eines entblößten Beines, das über ein anderes geschlagen war. Und wenn er mit anderen Frauen tanzte, dann hielt er seine rechte Hand immer sehr tief, eigentlich nicht mehr auf dem Kreuz seiner Partnerin, sondern knapp über oder sogar am oberen Ende des Gesäßes, an jenem Punkt, an dem die Nervenenden, wie Iwona einmal gehört hatte, zusammenkommen, sodass er besonders sensibel ist und mit einem Feuerwerk an Hormonen auf Berührung reagiert. Und manchmal glitt Andrzejs Hand selbst von da noch hinab.

– Glaubst du wirklich, – wiederholte Beatka ihre Frage, – dass du es besser haben wirst, wenn das Alter kommt?

– Überhaupt nicht.

– Siehst du.

– Und was machst du dagegen?

– Ich habe angefangen, mit dir zu arbeiten.

– Richtig. Und dafür lobet den Herrn! Aber jetzt hast du schon Zweifel. Nach fünf Monaten! Hätte Bill Gates nach fünf Monaten aufgehört?

Beatka sprach sich in Rage. Iwona kannte das bereits. Es war schwer, sie dann zu unterbrechen.

– Nein.

– Eben.

– Ich will ja gar nicht aufhören.

– Dann lass es uns richtig machen.

55

Eirini staunte nicht wenig, als sie am nächsten Tag mit fürchterlichen Kopfschmerzen aus dem Schlafzimmer trat und Heniek auf ihrem Sofa erblickte. Er hatte sein Hemd falsch herum angezogen, schlief in Schuhen und schnarchte alle paar Sekunden einmal kurz auf.

– Das kann doch wohl nicht wahr sein.

Kopfschüttelnd ging Eirini in die Küche und kochte sich einen Kaffee.

Als sie die beiden Becher wegräumte, die Heniek und sie in der Nacht stehen gelassen hatten, wurde sie jedoch nachdenklicher: Ihr war übel, ihre Schläfen schmerzten, und im Mund hatte sie einen sehr unangenehmen Geschmack, der trotz des Zähneputzens und Kaffeetrinkens nicht weichen wollte. Lust war das Letzte, was sie verspürte, und so hatte sie nun einen ganz anderen Blick auf Heniek als in der Nacht zuvor. Er tat ihr leid, und sie bekam das Gefühl, dass sie vielleicht zu hart zu ihm gewesen war.

Als sie ins Wohnzimmer zurückkehrte, stellte sie einen Kaffeebecher und einen Teller mit Butterkeksen vor ihm ab.

– Aufwachen, mein Märchenprinz.

Heniek öffnete nur widerwillig die Augen. Die Lider klebten aneinander, und das Tageslicht brannte. Langsam, unendlich langsam, schaute er sich um. Er kannte den Raum nicht, nicht nur, weil er sich kaum an die vergangene Nacht erinnern konnte, sondern auch, weil er ihn nie im Hellen gesehen hatte. Überall standen Kartons herum, und die meisten Gegenstände aus dem CD- und DVD-Regal waren ausgeräumt. Nur wenige,vereinzelte Hüllen lagen darin. Hier musste jemand gerade dabei sein auszuziehen. Ein gemeinsamer Hausstand wurde aufgelöst. Dann blickte Heniek an sich herab und sah, dass er angezogen war. Schließlich schaute er Eirini an, deren ungeschminktes, blasses und aufgedunsenes Gesicht ganz anders schien als noch gestern Nacht.

Sie gab sich keine Mühe, gut auszusehen. Er auch nicht.

– Ja, du bist noch immer hier. – sagte sie.

Heniek nickte. Er hatte die Worte nicht wirklich verstanden, aber das machte nichts. Alkohol sorgt für Verständigung; wenn er wirkt und wenn er nachwirkt.

Langsam richtete sich Heniek auf. Die Kopfschmerzen waren verheerend. Eirini musste es nicht anders gehen. Er deutete auf sie und kreiste mit der Hand über seinen Bauch.

– Besser. Danke. – antwortete sie.

Mit der Tasse Kaffee und einem Keks in der Hand stand Heniek auf und schaute sich noch einmal um.

– Andrzej?

Eirini blickte ihn stumm an.

– Andreas?

Sie zuckte mit den Schultern.

– Keine Ahnung.

Heniek holte sein Handy hervor und zeigte darauf.

– Andrzej, nein Telefon. – sagte er.

Eirini zuckte wieder mit den Schultern. Es war nicht ihr Problem.

Heniek deutete mit dem Finger auf sie und sagte dann:

– Telefon Jutta. Telefon Monika.

Eirini rollte mit den Augen.

– Hör mal, Heinrich, du bist hier unerlaubt über Nacht geblieben. Ich könnte die Polizei rufen. Das tue ich nicht. Aber erwarte jetzt nicht von mir, dass ich für dich nach deinem Freund suche.

Heniek hatte in alldem genau ein Wort aufgeschnappt und sagte:

– Nein Polizei. Telefon Jutta.

Eirini schüttelte den Kopf.

– Nein Telefon. Kaffee und gehen. Tschüss.

Dabei zeigte sie auf die Tür und winkte.

Heniek nahm noch einen Schluck und aß einen weiteren Butterkeks. Wo sollte er Andrzej jetzt suchen? Am letzten Ort, wo sie sich gesehen hatten? Das wäre die *Orchidee*. Oder dort, wo Andrzej ins Taxi gestiegen war? Aber Heniek hatte keine Ahnung, wo das gewesen war. Und ob das überhaupt gewesen war.

Dabei wäre es so viel einfacher, wenn er ihn anrufen könnte. Dass dieser Idiot nur sein Handy im Mercedes vergessen hatte!

Heniek aß auch den letzten Butterkeks. Ein polnischer Magen verträgt Wodka eben doch besser als ein deutscher, dachte er. Oder ein griechischer.

Es war nur eine Kleinigkeit, um die er bat. Wie viele größere Gefallen, hatten ihnen die Leute bereits erwiesen, denen er begegnet war: Julia und Søren und der Priester und Günther mit seinem langen Schwanz. An ihn zu denken, schmerzte nach der misslungenen Liebesnacht. Doch dann erinnerte sich Heniek daran, wie Andrzej den Priester dazu gebracht hatte, ihnen zu helfen: durch Beharrlichkeit. Die gute Tat, die man tut, um jemanden loszuwerden.

– Andrzej, Jutta, Telefon. – wiederholte er wieder.

Eirini seufzte.

– Andrzej, Jutta, Telefon. Ich muss Andrzej finden. Ich brauche Hilfe. Ich weiß nicht, wo er ist. Ich weiß nicht einmal, wo ich bin.

Und er, der sonst wenig sprach und sich nach wenigen Worten bereits verhaspelte, begann, immer aufgeregter aneinanderzureihen:

– Ich weiß nicht, wie ich ihn finden soll. Wir gehen nach Holland. Zu meiner Frau. Meine Liebe. Sie ist in Domburg. Wir sind schon …, – hier stockte er dann doch kurz, – ich weiß gar nicht, wie lang unterwegs. Und jetzt bitte ich dich nur darum, Jutta anzurufen. Ist das denn wirklich so ein Problem? Telefon, Jutta. Bitte.

– Gut, ist ja gut. Ich ruf sie an.

– Danke.

56

Auf einem leeren Netto-Parkplatz an einem Sonntagvormittag fuhren zwei Autos vor. Aus dem dunkelblauen Opel Adam stiegen Eirini und Heniek, aus einem roten VW Beetle Jutta und Andrzej. Die beiden Männer nahmen sich in die Arme, als hätten sie einander seit Jahren nicht gesehen. Die Frauen blieben dagegen abseits und klimperten mit ihren Autoschlüsseln in der Hand, Eirini etwas ungeduldiger als Jutta.

– Hast du alles dabei? – fragte Heniek. – Nichts im Auto gelassen oder so?

Andrzej lächelte.

– Nein. Was ich vergessen könnte, habe ich bereits vergessen.

– Dann können wir los.

– Hast du es so eilig?

– Was sollen wir noch hier?

Andrzej trat zu Jutta und verabschiedete sich von ihr. Sie wussten beide nicht, ob sie sich die Hand geben, einander zunicken oder sich küssen sollten, und lachten, weil sie je das andere taten. Schließlich umarmten sie sich.

Der Abschied zwischen Eirini und Heniek war kühler: ein kurzes Nicken, ein zugeflüstertes ›Danke‹ und ›Entschuldigung‹, und die beiden Menschen gingen, wie man so sagt, getrennter Wege, ohne einander je wieder begegnen zu wollen.

Heniek schulterte seine Tasche, schaute auf den Stand der Sonne und zeigte, in welche Richtung sie sich wenden mussten.

– Wohin geht ihr eigentlich? – fragte Jutta und verdeutlichte ihre Frage noch einmal durch Gesten.

– *Hollandia.* – antwortete Andrzej.

– Da habt ihr noch gut was vor euch.

Andrzej verbeugte sich noch einmal, Jutta zog ein Taschentuch hervor und winkte damit lachend zum Abschied. Dann gingen die beiden Männer los in Richtung Westen und ließen die beiden Damen, denen sie den Hof gemacht hatten, in Burgwedel zurück.

– Ist irgendwas passiert? – fragte Andrzej, sobald sie außer Hörweite waren.

– Nö, warum?

– Die Lockige sah nicht besonders zufrieden aus.

– Eirini.

– Eirini, – wiederholte Andrzej etwas genervt über diese Verbesserung und verbesserte daher seinerseits seine Feststellung: – sah nicht besonders befriedigt aus.

– Sie ist wohl nicht so froh, dass ich sie heute wieder verlasse.

Andrzej lachte.

– Na gut, du Casanova. Aber wie war's denn nun?

– Gut.

– Anders als mit Beatka, was?

– Hm.

– Komm, erzähl schon!

– Was soll ich schon erzählen?

Andrzej schüttelte ungläubig den Kopf. Was sollte Heniek schon erzählen? Alles.

– Hat's dir gefallen?

Heniek blies laut durch seinen Mund aus, als wüsste er nicht, was er darauf antworten sollte. Andrzej ließ nicht nach.

– Und hat Eirini ...?

Doch Heniek fiel ihm ins Wort:

– Hast du zufällig mit Jutta geschlafen?

Andrzej schaute ihn erstaunt an.

– Nein. – sagte er nach einem kurzen Augenblick.

– Und wo hast du heute Nacht geschlafen?

– Bei Jutta. Aber es ist nichts passiert.

– Und das soll ich dir glauben?

– Ja.

Und so logen sie: Heniek, dass er guten, und Andrzej, dass er keinen Sex gehabt hatte. Und beide ahnten sie ihre Lügen und sprachen es doch nicht aus.

Schweigend gingen sie weiter. Doch weit kamen sie nicht. An einer Tankstelle am Ortsausgang kauften sie sich Saft, Hotdogs und Zigaretten und merkten, dass sie gar kein Geld mehr übrig hatten. Alles, was sie bei Julia verdient hatten, hatten sie in der *Orchidee* gelassen. Wie viele Runden hatten sie insgesamt ausgegeben? Keiner von beiden hatte gezählt.

Ein paar Äcker weiter machten sie, wie am ersten Tag nach dem Unfall mit dem Reh, auf einem Betonfundament am

Rande eines Getreidefeldes halt. Sie hatten nicht die Kraft weiterzugehen. Stattdessen legten sie sich hin, beobachteten, wie die Wolken vorüberzogen, und warteten, bis ihr Kater dasselbe tun würde.

So blieben sie bis zum Abend liegen. Als die Dunkelheit anbrach, schlüpften sie in den Schlafsack und unter die Decke und schliefen endlich ein. Doch mitten in der Nacht wachten sie wieder auf:

– Kannst du auch nicht schlafen? – fragte Heniek.

– Es ist arschkalt. – Andrzej zitterte.

– Das kannst du laut sagen.

– Es ist arschkalt! – rief Andrzej übers Feld.

Sie lachten zähneklappernd.

– Komm, gehen wir … Lass uns weitergehen.

– Ich werde mich nie daran gewöhnen können.

Und dann gingen sie.

Und dann wanderten sie.

Ohne Unterbrechung.

Tagelang.

Am Anfang versuchten sie noch, Autos anzuhalten. Aber niemand wollte sie mitnehmen. Früher war das anders gewesen, sagten sie. Früher waren überall Menschen per Anhalter unterwegs. Meist am Wochenende, wenn die Soldaten aus ihrer Kaserne nach Hause fuhren. Und im Sommer, wenn man kein Geld hatte, aber trotzdem ans Meer oder einen See oder in die Berge gelangen wollte. Und die Autofahrer hielten und nahmen die Anhalter gern mit, weil sie selbst vor wenigen Jahren noch am Straßenrand gestanden hatten.

So war es damals gewesen. Ein ungeschriebener Generationenvertrag.

Doch inzwischen war das Trampen aus der Mode gekommen. Auf den Straßen waren Heniek und Andrzej, seitdem sie zu Fuß gehen mussten, nicht ein Mal anderen Anhaltern begegnet. Zuerst hielten sie es noch für ein deutsches und europäisches Phänomen. Doch bald gestanden sie sich ein, dass es in Polen nicht anders war. Wann hatten sie schon das letzte Mal einen Soldaten mit seinem Bündel oder eine Gruppe von Oberschülern am Straßenrand gesehen?

Irgendwann gaben sie es einfach auf, sich nach Autos umzudrehen. Und bald verließen sie auch die Straßen und nahmen Abkürzungen querfeldein.

So wanderten sie.

Ohne Unterbrechung.

Tagelang.

Sie wanderten durch Wälder und Heiden, über Wege, Straßen und Felder, an Flüssen, Autobahnen und Äckern vorbei. Wenn es nachts am kältesten wurde, wachten und standen sie auf, packten schnell und laut fluchend ihre Sachen zusammen und machten sich auf den Weg. Dann gingen sie drei oder vier Stunden, in der dunklen heiligen Nacht, in der rosenfingrigen Morgenröte, im strahlend gesegneten Tag, und erst wenn die Sonne hoch genug stand, um das Gras zu trocknen und sie zu wärmen, ließen sie sich nieder und aßen ein kleines Frühstück, das meist aus den Resten des Vortags bestand. Sie rasteten nicht lange, machten sich bald schon auf den Weg und schritten weiter, aber anders als zuvor, nicht mehr so schnell und zielstrebig, sondern mit kleinen Umwegen, stiegen hier auf einen Apfelbaum oder dort in ein Gebüsch und schauten bereits, ob sie irgendwo Früchte, Pilze, Wurzeln und vor allem Wasser finden konnten. Denn wenn die Sonne am höchsten stand und auf sie niederbrannte, gingen sie nicht mehr weiter, sondern suchten im Schatten Zuflucht und aßen, was sie gefunden hatten, und schliefen. Und erst am Nachmittag machten sie sich noch einmal auf den

Weg, noch einmal drei oder vier Stunden lang in Richtung Westen. Wenn sich die Sonne aber langsam wieder herabsenkte, begannen sie, nach Essbarem, einem Schlafplatz und Brennholz zu suchen. Und dann saßen sie und aßen ihr unzureichendes Mahl: Wurzeln und Pilze und manchmal etwas Obst. Sobald die Sonne unterging, legten auch sie sich schlafen, um mitten in der Nacht wieder aufzuwachen.

So wanderten sie.

Ohne Unterbrechung.

Tagelang.

Immer nach Westen, immer im Rhythmus der Sonne. Zu Jägern reichte es nicht, aber zu Sammlern wurden sie wie einst die großen Vorfahren, als es noch kaum Menschen auf der Erde gab und sich die wenigen, die es gab, als Könige und Teil der Welt zugleich fühlten. Sie waren Landstreicher, ohne Obdach und Platz auf der Erde, Vagabunden, die Eier aus Ställen und Früchte aus Gärten klauten, Zigeuner, wie sie in der eigentümlichen Mischung aus Verklärung und Verachtung zugleich sagten, und Pilger auf ihrem Bußweg in das gelobte Land.

Das da Beatka hieß.

Ihr Blick auf die Welt veränderte sich: Ganz andere Dinge nahmen sie wahr als bisher, nach ganz anderen hielten sie Ausschau. Ein Tag war gut, wenn der Weg nicht allzu beschwerlich war und wenn sie eine Stelle fanden, wo sie ihre Wasserflaschen auffüllen konnten. Bäche, Brunnen und Seen waren gesegnete Orte.

Ein Tag war sehr gut, wenn sie darüber hinaus Glück bei der Nahrungssuche hatten, nicht nur Brennnesseln fanden, aus denen sie Salat machen konnten, sondern auch Rohrkolben am Ufer eines Teichs oder ein Büschel blau blühender Wegwarten am Straßenrand, deren Wurzeln besonders sättigend waren, oder wenn sie gar zwischen den Stämmen zweier Eiben einen frühen Parasol oder auch nur den kleinen Knoblauchschwindling erblickten, der, wenn auch selbst nicht sonderlich nahrhaft, ihrem Essen eine leichte Knoblauchnote gab. Wie Feinschmecker fühlten sie sich dann, während sie die Wurzeln in Alufolie kochten und die Parasole auf Stöcken aufspießten und mit dem Knoblauchschwindling einrieben, bevor sie sie über dem Feuer brieten.

Der Anblick eines Maisfeldes oder einer Kleingartenkolonie mit einem unbewachten Garten, in dem ein Apfelbaum, eine Pflaume oder ein Birnbaum standen, oder das Auffinden einer Jagdkanzel, in der sie die Nacht überdacht und auf trockenen Holzbrettern verbringen konnten, ließen sie von einem außerordentlichen Glückstag sprechen.

So hätten sie ewig weitergehen können. Ohne Unterbrechung. Tagelang. Trotz der schmerzenden Knochen, denn insbesondere ihre Hüften und Knie brauchten Ruhe. Trotz der immer größeren und schmerzhafteren Blasen an ihren Füßen. Trotz ihrer verbrannten Gesichter, des dunkelvioletten Sonnenbrands auf Schultern und Nacken und trotz der spröden und rissigen Lippen.

Immer weniger störte, immer weniger wünschten, an immer weniger dachten sie. Sie waren ganz da und ganz unterwegs. Nirgends und überall zugleich zu Hause. Und selbst Henieks Schlaf wurde wieder ruhig und tief und fest, wie in der Zeit, bevor Beatka ihn verlassen hatte.

So hätten sie ewig weitergehen können.

Doch dann kam der erste richtige Regen.

57

Zuerst bemerkten sie, dass der Wind stärker wurde, dann, dass er plötzlich seine Richtung änderte, und schließlich sahen sie, dass gewaltige graue Wolken am Himmel aufzogen. Andrzej und Heniek standen da mitten im Wald, wussten nicht genau, wo sie waren, und sahen kein Ende – nur Bäume ringsherum. In der kurzen Zeit, die ihnen blieb, um sich in Sicherheit zu bringen, suchten sie schnell nach einem Hochsitz, einem hohlen Baum oder einer Höhle – doch wann ist schon so etwas zur Stelle, wenn man es braucht? –, stritten kurz, ob sie weitergehen oder den Regen abwarten sollten, und zogen sich schließlich in das tiefste, dichteste und dunkelste Gehölz zurück. Während es um sie herum immer grauer wurde, sammelten sie Äste und Zweige und knickten mehrere kleine Tannen um, die sie über einen dichten Holunderbusch legten.

Als die ersten Tropfen auf sie niederprasselten, zogen sie ihre Hemden und Hosen aus und stopften das Dach ihres provisorischen Zeltes mit Baumrinden, Moos und Blättern. Und als es in Strömen zu regnen begann, krochen sie in ihren Unterschlupf unter die Decke und den Schlafsack.

– Scheiße, Scheiße, Scheiße. Dass mir das passieren konnte! – fluchte Heniek.

– Ist nicht schlimm. – beruhigte ihn Andrzej. – Ich hätte erst eine Stunde später gemerkt, dass es regnen wird.

– Wie ein Anfänger! Ein blutiger Anfänger. Man sollte immer einen Rückzugsort haben …

– Dann würden wir noch langsamer vorankommen.

– … und eine Proviantreserve.

– So lange wird das schon nicht dauern.

Doch es regnete drei Tage lang.

Nach einer Stunde war ihr Dach bereits so undicht, dass Heniek aus der Hütte kriechen und sie mit weiteren Ästen und Moos ausbessern musste.

Nach zwei Stunden musste er das Ganze wiederholen.

Nach drei Stunden stürzte ein Teil ihres Daches aus Blättern, Zweigen und Moos ein. Da änderten die beiden ihre Strategie. Sie öffneten Andrzejs Schlafsack zu einer Decke und legten diese mit der wasserabweisenden Seite nach oben auf das Zeltdach. Zitternd und völlig durchnässt kehrten sie in ihre Höhle zurück. Es war nun deutlich dunkler darin, aber immerhin tropfte es nicht mehr. Sie trockneten sich ab, hockten sich gemeinsam unter die verbliebene Decke und warteten.

Und sie warteten.

Rücken an Rücken saßen, Seite an Seite lagen Andrzej und Heniek in dieser hölzernen Höhle und schauten auf das Gerippe aus Ästen und auf das graue Regenmeer um sie herum. Wortlos lauschten sie dem An- und Abschwellen der Wogen. Wie eine Symphonie aus verschiedenen Tönen mischte sich darin das regelmäßige hohe Prasseln der Regentropfen auf den Eichen-, Akazien- und Buchenblättern, sein tieferes Echo auf dem Schlafsack und den Fichten und die Mittellage auf dem Holunder und dem Waldboden mit den plötzlichen Windböen und dem wiederkehrenden Peitschen von Ästen. Holz knarrte und setzte unerwartete Akzente, mal links von ihnen, dann, ganz Stereo, wieder rechts, mal näher, mal weiter, und wurde so zu Dolby Surround, wie Andrzejs Heimkinoanlage in Gajerudki. Und wenn sie genau hinhörten, dann vernahmen sie auch die Geräusche aus dem Zeltinnern: die feinen, vereinzelten Tropfen, die an den Seiten durch den Schlafsack sickerten, an kleinen Zweigen oder Tannennadeln entlangrollten, sich an deren Spitzen sammelten und schließlich pizzicato herabfielen, um auf dem Boden oder auf einer aus Langeweile eigens für sie geöffneten Handfläche zu landen.

So verging der erste Tag. Er schien ewig zu dauern. Und doch war er nichts im Vergleich zur ersten Nacht. Andrzej und Heniek schliefen kaum. Unaufhaltsam weichte der Boden um sie herum auf, und das Wasser, die Kälte und der Hunger krochen von allen Seiten in ihr Zelt. Längst hatten die beiden Männer alle Scham vor der gegenseitigen Berührung abgelegt und lagen aneinandergepresst. Doch warm wurde ihnen nicht. Und in die Symphonie um sie herum, in diese nächtliche Wassermusik, in das Regentropfen-Prélude stimmten immer häufiger ihr Zittern und das Knurren ihrer Mägen mit ein.

So verging die erste Nacht.

Als der nächste Tag anbrach und wie der vorhergehende zu werden versprach, sagte Andrzej:

– Heniek, wir müssen etwas machen.

– Was?

– Ich weiß nicht.

Heniek seufzte.

– Manchmal muss man einfach warten.

– Erzähl mir wenigstens einen Witz. – verlangte Andrzej.

Heniek dachte nach.

– Woran erkennt man, dass man in Deutschland ist?

– Kenn ich schon.

– Steht ein Polizist am Straßenrand und weint …

– … Er hat seinen Hund verloren und weiß nicht mehr zurück?

– Ja.

Heniek dachte nach:

– Wo steht die längste Brücke?

– In Wąchocko: Nicht über den Fluss, sondern längs.

So verging der zweite Tag. Er schien noch mehr als ewig zu dauern. Und doch war auch er nichts im Vergleich zur darauf folgenden Nacht. Der Schlafsack, der sich inzwischen völlig vollgesogen hatte, gab immer mehr Wasser ins Zeltinnere ab. Der Boden war matschig, ihre Kleidung war aufgeweicht, und ihre Gelenke wurden steif. Mitten in der Nacht, als Nässe, Kälte und Hunger nicht mehr zu ertragen waren, rief Andrzej plötzlich mit voller Stimme:

– So eine verfickte Scheiße!

Sein Ruf hallte durch den Wald.

– *Kurwa, Kurwa, Kurwa.*

– Was machst du da?

– Hör auf, du Scheiß-Regen!

Doch der Regen hörte nicht.

– Ah! – brüllte Andrzej, dass seine Stimme heiser wurde. – Hör auf, verdammt! Komm schon, es reicht!

– Andrzej, beruhige dich.

– Nein, schrei mit!

– Das bringt nichts.

– Mach es!

– Wozu?

– Mach es!

– Scheiß-Regen.

– Lauter!

– Scheiß-Regen!

– Ja.

Heniek fand Gefallen daran und schrie, so laut er konnte:

– Fick dich, Regen!

– Genau. Fick dich!

– Du kannst uns mal!

– Scheiß-Regen, in einem Scheiß-Wald, im beschissenen Deutschland.

– Fick dich! Ah, fick dich!

Heniek gingen langsam die Ideen aus.

– Und das alles wegen dieses Kack-Rehs! – rief Andrzej.

– Dieses Kack-Reh! – rief Heniek nach.

– Was für eine hirnverbrannte Idee, das Auto mit Öl zu tanken!

– Scheiß-Idee!

– Zum Teufel mit diesem beschissenen undichten Nazi-Schlafsack!

– Scheiß-Nazi-Schlafsack!

– Und das alles wegen Beatka!

Heniek stockte.

– Komm schon, sag es.

– Und das alles für Beatka!

– Nicht für! Wegen!

Heniek zögerte noch immer.

– Sag es! Sag es!

– Und das alles wegen Beatka.

– Lauter!

– Wegen Beatka.

Der Regen prasselte plötzlich noch stärker und stürzte wild auf das Zeltdach nieder.

– Das alles wegen Beatka! – schrie Heniek. – Wegen Beatka! Wegen Beatka!

So verging die zweite Nacht.

58

Am dritten Tag hatten sie Hunger. Nicht das, was sie bisher als Hunger bezeichnet hatten: wenn das Schnitzel am Sonntag mal eine Stunde später auf dem Tisch war oder wenn sie sich nach einem langen Arbeitstag am Abend vor einen Teller dampfenden Bigos setzten. Sie hatten echten Hunger im wahren, nicht im inflationären Sinne des Wortes. Schon die Tage und Wochen zuvor waren sie aufgrund der unregelmäßigen und dürftigen Kost nie richtig satt geworden und häufig hungrig geblieben. Hinzu war die übermäßige Anstrengung der Wanderung getreten. Doch nun hatten sie zwei Tage überhaupt nichts mehr gegessen. Ihre Haut wurde blass und fahl, ihre Gesichter schienen ausgelaugt. In Armen und Beinen war keine Kraft mehr. Sie hatten Kopfschmerzen und zitterten am ganzen Körper. Mit Schrecken verfolgten sie, in welch hohem Tempo ihre Körper ihre Reserven aufzehrten. Und alles, was sie noch denken konnten, war: essen.

Andrzej hatte schließlich genug.

– Ich geh raus und such uns was.

Heniek riet ihm, noch abzuwarten, aber Andrzej wollte nicht länger herumsitzen und hungern.

– Geh zumindest nicht zu weit weg.

Andrzej nickte und zog sich bis auf die Unterhose und die Schuhe aus. Doch Henieks Sorgen waren unbegründet, denn sobald Andrzej draußen war, verriet sein Fluchen, wo er sich befand und dass er sich nie allzu weit entfernte.

Nach wenigen Minuten kehrte er triumphierend zurück, warf einen Haufen Pilze ins Zeltinnere und zeigte auf eine blutige Stelle am Ellenbogen: Die Verletzung ließ seine aufopferungsvolle Tat noch heldenhafter erscheinen.

Heniek nickte anerkennend, sah aber sofort, dass die Wunde eher eine Schramme war. Mehr Sorgen bereiteten ihm die weißen und cremefarbenen Pilze, die er prüfend in die Hand nahm. Er kannte sie nicht. Das heißt, er war sich nicht sicher. Er glaubte, solche Pilze schon einmal gegessen zu haben. Aber da sie Lamellen unter dem Schirm hatten, galt es, besonders vorsichtig zu sein.

– Und? Was sind das für welche? Kann man sie essen? – fragte Andrzej. Heniek schaute in die hoffnungsvollen Augen seines Freundes und seufzte.

– Ich weiß nicht.

– Wie, du weißt es nicht?

– Ich habe keine Ahnung.

– Aber du …

Heniek hob entschuldigend die Handflächen.

– Und wie können wir es herausbekommen?

Andrzej erhielt keine Antwort.

– Willst du sagen, dass ich die völlig umsonst geholt habe, verdammt?!

– Leider ja.

Andrzej trocknete sich an der Hakenkreuzfahne ab und beruhigte sich dabei ein wenig. Er nahm einen Pilz in die Hand und betrachtete ihn genauer.

– Wenn wir doch einfach nur an den Pilzen schnüffeln könnten wie Tiere und dann sofort wüssten, ob sie verträglich sind oder nicht! Warum kann das jeder beschissene Fuchs, aber wir nicht?

– Vielleicht konnten wir es mal.

– Hä?

– Ich meine … was weißt du noch von den ersten drei Jahren deines Lebens?

– Nichts.

– Gar nichts?

– Na ja, nur vereinzelte Bilder. Irgendwas mit meinem Vater, aber das könnte auch was anderes sein. Meine Mutter führt mich am Arm und zeigt mir ein Auto. Vielleicht. Denn ich sehe meine Mutter und ihre Hand, die meine hält, aber ich sehe uns irgendwie auch von hinten. Also kann das nicht sein.

Andrzej wurde etwas nachdenklicher. Seine Erinnerung reichte noch ein Bild weiter: Es war kalt, und seine Mutter und er standen irgendwo und warteten. Er wusste nicht, warum oder worauf, aber er konnte sich noch an den beißenden Frost erinnern. Seine Lippen und Wangen taten weh, und er zitterte heftig. Damals gab es noch richtige Winter. Und weil er so furchtbar fror, öffnete seine Mutter ihren Mantel und zog ihn ganz nah an sich heran und knöpfte den Mantel hinter ihm wieder zu, und er sah nichts mehr bis auf ein paar vereinzelte Farbstreifen durch den karierten Stoff, und er spürte die Wärme ihres Unterleibs an seinem Gesicht und das leichte Auf und Ab ihres Bauchs, wenn sie atmete.

– Wozu willst du das wissen?

– Kuba und Kasia konnten Beatkas ... Milch und ihre Brust riechen. Ich konnte das nicht. Und als Kasia geboren wurde, konnte Kuba es auch nicht mehr.

Andrzej schaute seinen Freund fragend an.

– Na ja ... Vielleicht waren wir als Menschheit, als wir noch sozusagen Kinder waren, in der Lage, an den Pflanzen zu riechen. Und dann haben wir es wieder verlernt und vergessen.

– Und jetzt sind wir erwachsen?

– Oder sogar alt.

Andrzej nahm einen Pilz in die Hand und roch daran. Er roch nach feuchtem Waldboden und nach Champignon.

– Scheiß drauf. Ich riskiere es.

Heniek war nicht überrascht. Andrzej war schon immer unbekümmerter gewesen, wenn es um seine Gesundheit, und unerbittlicher, wenn es um seinen Hunger ging.

– Wir brauchen ein Feuer. – sagte Heniek, während er von einem der Pilze eine Scheibe abschnitt und sich auf den nackten Unterarm legte. Andrzej holte sein Feuerzeug hervor.

– Du willst sie doch wohl nicht über dem Feuerzeug braten?

– Hast du schon mal rausgeschaut? Da draußen ist alles nass.

Da hatte Heniek eine Idee, wie er Zeit gewinnen konnte:

– Bring uns ein paar Zunderschwämme.

– Was ist das?

Andrzej schaute ihn verwundert an.

– Na, diese knolligen, harten Pilze an den Bäumen. Such am besten an einer Birke.

– Kann man die essen?

– Nein, aber verbrennen.

Als Andrzej wieder hinausging, schaute Heniek auf seinen Unterarm. Er sah keinen Ausschlag, er spürte kein Jucken. Das war ein gutes Zeichen. Eine weitere Scheibe drückte er nun gegen seine Lippen.

– Ich kann mir nicht vorstellen, dass die was bringen. – sagte Andrzej, als er mit vier großen nassen Knollen zurückkehrte.

– Schneid sie auf.

– Oh *Kurwa*!

Der Zunderschwamm hatte ein trockenes filziges Inneres. Andrzej entfernte die Rinde, schaute Heniek fragend an und ging noch mehr Zunderschwämme besorgen.

Heniek holte unterdessen seinen Rasierspiegel aus der Tasche und prüfte seine Lippen: kein Ausschlag, keine Verfärbung. Blieb nur noch, die Pilze zu probieren. Er wusste, dass man es letztlich nie genau wissen konnte, ob eine Pflanze giftig war oder nicht. Aber zumindest hatte er alles getan, was er konnte, um das Risiko zu minimieren.

Als Andrzej erneut zurückkehrte, beträufelten sie die Zunderschwämme mit etwas Öl aus der Flasche, die Heniek nach dem Unfall mitgenommen hatte, entfachten sie, schnitten die unbekannten Pilze in dünne Scheiben und rösteten sie über dem schwachen Glimmen.

– Das ist ja wie Kohle!

– Nur nicht so heiß.

Andrzej war schon seit geraumer Zeit erstaunt gewesen, wie gut sie ohne Geld oder Vorbereitung vorankamen. Und er wusste, dass sie das einzig Heniek zu verdanken hatten. Er selbst hätte im Wald nicht eine einzige essbare Pflanze ausgemacht. Langsam begann er zu bedauern, dass er in seiner Kindheit und Jugend nicht auch bei den Pfadfindern gewesen war.

Als die erste Scheibe mehr oder weniger gar war, nahm Heniek sie in den Mund und kaute lange Zeit vorsichtig darauf herum. Auch jetzt spürte er keine Schärfe oder Bitterkeit. Schließlich bekreuzigte er sich und schluckte den Pilz hinunter. Sie warteten noch einmal eine Stunde ab, in der sie nach und nach alle Pilze brieten, und als Heniek keine beunruhigenden Symptome verspürte, aßen sie endlich das dürftige Mahl auf.

So verging der dritte Tag.

Weder Andrzej noch Heniek ahnten, in welch langer Tradition sie mit ihrem kleinen Feuer standen. Als man im Jahr 1991 in einer Felsmulde des Tisenjochs jene berühmte Gletschermumie barg, die später den Namen Ötzi erhalten sollte – nur im englischsprachigen Raum heißt sie Frozen Fritz –, fand man unter ihren Ausrüstungsstücken auch Zunder in der

Gürteltasche. Anstelle des Feuerzeugs, mit dem Andrzej hantierte, hatte Ötzi jedoch mithilfe von Pyrit Funken geschlagen. Dafür war Ötzi seinen beiden fernen Nachkommen in anderen Dingen überlegen gewesen: So führte er noch einen weiteren Pilz mit sich, den Birkenporling, dessen antiseptische Wirkung er sich bei offenen Wunden zu eigen machte und mit dem er sicherlich Andrzejs Schramme am Ellenbogen desinfiziert haben würde. Daher darf angenommen werden, dass Ötzi sehr wahrscheinlich auch in der Lage gewesen wäre, die Pilze, die Andrzej und Heniek verspeisten, zu benennen. Vor allen Dingen aber hätte er sicherlich erkannt, dass es gar nicht nur eine Sorte war, die Andrzej mitgebracht hatte, sondern dass sich unter die durchaus genießbaren Mairitterlinge, die er hauptsächlich gepflückt hatte, ein junger und daher ebenfalls heller, dem Mairitterling zum Verwechseln ähnlicher, aber für den Menschen gefährlicher ziegelroter Risspilz geschlichen hatte.

59

– Schwitzt du auch so wie ich? – fragte Andrzej.

Das sanfte Glimmen der Zunderschwämme erfüllte das Innere des Zeltes mit einem harzigen Geruch. Draußen wurde das Hellgrau des Tages von einem tiefen Dunkelgrau abgelöst. Die Sonne ging bereits unter, es regnete immer noch gleichmäßig und unerbittlich.

Heniek brummte nur zur Antwort.

– Ich schwitze wie ein Schwein. Was gäbe ich jetzt für eine Zigarette!

– Willst du nicht damit aufhören? Du könntest … ist doch eine gute Gelegenheit.

Andrzej verzog die Mundwinkel und hob die Schultern: Was für einen Unterschied machte das schon?

– Hättest du nicht Lust, jetzt eine zu rauchen?

– Ehrlich gesagt, wäre mir … eine Kohletablette gerade lieber. – sagte Heniek schwerfällig, während er Lippen und Pobacken zusammenpresste.

Andrzej wischte sich den Schweiß von der Stirn.

– Hast du dir überlegt, was du machen willst, wenn wir Beatka nicht finden? Oder wenn sie nicht zurückkehren will?

– Warum fragst du das jetzt?

– Na ja … Du musst alle Möglichkeiten …

Heniek stiegen Tränen in die Augen. Er wischte sie sich mit dem Handrücken fort.

– Dann kommt sie nicht mit.

– Aber was wird dann aus dir?

– Was weiß ich.

Seine Augen füllten sich erneut mit Tränen.

– Warum glaubst du … sollte sie das nicht wollen?

– Keine Ahnung. Wer versteht schon die Frauen!

Ein paar Minuten lang sagten sie nichts mehr. Heniek konzentrierte sich auf seine Bauchschmerzen. Er hatte furchtbare Krämpfe und kugelte sich zusammen. Es waren nicht die ersten in seinem Leben, aber diese waren besonders stark. Als er wieder aufschaute, sah er, dass sich auch Andrzej immer wieder die Augen abwischte. Plötzlich dachte Heniek, dass sein Freund vorher gar nicht über ihn, sondern über sich selbst gesprochen hatte.

– Was ist eigentlich los zwischen dir und Iwona?

– Ach. – winkte Andrzej ab.

– Du fährst einfach so weg. Es … macht dir nichts aus, dass aus Stunden Tage und aus Tagen Wochen werden. Du willst

Iwona nicht anrufen. Und als du endlich … als du sie dann doch anrufst, sprichst du mit ihr wie mit einem Hund. Was ist los, verdammt?

Andrzej schüttelte den Kopf.

– Nichts.

– Du solltest mit deiner Frau … nicht so umgehen.

– Das ist nicht deine Angelegenheit.

– Aber Iwona …, du … , ihr seid meine …

– Kümmer dich um deine Frau.

– Andrzej, ich frag dich doch nur, was los ist.

– Das fragst du?

– Ja.

– Du fragst echt, was los ist?

– Ja!

– Ist dir noch nicht aufgefallen, dass wir seit drei Tagen in irgendeinem Scheißwald im beschissenen Deutschland festsitzen? Dass es kalt ist, nass? Wir haben Hunger, Scheiße, Mann, keine Zigaretten mehr, wir müssen uns eine Decke teilen, die ebenfalls nass und dreckig ist. Wir wissen nicht, wie weit es ist, wie wir dieses verfickte Domburg jemals erreichen sollen. Und du fragst mich, was los ist!

– Andrzej, Andrzej … Aber wenn wir erst einmal zurück sind …

– Und hast du dich eigentlich gefragt, wie wir zurückkommen sollen? Den ganzen Weg zurück, ohne Auto. Und was ist, wenn wirklich ein Wunder geschieht und wenn Beatka tatsächlich zurückwill – meinst du, sie hat Lust, den Weg zu Fuß zu gehen? Wurzeln zu grillen? Unter diesem beschissenen Nazischlafsack auf das Ende des Regens zu warten?

Andrzej verzog für einen Augenblick die Lippen und hielt sich den Bauch.

– Aber …

– Und selbst wenn wir für einen Moment diese ganze Scheiße einmal vergessen und so tun, als würden wir in deinem Audi sitzen, den du wegen Beatka nicht mehr hast, und gleich zurückfahren können – was wartet da auf uns? Zwei Straßen. Ein beschissener Laden. Ein Schrottplatz.

– Dein Sägewerk. Meine Werkstatt.

– Mein Sägewerk … Und was noch? Eine Kirche. Ein paar Häuser. Eines beschissener als das andere. Siehst du das nicht? Wir haben nicht einmal richtige Straßen! Oder Straßenlaternen. Es ist doch alles sinnlos.

– Aber Gajerudki ist unsere Heimat.

– Pah!

– Polen ist unser Vaterland.

Da drehte sich Andrzej plötzlich zu ihm und blickte ihm direkt in die Augen.

– Väter können Ärsche sein.

Heniek wollte etwas entgegnen. Doch seine Eingeweide verkrampften sich wieder. Und dieses Mal war es nicht auszuhalten. Er musste sich entleeren, koste es, was es wolle. Vorsichtig – bloß keine plötzliche Bewegung – kroch er aus dem Zelt; dass er nass werden würde, war nun egal. Das Bedürfnis war größer, gewaltiger, übermenschlich. Zitternd erhob er sich, mit hohlem Kreuz machte er zwei Schritte zur Seite, weiter kam er nicht. Hektisch und vorsichtig zugleich öffnete er seinen Gürtel, zog sich die Hose aus und ging in die Hocke. Ein Geräusch ließ ihn kurz aufschrecken, doch es war nur Andrzej, der ebenfalls aus dem Zelt kam und sich wie er die Hose auszog. Zwei alte Männer in der Hocke, zwei nackte Ärsche mitten im strömenden Regen. Da war keine vornehme Verschleierung, kein Gang zur Toilette, kein Sich-Zurückziehen, kein *où le roi va sans chéval.*

Sie schissen.

Wässrig, farblos, sauer und brennend. Was aus ihnen herauskam, vermischte sich sofort mit dem Regen und der Erde. Und zwischen all dem Brennen und all den Krämpfen spürte Heniek ein wenig Erleichterung.

– Du hast doch alles, was man sich wünschen kann. – rief er Andrzej zu.

– Was habe ich? – schrie Andrzej. – Was, verdammte Scheiße, habe ich?

Der Regen nahm zu. Laut und wild prasselte es zwischen ihnen hernieder.

– Na ... eine Frau, die dich liebt.

– Tut sie das? Woher willst du das wissen?

– Aber Andrzej, ich weiß das, ich kenne euch doch.

– Nichts weißt du. Nicht mal deine eigene Frau kennst du, was erzählst du mir dann von meiner Ehe?

– Iwona ist nicht weggefahren.

– Nein ...

Andrzej hielt inne. Heniek sah ihm an, dass er über etwas nachdachte und sich nicht entschließen konnte.

– Hör mal, Andrzej, jede Ehe hat mal Schwierigkeiten. Aber ihr habt doch alles, was zählt: euch, sechs wundervolle Kinder, jetzt schon fünf Enkel, und es werden sicher noch viele mehr. Und ein Haus, um das euch alle in Gajerudki beneiden.

– Nichts haben wir!

– Aber ...

– Wir haben nichts mehr! – schrie Andrzej wieder.

Heniek schaute ihn fragend an.

– Es gehört alles der Bank.

– Was?

Andrzej schwieg.

– Warum?

Andrzej schaute unschlüssig hin und her.

– Warum? Verdammt, Andrzej, nun sag schon!

Doch statt zu antworten, fiel Andrzej plötzlich nach vorn, auf die Knie und Hände, auf alle viere, als wollte er beten, als wollte er sich niederwerfen vor einer übermächtigen Macht. Und dicht am nassen Boden übergab er sich. Es war kein kontrolliertes Sich-Übergeben. Sein Mageninhalt schoss wild aus ihm heraus, das Innere sprudelte hervor wie eine Quelle aus der tiefen Erde und in die tiefe Erde. Noch einmal und noch einmal. Der alte Mann hatte keine Kraft mehr. Sein immer noch nackter Hintern glänzte nass im Regen, seine Hände verloren ihren Halt und rutschten über die moosigen Wurzeln, sein Gesicht grub sich in den dunklen und nassen Boden.

Heniek erschrak und stürzte zu ihm. Da drehte sich sein Freund um und blickte ihm direkt in die Augen.

– Du weißt es wirklich nicht?

– Nein.

– Wegen Beatka.

60

Beatka und Iwona wurden zu Geschäftspartnerinnen in zahlreichen Branchen. Wann immer ihre Freundin ein neues MLM-System kennenlernte, war Iwona eine der ersten Personen, denen sie davon erzählte und die sie reinbrachte. Jeder neue Anfang ließ Beatka innerlich brennen. Sofort fand sie Dutzende Kunden oder Geschäftspartner und war sich sicher, jetzt endlich den Erfolg greifen zu können, nach dem sie strebte. Iwona dagegen wurde mit jedem neuen Anfang zurückhaltender. Es war ihr immer noch unangenehm, auf

Menschen zuzugehen und sie von Produkten zu überzeugen, von denen sie im Innern ahnte, dass sie sich zu häufig abwechselten, um wirklich gut sein zu können. Vor allem aber tat sie das Ganze eher, um sich die Zeit zu vertreiben, um mit Beatka Spaß zu haben und insgeheim auch, um Andrzej zu beeindrucken. Daher ließ sie Beatka machen und war froh, wenn sie einfach nur mit dabei sein durfte. Ihre Freundin hatte ihr immer imponiert, und sie tat es auch jetzt noch, wenn sie mit Zahlen jonglierte, von Träumen sprach und die Menschen dazu brachte, nach den Sternen zu greifen.

Beatka dagegen genoss zwar Iwonas Bewunderung, war aber zunehmend unzufrieden, dass ihre Partnerin nicht mit demselben Ernst und derselben Verbissenheit an die Geschäfte ging wie sie selbst.

Das änderte sich mit den Versicherungen von Amberlife. Es schien, dass die beiden endlich ihr Produkt gefunden hatten. Binnen weniger Wochen konnten sie einen Umsatz verbuchen, der alles überstieg, was sie bisher verdient hatten. Und weil man in Gajerudki bald die Geschichte vom alten Jerzy kannte, der sich den Arm gebrochen und dank der Versicherung bei Beatka zehntausend Złoty erhalten hatte, und weil sich Iwona bei den übrigen MLMs so lange zurückgehalten hatte, war sie plötzlich ungemein erfolgreich. Die Menschen wollten nicht zuletzt eine Versicherung auch lieber bei der Besitzerin des größten Hauses in Gajerudki als bei der Frau eines Mechanikers abschließen.

So spülte Amberlife unerwartetes Geld in die Kassen der Witkowskis; Geld, das genau richtig kam, denn Andrzejs Sägewerk lief schon seit geraumer Zeit verlustreich. Zum einen – und das war der Grund, den Andrzej anzuführen pflegte – war die Konkurrenz auf dem Holzmarkt aus den baltischen Ländern zu groß, zum anderen – diesen Grund verschwieg Andrzej dagegen – hatte er mit Schlampigkeit und Unzuverlässigkeit seine beiden wichtigsten Abnehmer verprellt. Außerdem waren in den letzten Jahren seine Sonderausgaben, wie er sie nannte, exorbitant gestiegen.

– Sonderausgaben? – fragte Heniek.

Doch Andrzej überging die Frage.

So war er zwar skeptisch, als Beatka und Iwona ihm vorschlugen, Amberlife professioneller anzugehen, die bisherige MLM-Tätigkeit mit Gründung einer eigenen Filiale – der ersten in der Region – auszubauen und zu diesem Zwecke ihr Erspartes als Startkapital einzusetzen. Wenn er mit Beatka, ihrem tiefen Ausschnitt und dem albernen Geschwätz von Millionengewinnen allein gewesen wäre, dann hätte er sich auf keinen Fall einverstanden erklärt. Doch seit Wochen brachte Iwona ja bares, unleugbares Geld nach Hause. Die Sache schien also sicher. Und als Andrzej dennoch Zweifel äußerte, weinte Iwona schließlich und erklärte unter Tränen, dass sie ihm in allem immer vertraue, er ihr aber nicht. Wenn nicht ein Tisch voller Kaffeegeschirr zwischen ihnen gestanden hätte, dann wäre sie vielleicht wieder mit geballten Fäusten auf ihn gesprungen, wie damals hinterm Laden.

Das wirkte.

Andrzej lenkte ein. Sofort löste ein überglückliches Lächeln Iwonas Tränen ab. Sie rückte an ihn heran, dass das Geschirr nur so klapperte, küsste ihn heiß und dankte ihm vielfach. Was Iwona aber nicht wusste, war, dass sie gar kein Erspartes mehr hatten und dass Andrzej heimlich einen Kredit aufnehmen musste – den dritten in seinem Leben –, um die zweihunderttausend Złoty aufzubringen, von denen Iwona dachte, dass sie sie noch immer auf einem Rücklagenkonto hätten.

Die Frauen legten ihr Geld zusammen, und …

– Aber Beatka hatte doch keine Zweihunderttausend! – warf Heniek ein.

– Sie sollte ihre nächsten Gewinne aus Amberlife einzahlen. Und aus dem Verkauf deines Falken.

– Wieso wusste ich nichts davon?

Andrzej zuckte nur mit den Schultern, ließ aber einen durchdringenden Blick auf seinem Freund ruhen.

– Ich meine, ich wusste, dass Iwona und Beatka zusammenarbeiten, aber …

– Es ist in Ordnung, Heniek.

Beatka zahlte ihre Gewinne tatsächlich aufs gemeinsame Konto ein. Nicht so schnell, wie sie erklärt hatte, aber sie tat es. Gemeinsam schaute sie sich mit Iwona nach einem Büro in Zduńska Wola um und plante bereits die Farbe der Einrichtung. Um ihren Teil des gemeinsamen Startkapitals schneller anzusparen, wollte sie noch einmal ein paar Wochen in Holland arbeiten. Danach würde es dann losgehen.

– Aber stattdessen kam sie nicht zurück? – fragte Heniek.

– Nein. – antwortete Andrzej.

– Und warum geht … Könnt ihr das Konto nicht einfach auflösen und das Geld … der Bank zurückgeben?

– Nein.

– Warum nicht?

Andrzej schaute Heniek wieder aufmerksam an.

– Weil sie alles mitgenommen hat.

– Was?

Iwona und Beatka hatten ein gemeinsames Konto eröffnet und beide die vollen Zugriffsrechte. Schließlich kannten sie sich ihr Leben lang. Kurz vor ihrer Abfahrt hob Beatka alles ab, was sich auf dem Konto befand.

Iwona bemerkte es eine Woche später. Zwei weitere Wochen brauchte sie, um es Andrzej zu sagen. Zuerst schrieb sie noch Nachrichten an Beatka, in denen sie, anfangs höflich, bald immer besorgter, fragte, was Beatka mit dem Geld vorhabe. Doch als ihre Freundin schwieg und auch nicht auf ihre Anrufe antwortete, musste Iwona schließlich ihrem Mann mitteilen, was passiert war.

Eine ganzen Tag lang schimpfte Andrzej sie aus. Dann schwieg er und sprach gar nicht mehr mit ihr. Für einen Monat. In diesem Monat versuchte er zu retten, was noch zu retten war. Doch das Sägewerk bekam keine neuen Aufträge und musste noch alte Lieferungen bezahlen. Um für die Kreditraten aufzukommen, musste Andrzej weitere Kredite aufnehmen. Und Amberlife brachte plötzlich auch keine Gewinne mehr ein, sondern unerwartete, horrende Verluste. Bald sah Andrzej ein, dass alles hoffnungslos war.

Da setzte er sich zu Heniek aufs Sofa und trank.

61

– Beatka hat was gemacht? – schrie Heniek.

Andrzej lag weiterhin auf allen vieren. Er hatte nicht die Kraft, um sich zu erheben. Um ihn herum wurde es immer dunkler, nur der Regen war so unerbittlich wie zuvor.

– Das ist ja schrecklich.

Andrzej nickte schwach.

– Ich habe nichts davon gewusst. Glaub mir, Andrzej.

Andrzej übergab sich erneut.

– Andrzej, glaubst du mir? Ich habe nichts damit zu tun.

– Ich weiß.

– Wenn ich gewusst, geahnt hätte, dass …

Da spürte er wieder, wie es in ihm hochkam, wie es sich in ihm senkte, wie es durch ihn hindurchrutschte wie durch ein

Rohr ohne Widerstand. Er musste sich erneut die Hose ausziehen und in die Hocke gehen.

Und dann Krämpfe.

Und dann ein Brennen. Und das Gefühl, als würde man ihn zerreißen.

Auch Andrzej entleerte sich erneut. Aus beiden Öffnungen, in beide Richtungen.

Krämpfe.

Brennen.

Andrzej, noch immer auf allen vieren, stöhnte:

– Ich kann nicht mehr, ich kann nicht mehr. Gott. Genug!

Doch noch einmal:

Krämpfe.

Brennen.

– Genug. Scheiße, Mann. Ich kann nicht mehr.

Und plötzlich hatte Heniek eine Erkenntnis:

– Du, – sagte er, – bist nur deshalb mitgekommen. Wegen des Geldes.

Andrzej antwortete nicht. Doch Heniek spürte deutlich, dass er seine Frage verstanden haben musste.

– Es ging dir nicht um mich oder Beatka. Du willst nur dein Geld zurück.

– Ja, was glaubst du denn? Dass ich diese Schlampe so toll finde, dass ich das alles wegen ihr machen würde? Diese arrogante, selbstverliebte Fotze. Und eine Diebin noch dazu.

– Hör auf! Sprich nicht so von meiner Frau!

– Deine Frau! Sieh es ein: Sie ist nicht mehr deine Frau.

– Ich werde …

– Beatka kommt nicht zurück! Niemals wird sie zurückkommen.

– Aber …

– Werd erwachsen, Heniek!

Wieder Krämpfe und ein Brennen, doch dieses Mal waren es die Worte, die sie verursachten. Heniek biss sich für einen Augenblick auf die verbrannten und nassen Lippen. Dann fragte er:

– Aber warum warst du überhaupt einverstanden, Geld zu investieren, das du nicht hattest? Warum in Amberlife? Warum der heimliche Kredit? Warum hast du dein Geld Beatka anvertraut?

Ein Abgrund tat sich plötzlich vor Heniek auf. Er kannte Andrzej sein ganzes Leben. Aber hatte er nicht auch geglaubt, Beatka zu kennen? Dass die beiden einst für kurze Zeit ein Paar gewesen waren und dass sie sich nur wegen Iwonas Schwangerschaft getrennt hatten, wusste er. Wie vieles hatte er dagegen nicht gewusst – von seinem besten Freund und von seiner Frau? Wäre es da nicht möglich, dass die beiden …

Heniek wurde schwindelig. Ihm war, als taumelte er und stürzte in den Abgrund.

– Weil ich das Bedürfnis hatte, etwas für Iwona zu tun.

– Warum?

62

Am Abend, nachdem Iwonas Eltern zum ersten Mal in ihrem neuen Haus zu Besuch waren und Andrzejs Schwiegervater ihm:

– Du schlägst dich gut, Sohn. Mach weiter so. –

gesagt hatte, wollte Andrzej nicht einfach schlafen gehen. Iwona und er kochten den Brei für die kleineren und die Würste für die älteren Kinder, schmierten Brote und gossen Himbeersirup mit heißem Wasser auf. Dann wuschen sie die Kinder der Reihe nach, von den jüngsten zu den ältesten:

Alicja und Felicjan in einer Plastikbadewanne und Agata und Paulina mit einem Schwamm am Waschbecken. Barbara und Jadwiga konnten sich bereits selbst waschen, da mussten die Eltern nur zuschauen und verhindern, dass sie Unsinn trieben. Nachdem die Kinder alle in ihren Schlafanzügen aus Frottee steckten, spielten sie mit Andrzej noch etwas auf dem elterlichen Ehebett. Es war ein freies Spiel: Mal versteckten sich die Kinder unter der Decke, mal kletterten sie auf den Vater, mal kitzelten sie sich, mal machten sie eine vorsichtige Kissenschlacht. Und hin und wieder formte Andrzej mit seinen Fingern einen kleinen Krebs, der zwischen den Laken über Arme und Beine krabbelte und zu einem kleinen Reim nach Kindern suchte, die er zwicken und kitzeln konnte.

Lachend und gerührt zugleich schaute Iwona dem wilden Treiben zu. Und als Andrzej schließlich nach drei Verlängerungen das Spiel mit seiner väterlichen Autorität endgültig für beendet erklärte, vom Bett aufstand und Iwona die kleine Alicja übergab, damit sie sie zu Bett brachte – denn die kleine Prinzessin wurde noch immer gestillt –, da trafen sich ihre Blicke: erheitert, müde und zärtlich. Andrzej scheuchte die Kinder in ihre Betten und ging dann in die Küche, um nach dem Abendessen und dem Besuch der Schwiegereltern aufzuräumen. Iwona löschte alle Lichter, gab den Kindern einen Kuss auf die Stirn und legte sich mit Alicja zusammen ins Bett, wo sie kurz darauf einschlief.

Andrzej summte und tippelte mit den Fingern, während er den Abwasch machte, das Geschirr abtrocknete und in die Schränke zurückstellte. Dabei gönnte er sich ein Glas von Henieks Kirschlikör, den er auf den Tisch gestellt hatte, als seine Schwiegereltern da gewesen waren. Und immer noch summend und mit dem Glas in der Hand, schlich er ins Schlafzimmer und sah, dass Iwona bereits tief und fest schlief. Er selbst war noch nicht müde; er war es eigentlich doch, aber gleichzeitig war er in Feierstimmung. Der Tag durfte nicht einfach so zu Ende gehen wie jeder beliebige andere auch. Daher ging er noch einmal ins Wohnzimmer und machte den Fernseher an. Und während er schaute, tippelte er immer mehr und stampfte mit den Füßen und rutschte auf dem Sofa hin und her, bis er es nicht mehr aushielt, sich den Schlüsselbund nahm, kurz bei seinen Hühnern vorbeischaute und schließlich in seinen Wagen stieg und eine kleine Spritztour machte. Eine Zigarette im Mund, das Fenster runtergekurbelt, die Musik mit jedem Kilometer, den er in der Nacht zurücklegte, lauter drehend, fuhr er dem Unbekannten entgegen. Er wusste nicht, wonach er suchte, und hatte kein Ziel und keinen Plan. Der Tank war voll, und so fuhr er zuerst nach Zduńska Wola, probierte dort ein paar Straßen aus, die er nicht gut kannte, dachte darüber nach, vielleicht ein Bier in einer Bar zu trinken, entschloss sich dann aber, einfach nach Łódź weiterzufahren. Die Bäume, die links und rechts im Scheinwerferlicht auftauchten, glichen grauen Riesen oder gewaltigen Säulen und begleiteten seinen Weg, der ins Unbekannte führte und gleichzeitig, so schien es ihm, zu dem, was er wirklich war.

In Łódź angekommen, drehte Andrzej ein paar Runden zwischen den Stadtteilen Fabriczna und Stare Bałuty, überlegte, ob er Richtung Warszawa weiterfahren sollte, suchte erneut – aber dieses Mal in der Absicht, wirklich hineinzugehen – nach einer Bar und wurde schließlich fündig, als er in einer unauffälligen Seitenstraße Lichterketten in den Fenstern und ein Schild in zartem Rosa erblickte. Andrzej erkannte sofort, dass es sich um eines dieser Etablissements handelte, die in der Wendezeit überall aus dem Boden schossen.

Zweimal fuhr Andrzej am Gebäude vorbei in der Hoffnung, die Tür würde aufgehen und er könnte einen Blick ins Innere werfen. Dann sah er ein, wie lächerlich sein Verhalten war, parkte seinen Wagen vor dem Schild, das, nicht kunstlos, ohne abzusetzen, in nur einer Linie eine nackte Frau im Halbprofil zeigte, und stieg aus. Der Grafiker hatte sich während seines Studiums an der Kunsthochschule in besonderem Maße für die Spätwerke Picassos interessiert: den Don Quichotte oder den Dackel – scheinbar schnelle schwarze Skizzen ohne Hintergrund und Tiefe, aber virtuos in der Abstraktion. Und da man mit Kunst allein in diesen schwierigen Zeiten kein Geld verdienen konnte, verwandelte der junge Absolvent Kunst in Grafik und füllte die Werbeschilder zahlreicher Läden in Łódź und Umgebung mit wie aus dem Handgelenk geschwungenen Blumensträußen, Schneider- und Friseurscheren, Satellitenschüsseln und eben auch Frauenprofilen.

An der frischen Luft atmete Andrzej tief durch und blickte unentschlossen auf das Halbprofil. Um Zeit zu gewinnen, zündete er sich eine Zigarette an, rauchte sie dann jedoch schnell auf und sagte:

– Ach, scheiß drauf, nur ein Bier.

Als er die verspiegelte Tür öffnete, ging er dem Blick seines Spiegelbilds aus dem Weg. Er folgte dem dunklen schmalen Gang, wobei er seine Schritte unwillkürlich leiser und langsamer setzte. Doch als er in eine Bar trat, wo ihm ein paar aufreizend gekleidete Frauen gelangweilt die Köpfe zudrehten, kehrte seine Sicherheit zurück. Andrzej hatte keine Angst vor Frauen. Nur vor sich selbst.

– Guten Abend, die Damen. – sagte er mit fester Stimme. – Darf ich?

– Bitte.

Mit schwungvollen Schritten setzte er sich auf einen Hocker in der Mitte der Theke, stellte sich ganz ungeniert mit seinem echten Vornamen vor und fragte die Frauen, wie sie hießen. Andrzejs Selbstbewusstsein gefiel den wartenden Damen ebenso wie der Umstand, dass jede von ihnen sich wertgeschätzt fühlte, und sofort kehrte Leben ein in diese bis dahin öde Nacht. Dann gab Andrzej eine Runde aus und ließ sich auch nicht beirren, als man ihm zuflüsterte, dass die Getränke hier besonders teuer waren. Er war nicht kleinlich. Auch das gefiel. Mit dem Sekt kam die Ausgelassenheit. Man lachte und scherzte. Die Musik wurde lauter gedreht, Finger klopften Rhythmen, Hüften kreisten. Immer wieder legte sich eine Hand auf Andrzejs Schulter oder auf seinen Oberschenkel, immer wieder umfasste auch er ein Handgelenk oder eine Taille. Bis schließlich eine der Frauen, die sich als Mariola vorgestellt hatte, fragte, ob er nicht auf ein Zimmer gehen wolle. Andrzej zögerte.

– Es muss ja nicht gleich alles sein. Wie wäre es mit einer Massage? Die würde dir bestimmt guttun. Du hattest einen harten Tag, das sieht man dir an.

An einer Massage, dachte Andrzej, sei nichts auszusetzen.

– Und mit wem möchtest du hochgehen?

Andrzej bekam auf einen Schlag Lust, doch anders, als er es kannte. Natürlich hatten ihm die Frauen auch vorher schon gefallen. Immer wieder hatte er auf ihre hübschen Schultern, in volle Dekolletés, auf Beine in Strapsen, auf flache Bäuche und auf geglättete oder gelockte Haare geschaut, immer wieder hatte er angefasst und sich anfassen lassen, hatte gescherzt und gelacht und die ganze Zeit über gewusst, dass er in einem Bordell war. Doch nun war der Augenblick gekommen, wo er eine Frau wählen sollte. Alle fünf warteten seine Entscheidung ab. Er brauchte keiner den Hof zu machen, er konnte haben, welche er wollte, und sie würde tun, was er wollte. Diese Macht, die ihm sein Geld verlieh und der sich die Frauen zu unterwerfen bereit waren, hatte er so bisher noch nicht gekannt. Und sie war außerordentlich erregend.

Mit einem Schmunzeln entschied er sich für die brünette Lidia. Sie sah Beatka ähnlich. Beatka war die letzte Frau gewesen, mit der er etwas laufen hatte, bevor Iwona schwanger wurde. Er hätte sie haben können, da war er sich sicher. Er hatte ihr damals in Waldeks Laden bereits unanständige Dinge ins Ohr geflüstert, und sie hatte nur leicht den Kopf geschüttelt, geschmunzelt und die Beine übereinandergeschlagen. Andrzej hatte Beatka für Iwona verlassen, und wenn er sich nun für eine Frau entschied, die Beatka ähnelte, dann war es fast so, als wählte er etwas, das ihm zustand. So zumindest dachte Andrzej mitten in der Nacht nach mehreren Gläsern Sekt in einem Bordell.

Als er mit Lidia hoch ging, verlor er wieder seine Sicherheit. Die engen Flure und die geschlossenen Türen schüchterten ihn ein. Dass Lidia ihn an der Hand führte und ihn immer wieder anlächelte, half nichts. Er war im Begriff, mit einer Prostituierten auf ein Zimmer zu gehen. Er, der Vater von sechs Kindern, mitten in der Nacht nach mehreren Gläsern Sekt in einem Bordell. Während seine Frau zu Hause ahnungslos schlief.

Auch im Zimmer fühlte er sich nicht besser. Aber er dachte sich: Wenn er schon so weit gekommen war, könne er sich auch massieren lassen. Also setzte sich Lidia auf ihn, massierte ihm den Rücken und die Oberschenkel und bat ihn, sich umzudrehen. Erneut setzte sie sich auf ihn, massierte dann seine Oberarme, die Brust und wieder seine Oberschenkel. Wie zufällig berührte sie dabei seinen Schwanz. Andrzej protestierte nicht. Also tat es Lidia erneut, zuerst nur selten, dann immer häufiger, bis sie ihn schließlich völlig umfasste und zu reiben begann. Nun war es geschehen, dachte Andrzej. Und wenn er schon so weit gekommen war, dann könne er es auch geschehen lassen. Nach einer Weile nahm ihn Lidia in den Mund, und wiederum dachte Andrzej, wenn er schon so weit gekommen war, dann könne er es auch geschehen lassen. Denn ob sie ihn wichse oder ihm einen blase, mache nun auch keinen Unterschied mehr – Hauptsache, sie würden keinen Sex haben. Und als sie sich schließlich auf ihn setzte und ihn einführte, dachte Andrzej, dass es doch albern sei, was er bisher gedacht habe, und dass es nun wirklich keinen Unterschied mache, ob er in einem Bordell Sex oder Oralsex habe.

So war es geschehen.

Zwei Monate später kam Andrzej wieder. Er hatte nun seine Frau und seine Familie betrogen, und ob er es einmal oder zweimal tun würde, machte keinen Unterschied mehr. Beim zweiten Mal war er nicht mehr so passiv. Er trat fordernder auf, nannte Vorlieben und gab der Prostituierten klare Anweisungen.

Zwischen dem zweiten und dritten Mal lagen nur drei Wochen. Und ab dem vierten Mal wurde es Gewohnheit. Immer häufiger musste er, so erklärte er zu Hause, Material in Łódź bestellen oder mit Vertragspartnern in der Umgebung verhandeln. Um nicht stets dieselbe weite Strecke zu fahren, suchte er die Gegend um Gajerudki im Umkreis von hundert Kilometern nach weiteren Bordellen ab und ließ sich auch bald mit den Prostituierten ein, die auf Lkw-Parkplätzen oder am Straßenrand von Fernstraßen standen und in Anlehnung an die an Lastfahrzeugen angebrachte Tafel TIR (*Transports Internationaux Routiers*) auf Polnisch *Tirówki* genannt wurden.

Nach einem Jahr führte Andrzej bereits ein regelrechtes Doppelleben. Kaum eine Woche, kaum drei Tage verstrichen, ohne dass er irgendwo mit einer Prostituierten verkehrte. Immense Summen gingen dafür drauf, und sein Sägewerk litt darunter, dass er ständig unterwegs war und Termine nicht mehr einhielt. So schmolz ihr Erspartes rapide dahin. Doch am schlimmsten waren die Gewissensbisse. Wenn er an Iwona dachte, dann zerbrach es ihm das Herz. Er wusste selbst nicht, wie es so schnell so weit hatte kommen können. Und doch machte er weiter.

Als Iwona ihn schließlich fragte, ob sie ihr Geld in Amberlife investieren könnten, war er kaum in der Lage, ihr gerade in die Augen zu schauen. Er hatte kein gutes Gefühl bei der Sache, wie er nie ein gutes Gefühl bei all den ganzen Firmen Beatkas gehabt hatte. Aber Iwona bat ihn so inständig und klagte dabei, dass sie ihm immer in allem vertraue, er ihr dagegen nicht. Da konnte er ihr einfach nicht mehr widersprechen.

63

Heniek hatte aufmerksam zugehört und setzte sich nun, da Andrzej nicht mehr weitersprach, auf den Boden. Die Erleichterung, dass sich seine unausgesprochene, ja nicht einmal zu Ende gedachte Befürchtung nicht bewahrheitet hatte, währte nur kurz und wich schnell dem Mitgefühl:

– Die arme Iwona.

Andrzej sagte nichts.

– Du bist ein Arschloch. Weißt du das?

Andrzej nickte.

– Und mit Jutta hast du auch geschlafen?

– Ja.

Heniek schüttelte den Kopf und warf einen Zweig davon.

– Warum, Andrzej?

– Ich weiß es nicht. Sind wir nicht alle so?

– Sie liebt dich, sie hat dir sechs Kinder … geschenkt. Sie hat sich immer um sie gekümmert. Und um dich. Alles, was Iwona will, ist, dass … dass du zufrieden bist. Und von dir geliebt zu werden. Ist das zu viel verlangt?

Da Andrzej nicht antwortete, schrie Heniek erneut:

– Ist das zu viel verlangt?

– Tu nicht so gerecht. Du hättest doch den kleinen Deutschen fast umgebracht, um ihm sein Auto zu klauen.

– Fick dich, Andrzej.

– Ich hab es in deinen Augen gesehen.

– Geschlagen, nicht umgebracht. Und das hat überhaupt nichts damit zu tun. Das ist überhaupt nicht das Gleiche. Weißt du überhaupt, was du Iwona antust? Hast du eine Ahnung, was es bedeutet, jemanden zu lieben, der einen scheiße behandelt? Wie sehr es wehtut? Was …

Da weinte Andrzej. Es war nicht nur ein Tränen der Augen wie vorhin im Zelt. Das hätte Heniek zwischen all den Regentropfen in der Dunkelheit ohnehin nicht gesehen. Es war ein Schluchzen, Seufzen und Stöhnen, das sich nicht verbergen ließ. Heniek hatte Andrzej noch nie so weinen gesehen. Er hatte es sich bisher nicht einmal vorstellen können. Andrzej hatte zuletzt als Kind geweint und es sich dann einfach abgewöhnt, schon mit sieben oder acht Jahren. Als wäre der Vorrat für das ganze Leben begrenzt, hatte Andrzej seine Tränen bereits in den ersten Jahren aufgebraucht. Wenn ihn danach noch sein Vater oder einer seiner Lehrer oder der Polizist auf der Straße geschlagen hatte, dann waren seine Lippen aufeinandergepresst geblieben, und er hatte seinem Gegenüber gerade in die Augen geschaut. Das hatte dieses nur noch wütender gemacht, weshalb die nächsten Schläge umso stärker ausfielen. Doch Andrzej weinte nicht mehr. Vielleicht mochten ihm vor Schmerz die Tränen fließen – die Genugtuung, ihn schluchzen zu sehen, verschaffte Andrzej niemandem mehr.

Daher erschütterte es Heniek umso mehr, ihn jetzt so auf dem Boden zu sehen.

– Ich kann nicht mehr. – presste Andrzej hervor.

– Andrzej.

– Ich will nicht mehr.

– Komm, steh auf.

– Es tut mir leid. Ich bin ein Arschloch. Ich mache die ganze Zeit Scheiße. Alles verbocke ich.

– Andrzej.

– Glaub mir: Ich wäre auch so mitgekommen. Auch wenn ich selbst nichts davon gehabt hätte. Nur um mit dir mitzufahren. Um dir zu helfen, um … Glaubst du mir?

– Ja.

– Glaubst du mir?

– Ja.

Andrzej schluchzte noch einmal.

– Das sind nur beschissene Lügen! Nichts davon ist wahr. Ich wäre bestimmt nicht mitgefahren. Ich hätte dich davon abgehalten, um selbst nicht mitfahren zu m… Ich hätte dir gesagt, dass es sich nicht lohnt, dass du dir lieber …

– Andrzej.

– Und weißt du, warum? Weil ich immer nur an mich denke, verdammt. Nur an mich! Immer. Bei allem, was ich tue. Ich versuche, auch an andere … Aber nein. Nicht an dich, nicht an meine Frau, nicht an meine Kinder oder Enkel. Nur an mich. Glaubst du mir?

Dieses Mal sagte Heniek nichts.

– Jetzt schweigst du. Richtig so. So einem wie mir kann man nicht glauben. Ich habe schon jeden angelogen in meinem Leben. Jeden, verdammt. Und weißt du, was das Schlimmste ist?

– Andrzej, es reicht.

– Es bringt mir nicht mal etwas, Scheiße. Sonst wäre ich wohl kaum hier in diesem Kack-Wald und würde im Regen verrecken. Jeder wäre ohne mich besser dran.

– Andrzej ...

– Sie hatten alle Recht. Ich bin ein verdammter Nichtsnutz.

Heniek schwieg. Eine neue Welle der Übelkeit brach sich an seinen Eingeweiden. Vorsichtig legte er seine Hand auf Andrzejs Schulter.

– Hast du Iwona schon mal geschlagen?

– Was? Nein!

Andrzej hörte durch den Regen hindurch Henieks vielsagendes Schweigen.

– Du Beatka?

– Ja. Ein Mal ... in den Bauch ... Ich ... kurz bevor sie nach Holland ...

Heniek wollte weitersprechen, doch plötzlich musste er sich übergeben. Es kam einfach hoch in ihm, fiel ihm ohne Vorwarnung ins Wort und warf ihn vornüber. Wie Andrzej zuvor war nun auch Heniek dem ganz ausgeliefert, musste auf die Knie gehen und sich übergeben, bis er keine Kraft mehr hatte. Und plötzlich, als es vorbei war, kam ihm eine neue Erkenntnis:

– Wir werden Beatka niemals finden.

Andrzej antwortete nicht.

– Sie ist mit dem Geld, – sprach Heniek weiter, mehr zu sich selbst als zu seinem Freund, – bestimmt untergetaucht. Und sonst wo.

Er wollte weitersprechen, doch wieder musste er sich übergeben. Als er aufschaute, war Andrzej weg.

– Andrzej, wo bist du? – rief Heniek.

Er hörte etwas, das ein Stöhnen, ein Knacken oder ein Heulen sein konnte.

– Andrzej! Verdammt, lauf jetzt nicht weg!

Doch Andrzej antwortete nicht. Und so ging ihn Heniek suchen; einfach aufs Geratewohl, in irgendeine Richtung, im Regen in den Regen, im Wald in den Wald, im Dunkeln ins Dunkle. Schon nach wenigen Schritten sah er das Zelt nicht mehr, ein paar Schritte weiter konnte er nicht einmal mehr sagen, in welcher Richtung es sich befand. Darüber würde er später nachdenken, dachte er. Jetzt musste er seinen Freund finden.

Er stolperte über Wurzeln und fiel in Pfützen. Und wenn er auf Pilze stieß, dann trat er gegen sie und verfluchte sie.

Unter seinen Schritten rutschte die Erde weg. Es sah aus, als flösse sie. Ein schwarzer Fluss. Wer daraus trinkt, wird alles vergessen. Und im Rauschen des Regens wurden seine Gedanken immer lauter. Da stieß Heniek auf etwas und befühlte es. Es war moosig und feucht und roch modrig und frisch. Und es war hohl. Ein umgekippter Baumstamm wahrscheinlich. Heniek kroch hinein. Innen war es feucht und weich.

Wie in Beatka, dachte er.

Wie in seiner Mutter Schoß.

Wie im Grab.

Und wie er in diese Enge eingedrungen war – da wurde er hart. Einfach so. Die Lust, was ist es bloß mit ihr?

Waldgeruch und ein Steifer. Wie bei den Pfadfindern, dachte Heniek: Als sie ihre Schwänze verglichen. Heniek hatte immer gewonnen.

– Kein Wunder! Du bist ja auch der Größte von uns. – hatten alle Kameraden gesagt. Nur Witek hatte einen noch Längeren, obwohl er einen Kopf kleiner war als Heniek. Aber Witek war streng katholisch und zeigte ihn nie zum Spaß her.

Heniek schob seine Hand in die Hose. Sein Schwanz schwoll vollkommen an.

Wenn Eirini das jetzt sehen könnte, dachte er.

Und er rieb ihn zwei- oder dreimal und schlief ein. Ob für eine Minute oder eine Stunde, konnte er nicht sagen. Als er aufwachte, hatte er noch immer seinen Schwanz in der Hand, und seine Hand war nass, aber alles an ihm war nass, sodass er nicht wusste, ob er gekommen war oder nicht. Aber er wusste, dass er Andrzej finden musste. Und er bekam Angst, weil es so eng um ihn war. Er stieß nach oben und zur Seite, warf sich hin und her und trat um sich. Doch überall war nur Holz. Seine Atmung schnappte, kalter Schweiß trat auf seine Stirn, Panik erfüllte ihn. Mit immer heftigeren Bewegungen versuchte er, sich aus diesem Holz zu befreien. Doch je mehr er um sich schlug, desto enger schien es um ihn herum zu werden.

– Ruhig. – flüsterte er.

Und dann schrie er es noch einmal:

– Beruhige dich, verdammt! Du alter Idiot. Ruhe, Ruhe, Ruhe!

Und er kam so weit zur Ruhe, dass er nicht mehr ziellos um sich schlug, sondern innehielt, durchatmete und schließlich Stück für Stück zurückkroch. Bis er wieder draußen war, wo es noch immer dunkel war und noch immer regnete.

– Andrzej, wo bist du? – rief er in die Nacht.

Doch niemand antwortete.

– Andrzej, kannst du mich hören?

Nur Regen.

– Andrzej!

Nur schwarze Bäume. Doch die Bäume setzten sich in Bewegung. Zunächst ganz schwerfällig, denn ihre tiefen Wurzeln standen ihnen im Weg. Langsam nur streckten sie sich und knackten mit ihren knorrigen Zweigen und Ästen. Dann aber wurden ihre Bewegungen leichter, sie begannen zu schaukeln, zu wippen, zu tanzen. Vereinzelt und zaghaft zu Beginn, fanden sie sich schnell zu Paaren und Formationen, zu Carrés, Colonnen und Quadrillen zusammen, tanzten Walzer und Pavanen, Menuette, Allemanden und Polonaisen vor Henieks Augen. Sie drehten sich und wechselten einander ab, kamen mal auf ihn zu und wichen mal vor ihm weg. Und schneller, und immer schneller.

Bis Heniek plötzlich vor Andrzej stand. Aber das war nicht Andrzej. Andrzej hatte kein Fell, keine Hörner. Das war etwas anderes etwas Gewaltiges, etwas Ungeheures. Wie ein Fürst als Letzter das Fest betritt, das er selbst veranstaltet, war, so erkannte Heniek nun, all das Tanzen der Bäume nur Begleitung, nur Schmuck und Zier, nur Hofstaat gewesen für den eigentlichen, den prunkvollsten und den letzten Auftritt: für den König des Waldes, für den ehrwürdigen Souverän des tiefsten Gehölzes, für den stoischen Monarchen des europäischen Festlandes, für seine Achtung gebietende uralte Majestät, den Wisent.

Heniek ging in die Knie und schaute ihm direkt in die Augen, in die geheimnisvollen, in die querovale Iris. Und er spürte den feuchten Atem an seinem Gesicht und die raue Zunge auf seiner Haut.

Seine Majestät sagte nichts. Sie wartete. Und Heniek verstand, und er hörte in sich hinein, und aus dem tiefsten Innern sprach er die Worte:

– Wenn ich doch nur Beatka noch einmal wiedersehen könnte! Ich möchte sie nur ein letztes Mal sprechen. Bitte, nur ein letztes Mal!

Der Wisent starrte ihm in die Augen und wartete. Dann nickte er leicht, als Zeichen des Wohlwollens, der Gnade, des Segens. Oder des Grußes und des Abschieds, denn sofort darauf schnaubte er, schüttelte sich kurz und wandte sich von Heniek ab. Und wo er eben gestanden hatte, war jetzt ein dunkler aschfarbener Busch. Heniek sprang auf, lief ihm nach, stolperte über etwas und verlor einen Schuh und fluchte lautstark und erkannte, dass es Andrzej war, über den er gestolpert war, und dann dankte er Gott und legte sich neben ihn und schloss die Augen.

Und aus dem Abend wurde Morgen. Und der Regen hörte auf.

64

Heniek kam zu sich. Was er zuerst spürte, war ein saurer Geschmack im Mund, dann Kopfschmerzen und schließlich ein Krampf in dem Arm, mit dem er Andrzejs Bauch umklammerte. Andrzej war also da. Das war gut. Er lag dicht vor ihm, und sein regelmäßiges Atmen zeigte, dass auch er die Nacht überstanden hatte.

Sie lebten. Alles andere war zweitrangig.

Als sich Heniek bewegen wollte, spürte er Rückenschmerzen. Er war vollkommen durchnässt und durchfroren. Seine Hände und Unterarme waren voller Schrammen, und sein Herz schmerzte unerbittlich.

– Andrzej, alles in Ordnung? – fragte Heniek.

– Ja, aber würdest du deinen Arm woandershin legen?

Sie standen auf und schauten sich um. Der dichte Wald, in dem sie ihr Zelt aufgeschlagen hatten, war nicht weit entfernt, selbst die Hütte konnten sie darin erkennen.

Gestern Nacht hatte Andrzej das Gefühl gehabt, kilometerweit in eine Richtung gelaufen zu sein. Doch nun sah er, wie sehr sich seine Wahrnehmung getäuscht hatte.

Während sie zu ihrem Unterschlupf zurückkehrten, hielt Heniek nach dem Baumstamm Ausschau, in den er in der Nacht gekrochen war, aber er konnte ihn nicht finden. Alles sah anders aus.

– Hast du ihn gestern auch gesehen?

– Wen?

– Den Wisent.

– Es gibt hier doch keine Wisente.

– Gestern Nacht stand hier einer.

Andrzej schüttelte den Kopf. Nicht nur das schien ihm seltsam; wahrscheinlich war es nur ein Traum gewesen. Oder eine seltsame Einbildung Henieks. Vor allem fragte sich Andrzej, wie sie drei Tage und drei Nächte im strömenden Regen in diesem Zelt hatten aushalten können: Es war halb eingestürzt, und der Schlafsack war nass und zerrissen. Andrzej wollte die Erinnerung daran so schnell wie möglich auslöschen.

Was von ihren Sachen noch zu gebrauchen war, nahmen sie heraus.

– Was jetzt? – fragte Andrzej, als sie ein letztes Mal auf ihren Unterschlupf schauten.

Heniek zuckte mit den Schultern:

– Wir gehen weiter.

– Heniu, lass es gut sein. Das macht doch keinen Sinn.

– Zurückgehen macht noch weniger Sinn.

– Was muss denn noch passieren, damit du aufgibst?

– Ich werde Beatka finden. Und wenn es das Letzte …

– Ja ja.

In einem eiskalten Bach – Scheiße, wie ein Kühlschrank, als käme er vom Nordpol, Mist, schneller! – wuschen sie sich und ihre Kleidung, so gut es ging, denn alles war voller Schlamm, Kot und Erbrochenem. Anschließend legten sie sich unweit einer Bundesstraße ins Gras – Hunger! Und diese verdammten Ameisen! – und trockneten ihre Sachen in der Sonne, die wieder so sommerlich schien wie vor drei Tagen.

– Was wirst du jetzt tun? – fragte Heniek und nahm damit endlich wieder das Gespräch auf, auf das Andrzej wartete, ohne dass er es selbst begonnen hätte.

– Ich weiß es nicht. Was würdest du tun?

– Damit aufhören.

– Wie häufig habe ich das probiert: Nur noch dieses letzte Mal. Nur noch bis Neujahr. Bis zu unserem Hochzeitstag. Verdammt, ich habe sogar an unserem Hochzeitstag mit anderen Frauen gefickt.

Heniek riss einen Grashalm aus, klemmte sich ihn zwischen die Daumen und blies darauf, bis ein scharfer Ton ertönte.

– Jetzt hast du eh kein Geld mehr dafür.

– Hm. – Andrzej nickte.

Heniek spielte eine kurze Folge von Tönen, bis der Grashalm riss.

– Wie willst du es Iwona sagen?

– Soll ich überhaupt?

– Natürlich. – sagte Heniek, weil es ihm selbstverständlich schien. Doch wenn er genauer darüber nachdachte, war es nicht mehr so selbstverständlich.

– Würdest du es nicht wissen wollen … wenn Iwona andere Männer hätte?

– Doch, unbedingt. Ich will doch nicht der Schwachkopf von Gajerudki sein, der nicht mitkriegt, was seine Frau tut!

Andrzej warf einen Stein über die Wiese.

– Aber ich glaube, Iwona würde es wahrscheinlich lieber nicht wissen wollen.

– Warum glaubst du das?

Andrzej antwortete nicht. Stattdessen prüfte er seine Sachen und meinte schließlich:

– Sie sind trocken.

Heniek schaute eine Weile zu, wie er sich anzog.

– Warum glaubst du das?

Andrzej seufzte:

– Würdest du es wissen wollen?

– Aber Beatka würde doch nicht … – antwortete Heniek und stockte mitten im Satz:

– Was ist das für ein Lärm?

Ein Rasseln und Keuchen ertönte am Horizont und nahm stetig an Lautstärke und Tonhöhe zu. Sie lauschten.

– Das ist doch … – Heniek beendete seinen Satz nicht. – Woher kenne ich den Klang nur?

– Ein Rasenmäher?

– Nein. – Heniek suchte noch immer in seiner Erinnerung.

– Die Wueska, die mein Cousin fuhr, klang so ähnlich.

– Das ist es auch nicht.

Sie knöpften schnell ihre Hemden und Hosen zu. Das Röcheln setzte kurz aus und begann sofort wieder auf einem tieferen Ton.

– Was auch immer es ist, es kommt nur im ersten Gang den Hügel hoch.

Sie traten an die Straße und schauten in Richtung Osten, wo das Heulen immer lauter wurde: Auf dem Hügel erschien ein Fiat, dann noch einer und schließlich ein dritter. Doch es waren keine gewöhnlichen Fiats, es waren Maluchs: die kleinen Modelle 126p, die der polnische Fahrzeughersteller FSM unter Lizenz seit 1973 fertigen durfte. In Deutschland nannte man das Modell Bambino, Kind. Und Kind – oder genauer noch: Kleiner – bedeutete auch die polnische Entsprechung Maluch.

Das Auto hatte eine Länge von nur 3,1 Metern. Der Motor fasste je nach Modelltyp 0,6 oder 0,65 Liter und kam damit auf 23 bis 24 PS. Etwa 50 Sekunden brauchte der Kleine, um von 0 auf 100 km/h zu beschleunigen. Weitere acht Stundenkilometer später erreichte er seine Maximalgeschwindigkeit. Der Maluch war ein Meisterwerk der Ästhetik der Not: billig, unzuverlässig und allgegenwärtig. Noch bis in die späten Neunzigerjahre hinein beherrschte er die polnischen Straßen. Er war ein Relikt des Sozialismus, doch der Wandel brauchte seine Zeit. Wer es sich leisten konnte, der tauschte ihn in den Wendejahren gegen ein anderes Auto, ein westliches gar, und war König auf den Straßen. So lag der Wert des Maluchs schnell bei null, und nicht wenige eigentlich noch fahrtüchtige Exemplare wurden verschrottet, in Straßengräben zurückgelassen oder verrosteten und vergammelten auf Hinterhöfen und in Scheunen. Es war ein würdeloser Abgang für ein Gefährt, das zwei Generationen von Polen mobil gemacht hatte. Doch die Geschichte ist ironisch, und der todgeweihte Legionär, der Maluch moriturus, bekam die Aura des Nostalgischen, den Flair der Verklärung und die Unsterblichkeit des Kults. Wer jetzt noch einen 126p besaß und pflegte, war plötzlich ein Held. Von Liebhabern umgebaute Versionen tauchten auf: Cabrios, Offroader, Stretchlimos. Aus Scheunen und Hinterhöfen, Straßengräben und Schrottplätzen barg man, was noch zu bergen war, reparierte und restaurierte es. Die Preise stiegen rasant, doch nicht wenige Besitzer erklärten nun, sie würden ihren Maluch niemals verkaufen. So wurde, was zuerst allgegenwärtig und billig gewesen war, schließlich selten und kostbar.

Daher lachten Andrzej und Heniek vor Verblüffung auf. Einen fahrtüchtigen Maluch auf der Straße zu sehen, war bereits etwas Rares. Drei hintereinander, noch dazu in Deutschland? Es war wie ein Wunder.

Ergriffen und belustigt zugleich schauten sie zu, wie die Maluchs den Hügel hinunterrollten und neben ihnen zum Stehen kamen.

Doch sofort erschrak Andrzej wieder: Aus dem Innenraum blickten ihn die dunklen Gesichter zweier Flüchtlinge an.

– *Good day, gentlemen, h…*

Andrzej ließ den Fahrer nicht aussprechen. Stattdessen sagte er, was er dachte:

– Oh, *Kurwa*.

– Ihr seid Polen? – fragte der Fahrer sofort auf Polnisch. Sein breites Lächeln entblößte einen Goldzahn.

– Ja. – erwiderte Andrzej unsicher.

Der Goldzahn stieg aus seinem Fahrzeug aus und rief den beiden Autos hinter ihm zu:

– *Estos son Polacos*!

Die beiden Fiats begannen zu hupen, und auch der Fahrer des ersten Maluchs sprang wieder hinein und drückte ein paarmal auf die Hupe. Als würde jemand heiraten. Seine Beifahrerin, ihre Haut war olivgrün, ihre Haare waren schwarz, doch mit leuchtend roten Strähnen versetzt, nickte Andrzej und Heniek zu.

– Was ist hier los? – fragte Andrzej.

– Wir kommen gerade aus Polen! – sagte die Frau mit den Strähnen.

– Mit diesen Rostlauben? – fragte Heniek.

– Mit diesen Rostlauben!

Der Goldzahn glänzte in der Sonne.

– Könntet ihr uns vielleicht ein Stück mitnehmen?

Das breite Lächeln verschwand.

– Gern, aber wir sind fast am Ziel. In zwei Kilometern kommt ein Campingplatz. Da fahren wir hin.

– Campingplatz klingt gut.

Der Goldzahn hieß Paco, und die junge Frau unter den leuchtenden Strähnen stellte sich als Estefania vor. Und Geflüchtete waren sie auch nicht, sondern Spanier: Pablo, Maria, Alejandro und Lucía hießen die anderen vier. Wobei sie, kaum dass sie im Auto saßen, Heniek sofort sehr ausführlich auseinandersetzten, dass sie eigentlich auch gar keine Spanier waren, sondern Katalanen. Heniek folgte den in gebrochenem und gelispeltem Polnisch vorgetragenen Ausführungen über die katalanischen Unabhängigkeitsbestrebungen nur mit halbem Ohr. In Polen hielten sich die Schlesier auch für etwas anderes, Eigenes, Besseres. Man hasste sie dafür. So einfach war das.

– Gut, gut, – unterbrach er Pacos Vortrag, – aber was habt ihr in Polen gemacht?

– Studieren. Erasmus.

– Weißt du, was das ist?

Heniek schüttelte den Kopf. Es erstaunte ihn, dass die jungen Katalanen ihn sofort duzten.

– Ein Austauschprogramm für Studenten.

– Was studiert ihr?

– Wirtschaft. – antwortete Estefania.

– Wirtschaft und Jura.

– Beides?

– Ja.

– Warum?

– Um vor den anderen einen Vorteil zu haben. Es gibt Ökonomen und Juristen. Aber wer hat schon beides gemacht?

Der Goldzahn lächelte triumphierend.

– Und, – ergänzte Estefania, – wer kann schon Spanisch, Englisch und Polnisch?

– Und wer hat Auslandserfahrung?

– Wer …?

– Aber wozu das alles? – Heniek schwirrte der Kopf vor lauter Qualifikationen.

– Um Arbeit zu finden.

– Um Arbeit zu finden? – fragte Heniek. – Habt ihr denn Angst, dass ihr mit einem Abitur keine Arbeit findet?

Die Katalanen mussten unwillkürlich lachen.

– Ein Abitur ist gar nichts. Auch ein Studium ist zu wenig. In Barcelona laufen gebildete Leute durch die Metro und … wie sagt man? Sie bitten um ein paar Münzen.

– Sie betteln. – half ihm Estefania mit der richtigen Vokabel.

– Danke. Sie betteln in der U-Bahn. Junge Leute, und sie haben einen Lebenslauf dabei und zeigen, was sie schon alles gemacht, was und wo sie studiert haben, um deutlich zu machen: Es ist nicht meine Schuld. Ich habe mir Mühe gegeben. Ich habe getan, was ich konnte.

Es wurde kurz still im Auto. Heniek veränderte seine Haltung. Die kleine Rückbank war unheimlich eng und unbequem. Er konnte sich kaum vorstellen, wie sie damals zu viert in diesem Auto hatten reisen können, er und überhaupt alle Polen. Hinter ihnen fuhren die anderen beiden Fiats. Im zweiten saß Andrzej und folgte ihnen.

– Und warum die Maluchs?

– Nach einem Jahr in Polen wollten wir nicht einfach zurückfliegen. Wir fahren die ganze Strecke von Warschau nach

Barcelona, und wenn wir ankommen, haben wir ein kultiges Andenken.

– Und weil's Spaß macht. – ergänzte Estefania.

– Um was zu erleben.

– Man lebt nur einmal.

Das war ein Ding zwischen den beiden: Sie sprachen gar nicht mehr mit Heniek, sondern schauten sich an und überboten sich gegenseitig, bis einer nicht mehr weiterwusste, lachte und den anderen küsste.

Heniek hörte nicht mehr zu. Die beiden hatten ohnehin ins Katalanische gewechselt. Er aber dachte er darüber nach, weshalb die beiden und ihre Freunde eine Reise, die wahrscheinlich mehr als doppelt so lang war wie ihre – so genau wusste er es nicht –, als angenehm empfanden. Vielleicht lag es daran, dass sie jung, dass sie eine gemischte Gruppe und dass Paco und Estefania ein Liebespaar waren. Doch wahrscheinlicher war die völlige Sinn- und Zwecklosigkeit ihrer Fahrt. Die Katalanen reisten aus keinem bestimmten Grund, sie machten die Reise um der Reise willen.

65

Gemächlich schlenderten Andrzej und Heniek über den Campingplatz und gaben sich Mühe, wie die anderen Camper auszusehen. Das war gar nicht so einfach, weil gewöhnliche Camper selten über den Platz schlendern, und wenn, dann mit einem konkreten Ziel: den Duschen, der Toilette, dem See, dem eigenen Zelt. Der Gang ist dabei immer ein wenig beschleunigt und der Blick hauptsächlich nach vorn gerichtet. Heniek und Andrzej gingen dagegen ziellos umher und schauten sich ständig um. Ihre Mägen knurrten unerbittlich im Dunst der vielen Grills, und ihre Gesichter nahmen einen geradezu flehentlichen Ausdruck an. Aber Bitten und Betteln brachten sie nicht weiter: Den Besitzern war es lieber, wenn ihnen ein überschüssiges Stück Fleisch vom Grill geklaut wurde, als wenn sie es teilen sollten. Diese Erfahrung zumindest machten Heniek und Andrzej, als sie einen Mann, der, ungefähr in ihrem Alter mit seiner Frau zusammen im Schatten einer Markise neben einem runtergebrannten Grill döste und sich dabei wohlig den runden Bauch hielt, nach dem Stück Fleisch fragten, das auf dem Rost lag und mit Sicherheit nicht mehr gegessen werden würde, da neben dem Grill die Teller bereits übereinandergestapelt lagen.

– Verschwindet, ihr Stinker! Sonst lass ich euch vom Campingplatz werfen! – lautete die Antwort. Zumindest wahrscheinlich. Denn in Wahrheit verstanden Andrzej und Heniek kein Wort. Sie konnten nicht einmal die Sprache bestimmen. Aber die laute Stimme, das plötzliche Hochschnellen vom Klappstuhl und die erhobene Faust des rot anlaufenden Unterhemd- und Trainingshosenträgers waren unmissverständlich

Wenn Andrzej und Heniek dagegen ein schon abgekühltes Steak, das herrenlos am Rande einer kleinen Gruppe von satten Urlaubern auf dem Grill wartete, einfach schnell mitnahmen, indem Andrzej auf der einen Seite am Zelt vorbeiging und mit einer Frage oder einem Stolpern über die Heringe die Aufmerksamkeit auf sich zog, während Heniek auf der anderen das Fleisch hastig in seine Finger nahm und hinter seinem Rücken verschwinden ließ, dann hatten die Besitzer kein Problem damit, ihr übrig gebliebenes Essen abzugeben. Menschen sind doch bereit zu teilen, zumindest, wenn sie es nicht bemerken.

Schließlich setzten sich Andrzej und Heniek unter einen Baum, holten ihre Beute hervor und begannen zu essen.

Ihnen gegenüber spielten die Spanier Volleyball auf einem Sandplatz. Sie mussten sehr in ihr Spiel vertieft sein, denn sie bemerkten Heniek und Andrzej gar nicht. Die rothaarige Lucía war gerade dabei, einen Aufschlag zu machen. Mit durchgestreckten Beinen und nach vorn gebeugtem Körper klatschte sie zunächst zweimal auf den Ball, warf ihn dann in die Luft und schlug ihn gleich darauf mit der flachen Hand knapp über das Netz.

– Du musst etwas machen. – sagte da Heniek ganz unvermittelt zu Andrzej.

– Was?

– Du kannst doch nicht die ganze Zeit eingeschnappt sein und mit Iwona nicht mehr reden. Noch dazu, wo es eigentlich deine Schuld ist.

– Hm.

Lucías Aufschlag war gut. Ihr Freund Alejandro hatte die Flugbahn offenbar falsch eingeschätzt, sodass er den Ball überhastet annahm und ins Netz schlug. Doch dann erwies er sich als reaktionsschnell, warf sich in den Sand, traf den Ball knapp, bevor dieser den Boden berührte, mit dem Fuß und schoss ihn in hohem Bogen über das Netz und zurück ins gegnerische Feld. Dort fing Paco den Ball auf und warf ihn der Rothaarigen zu. Die gegnerische Mannschaft protestierte. Die beiden alten Beobachter wunderten sich, wie hitzig diese Diskussion geführt wurde, da sie es gerade als eine der unwichtigsten Angelegenheiten der Welt ansahen, ob ein Punkt zählte oder nicht. Was zählte, war der volle Magen, den sie nun alle, und das Zelt überm Kopf, das nur die Spanier hatten. Und ihre Autos, die, wenn auch schlecht, doch fuhren. Und ihre Jugend, die trotz aller Schwierigkeiten, von denen sie gesprochen hatten, doch Jugend war.

Und ihre Farbenpracht.

Ja, ihre Farbenpracht: Auf dem weißgoldenen Sand zwischen den grünen Bäumen und unter dem blauen Himmel standen und sprangen und liefen und warfen sich ihre glatten, noch faltenlosen Körper in den verschiedensten Oliv- und Brauntönen, und – wo ein Badeanzug oder eine Badehose sie einst beim Bräunen verdeckt hatte – mit einigen Stellen schamvolleren Beiges. Die Fingernägel der Mädchen waren rosa und rot lackiert und ebenso ihre Fußnägel, und die Haare waren rot oder blond und kastanienbraun oder pechschwarz. Die Jungs standen in bunten Badehosen mit gelben Palmen oder schrägen Schriftzügen in Neonfarben da, während die Mädchen leuchtende einfarbige oder gestreifte Bikinis in Türkis, Rot und Gelb trugen. Wenn sie sich nach einem Ball gestreckt hatten und sich nun zum Aufschlag in Stellung brachten, mussten sie sich den Sand von den Hintern streichen und auch ihre Höschen wieder in Ordnung bringen. Estefania trug ein goldenes Kettchen am Fußgelenk, Paco eines um seinen Hals, vier Spieler hatten Ohrringe. Und alle hatten sie Sonnenbrillen, schwer und dick verglast, in Schwarz oder Bordeaux. Selbst der Ball, mit dem sie spielten, war rot.

Heniek und Andrzej schauten ihnen lange zu, weil sie nichts weiter zu tun hatten. Heute würden sie nicht mehr weitergehen, es war unklar, ob sie überhaupt noch weitergehen sollten, und das hieß, dass es sonst rein gar nichts zu erledigen gab. Sicher, sie mussten sich eigentlich unterhalten, wie sie weiterkommen wollten und ob die Reise überhaupt noch Sinn machte. Aber sie taten es nicht. Das hatte auch bis morgen Zeit. In ihrer Untätigkeit wollten sie sich jetzt nicht stören lassen.

Und auch weil sie müde waren, schauten sie zu. Keiner von beiden konnte sagen, wie lang sie jetzt schon unterwegs waren. Die Eindrücke ihrer Reise verschwammen und bildeten in ihrer Erinnerung einen einzigen langen Tag von einem Abend bis zum folgenden, von der Abfahrt in Gajerudki bis zum Volleyballspiel auf dem Campingplatz. Was dazwischenlag, schien abwechselnd gerade erst geschehen oder ewig lang her zu sein. Nur ihre Knochen hatten die Dauer der Reise nicht vergessen und strahlten Schmerzen aus, wie ein Motor noch Stunden nach der Fahrt Hitze abgibt. Große, blutige Blasen säumten ihre Sohlen, und mit einem ächzenden Stöhnen, das Anstrengung, Schmerz und Erleichterung zugleich ausdrückte, zogen Andrzej und Heniek ihre Schuhe und Socken aus und lüfteten ihre Füße.

Zum Schluss schauten sie auch aus Sehnsucht zu. Ihre Gesichter hatten das dunkle, lederne Braun angenommen, das von zu vielen ungeschützten Stunden im direkten Sonnenlicht zeugte; ihre Haare – die von Heniek, denn Andrzej hatte keine mehr – waren ebenso silbrig und grau wie ihre ungepflegten Bärte, und ihre Kleidung war schmutzig und modrig und verblichen. Es war, so dachte Heniek im Angesicht der spielenden Jugend vor ihm, als würde mit dem Alter alle Farbe aus ihnen weichen. Als würde das Leben wie im Herbst aus den Blättern eines Baumes herausgesaugt, sodass nach und nach alle Pigmente verschwinden, bis irgendwann einmal die Farben verbleichen und nur noch Schwarz und Weiß übrig bleiben würden: die Schwärze der ewigen Nacht und das Weiß der Knochen im Grab. Und nicht einmal das würde ewig bleiben.

Heniek hatte bisher nicht viel an das Alter gedacht, weder an das Alter im Allgemeinen noch an sein Alter im Besonderen. Obwohl er sich seiner Jahre im Grunde bewusst war und dessen, dass er Kinder und Enkelkinder hatte und dass er in seinem Leben bereits fünf Hunde beerdigt hatte und dass er langsam, wenn er sich vom Stuhl erhob oder aus dem Auto stieg, dieselben ächzenden und seufzenden Geräusche machte wie sein Opa viele und sein Vater gar nicht so viele Jahre zuvor – und beide waren sie inzwischen tot: sein Opa seit vielen und sein Vater seit gar nicht so vielen Jahren –, so war die Stimme, die er in seinem Kopf hörte, wenn er über etwas nachdachte oder etwas las – wie zum Beispiel die Seriennummer auf einer Flasche Motoröl oder die Programmzeitschrift auf der Toilette –, die Stimme eines Siebzehnjährigen; eines Siebzehnjährigen, der zwar genau wusste, dass er einundsechzig war, der aber tief im Innern in dem Bewusstsein lebte, unter allen äußeren Schichten des Alters derselbe eine junge Mensch geblieben zu sein.

Doch wie er nun abwechselnd auf die bunten, vor Lebenskraft strotzenden Köpfe der Jugendlichen und auf den kahlen Kopf Andrzejs schaute und auf dessen silberne Haare, die ihm aus den Ohren und der Nase herauswuchsen, und wie er sich selbst durch sein silbriges Haar strich, da verstand er mit einem Mal, da offenbarte sich ihm die ganze Bedeutung dessen, dass er alt war und sie jung, dass er bereits einundsechzig Jahre alt war, fast dreimal so alt wie die da vor ihm, dass er in neun Jahren seinen siebzigsten Geburtstag feiern würde, und dass in der Zahl Siebzig, wie Onkel Franek immer gesagt hatte, die Sieben, die 7, das Zeichen der Sense steckte, und dass sein, Henieks, Körper schon längst dabei war abzubauen, die Farbe aus den Blättern zu pumpen und den Laden ein für alle Mal zu schließen. Solange sie noch auf der Reise gewesen und mit den Spaniern zusammen im Auto gesessen hatten, hatte sich sein siebzehnjähriges Bewusstsein über alle Unterschiede hinwegtäuschen können. Doch nun, da die Spanier spielten und Andrzej und er danebensaßen und zuschauten und von den Spielenden nicht einmal bemerkt wurden, da gab es keinen Zweifel, keine Selbsttäuschung mehr, dass sie völlig anderen Welten angehörten und dass nur in der einen der beiden Sonnenschein, Farbe und Leben herrschten.

– Was würdest du, – fragte Heniek nach einer Weile, – dafür geben, noch einmal so jung zu sein?

Andrzej musste gerade dasselbe gedacht haben, denn die Frage überraschte ihn nicht. Ohne zu zögern, antwortete er:

– Alles.

– Alles?

– Ja. Alles.

– Und wenn man dir anbieten würde, dass du alles Geld zurückhaben könntest, das Beatka euch geklaut hat, und all deine Puffausflüge wären ungeschehen, und du könntest in Ruhe und mit ruhigem Gewissen mit deiner Familie im Garten sitzen, Würstchen grillen und Wodka trinken – oder aber du wärest noch einmal so jung wie die da und hättest nichts, kein Geld, keine Iwona, keine Kinder; wofür würdest du dich entscheiden?

Andrzej dachte kurz, doch für Heniek beunruhigend kurz nach und sagte dann:

– Ich würde die Jugend nehmen.

Dabei schaute er Heniek nicht an. Er schob keine Erklärung, keine Rechtfertigung nach. Es war nun das zweite Mal, dass Heniek ihn noch nie so gehört und noch nie so gesehen hatte. Er lernte seinen Freund richtig kennen. Nach all den Jahren verstand er, was für ein Mensch Andrzej war. Und es tat ihm leid. Andrzej tat ihm leid.

Vor ihnen wurde das Spiel unterbrochen, weil Paco sich zu Estefania schlich, als diese am Netz mit dem Rücken zu seiner Mannschaft stand, und unter Gekreische hob er sie hoch und warf sich zusammen mit ihr in den Sand. Sie kämpften und wälzten sich eine Weile, dann standen sie wieder auf und nahmen ihre Positionen im Feld ein. Doch bevor einer der beiden anderen Jungs seinen Aufschlag machen konnte, drehte sich Estefania noch einmal zu Paco um und hob, begleitet von einem herausfordernden Lächeln, ganz schnell ihre Zunge an ihre Oberlippe.

Heniek und Andrzej schauten beide schweigend zu, bevor Andrzej die Gegenfrage stellte:

– Du nicht?

Natürlich wäre auch Heniek gern wieder jung. Wer wäre das nicht? Das sorglose Wandern mit den Pfadfindern. Der Unfug, den man begeht, nur weil man Unfug begehen möchte. Der Zauber der ersten Autofahrt, noch ohne Führerschein, nur kurz die Straße runter. Und der Zauber der ersten Augenblicke mit Beatka, als sie ihm zweideutig zulächelte oder ihm zaghafte Zärtlichkeiten gewährte. Aber das war schon gewesen, das hatte er schon erlebt, und darauf waren viele Jahre gefolgt, die nicht mehr Jugend waren, die er aber mit Beatka zusammen verbracht hatte. Und die waren ihm lieber und teurer, und die würde er gegen nichts auf der Welt eintauschen wollen. Nicht einmal gegen die strahlende und vielfarbige Jugend vor ihm.

– Was ist? – fragte Andrzej, weil er nicht verstand, was es für Heniek da groß zu überlegen gab, und weil er nun, wo er mit seinem Freund etwas geteilt hatte, das er weder seiner Frau noch seinen Kindern sagen und sich wahrscheinlich selbst kaum eingestehen konnte, einen Gleichartigen, einen Komplizen suchte.

– Würdest du nicht auch alles dafür geben, wenn du noch einmal so jung sein könntest?

– Nein. Ich will Beatka zurück.

66

Als die Sonne unterging, badeten Andrzej und Heniek mit einem Shampoo, das sie in den Duschen hatten mitgehen lassen, im See und wuschen sich. Das Wasser war ruhig und warm, doch als sie es verließen und sich – zum Entsetzen der anwesenden Camper – mit der Hakenkreuzfahne abtrockneten, wurde ihnen sofort kalt. Also machten sie sich auf den Weg zu den Toiletten, wo sie die Heizkörper aufdrehen und sich an ihnen wärmen wollten. Unterwegs bemerkten sie jedoch ein Lagerfeuer an der Feuerstelle und setzten sich dazu. Es waren wieder die Spanier, die mit ein paar Bierdosen und einer Gitarre den Abend zusammen verbrachten. Sowie sie Andrzej und Heniek sahen, riefen sie sie und luden sie zu sich ein. Bier, Lächeln und ein paar übermütige ›Heys‹ wurden geteilt, ein paar Sätze über den Rest des Tages, nachdem man sich getrennt hatte, wurden gewechselt, aber dann schwiegen alle verlegen, weil sie nicht wussten, was sie noch sagen sollten. So begann Alejandro wieder, auf der Gitarre zu spielen, und Estefania fing, zuerst leise, dann immer lauter an, dazu zu singen. Es war eine spanische Ballade. Heniek und Andrzej kannten sie nicht, aber klatschten, als Estefania fertig war, und das ermutigte sie, noch etwas zu singen, und dann sangen auch die anderen Spanier mit.

Andrzej lauschte, und Heniek trank. Drei Bier musste er trinken, bis er sagte:

– Darf ich mal die Gitarre haben? Jetzt sind wir dran.

Andrzej machte große Augen, er hatte Heniek sicher seit dreißig Jahren mit keiner Gitarre mehr in der Hand gesehen. Alejandro reichte ihm das Instrument und beobachtete neugierig und skeptisch, wie sich Heniek ein paar Akkorde ins Gedächtnis rief. Dann begann er ein Pfadfinderlied. Eigentlich war es kein Lied für Jugendliche, sondern ein Soldatenlied, aber sie hatten es damals bei den Pfadfindern gesungen. Es handelte vom Wandern, dem Schlafen im Feld und vom polnischen Volk.

– Sing mit. – flüsterte er Andrzej zu. Aber Andrzej senkte nur beschämt seinen Kopf über seine Dose und schwieg. Das verunsicherte Heniek noch mehr, und seine ohnehin nicht feste Stimme, die nicht schön genug war, um allein ein Lied zu singen, wurde noch wackeliger, als sie es schon war, und nur mit Mühe brachte er die zweite Strophe zu Ende. Die weiteren acht ließ er unter den Tisch fallen.

Doch die Spanier waren höflich und klatschten höflich, als er fertig war. Beschämt wollte Heniek die Gitarre zurückgeben, aber Alejandro wehrte ab:

– Spiel noch ein Lied.

– Nein, nein, das reicht.

– Willst du meine Gitarre beleidigen?

Heniek schaute ihn fragend an. Er war sich nicht sicher, ob er Alejandro richtig verstanden oder ob dieser sich in seinem schlechten, lispelnden Polnisch richtig ausgedrückt hatte. Doch Alejandro lächelte, als ob er die Irritation, die er ausgelöst hatte, genauso beabsichtigt hätte.

– Wenn du, – erklärte er, – eine Frau zum Tanzen aufforderst, musst du auch mindestens zwei Tänze mit ihr tanzen.

Seine Freunde lachten und hoben anerkennend ihren Zeigefinger oder ihre Bierdosen. Selbst Estefanias geringschätziges Kopfschütteln war nur zaghaft. Sie lehnte Vergleiche von Frauen mit Instrumenten, Frauen mit Autos, Frauen mit jedweden anderen Dingen ab. Eigentlich. Aber sie wollte jetzt keine Grundsatzdiskussion auslösen.

Heniek blickte auf Andrzej, doch der zuckte nur mit den Achseln, als ob er ausdrücken wollte, dass von ihm keine Hilfe zu erwarten wäre. Und so seufzte Heniek, zur Hälfte unzufrieden, zur Hälfte aber auch froh, dass man ihn gedrängt hatte, legte sich die Gitarre erneut auf den Oberschenkel, spielte ein paar Takte, schloss seine Augen und begann, leise zu singen:

Hej dort, fern am schwarzen Wasser,
steigt ein junger Kosak aufs Pferd,
zärtlich verabschiedet er sich von seinem Mädchen,
zärtlicher noch von seiner Ukraine.

Es war Helieks Lied, sein Pfadfinder-, sein Jugendlied. Und auch wenn sein restaurierter A6 inzwischen wer weiß wo war und schon längst nicht mehr das individuelle Nummernschild mit dem *SOKÓŁ*-Schriftzug trug und auch wenn nun irgendein Fremder am Steuer saß, der nicht wusste und nicht wissen konnte, wie viel Arbeit Heniek in das Auto gesteckt hatte, der vielleicht nicht einmal richtig die Gangschaltung bedienen konnte, und auch wenn alles, wirklich alles falsch gelaufen war, nicht Heniek der Kosak war, der sein Mädchen verließ, sondern sein Mädchen ihn verlassen hatte, und auch wenn er nun irgendwo in der Ferne saß, mit irgendwelchen Menschen, die er nicht kannte, erschöpft und ausgehungert, schmutzig und frierend und alt, seine Heimat eine ungewisse Zahl von Hunderten von Kilometern in der einen, seine Frau eine ungewisse Zahl von Hunderten von Kilometern in der anderen Richtung, so nahm seine Begeisterung doch ein wenig zu, als er zum Refrain kam und sang:

Hej, hej, hej, ihr Falken!
Fliegt über die Berge, Wälder und Täler dahin!
Kling, kling, kling, du Glöckchen,
meine kleine Lerche.

Plötzlich sangen die Spanier mit. Heniek öffnete die Augen und schaute ungläubig auf: Sechs junge, unbekümmerte Kehlen stimmten in die Hej-Rufe mit ein und schmetterten den Refrain bis an den stillen See und darüber hinaus. Sie mussten das Lied in ihrer Erasmus-Zeit kennengelernt haben. Selbst Pablo, der kaum Polnisch sprach, sang mit. Und ihr Gesang wirkte sich erhebend auf Heniek aus. Ermuntert von diesem unverhofften Echo, machte er sich an die zweite Strophe:

Viele Mädchen gibt's auf der Welt,
doch die meisten in der Ukraine.
Dort ist mein Herz geblieben
bei meinem geliebten Mädchen.

Jetzt, wo es in der Luft lag, dass die Zuhörer beim Refrain wieder mitsingen würden, fiel Heniek das Singen deutlich leichter. Die Spanier enttäuschten ihn nicht und stimmten wieder mit ein. Heniek schlug immer stärker in die Saiten und musste schmunzeln, als er hörte, welch Schwierigkeiten ihnen die Wörter Glöckchen und kleine Lerche – *dzwoneczku und skowroneczku* – bereiteten.

Sie allein ist dort geblieben,
meine kleine Wachtel,
und ich sehne mich hier in der Fremde
Tag und Nacht nach ihr.

Andrzej schaute seinen Freund mit immer größeren Augen an. In seiner Jugend hatte ihm nichts ferner gelegen, als seine Freizeit freiwillig in einer Organisation zu verbringen, wo er eine Uniform anziehen und Befehle befolgen musste. Die paar Stunden in der Schule, von denen er regelmäßig die ersten oder letzten eines Tages schwänzte, hatten ihm völlig ausgereicht an Disziplin und Disziplinierung. Den Rest des Tages hatte er lieber mit etwas verbracht, was die Erwachsenen als Herumlungern und Blödsinn bezeichneten. So hatte er allerdings auch nie die Gelegenheit gehabt zu erleben, wie Heniek eine kleine Gruppe leitete, wie er überhaupt zu mehr als einer Person gleichzeitig sprach, ohne sich dabei in seinen Worten zu verheddern und die Zuhörer ungeduldig werden zu lassen. Und schon gar nicht hätte Andrzej erwartet, dass Heniek in der Lage war, für Spaß zu sorgen. Doch ohne Frage hatten die sechs Spanier gerade Spaß, wenn sie den Refrain mitsangen oder Henieks Strophen lauschten.

Sehnsucht, Sehnsucht nach dem Mädchen,
nach der grünen Ukraine.
Wehmut, Wehmut, mein Herz weint,
ich werde sie nie wieder sehen.

Alle Hej-Rufe konnten nicht über die Traurigkeit des Textes hinwegtäuschen. Andrzej kannte natürlich das Lied, aber er hatte noch nie alle Strophen gehört, er hatte nicht einmal gewusst, dass es so viele hat, und vor allem hatte er nie wirklich auf den Text geachtet. Nur die letzte Strophe war ihm bekannt. Jeder in Polen kannte sie:

Wein, Wein, Wein gebt mir!
Und wenn ich sterbe, dann begrabt mich
in der grünen Ukraine
bei meinem geliebten Mädchen.

Selbst die Katalanen sangen sie mit. Der dreifache Aufruf zum Weintrinken war sehr einprägsam und passte zum geselligen

Charakter des Liedes. Zum ersten Mal bemerkte Andrzej jedoch, wie bitter die darauf folgenden Verse eigentlich klangen. Man konnte das so leicht überhören, weil das Lied kurz vor dem Refrain wieder Fahrt aufnahm. Aber in Wahrheit wünschte sich der Kosak, wenn er sein Mädchen schon verlassen und zu Lebzeiten nicht mehr wiedersehen konnte, zumindest nach dem Tode mit ihr vereint zu sein. Doch selbst dieser bescheidene Wunsch war vergeblich: Wer würde seinen Leichnam schon nach Hause überführen? So blieb ihm am Ende nur das Weintrinken, dessen Geselligkeit sich plötzlich in trostlose Einsamkeit verwandelte.

Ein letztes Mal ertönten die Hej-Rufe des Refrains, und die Falken flogen dahin. Um die Intensität zu steigern, improvisierten die Spanier schnell ein paar Schlaginstrumente: Sie klatschten, stampften mit den Füßen und klopften mit Stöcken auf den leeren Bierdosen herum. Pablo konnte sogar ein wenig beatboxen. Unter begeistertem Gejohle und lautem Klatschen schlug Heniek die letzten Akkorde an.

Von da an war es ganz einfach: Mal spielte Heniek, mal Alejandro etwas, mal sangen sie solo, mal von den anderen begleitet. Und mit jedem neuen Lied, das er sang oder dem er lauschte, und jedem neuen Scheit, das sie ins Feuer warfen, und mit der Stille, die sich über sie breitete, als Alejandro die Gitarre schließlich weglegte, die aber eine ganz andere Stille war als am Anfang, nicht mehr unangenehm, sondern einvernehmlich, geteilt, gemeinsam, wie ein gemeinsames Träumen, merkte Heniek, dass er sich schon lange nicht mehr so lebendig gefühlt hatte und dass dieser Abend zu jenen seltenen Momenten gehören würde, von denen man im Nachhinein dachte, dass es womöglich nie wieder so schön werden würde wie damals in diesem einen Augenblick.

Das Feuer knisterte friedlich, in der Ferne plätscherte ein Biber im Wasser – vielleicht, oder war es doch nur ein Fisch? –, und die Erde kühlte ihre Ellenbögen, wenn sie ihre Oberkörper abstützten. Lange sprach niemand, doch dann fragte Paco:

– Wo wollt ihr eigentlich hin?

Heniek und Andrzej schauten sich an.

– Nach Domburg. – antwortete Heniek schließlich. Und da er ihren Gesichtern ansehen konnte, dass sie nichts damit anfangen konnten, ergänzte er:

– In Holland. Ans Meer.

Nach dem letzten Wort nickten die Spanier. Dass man ans Meer fahren wollte, leuchtete ihnen ein. Mehr brauchten sie nicht zu wissen. Nur Pablo musste sich die Worte von den anderen übersetzen lassen. Als er begriff, was Heniek gesagt hatte, hatte er allerdings auch die ganze Aufmerksamkeit auf sich gezogen. Um wieder von sich abzulenken, wandte er sich an Heniek und fragte:

– Was hat Domburg, was das polnische Meer nicht hat?

Eigentlich sagte er nur:

– Was Domburg, Meer Polen nicht?

Doch Heniek verstand die Frage, auch wenn Pablos Polnisch so schwach war.

– Meine Frau ist da. Hoffentlich.

Wieder nickten alle verständnisvoll. Auch das leuchtete ihnen ein, und Heniek schwang sich begeistert auf die Welle des gegenseitigen Verstehens, klopfte sich mit großer Geste auf die Brust, als wollte er in der Kirche zum *mea culpa* anheben, und ergänzte:

– *Amore, mon Amore* ist da.

Das war zwar nicht Spanisch, aber die Spanier verstanden es trotzdem.

– Und wieso, – schloss sich Alejandro mit einem ironischen Lächeln Pablos Frage an, – ist deine Frau in Domburg und du hier?

Heniek und Andrzej tauschten erneut einen Blick. Heniek hatte diese Frage nicht erwartet und dennoch förmlich provoziert. Um sich Zeit zu verschaffen, nahm er einen Schluck aus seiner Bierdose. Vor noch nicht allzu langer Zeit hätte er geantwortet:

– Schuld ist Europa.

Und wenn ihn dann alle fragend angeschaut hätten, hätte er ergänzt:

– Die Scheiß-EU mit ihren offenen Grenzen und all dem Scheiß.

Aber jetzt schien ihm die Antwort wie aus einer früheren Epoche, wie aus den Tagen vor einem einschneidenden, die Zeiten ablösenden Ereignis. Als wäre zwischendurch die Mauer gefallen, die nationale Unabhängigkeit erklärt oder ein Pole zum Papst gewählt worden – mit dem Unterschied, dass das eintretende einschneidende Ereignis nicht alle betraf, sondern bloß ihn persönlich. Es hatte in seinem Leben gar nicht wenige solcher Ereignisse gegeben, und es wunderte ihn ein wenig, welche dazugehörten und welche nicht: Die erste Nacht oder die Hochzeit mit Beatka etwa gehörten nicht dazu. Obwohl sie wichtig und wunderschön waren, empfand Heniek bei ihnen nicht diese einmalige einschneidende Veränderung, weil das Zusammenkommen und Zusammenleben mit Beatka ein Prozess war, der über viele Wochen und – wenn man es genau nimmt – auch danach noch über viele Jahre und Jahrzehnte ging. Mit jemandem zusammenzuleben, das hieß, so dachte Heniek, nicht, dass sich die Sonnenblume dreht, weil die Sonne anders am Himmel steht, sondern dass sich ein Baum in Jahrzehnten des Wachsens und

Dutzenden immer neuen Frühlingen und Wintern auf die Sonne hin ausrichtet.

Anders war es dagegen mit Kubas Geburt: Als Heniek seinen Sohn zum ersten Mal im Arm hielt, da wusste er, dass er von nun an Vater war und dass sich das nicht mehr ändern konnte. Selbst wenn er seine Familie verlassen und einen Weg gefunden hätte, ans andere Ende der Welt zu ziehen – denn an eine Ausreise war damals im Traum nicht zu denken; man durfte nachts nicht einmal mehr das Haus verlassen –, selbst wenn er also mitten im Kriegszustand das Wunder einer Ausreise vollbracht hätte, einer Ausreise, bei der sichergestellt wäre, dass ihm niemand so einfach folgen könnte, bliebe er immer noch Vater, nur eben einer, der seinen Sohn verlassen und seine Familie im Stich gelassen hatte. Egal wo und wie er neu anfangen würde, das eine ließe sich nicht wieder zurücksetzen: Er hatte nun einen Sohn, er war nun Vater.

Diese Veränderung hatte er bei Kasias Geburt nicht mehr empfunden, und es tat ihm leid, dass er von Anfang an seinem erstgeborenen Sohn gegenüber andere Gefühle entwickelte als seiner zweitgeborenen Tochter. Aber ob er nun für immer Vater eines oder zweier Kinder sein würde, war einfach nicht mehr entscheidend.

Anders war es dagegen, als Beatka und er seine Eltern baten, ihnen das geräumigste Zimmer im Haus zu überlassen: Obwohl sich eigentlich nichts veränderte, empfand er diesen Tag als Beginn einer Veränderung in der Beziehung zu seinen Eltern. Er konnte nicht genau sagen, was es war – das war auch der Grund, warum sich Beatka durchsetzen konnte: Er konnte ihr gegenüber seine vagen Gefühle nicht in überzeugende Worte fassen –, aber er spürte, dass mit einem Mal unausgesprochen Undankbarkeit, Schuld und Verdrängung im Raum zwischen ihm und seinen Eltern standen. Und sie blieben bis zum Ende, bis zu dem Tag, als sein Vater starb, was er nicht als so einschneidend wahrnahm, und selbst danach noch die Jahre zwischen ihm und seiner nun verwitweten Mutter. Erst als auch sie eines Tages beim Abhängen der Gardine in ihrem Zimmer stürzte, sich das Bein brach und kurz darauf für immer einschlief, empfand Heniek wieder diese große Veränderung in seinem Leben. Er war nun schon ein erwachsener, ja bereits alter Mann, hatte eigene Kinder, und auch ein erster Enkel war geboren, und eigentlich war es lächerlich – aber von nun an würde ihn niemand auf der Welt mehr Sohn oder Kind nennen. Nie wieder.

Und dann war da der Tag gewesen, als Beatka ihn verließ.

Und dann kam die Reise.

Und nun fragte ihn Alejandro, warum er hier war und Beatka dort. Und Heniek wusste nicht, was er antworten sollte, er wusste nur, was er nicht mehr antworten konnte.

Er wusste es wirklich nicht: Beatka hatte es ihm nie gesagt, und die wenigen Einblicke – die Sprachlernbücher, die Schönheitsoperationen, Marysias Rückkehr, der Hoteljob, Andrzejs Geld – ergaben kein sinnvolles Bild.

Alejandros Lächeln fror ein, während Heniek immer noch nach einer Antwort suchte, und der Befragte spürte, dass es Zeit wurde, etwas zu sagen.

– Ich weiß es nicht. – flüsterte Heniek. – Ich weiß es leider nicht.

Die Katalanen nickten wieder, doch anders als zuvor: ohne zu lächeln, dafür stirnrunzelnd, mit weit geöffneten Augen. Die rothaarige Lucía sagte etwas auf Spanisch, und Pablo antwortete ihr.

– Wieso hast du das gesagt? – fragte Andrzej.

– Was sollte ich denn sonst sagen? – antwortete Heniek.

Andrzej zuckte mit den Schultern:

– Irgendwas. Was geht die deine Geschichte an?

– Sie haben gefragt.

Gemeinsam lauschten sie dem unverständlichen Hin und Her der ehemaligen Erasmus-Studenten und versuchten, einzelne Worte herauszuhören. Aber es war vergeblich, sie konnten rein gar nichts verstehen. Nur schien es ihnen, als würden die Spanier zuerst mitleidig und zweifelnd klingen und als käme dann im Laufe ihres Gesprächs eine weitere Stimmung hinzu, die nach Hoffnung, Aufbruch oder Freude klang. Paco prüfte etwas auf seinem Handy und teilte die Information mit der Runde. Wieder wurde diskutiert. Dann wurde es kurz leise, und in die Stille hinein fragte Pablo etwas. Nacheinander sagten seine Freunde:

– *Si.*

Das zumindest verstanden Heniek und Andrzej. Dann verstummten die Spanier wieder und lächelten. Die beiden Männer schauten sich um, und das stumme Lächeln verunsicherte sie mehr als das unverständige Brabbeln davor. Sie hoben die Augenbrauen. Endlich sprach Paco:

– Wir werden euch nach Domburg fahren.

67

– Wieso macht ihr das? – fragte Heniek, als sie sich tags darauf auf der Straße befanden.

– Warum nicht? – antwortete Paco mit einer Gegenfrage. Sein Goldzahn leuchtete im Rückspiegel.

– Aber das ist ein großer Umweg für euch.

Estefanias Lippen umspielte ein Lächeln. Sie drehte sich zu Heniek, der mit angewinkelten Beinen auf der schmalen

Rückbank saß, und zitierte eine bekannte polnische Redewendung:

– Man muss einander helfen. Nicht wahr?

Heniek nickte, und die drei Fiats 126p schunkelten von der Landstraße auf die Autobahn. Die Katalanen hatten es nicht eilig, und um ihre Autos nicht über Gebühr zu beanspruchen, fuhren sie nicht schneller als achtzig Stundenkilometer. Doch im Vergleich zu der Reisegeschwindigkeit der letzten Tage schienen die Bambinos für Heniek nur so über den Asphalt zu gleiten. Als der Wagen von Alejandro den von Paco überholte, lächelten Andrzej und Heniek einander durch die Fensterscheiben zu: Wälder, für die sie zu Fuß Stunden gebraucht hätten, rauschten in Sekunden an ihnen vorbei, Städte und Dörfer, die allesamt auf ihrem Weg gelegen hätten, erschienen nur als unaussprechliche Namen auf Abfahrtsschildern und als vage Silhouetten am Horizont. Mit immer müderem Blick schaute Heniek aus dem Fenster auf die Landschaften, die zu Farbstrichen verschwammen, und schlief, eingelullt vom Schaukeln der veralteten Federung und dem stotternden Dröhnen des Motors, der sich im Bambino ja hinter der Rückbank befand, kurz vor der niederländischen Grenze ein.

So verpasste er den letzten Teil seiner langen Reise zu Beatka und sah nicht, wie dieses Holland ausschaute, das sie gegen Polen eingetauscht hatte, und sah nicht, wie in der Abenddämmerung die Laternen über der Autobahn angingen, der Autobahn, von der sie beschlossen hatte, dass sie sie nicht mehr zurückfahren würde, und er sah auch nicht Domburg bei Nacht, das Domburg, das Beatka nach achtundfünfzig Jahren in Gajerudki zu ihrer neuen Heimat gemacht hatte.

Die drei Fiats fuhren in das kleine Städtchen hinein, durchquerten die Einbahnstraßen der Altstadt und hielten hinter einem Deich kurz vorm Strand, wo die Katalanen ihre Zelte für die Nacht aufschlagen wollten.

– Henryk. – flüsterte Paco, nachdem er den Wagen ausgeschaltet und sich zu Heniek umgedreht hatte:

– Henryk, wach auf. Du bist am Ziel.

68

Auch Andrzej hatte die letzten Stunden der Fahrt schlafend verbracht und war nun am Ende dieser Reise genauso überrascht und orientierungslos wie Heniek. Die beiden Männer reckten und streckten sich, um die Schmerzen aus Rücken und Knien zu vertreiben, welche ihnen Stunden der Anwinkelung und der Verrenkung aufgeherrscht hatten. Vor allem aber blickten sie verwundert umher: Nach all den Mühen konnten sie kaum glauben, jetzt wirklich am Ziel zu sein. Selbst dem Salzgeschmack in der Luft und dem regelmäßigen Rauschen der Wellen vertrauten sie nicht. Schmecken und Hören waren zu wenig, sie mussten das Meer sehen. Trotz der schmerzenden Rücken und Knie entfernten sie sich ein paar Schritte von den Autos und stiegen hinauf auf den Deich.

Und plötzlich war es da: das Meer. Friedlich und mächtig zugleich rollte es eine kleine Welle weißen Schaumes nach der anderen heran, wie ein Riese im Schlaf seinen Brustkorb hebt und senkt. Unter dem silbrigen Mondschein schimmerte das Wasser bis an den Horizont hinan, und weit in der Ferne konnte man die Lichter eines Schiffes erahnen.

Und dahinter war nichts.

Eine Weile lang standen die beiden und starrten. Sie füllten ihre Augen mit dem Anblick der Wellen, ihre Ohren mit dem Rauschen des Wassers, ihre Nasen mit dem Duft des Salzes. Selbst auf ihrer Haut spürten sie das Meer, das vom sanften Wind in feinen Tropfen herangetragen wurde und auf ihren Lippen einen salzigen Geschmack hinterließ.

Eine Weile lang standen sie so da, bis Andrzej schließlich sagte:

– Sieht nicht anders aus als die Ostsee.

– Meer ist Meer. – pflichtete Heniek ihm bei.

– Nichts, was es in Polen nicht auch gäbe.

Doch beide wussten sie, dass sie logen.

Der Abschied von den Katalanen war warm und herzlich. Man umarmte sich, tauschte Adressen aus, küsste sich und wünschte einander alles Gute für die weitere Reise beziehungsweise bei der Begegnung mit der Frau. Dann begannen die Spanier, ihr Gepäck auszuladen, und Andrzej und Heniek nahmen ihre Sachen und gingen in die Stadt. Für Heniek war klar, dass er Beatka nicht sofort, sondern erst am nächsten Morgen suchen würde, aber die beiden wollten den Katalanen nicht noch erklären müssen, weshalb sie nicht gleich zu Henieks Frau gehen konnten. Also machten sie sich auf den Weg, der jetzt, wo sie nach Wochen am Ziel waren, eine Nacht lang kein Ziel hatte.

– Meinst du, dass sie es besser machen werden als wir? – fragte Heniek, als sie sich ein letztes Mal umdrehten und einen Augenblick lang zuschauten, wie die jungen Leute ihre Zelte am Strand aufschlugen.

Andrzej schüttelte unmerklich den Kopf. Er würde es gern glauben, doch er glaubte es nicht.

Domburg war mit seinen tausendsechshundert Einwohnern kein großes Städtchen und dennoch deutlich größer als Gajerudki. Vor allem aber war es anders: Die backsteinernen Gebäude sahen aus, als ob sie gerade erst gebaut oder aufwendig restauriert worden wären. Über die Straßen spazierten Menschen, schleckten ein Eis auf einer Parkbank oder saßen in Restaurants und Pizzerien an den Straßenecken. In Gajerudki gingen nur die zu Fuß, die zu jung oder zu alt waren, um ein Auto zu fahren. Und selbst die nahmen meistens ein Fahrrad. Fußgängerwege gab es nicht, und Waldemars Laden führte keine Pizzas, und Eis nur aus der Gefriertruhe. Die Häuser, die in Gajerudki aus Backstein gebaut waren, stammten aus der Zeit vor dem Zweiten Weltkrieg: Ohne je richtig saniert worden zu sein, trotzten sie mühsam ihrem Alter, mit Stromleitungen, die sich, notdürftig angebracht, von Fassade zu Fassade schwangen, und Dächern, die einbrachen. Nein, Ziegelsteine schätzte niemand in Gajerudki. Die meisten besaßen die kleinen quadratischen Häuser aus den Siebziger- und Achtzigerjahren: Alle nach den gleichen zwei Grundrissen gebaut, schnell und einfach aus wenigen Betonplatten zusammengesetzt. Und wer Geld hatte, der stellte sich nun eines dieser westlichen Einfamilienhäuser hin, mit einer Doppelgarage, strahlend weißen Kieselsteinchen auf der Zufahrt, einem gusseisernen Zaun und einer Verputzung in Gelb, Hellgrün oder Rosa – und zahlte den Kredit dafür ein Leben lang ab.

Doch den größten Unterschied machten die Menschen:

Sie waren da.

Jetzt, im Sommer.

Domburg war eine Stadt, in die die Menschen reisten, um den Sommer dort zu verbringen, um in einem der teuren Hotels mit Blick über den Deich zu logieren, um am Strand zu liegen oder um durch die Stadt zu schlendern. Gajerudki dagegen verließen die Menschen im Sommer, um fern im Ausland Erdbeeren zu pflücken, um Hotelbetten zu beziehen oder um Wände zu verputzen. Und während Domburg im

Winter schlief, verlassen, aber satt und fett von der guten Saison, kehrten drüben in Polen, wenn Tourismus, Landwirtschaft und die Baubranche ruhten, die Menschen nach Gajerudki zurück und feierten im Kreise ihrer Familien Weihnachten.

Je länger Andrzej und er durch das kleine Städtchen spazierten, desto unruhiger wurde Heniek. Auf der einen Seite hatte er Angst, Beatka plötzlich und unvorbereitet gegenüberzustehen oder schlimmer noch: sie nur von Weitem zu sehen oder gar nur von ihr von Weitem gesehen zu werden. Wenn sie jetzt zufällig irgendwo sitzen und zufällig aufschauen und ihn zufällig erblicken und erkennen würde, dann könnte sie sich verstecken, ihn meiden oder gar abreisen, und Heniek würde sie nicht noch einmal wiederfinden.

Auf der anderen Seite wurde Heniek aber auch immer unruhiger, je mehr er von Domburg sah: Er begann zu begreifen, dass Domburg deutlich größer und dichter bevölkert war als Gajerudki und dass es nicht nur zahlreiche Miets- und Ferienhäuser besaß, sondern auch mehrere Hotels.

– Selbst wenn sie noch hier ist; wie sollen wir sie bloß finden?

– Wir fragen uns durch. – antwortete Andrzej.

Doch wie genau sie sich durchfragen wollten, wenn sie keine Sprache außer Polnisch sprachen, und wie genau sie sich nach jemandem erkundigen wollten, wo sie doch keinen einzigen Hinweis hatten – keine Adresse, keinen Hotelnamen, nichts –, und wie genau sie hier jemanden finden sollten, der nicht gefunden werden wollte, war ihnen nicht klar.

Als sie die Stadt wieder verließen und zum Strand zurückkehrten, aber nicht dorthin, wo die Katalanen waren, sondern abseits von ihnen, und sich an einer geschützten Stelle zwischen den Dünen hinlegten und eine halbe Pizza aßen, die ein

Tourist auf seinem Teller zurückgelassen hatte, wiederholte Heniek noch einmal den Gedanken und nahm ihn mit in seinen Schlaf:

– Wie sollen wir sie bloß finden?

69

Am Morgen hatte Heniek eine Idee. Die ganze Nacht über hatte er in bewusstem und unbewusstem Zustand gegrübelt und gedacht und sein Gedächtnis nach Informationen durchforstet, die ihm weiterhelfen könnten, doch stehen geblieben war er jedes Mal nur bei Beatka selbst: Beatka, wie sie nackt im Lichte der beiden Glühbirnen im Badezimmer steht und ihre Brüste verdeckt, Beatka, die in einem neuen Kleid und mit großer Sonnenbrille aus dem ersten Reisebus aussteigt, Beatka, die mit Marysia zusammen am Küchentisch mit der geblümten Decke sitzt, ihren Nescafé schlürft, eine Zigarette raucht und dem falschen Leberfleck folgt. Und dann hatte sein Bewusstsein diese Bilder nach und nach in ihre einzelnen Bruchstücke zersetzt und gedreht und diese Erinnerungsscherben gewälzt und mit ihnen jongliert und nach Wegen gesucht, um sie neu anzuordnen und mit den ganz wenigen Aussagen, die Beatka über ihre Zeit in Domburg gemacht hatte, zu verbinden – und siehe da: Es war gelungen. Das Mosaik einer Idee war geboren.

Fröhlich wachte Heniek auf, machte auf einer Düne ein paar Liegestütze und rasierte sich im Meer. Mit dem kleinen Einmalrasierer, den er mitgenommen hatte, glättete er seine Wangen und sein Kinn. Seinen Schnurrbart konnte er nicht stutzen und in Form bringen. Dafür hätte er seinen elektrischen Rasierer gebraucht. Doch der war in Gajerudki geblieben, denn die Reise hatte ja nur einen Tag dauern sollen. Dann öffnete er die Tasche, die er die ganze Zeit über mit sich geführt hatte, und holte – verpackt in einer Plastiktüte – ein sauberes Hemd und eine Hose hervor.

– Das hast du die ganze Zeit über mit dir rumgetragen? – fragte Andrzej erstaunt.

Heniek blinzelte ihm nur zu und zog sich, eine Melodie pfeifend, an. Es war ein Lied, das die Katalanen am Lagerfeuer gesungen hatten. Die Tatsache, dass das Hemd im Bauchbereich nicht mehr so spannte, stimmte ihn noch fröhlicher. Andrzej brauchte nicht lange, um zu begreifen, was los war:

– Du hast eine Idee, nicht wahr?

– Ja. Nur eine kleine, aber immerhin ein wenig Hoffnung.

– Was ist es?

– Wir müssen ein Hotel mit einem Brennholzstapel suchen. Beatka raucht dort in ihrer Pause.

Der Vorschlag stimmte Andrzej nicht übermäßig optimistisch, doch da er selbst keine bessere Idee hatte, kommentierte er ihn nicht.

Gemeinsam machten sie sich auf den Weg zurück in die Stadt und gingen von Hotel zu Hotel und um jedes Hotel herum. Überall, wo sie vorbeigingen und nach einem Brennholzstapel schauten, versuchte Heniek zu erraten, ob Beatka hier gewesen sein könnte, ob dies ein Ort sei, der zu ihr passte, oder ob er ihre Spuren trage. Das bloße Schauen genügte ihm bald nicht mehr. So setzte er sich schon hinter dem zweiten Hotel auf eine weiße Bank neben einem Aschenbecher und stellte sich vor, wie Beatka hier gesessen haben könnte, die Beine übereinandergeschlagen, eine Zigarette in der einen, ihr Handy in der anderen Hand. Oder wie sie sich – ein Hotel weiter – mit der Schulter an die Rückwand angelehnt haben könnte, mit ihren Kolleginnen plaudernd, wobei sie wohl die

Hand mit der Zigarette mit der anderen Hand unterm Ellenbogen abstützen würde. Oder vielleicht saß sie auf der kurzen Treppe des vierten Hotels, die Füße auf dem Boden, den Hintern auf der dritten und letzten Stufe, und rauchte, müde von einem langen Tag und dem vielen Stehen in einer nicht ganz so eleganten Haltung: gebeugt und erschöpft und bereit, demjenigen zu folgen, der sie von hier wegführen würde.

Überall, wo sie hinkamen, versuchte er, sie zu erahnen, zu erspüren, zu erwittern. Doch es war vergeblich: Sie hätte eine Minute vorher an exakt derselben Stelle sein können, er hätte es nicht sagen können. Vielleicht kam er nur einen kleinen Augenblick zu spät, vielleicht hatte sie gerade noch dagestanden und war mit ihrer Hand über das Geländer geglitten, über das er nun auch strich. Vielleicht war sie durch ebendiese Tür hinaus- und wieder hineingegangen, die nun für Heniek und Andrzej geschlossen war. Vielleicht hatte aber auch ein kleines grünes Blatt, vom Meereswind angehoben und durch die Luft gewirbelt, zuerst ihre Lippen berührt und dann die seinen. Aber so viel Mühe er sich auch gab, er wusste es nicht. Einmal glaubte er, ihre Wärme noch auf einem Sessel zu spüren. Andrzej fragte, ob er sich sicher sei, dass es sich um Beatkas Restwärme handle und nicht um die eines fetten Arjen oder Willem. Doch als Heniek weiter darauf bestand, dass er Beatka spüre, machte sein Freund ihn darauf aufmerksam, dass hier alle Sessel so warm seien, weil sie in der Sonne stünden.

Henieks Stimmung begann zu kippen: Jeder Hund hätte Beatka leichter wiedergefunden, hätte einfach nur die Nase gehoben und gewusst, ob sie da war oder nicht. Doch er, ihr Ehemann, konnte nach sechsunddreißig Jahren, in denen er jede Nacht neben ihr gelegen hatte, nicht sagen, ob ein Ort ihren Geruch trug oder nicht.

Und so gingen sie von Hotel zu Hotel und um jedes Hotel herum und sahen mal hier Brennholz, mal da Brennholz, und waren doch kaum weiter als am Abend zuvor.

Doch plötzlich, als sie wieder über den Parkplatz an die Hintertür eines Hotels traten, war sich Heniek ganz sicher, dass es hier sein musste.

– Hier? – fragte Andrzej und zeigte dabei auf die zwei deutlich sichtbaren Rauchen-Verboten-Schilder.

– Genau deswegen. – antwortete Heniek. Er blickte auf den großen Stapel Brennholz, viel größer als die bisherigen, die sie gesehen hatten, und sah, was Andrzej nicht sah, dass zwischen dem Holz und der Wand eine Nische war, breit genug für zwei Personen, und dass man, wenn man sich dort hineinsetzte, unbemerkt, weder von der Tür noch von den Fenstern aus zu sehen, rauchen konnte, trotz des Verbots.

– Beatka, – erklärte Heniek, – hat nicht ›beim‹ oder ›neben dem‹, sondern ›hinterm‹ Brennholzstapel gesagt.

Andrzej wiegte seinen Kopf leicht hin und her, was Einverständnis und Skepsis zugleich ausdrückte, und blickte sich um. Gegenüber der Nische erstreckte sich in einiger Entfernung ein Rasenstück mit einem Baum, dort konnten sie es sich bequem machen. Sie stellten ihre Sachen ab, setzten sich, lehnten sich an den Baum, fixierten den Holzstapel und warteten.

Sie warteten sehr lange.

Für gewöhnlich wird das Reisen mit Bewegung, meist mehr oder weniger mit der Bewegung in eine Richtung, in Verbindung gebracht. Was Heniek und Andrzej aber hauptsächlich auf ihrer Reise gelernt hatten, war die Bewegungslosigkeit, das Warten, das Untätigsein. Vor allem Andrzej wäre es vor wenigen Wochen noch unmöglich gewesen, einfach nur dazusitzen und nichts zu tun. Er wäre aufgestanden, herumgelaufen, hätte irgendetwas durch die Gegend getreten, sich mit irgendwem unterhalten, hätte alles genau inspiziert und nach etwas Verwertbarem durchsucht. Jetzt aber lag er einfach nur da, dachte an kaum etwas, sagte noch weniger und tat nichts. Er hatte gelernt, mit seiner Kraft zu haushalten. Die Ungeduld war aus ihm gewichen.

Und so warteten sie.

Lange Zeit passierte nichts.

Doch schließlich ging die Tür auf, und in weiß-blauer Uniform trat eine junge Frau hinaus, holte eine Schachtel Zigaretten aus ihrer Tasche und setzte sich in die Nische.

Heniek und Andrzej beugten sich zuerst vor und lehnten sich dann wieder enttäuscht zurück: Sie hatten die Frau noch nie gesehen.

Doch dann öffnete sich die Tür ein zweites Mal, und heraus trat Beatka.

70

Beata Grażyna Zabłocka, geb. Grotowska, verheiratet – zumindest auf dem Papier – mit Henryk Zabłocki, wohnhaft – zumindest auf dem Papier – in 98–220 Gajerudki, Sienkiewicz-Straße 2, vor der Wende noch Świerczewski-Straße 2, benannt nach Karol Świerczewski, dem General der bolschewistischen Armee, Divisionskommandeur im Spanischen Bürgerkrieg und einem der führenden Kommunisten in der Geburtsstunde der Volksrepublik Polen, nun aber Sienkiewicz-Straße 2, benannt nach Henryk Sienkiewicz, dem berühmten Schriftsteller, Nobelpreisträger für Literatur und Autor von *Quo Vadis*, derzeitiger Aufenthaltsort: bis vor wenigen Wochen noch unbekannt, ins Ausland gezogen, jetzt: also doch Domburg.

Das war sie. Da war sie.

Beatka.

Heniek bewegte sich nicht. Er hatte Beatka sofort erkannt, und darum lehnte er sich nicht vor wie bei der ersten Frau, die herausgetreten war, sondern lag reglos da. Sogar seinen Atem hielt er an, als hätte er Angst, die unwahrscheinliche Erscheinung durch die allerkleinste falsche Bewegung zu verschrecken.

Beatka trat indes in die Sonne, stemmte ihre Hände in ihr Becken und legte den Kopf für einen Augenblick in den Nacken. Sie war müde, das sah Heniek sofort, und sie genoss den Augenblick an der frischen Luft und im warmen Sonnenlicht. Vor allem aber genoss sie es, für einen Augenblick allein und – vermeintlich – unbeobachtet zu sein. Andrzej wollte schon aufstehen, doch Heniek legte seine Hand auf den Oberarm seines Freundes und hielt ihn so sanft zurück. Denn in den drei Dutzend Ehejahren, die Beatka und er zusammen verbracht hatten, hatte er nicht viele solcher Momente wie diesen erlebt. Einmal – das war wenige Wochen nach der Geburt Kasias gewesen – war Heniek aus seiner Werkstatt über den Hintereingang in den Keller gegangen, hatte seine Schuhe und Socken, weil sie vor Öl trieften, ausgezogen und war barfuß in die Waschküche gegangen, um seine Kleidung in eine große Plastikwanne zu werfen. Doch beim Hineintreten hatte er plötzlich Beatka gesehen. Sie tat nichts, sie stand einfach nur da und starrte auf die Waschmaschine – ein blau-weißes, klobiges Gerät mit nur einem einzigen roten Schalter, bei dem man die Wäsche noch von oben hineinlegte und das fürchterlich laut lief. Beatka musste lange so dagestanden haben, denn die Waschmaschine lief seit einer geraumen Weile. Windeln. Und Beatka starrte: auf die Waschmaschine, in die Waschmaschine und durch die Waschmaschine hindurch, irgendwohin, wohin Heniek ihr nicht folgen konnte und wo hinzustarren keinen Sinn hatte.

– Was machst du? – hatte er, Dummkopf, wie er später dachte, sie damals gefragt, weil er überrascht war, sie so zu sehen, und nicht wusste, dass er einen seltenen, kostbaren Augenblick ergattert hatte.

Beatka hatte kurz erschrocken und ertappt um sich geschaut, sich dann geschüttelt und so, wie alle Welt sie kannte:

– Nichts. –

gesagt. Dann war sie hinausgegangen.

So war es auch jetzt. Denn Beatka hielt nur noch ganz kurz ihre Augen geschlossen und ihren Kopf in den Nacken geworfen. Wenige Sekunden später schüttelte sie sich ein Mal, trat zu ihrer Kollegin hinter den Holzstapel und nahm Zigarette und Feuer in Empfang. Dabei war sie ganz anders als zuvor, viel graziler und koketter in ihren Bewegungen, und ein Lächeln umspielte ihre Lippen. Anmutig hielt sie die Zigarette in ihrer angewinkelten Hand und stand, leicht an das Holz gelehnt, die Beine verschränkt, mit dem Rücken zu Heniek und Andrzej da.

Heniek spürte, wie Andrzej sie anstarrte, wie sein Blick immer wieder dahin ging, wo ein paar widerspenstige Strähnen ihres dichten Haares aus dem Dutt in den Nacken fielen, wo ihre Hüfte aufgrund der Haltung besonders voll und rund erschien und wo der Rock endete und ihre Strumpfhose begann.

Ohne Frage war Beatka schön, wenn sie schön sein wollte. Aber interessanter war sie, wenn sie nicht daran dachte. Da nun jedoch dieser interessantere, vermeintlich unbeobachtete Augenblick schon wieder vorbei war und da nun Andrzejs unverhohlenes Anstarren Heniek unangenehm wurde, flüsterte er leise:

– Los, jetzt. Es ist Zeit.

Und dann standen sie auf und schritten langsam auf Beatka zu.

Beatka zog an ihrer Zigarette, sprach mit ihrer Kollegin und drehte ihren Kopf zur Seite, wenn sie den Rauch ausblies. Doch die beiden Herantretenden bemerkte sie nicht. Heniek und Andrzej hörten, dass sie Polnisch sprachen und dass sich das Gespräch um ein bestimmtes Zimmer und einen bestimmten Gast drehte. Mehr verstanden sie jedoch nicht, da die Kollegin, die Beatka gegenübersaß, sie nun bemerkte und ihre Freundin mit einem schnellen Heben der Augenbrauen auf die beiden aufmerksam machte.

Beatka drehte sich um.

71

Vor vielen Jahren, als Beatka an ihrem zwölften Geburtstag nach dem Öffnen der Geschenke und dem Essen der Torte auf ihrem neuen Fahrrad, für das ihr Vater extra nach Łódź gefahren war, eine Runde drehen wollte, wobei die Gäste ihr zuschauen sollten, schlug ihre Cousine Kamila stattdessen vor, das Radio anzuschalten und zu tanzen. Die acht Mädchen nahmen den Vorschlag begeistert an, und sofort tanzten sie alle ausgelassen zwischen dem Esstisch, dem Sofa und der Wohnwand mit dem Radio, der Minibar und den eingerahmten Gemälden von Beatka und ihren Großeltern. Nur das Geburtstagskind verschränkte wütend die Arme und stellte sich mit dem Gesicht zur Wand hinter die Tür. Beatka war in ihrem Stolz gekränkt und dachte, wenn sie das nur deutlich genug zeigen und lange genug warten würde, dann würden die anderen Mädchen zu ihr kommen und sich bei ihr entschuldigen.

Doch außer ihrer Mutter, die ihr zuredete, doch vernünftig zu sein, kam niemand, und Beatka musste schmerzlich feststellen, dass die anderen sie selbst an ihrem eigenen Geburtstag völlig vergessen konnten. Noch viele Wochen danach grollte sie den Gästen. Doch ganz langsam wuchs in ihr auch die Überzeugung, dass Kamilas Vorschlag eigentlich ganz gut gewesen war, dass sie selbst eigentlich gern mitgetanzt hätte und dass es einzig ihr krankhafter und gekränkter Stolz gewesen war, der ihr den Spaß an ihrer eigenen Geburtstagsparty verdorben hatte.

An diesen Geburtstag dachte Beatka Jahre später zurück, als Andrzej sie auf der Veranda von Waldemars Laden sitzen ließ, um, wie er sagte, ›kurz‹ mit Iwona zu reden, die wütend herbeigelaufen war. Beatka war zuerst ein wenig eifersüchtig gewesen, doch im Grunde auch stolz. Sie wusste, dass Andrzej ein Mann mit Vergangenheit war, sodass es sie nicht überrascht hatte, dass eine dieser Vergangenheiten aufgetaucht war. Gewissermaßen zeugte es ja von seiner Attraktivität. Und mit Sicherheit war Beatka lieber an ihrer eigenen Stelle als an der von Iwona. Daher hatte sie es Andrzej zuerst nicht übel genommen, dass er sich kurz entschuldigt hatte und mit Iwona hinter den Laden gegangen war. Sie hatte eine Zigarette aus der Schachtel gezogen, die er auf der klebrigen Tischdecke liegen gelassen hatte, und sich vorgestellt, wie er gleich zurückkehren würde, und kurz darauf auch Iwona, und wie diese ein letztes Mal auf Andrzej schauen würde, dessen beide Hände bereits wieder auf ihr ruhen würden, und wie die ein für alle Mal Sitzengelassene dann auch sie anschauen würde mit jenem Blick, den Beatka nur allzu gut kannte: Neid und Hass.

Im Radio endete ABBAs *Chiquitita*, und Anna Jantar begann, darüber zu singen, wo heute jene Menschen seien, mit denen sie in ihrer Jugend zusammengelebt hatte, und Beatka zündete sich eine zweite *Sport* an. Andrzej brauchte länger als erwartet, um mit Iwona fertigzuwerden, und sie vermisste bereits seine Nähe. Keine Frage, Andrzej hatte etwas, das besonders selten und begehrt zugleich ist: Er war in der Lage, mit nur einem Wort, das er an eine Frau richtete, mit nur einem Blick, ja sogar nur mit seiner schieren Anwesenheit eine sexuelle Stimmung im Raum zu erzeugen. Meistens sprangen die Frauen darauf an. Manchmal lehnten sie sie auch ab. Aber niemals war es möglich, diese Aura nicht zu spüren und sich ihr folglich zu entziehen.

Als sich Beatka gerade die dritte Zigarette anzündete, kamen Andrzej und Iwona endlich hinter dem Laden hervor, doch ganz anders, als sie es sich vorgestellt hatte: Sie gingen nebeneinander, und Andrzej hatte einen Arm um Iwona gelegt, mit dem er seine Jeansjacke auf ihrer Schulter hielt. Doch noch schlimmer war, dass sie nicht auf Beatka zukamen, sondern von ihr fortgingen – in entgegengesetzter Richtung und ohne sie auch nur eines Blickes zu würdigen. Fassungslos, zuerst vor Kränkung, dann vor Wut stand Beatka auf und schaute ihnen nach. Doch als sie Waldemars neugierigen Blick bemerkte, fasste sie sich sofort wieder. Immerhin war sie ja Beatka, und so jemand wie Andrzej oder Iwona konnten sie nicht beleidigen. Und ganz sicher würde sie sich nicht auf Iwonas Niveau herablassen und hier eine Szene machen.

– Darf ich das abräumen? – fragte der Wirt, der sich sonst nie um die Gläser kümmerte, die auf den Tischen standen. Er deutete auf Andrzejs Bierflasche, die noch fast voll war. Seine Stimme klang mitleidsvoll und schadenfroh zugleich.

– Ja. – antwortete Beatka betont ruhig. Und obwohl sie eigentlich am liebsten nach Hause gelaufen und sich auf ihr

Bett geworfen hätte, setzte sie sich wieder hin, zündete sich in aller Ruhe die vierte Zigarette an und schlug die Beine übereinander.

– Ein tolles Mädchen! – sagte einer der beiden übrigen Anwesenden zwei Tische weiter halblaut über die Veranda hinweg. Doch Beatka tat so, als hörte sie es nicht. Sie nahm noch einen langen Zug, drückte dann die Zigarette aus und schaute in die Packung: Eine war noch da. Beatka zog sie heraus, spielte kurz mit ihr und zündete sie sich schließlich an. Sie würde nichts von Andrzej mit sich nehmen.

Und so saß sie da, bewundert, aber allein. Da fiel ihr plötzlich ihr zwölfter Geburtstag ein und stellte all ihren Stolz infrage. Was nützte es schon, bewundert zu werden, wenn man allein war? Bald würde es heißen, sie könne niemanden finden. Die ersten Freundinnen hatten bereits geheiratet, jetzt würde es schnell gehen, und bald wären alle attraktiven jungen Männer in Gajerudki und Umgebung, ja selbst in Zduńska Wola vergeben. Dann würde man sie anschauen mit jenem Blick aus scheinbarem Mitleid und versteckter Schadenfreude, den Waldek gerade aufgesetzt hatte, und wer weiß, vielleicht würde man diese Schadenfreude nicht einmal verstecken, denn schließlich war sie ja Brigitte Bardot, die immer beneidet und darum immer gehasst worden war. Nein, so weit, beschloss Beatka, durfte es niemals kommen. Und wie um den Beschluss zu besiegeln, drückte sie die letzte Kippe aus. Sie stand auf, strich sich das kurze Kleid glatt und ging gemessenen Schrittes davon.

In der Folgezeit suchte sie keine Aussprache mit Andrzej. Wozu auch? Ohne Worte war zwischen ihnen alles gesagt. Doch als sie ihn ein paar Tage später mit seinen Freunden auf einer Mauer herumlungern sah, spürte sie, wie ihr das Blut sofort aus den Wangen ins Herz und zwischen die Beine wanderte. Sie hatte noch immer Lust auf ihn. An jenem Abend in Waldemars Laden hätten sie sicherlich miteinander geschlafen, und der Sex, den sie nicht hatten, lag wie eine offene Frage, wie ein unerfülltes Versprechen zwischen ihnen. Und das, obwohl Andrzej nicht einmal in ihre Richtung schaute.

Einen Monat später verkündeten Andrzej und Iwona ihre Verlobung, drei Monate später heirateten sie. Mit unverändertem Gesicht ging Beatka durch Gajerudki und besuchte die kleineren Partys, die ihre Altersgenossen in den Garagen oder den Wohnzimmern der Eltern ausrichteten, sobald diese mal weg waren. Doch die Kränkung saß noch immer tief. Sie hatte sich vorgenommen, schnell jemanden zu finden, konnte sich aber für niemanden entscheiden. Da bemerkte sie Henieks schüchternen Blick. Er hatte nicht das, was Andrzej hatte, weder das Selbstbewusstsein noch diese Energie. Aber im Grunde sah er besser aus als Andrzej, war größer und sportlicher. Und er war keine schlechte Partie, immerhin war er der Vorsitzende des Pfadfinderrudels und arbeitete bereits in der Werkstatt seines Vaters, die er sicher einmal übernehmen würde. Und schließlich – ohne dass sich Beatka erklären konnte, warum das den Ausschlag gab – war Heniek Andrzejs bester Freund.

So fing sie seinen Blick auf, lächelte ihm zu, als er zu ihr trat, und fragte am Ende eines freundlichen Gesprächs:

– Willst du mich nicht einmal ausführen?

72

Zu ihrer ersten Verabredung erschien Heniek etwas verspätet und mit einem unübersehbaren dunklen Ölfleck auf dem weißen Hemd – zwei Umstände, die Beatka als beleidigend wahrnahm und die sofort dazu führten, dass sie ihn mit

Geringschätzung betrachtete. Mit einem unfreundlichen Blick und zusammengepressten Lippen nahm sie den Strauß roter Nelken entgegen, den er ihr überreichte, und ihre Laune wurde nicht besser, als er zur Erklärung seiner Verspätung und des Flecks anfügte:

– Ich musste Andrzej noch mit einer Straßenwalze helfen.

Doch dann erinnerte sie sich an ihren Vorsatz, sich nicht so einfach in ihrem Stolz kränken oder sich zumindest nicht allzu leicht von der Kränkung leiten zu lassen, und sie bemühte sich um ein Lächeln, stellte die beiden Blumensträuße, die er für sie und für ihre Mutter mitgebracht hatte, in eine Vase und folgte dem Ölfleck hinaus.

Ab da wurde der Abend immer besser. Zuerst hielt Heniek ihr die Beifahrertür auf, und weniger seine guten Manieren – oder sein Bemühen, solche zu zeigen – machten Eindruck auf Beatka als vielmehr die Tatsache, dass seine Familie zu den wenigen in Gajerudki gehörte, die ein Auto besaßen. Die hässliche und herrische Krystyna, so erzählte man sich, hatte nur deswegen so schnell einen Mann finden können, weil ihr Vater seinem zukünftigen Schwiegersohn einen echten Traktor als Mitgift versprochen hatte. Noch immer trotteten Pferde über die Felder und die zwei Hauptstraßen von Gajerudki, sodass sich Wohlstand und Fortschritt in Form von Verbrennungsmotoren und der Anzahl der Zylinder präsentierten. Krystynas Ursus hatte einen – einen gewaltigen immerhin, sodass die Vögel von den Feldern aufschreckten, wenn der beneidenswerte Schwiegersohn, doch bemitleidenswerte Ehemann den Traktor mit einem lauten Knall morgens anwarf –, doch letztlich eben nur einen Zylinder. Das Moped, mit dem Andrzej vor einigen Monaten eine Woche lang durch Gajerudki getourt war und mit dem er, wie sich inzwischen natürlich herumgesprochen hatte, Iwona immer von der Arbeit abgeholt hatte, besaß einen Zweizylindermotor. Doch der Fiat 125p, in den Beatkas lange Beine in einer erst zweimal gewaschenen und nur an einer ganz unauffälligen Stelle mit Nagellack ausgebesserten Nylonstrumpfhose gerade stiegen, wurde von vier Zylindern angetrieben. Der Wagen war noch ganz neu. Erst knapp zehn Jahre zuvor hatte die FSO, der Staatsbetrieb für Personenkraftfahrzeuge, eine alte Vorkriegskooperation mit Fiat aus Italien erneuert und einen Lizenzvertrag zum Nachbau des Models 125 in einer leicht abgeänderten und technisch modernisierten und daher mit einem p versehenen Variante geschlossen. Trotz seiner kantigen Form war die kleine Limousine sofort deutlich beliebter als die rundliche Syrena, welche im Übrigen je nach Modell bloß zwei oder drei Zylinder antrieben, oder die Warszawa, die trotz ihres Vierzylindermotors nur den polnischen Nachbau des sowjetischen Pobeda darstellte. Unglücklicherweise trug der Name Pobeda, der im Russischen Sieg bedeutete, diese Bedeutung nicht im Polnischen, sondern klang vielmehr an das polnische Wort für Armut an – womit im Grunde schon alles über das polnisch-sowjetische Verhältnis gesagt wäre. Man hätte natürlich auch einen Wolga, Škoda, Wartburg oder Trabant fahren können – und sie alle machten auch Eindruck, wenn sie auf den Straßen gesehen wurden –, doch nur der Fiat kam aus dem Westen, versprach ein wenig italienische Eleganz und dieses unbeschwerte und glamouröse Lebensgefühl, das man aus den Übertragungen des internationalen Festivals von Sopot und später auch von San Remo durch das polnische Fernsehen kannte. Wie alle in Gajerudki wusste auch Beatka, dass Henieks Eltern im Besitz eines solchen Fiat waren, doch sie hatte nicht erwartet, dass er sie damit abholen würde.

Heniek lenkte den Wagen sicher und unaufgeregt nach Zduńska Wola, wo sie zusammen essen wollten. Er hatte keinen Imbiss ausgesucht, sondern ein richtiges Restaurant mit weißen Tischdecken und Speisekarten, die an die Tische gebracht wurden. Es war das einzige in Zduńska Wola. Wenn man dort speiste, dann aus besonderem Anlass – meistens nach einer Hochzeit, einer Erstkommunion oder einem Begräbnis. Einfach so dort essen zu gehen, war äußerst unüblich und machte umso größeren Eindruck auf Beatka. Heniek hielt ihr die Tür auf und schob ihren Stuhl an sie heran, bevor er sich setzte. Äußerst zuvorkommend ging er auf alles ein, was sie sagte oder wünschte, und seine Mundwinkel senkten sich auch nur ganz kurz hinab, als sie das teuerste Gericht bestellte. Mit ihm, so reifte in ihr die Erkenntnis, würde es sich ganz gut leben lassen – sicherlich besser als mit dem Nichtsnutz Andrzej, der als einfacher Handlanger beim Straßenbau sein Geld verdienen musste. Und als sie das Gesprächsthema auf die Pfadfinderei lenkte und er sich immer seltener unter dem Hemdkragen im Nacken kratzte und dafür ein paar durchaus amüsante Anekdoten erzählte – wie sie im Zelt eine Grube aushöhlten, um unbemerkt rauchen zu können, oder wie sie einmal eine russische Granate fanden und nicht wussten, dass sie echt war, bis sie sie entriegelt und glücklicherweise weggeworfen hatten – und als sie später noch tanzen gingen und er sich als ganz solider Tänzer erwies, da war sie sich bereits sicher, dass sie, sofern in der nächsten Woche nicht überraschenderweise noch neue Männer in Gajerudki und Umgebung auftauchen würden, ihn heiraten würde. Auf der Rückfahrt legte sie ihre Hand auf die seinige auf dem Schalthebel, beim Abschied küsste sie ihn ganz kurz, und am Ende ihrer nächsten Verabredung führte sie ihn in ihr Zimmer, wo sie sofort hinter ihm die Tür abschloss.

Ihre Hochzeit war ein großes Ereignis in Gajerudki. Heniek war der Ansicht, dass es klüger sei, das Geld ihrer Eltern für den Ausbau des Hauses oder für den Zukauf von etwas Land aufzusparen, doch Beatka und ihre Mutter bestanden auf einer Feier, die ihrer Familie angemessen war. Immerhin war Beatkas Großvater Offizier in der himmelblauen Armee unter Józef Haller von Hallenburg gewesen, hatte diesen von Frankreich nach Polen und dann in die Kriege gegen die Ukraine und die Sowjetunion begleitet und vom General höchstpersönlich einen Orden erhalten. Dieser Offizier hatte zwei Ehen geführt. Aus der ersten, unglücklicheren stammte Beatkas Mutter, und wenn sie auch nicht den niederen Adelstitel oder einen Teil des bescheidenen Vermögens von ihrem Vater erhalten hatte, um diese an ihre Tochter weiterzugeben, so besaß sie doch zumindest das Bewusstsein, von jemand Wichtigem und Besonderem abzustammen und daher auch jemand Wichtiges und Besonderes zu sein. So stand es gar nicht zur Debatte, ob man eine bescheidene oder gewöhnliche Hochzeit feiern könnte.

Als es so weit war, fühlte sich Heniek wie ein ausgestelltes Äffchen. In dem neuen Anzug, der ihm etwas zu groß war, drückte er steif die Hände der vielen Gäste, deren Mehrheit er nicht kannte und von denen er sich fragte, wie Beatka sie alle kennen konnte. Dabei schaute er immer wieder verschämt auf seine Finger in den weißen Manschetten, von denen sich das Motoröl einfach nicht abwaschen lassen wollte, und hoffte, es würde sonst niemandem auffallen. Seine Hände waren zwar sauber, aber in den ganz feinen Rillen seiner Finger steckte das Öl so tief, dass es Wochen dauern würde, bis es wieder weggehen würde.

Doch Beatka hatte ganz andere Sorgen. Sie hatte bereits Iwona in der Reihe der Gratulanten entdeckt und wusste, dass Andrzej, der als Henieks Trauzeuge neben diesem stand und die Umschläge mit den Glückwunschkarten und Geldscheinen entgegennahm, neben seine Frau treten würde, sobald sie an die Reihe käme, und dass er somit seit dem Abend, an dem er sie in Waldemars Laden sitzen gelassen hatte, zum ersten Mal Beatka gegenüberstehen würde. Die ganze Zeit malte sich Beatka aus, ob er ihr mit einem schuldbewussten Blick begegnen würde oder mit einem mitleidigen. Würden in seinen Augen Überraschung und Bedauern aufleuchten, denn immerhin präsentierte sich Beatka heute im Glanze ihrer ganzen Schönheit, oder würde ein ironisches Lächeln seine Lippen umspielen, da er wusste, dass all diese Schönheit eigentlich ihm hätte gelten können?

Doch als es so weit war, kam es ganz anders: Andrzej nahm, als Iwona hervortrat, ihr seine Tochter aus den Armen, küsste Iwona und stellte sich gegenüber von Heniek. Während Iwona Beatka viel Glück und Gesundheit und reichlich Kinder wünschte, lauschte Beatka darauf, was Andrzej Heniek sagte, doch unter seinen Worten schnappte sie nur eines auf, und das sagte ihr nicht viel:

– Viel …

Dann küssten sich Iwona und Beatka auf die Wangen, während Heniek Andrzej umarmte. Als die Paare sich nun kreuzen sollten, gab es einen kurzen Augenblick der Irritation, weil man nicht wusste, wer wem zuerst die Hand reichen sollte, sodass es alle vier auf einmal taten, doch dann beglückwünschte Iwona Heniek, und Beatka wartete darauf, dass Andrzej ihr die Hand reichen und die Wangen küssen sollte. Er tat es ohne sichtbare Rührung, ja halb abwesend, da er mit der kleinen Jadwiga auf seinem Arm spielte und von dieser stärker eingenommen war als von Beatka. Die junge Braut wurde blass, und ihre Miene verfinsterte sich.

– Ist irgendetwas, Liebling? – fragte Heniek, als sie den Ballsall betraten, noch einmal, als sie Hühnerbrühe aßen, und schließlich beim ersten gemeinsamen Tanz. Doch Beatka antwortete jeweils nur:

– Geh nicht so schnell! –

– Da ist Petersilie zwischen deinen Zähnen. –

– Du bist nicht im Takt. –

Heniek war ratlos. Er verstand nur, dass Beatka verärgert war, er wusste aber nicht, weshalb. Unwillig erhob sich die Braut, als das junge Paar mit den Trauzeugen tanzen sollte, und ließ sich widerwillig von Andrzej in den Arm nehmen. Er war ein besserer Tänzer als Heniek, Beatka spürte es sofort, so wie Pferde sofort spüren, ob der Reiter sicher im Sattel sitzt. Doch sie spürte ebenso, dass er sich nicht sonderlich viel Mühe gab. Immer wieder schaute er zu Iwona hinüber und lächelte ihr zu oder blickte auf die kleine Jadwiga in ihrem Arm.

– Amüsierst du dich gut? – fragte Beatka, um seine Aufmerksamkeit auf sich zu lenken.

– Klar. Eine geile Hochzeit. – antwortete Andrzej höflich, schaute ihr aber nicht einmal in die Augen. Beatka hätte ihn am liebsten geohrfeigt. Ohne etwas zu sagen, hatte er sie einfach verlassen, hatte danach nie wieder mit ihr gesprochen und tanzte jetzt so mit ihr, als wäre es eine lästige Pflicht. Und dabei war sie der Schwarm aller Männer in Gajerudki, und sie trug heute ihr schönstes Kleid und die kunstvollste Frisur ihres Lebens.

Schon dachte sie daran, den Tanz abzubrechen und so einen kleineren Skandal hervorzurufen. Doch da spürte sie plötzlich seine Erektion. Überrascht drückte sie ihr Becken gegen seines – da war sie wieder und stärker als zuvor. Andrzej hob sofort seinen linken Arm und ließ sie eine Drehung machen, aber Beatka wusste, dass er dies nicht der Figur wegen tat, sondern um sie von sich fernzuhalten. Sie vollführte eine grazile Rotation, hob dabei ein wenig ihr Kleid, beugte sich leicht vor, sodass ihr Dekolleté noch voller zur Geltung kam, und kehrte dann wieder besonders eng in die geschlossene Tanzhaltung zurück. Sie sagte nichts mehr und schaute ihn auch nicht mehr an. Ihren Triumph genoss sie schweigend: Andrzejs Zeichen des Verlangens nach ihr vor den Augen seiner Frau und seines Kindes. So presste sie sich immer mal wieder an ihn und spürte, wie seine Begierde immer stärker pulsierte und wie seine Hände die ihrigen mehr und mehr drückten, und dann lief sie nach dem Tanz sofort zu Heniek und küsste ihn heiß und glücklich auf die Lippen.

Von da an war Beatka von Andrzej geheilt. Mit jener erschrockenen Erleichterung, welche man verspürt, wenn man einer großen Gefahr, die man nicht hatte kommen sehen, nur durch einen Zufall entgeht, wie etwa damals, als sie mit der Pistole ihres Vaters gespielt und dieser nicht bemerkt hatte, dass die Waffe entsichert war – zum Glück hatte sich kein Schuss gelöst, aber den Gesichtsausdruck ihres Vaters, als er die Waffe wieder in die Hand nahm und im Nachhinein seine Unvorsichtigkeit und die Gefahr, in die er seine Tochter gebracht hatte, realisierte, vergaß Beatka nie mehr in ihrem Leben. Eben mit jener Art erschrockener Erleichterung sah Beatka nun, wie sich Iwona und Andrzej in der Wohnung von Andrzejs Mutter einrichteten und dort gemeinsam mit der Schwiegermutter, den zwei Schwestern, dem Bruder und der kleinen Tochter zu siebt auf weniger als sechzig Quadratmetern lebten.

Diese Enge wäre für Beatka unerträglich gewesen.

Und darüber hinaus ließ Andrzej seine Frau dort fast die ganze Zeit allein. Denn wenn die Witkowskis mal hin und wieder zum Kaffee vorbeikamen und Jadwiga in ihrem Kinderwagen eingeschlafen war und Andrzej und Heniek sich in die Garage oder den Keller zurückzogen, um irgendetwas zu erledigen, dann erzählte Iwona auf Beatkas geschickt gestellte Fragen hin, dass ihr Mann sehr hart beim Straßenbau arbeite und dass er, wenn er abends nach Hause komme, Iwona nur kurz küsse, dann eine Weile mit Jadwiga spiele und sie zu Bett bringe, um danach noch mehrere Stunden lang Baumaterialien zu verladen, zu sortieren und zu verkaufen. Und am Wochenende verdiene er sich mit seiner Straßenwalze und der eigenen Firma noch etwas hinzu, sodass er selbst dann kaum zu Hause sei.

– Dann, – fragte Beatka, – bleibt kaum Zeit für Zärtlichkeiten?

– Doch, – lächelte Iwona, – dafür finden wir immer Zeit.

Und dabei streckte sie sich auf ihrem Stuhl und strich sich vielsagend mit ihrer Hand über den noch unauffälligen Bauch.

Da wollte Beatka auch ein Kind. Zuerst hatte sie es damit nicht eilig gehabt: Erstens, und diesen Grund nannte sie freiheraus, konnte sie sich selbst nicht, zumindest noch nicht, in der Rolle einer Mutter vorstellen; zweitens, und diesen Grund verbarg sie, waren ihr ihre Freiheit und ihre Figur mehr wert. Doch bald nach der Hochzeit, nicht sofort, aber doch auffällig bald, merkte sie, dass sich die Art, wie sie angeschaut und umworben wurde, langsam veränderte. Stattdessen tauchte in den Gesprächen mit den anderen eine ganz neue Frage auf und nahm von Monat zu Monat zu, nämlich: wann es denn bei ihnen so weit sein würde. Da sie beide arbeiteten und dank Henieks Eltern auch schon ein Haus besaßen, schienen den Leuten um sie herum Kinder das Einzige zu sein, was ihnen noch, wie man so sagte, zum Glück fehlte. Seltsamerweise war plötzlich allen an ihrem Glück gelegen.

Nachdem jedoch ein Jahr vergangen war und Beatka noch immer keine Anzeichen einer Schwangerschaft zeigte, wurden die Fragen, ob es denn schon so weit sei, immer seltener. Stattdessen begann man, in Waldemars Laden oder in Halinas Nagelstudio zu tuscheln, wenn Beatka in Henieks Fiat vorfuhr, und das Tuscheln brach schlagartig ab, sobald sie zur Tür hereinkam. Die begehrlichen und bewundernden Blicke, mit denen Beatka als unverheiratetes Fräulein bedacht worden war und die ihr auch noch – wenn auch ein wenig kopfschüttelnd – zugeworfen worden waren, als sie kurz nach der Hochzeit als allererste Frau in Gajerudki den Führerschein machte, sodass sie von da an allein mit dem Auto fahren konnte, verwandelten sich langsam in Bedauern und gehässige Neugier und schlecht versteckte Schadenfreude.

Beatka musste verstehen und verstand, dass die Anzahl der Kinder als Gradmesser dafür galt, ob die Ehe glücklich war.

Und auf dieser Messlatte waren ihnen Andrzej und Iwona nun schon um zwei Einheiten voraus. Beatka erwischte sich dabei, wie sie Iwona das zweite Kind nicht gönnte, wie sie sich insgeheim wünschte, es möge während der Schwangerschaft Komplikationen geben und – und dann erschrak sie vor ihren eigenen Gedanken und stockte und zog die Notbremse im Geiste und fragte sich, ob sie nicht insgeheim und, ihrem eigenen Bewusstsein verborgen, doch wünschte, was sie eigentlich nicht zu wünschen glaubte. Vielleicht hatten die Leute ja doch recht, und auch ihr fehlte eigentlich nur ein Kind zum Glück.

– Lass uns ein Kind machen. – sagte sie beim Schlafengehen zu Heniek, und ihr Ehemann lächelte überrascht und selig. Er hatte natürlich sofort nach der Hochzeit auf Nachwuchs gedrängt. Er war ein einfacher Mann: Arbeit, Haus, Frau, Kinder. Das war der Lauf der Dinge, so gehörte sich das. Und dass Beatka sich nicht an den Lauf der Dinge halten und stattdessen das Ungehörige wollte, war seit einem Jahr Grund zu ständigem Streit. Und nun überraschte sie ihn, und er konnte sein Glück kaum glauben und fragte nur:

– Wirklich?

Und allein dieses ›Wirklich?‹, das er so unendlich dumm und so unendlich glücklich fragte, wäre für Beatka fast Grund gewesen, ihren Entschluss wieder umzuwerfen. Aber sie war Beatka, und sie blieb bei ihrem Entschluss, und so antwortete sie nicht, sondern zog ihn nur schweigend aus, und dann zog sie sich selbst schweigend aus, und dann taten sie es, ohne kurz vorher abzubrechen, so, wie man es eben tut, wenn man schwanger werden will, den Vollzug der Ehe bis in die letzte Konsequenz.

Heniek drehte sich danach erschöpft, aber immer noch selig lächelnd auf seine Seite des Bettes zurück, und Beatka folgte ihm sofort und kuschelte sich an ihn und legte ihren Kopf auf seine Brust, weil sie verbergen wollte, dass sie nicht lächelte, und weil sie Nähe brauchte, und sie strich ihm über die schwarzen Brusthaare und kräuselte sie und verfing sich in seiner Kette mit dem silbernen Medaillon der Schwarzen Madonna.

– Hat es dir heute, – fragte Heniek, – die kleine Jadwiga im Kinderwagen so sehr angetan?

Beatka schwieg. Sie hatte nicht einmal richtig in den Kinderwagen hineingeschaut.

73

Vom Fenster aus beobachtete Beatka, wie Heniek in den Garten ging, ein Loch grub und die Kirsche pflanzte. Er war zufrieden mit seinem Leben, das sah man an der Art, wie er den Spaten durch die Luft schwang, wie er sich den Schweiß aus der Stirn wischte und wie er noch lange auf den Baum, den Garten und das Haus schaute, bis er plötzlich Beatka im Fenster entdeckte und ihr zuwinkte. Er hatte alles, was er liebte: sein Auto, sein Haus, seine Eltern, seinen Sohn und seine Frau. In aufsteigender Reihenfolge.

Beatka wunderte sich, wie man jemandem, den man erst seit drei Tagen kannte, gegenüber so starke Gefühle entwickeln konnte, dass er bereits an zweite Stelle rückte. Doch wenn Heniek den kleinen Kuba in den Armen hielt oder stundenlang vor seinem Bettchen stand und ihn einfach nur anschaute, dann bestand kein Zweifel daran, dass er das konnte.

Fragte sie sich dagegen selbst, was sie in ihrem Leben liebte oder was sie glücklich machte – denn beides war für sie ein und dasselbe –, so sah die Reihenfolge ganz anders aus: ihr Kind, ihr Haus, ihr Mann, ihre Arbeit und am meisten das Autofahren. Beatka hatte anders als Heniek keine Ahnung von Autos und interessierte sich nicht für ihre Motoren oder Federungen. Aber wenn sie sich allein in den Fiat 125p setzte und von Gajerudki nach Zduńska Wola oder von Zduńska Wola nach Gajerudki und manchmal auch einfach nur in irgendeine beliebige Richtung ohne Ziel fuhr und die Landschaften und anderen Autos und Fußgänger vor ihrem Fenster vorüberflogen, dann dachte Beatka an nichts, und das Leben bekam die Geschwindigkeit, die sie brauchte.

Auch zur Arbeit ging Beatka gern. Ihr Vater hatte ihr eine Putzstelle im Regionalgericht in Zduńska Wola verschafft. Das Reinigen von Gebäuden wurde in der Zeit des Sozialismus nicht an professionalisierte Firmen ausgelagert. Stattdessen hatten jeder Betrieb und jede öffentliche Einrichtung eigens eingestellte Reinigungskräfte. Beatka war im Regionalgericht eine von zwei Putzfrauen; die andere hieß Wiesława –

Wiesia genannt – und arbeitete dort bereits seit fünfundzwanzig Jahren. Und da sie beide mit den anfallenden Aufgaben nicht ausgelastet waren, verbrachten sie die meiste Zeit ihres Arbeitstages bei Schwarztee und Zigaretten in ihrem Aufenthaltsraum direkt neben den Toiletten. Dort lasen sie Zeitschriften, blätterten durch die wenigen Modemagazine, die es gab, oder lösten Kreuzworträtsel. Hin und wieder lasen sie auch eine Biografie und tauschten sich darüber aus. Die meiste Zeit aber plauderten sie bloß. Sicherlich war Beatkas Arbeit weder spannend noch prestigeträchtig. Da aber die Tür zu ihrem Aufenthaltsraum stets offen war, schauten nicht selten die Richter, Anwälte und auch ihre Mandanten während eines Toilettengangs bei den beiden Frauen in ihren blauen Schürzen vorbei und flirteten ein wenig mit ihnen und verrieten ihnen das ein oder andere Detail aus ihrem Leben und den laufenden Prozessen. Auf diese Weise lernte Beatka sehr viele Menschen und sehr viele Weisen kennen, das Leben zu führen.

An dritter und vierter Stelle kamen ihr Mann und das Haus, in das er sie nach der Heirat geführt hatte. Beide waren sie solide und gut, aber beide waren sie auch gewöhnlich und langweilig und noch etwas, das mit beengend nur ungenau wiedergegeben wäre: Sie waren konkret, durch sie fühlte Beatka sich festgelegt. Ihre zwar wenigen, aber doch vorhandenen Möglichkeiten, ihr Leben zu führen, hatten sich auf eine einzige reduziert, und so verglich sie diese ihre Wahl immer wieder mit den anderen, die möglich gewesen wären. Wenn sie dann etwa auf Iwonas und Andrzejs Zimmer in der engen Wohnung blickte, war sie sehr zufrieden mit dem Haus, das sie bewohnte, und dem Leben, das ihr Ehemann ihr ermöglichte. Auch in Anbetracht des kleinen Hauses, das die Witkowskis bald kauften, schnitt Beatkas Wahl noch gut ab, auch wenn Iwona, Andrzej, Jadwiga und die kleine Basia, die bald zur Welt kam, den großen Vorzug vor ihnen hatten, dass sie fortan allein und nicht wie sie mit den Schwiegereltern lebten.

Doch als Andrzej kurz nach Ende des Kriegsrechts seine Firma verkaufte und dieses gewaltige Haus mit den mehreren Hektar Grundstück erwarb, das ein deutscher Müller einst gebaut hatte, geriet Beatkas Einschätzung ihrer Wahl ins Wanken.

– Wieso haben wir eigentlich nicht das alte Müllerhaus gekauft? – fragte sie, nachdem Iwona sie dort zum ersten Mal herumgeführt hatte.

– Zu teuer. – sagte Heniek und löffelte seinen Żurek.

– Aber …

– Schau nur, wie sie leben müssen.

Und Beatka schaute sehr genau hin. Heniek hatte recht: In allem litten die Witkowskis Not. Ständig musste Iwona, wenn sie mit Beatka zusammen einkaufen ging, den Ladenbesitzer nach dem Preis von alltäglichsten Waren fragen. Und nicht selten sagte sie, nachdem Waldek ihr den Preis genannt hatte, dass sie sich doch für etwas anderes entscheiden würde. Beatka wäre das peinlich gewesen, und sie lobte insgeheim Henieks Besonnenheit. Am meisten aber genoss sie die Augenblicke, wenn Andrzej, der seltsamerweise jetzt, wo sie kaum Geld hatten, viel weniger arbeitete als vorher, bei ihnen vorbeikam, um sich etwas Geld von Heniek zu leihen. Beatka stellte dann Kuchen auf den Tisch, servierte ihren besten Kaffee, den ihr Vater in einem Pewex, einem Geschäft mit Luxusartikeln aus dem Westen, gekauft hatte, und setzte sich besonders schön geschminkt neben ihren Ehemann.

Doch dann zog plötzlich die Inflation an, und Andrzej zahlte seinen Kredit auf einen Schlag ab, und als kurz darauf erst die polnische Wirtschaft und schließlich der ganze Staat zusammenbrachen und Andrzej als Gewinner aus jener Zeit hervorging, in der Geld für einen kurzen Zeitraum keinen Wert mehr hatte, machte Beatka ihrem Mann heftigste Vorwürfe, dass er nicht auf die Idee gekommen war, wie Andrzej kurz vor der Inflation einen Kredit aufzunehmen, und dass er, nachdem ihm sein bester Freund von seiner Spekulation erzählt hatte, nicht den Mut gehabt hatte, es ihm gleichzutun.

Gleichzeitig verloren Heniek und sein Haus in Beatkas Augen bedeutend an Wert. Selbst die Renovierung des Bades und der Einbau einer neuen Küche mit den nun erhältlichen Materialien und Farben aus dem Westen konnten da nur kurzzeitig helfen.

Am wenigsten Freude bereitete ihr jedoch Kuba. Beatka hatte sich nicht getäuscht: Sie fühlte sich noch nicht bereit, Mutter zu sein. Während ihre Schwiegereltern und ihr Mann beim Anblick Kubas in Entzücken ausbrachen, sah Beatka in ihrem Sohn vor allem ein unendlich egoistisches und unendlich undankbares Wesen. Sie war erschöpft von den durchwachten Nächten, dem ständigen Stillen und den nicht enden wollenden Wäschebergen. Und von Heniek. Denn sein Anteil bei der Kindererziehung beschränkte sich auf das Pflanzen eines Baumes im Garten, das gelegentliche, aber stundenlange Reparieren von Spielzeug im Keller und darauf, dem Kind beim Schlafen zuzuschauen. Da ihm, wie er behauptete, vom Gestank der vollen Stoffwindeln schlecht werde, musste Beatka auch das Wickeln nach dem zweiten Tag allein übernehmen. Nein, ihr Kind erfüllte sie nicht mit Glück, und auch als Kuba größer wurde und Beatka ihm hinterherlaufen, und auf ihn aufpassen und ihn erziehen musste, fand sie keine Erfüllung in dieser Aufgabe. Es war zum Verzweifeln: Heniek hatte das Kind gewollt, doch sie hatte nun die ganze Arbeit. Für kurze Zeit setzte sie noch Hoffnung in Kubas Fähigkeiten, bat ihn voller Stolz, Besuchern ein paar Kinderreime vorzutragen, und verfolgte seine Leistungen in der Schule. Vielleicht würde ihr Opfer durch das aufgewogen, was er eines Tages erreichen würde. Doch als sich bald herausstellte, dass ihr Sohn ein gewöhnliches Kind war wie alle anderen auch in Gajerudki, weder besonders klug noch besonders sportlich, noch anderweitig begabt und nicht einmal hübscher als die übrigen kleinen Jungen, verlor Beatka wieder ihr Interesse an ihm. Sie erschrak selbst darüber – doch was konnte sie letztlich dafür? Sie hatte ehrlich versucht, das Familienleben zu führen, das alle erwarteten. Doch es erfüllte sie einfach nicht.

An ein zweites Kind war lange Zeit nicht zu denken. Auch wenn die Stimmen, die vorher gefragt hatten, wann es denn bei ihnen endlich so weit sein würde, sofort wieder anhoben und fragten:

– Und? Wann kommt das zweite? –

war Beatka dieses Mal entschlossen, sich nicht davon beeindrucken zu lassen. Stattdessen verwies sie auf immer neue äußere Hindernisse, die es einer verantwortungsvollen Frau unmöglich machten, jetzt ein Kind in die Welt zu setzten: zuerst Tschernobyl, dann die Armut und der allgegenwärtige Mangel und schließlich die unsichere Zeit der Wende. Als aber auch diese vorüber und die polnische Wirtschaft und der polnische Staat umstrukturiert und stabil waren und als Heniek immer mehr drängte und Beatka sich auch selbst fragte, ob es mit dem zweiten Kind nicht vielleicht anders, befriedigender werden würde als mit dem ersten, handelte sie bestmögliche Konditionen aus – ein neues Bad, eine neue Küche und das Zimmer der Schwiegereltern als Schlafzimmer – und brachte Kasia zur Welt.

Und Heniek nahm seinen Spaten, ging in den Garten und pflanzte die Pflaume. Doch Beatka setzte sich neben die

Wiege, in der ihre Tochter schlief, und dachte, dass das Ganze wieder von vorn losgehe und dass sich trotz all der Veränderungen im Grunde nichts verändert habe.

Während von draußen Klänge von Metall und Erde ins Zimmer drangen, fragte sich drinnen Beatka, worauf sie eigentlich wartete. Und wieder dachte sie an das zwölfjährige Mädchen, das beleidigt hinter der Tür geschmollt hatte und um das sich niemand kümmern wollte, und dass sie nun schon auf die vierzig zuging und noch immer nicht das Besondere war oder erreicht hatte, was sie vom Leben, von ihrem Leben erwartete, und dass es keinen Sinn hatte, zu warten und zu schmollen, denn im Grunde würde sich niemand um sie kümmern, wenn sie es nicht selbst tat, und sie beschloss, die Dinge endlich in ihre Hand zu nehmen und das Glücksversprechen, das die neue freiheitliche Ordnung des neuen Polens mit sich führte, endlich und ganz allein für sich selbst einzulösen.

74

Heniek und Andrzej standen bei ihr und versperrten ihr den Weg.

– Hallo, Liebling. – sagte Heniek.

Und Andrzej ergänzte:

– Hast du uns vermisst?

Die Gefühle eines Gegenübers wechseln selten so schnell und so klar lesbar wie in diesem Augenblick, da Beatka plötzlich ihren Ehemann vor sich sah, ihren Heniek, dem es nie in den Sinn gekommen war, Polen zu verlassen, der – bis auf drei Ausflüge ans Meer, zwei in die Berge und einen nach Warschau – praktisch sein ganzes Leben in einem Umkreis von siebeneinhalb Kilometern verlebt hatte und der ihr nun doch hier in Holland gegenüberstand, tausend Kilometer und zwei Landesgrenzen von zu Hause entfernt, am äußersten Ende dieses ihm unbekannten Landes, von wo aus es, wenn man nach Westen schaute, nur noch das Meer gab.

Beatka war, als sie sich umdrehte, zuerst neugierig, wie man eben neugierig ist, wenn man sich umdreht, um zu sehen, wer hinter einem steht. Dann aber hoben sich ihre Augenbrauen vor Überraschung, weil sie die beiden Gestalten, die sie sah, hier zu sehen nicht erwartet hatte, und ihre Stirn runzelte sich, während sie die unerwartete Erscheinung einzuordnen versuchte. Sofort darauf glättete sie sich jedoch wieder, und für einen kurzen, aber deutlich wahrnehmbaren Augenblick – da war sich Heniek ganz sicher – weiteten sich ihre Augen, und ihr Mund öffnete sich zu einem erfreuten Lächeln. Doch diese Regung wurde sofort von einem Zusammenpressen der Lippen und einem erneuten, nun besorgten oder verängstigten Kräuseln der Stirn abgelöst. Zeitgleich nahm ihre Haut zuerst einen roten und dann einen blassen Farbton an. Nicht wenig wurde in diesem Augenblick den gestrafften Augen, den aufgespritzten Lippen und der eigenblutgetränkten Haut abverlangt.

Beatka machte unwillkürlich einen kleinen Schritt zurück und duckte sich etwas. Doch da sie sah, dass es keinen Ausweg für sie gab, nahm sie, nun jedoch bewusst, ihre vorherige, entspannte Haltung ein, zog ruhig an ihrer Zigarette und sagte betont langsam und beherrscht:

– Henryk, Andrzej, was für eine Überraschung.

Und als daraufhin niemand etwas sagte, stand ihre Kollegin auf, weil sie sofort eine pikante Geschichte vermutete, die sie in den folgenden Arbeitsstunden nur allzu gern über die verschiedenen Stockwerke weiterstreuen würde, und fragte:

– Möchtest du uns nicht einander vorstellen?

Beatka nickte:

– Heniek, Andrzej, das ist Aldona, eine Arbeitskollegin. Aldona, das ist Andrzej, mein Nachbar, und das ist Henryk, mein ...

Doch sie stockte und sagte nicht ›Mann‹.

– Ein ...

Doch sie stockte erneut und sagte nicht ›Freund‹ oder ›Bekannter‹. Und so ließ sie die Vorstellung unvollständig. Heniek ergänzte für sie:

– Jemand aus ihrem früheren Leben.

Beatka schaute ihn verwundert und dankbar an.

Als sich Aldona und die Männer die Hände gereicht hatten, hob Beatka in einer etwas zu großen Geste ihre Armbanduhr – ein kostbares und elegantes Stück, das Heniek noch nie an ihrem Handgelenk gesehen hatte – und sprach:

– Wir müssen leider wieder.

– Na, ich denke, – sagte Andrzej, – dass du dir für zwei alte Freunde heute freinehmen kannst.

– Das geht leider nicht.

– Wann habt ihr Feierabend? – fragte Heniek.

– Um fünfzehn Uhr. – antwortete Aldona, nicht gerade zum Vergnügen Beatkas. Ihre Reaktion entging Heniek nicht.

– Nein, du kommst jetzt gleich mit. – beharrte Andrzej.

– Andrzej! – sagte Heniek entschieden. – Wir können warten.

Und zu Beatka gewandt, flüsterte er:

– Beatka, bitte, ich möchte mich nur mit dir unterhalten. Mehr nicht.

Und da Beatka nichts darauf entgegnete, fragte er noch einmal:

– Wirst du da sein?

– Ja.

– Dann also um 15.00 Uhr. Wir werden euch hier abholen.

Und dann gingen die beiden Frauen wieder ins Hotel hinein. Die Zigarettenpause war vorbei und damit auch das kurze Zeitfenster, das Mann und Frau zur Verfügung gestanden hatte, um einander nach all den Wochen zu sehen und zu sprechen und vielleicht zu berühren.

Heniek starrte ihnen noch ein paar Sekunden nach. Dann drehte er sich zu Andrzej um, legte ihm seine Hände auf die Schultern und presste seine Stirn gegen die seines Freundes:

– Wir haben sie gefunden! – sagte er, selig lächelnd.

– Du hättest sie nicht bitten sollen.

– Bitten?

– Noch einmal wiederzukommen.

– Warum nicht?

– Ständig verhältst du dich wie ein Bittsteller. Wir sind, verdammt noch mal, tausend Kilometer hergereist, um sie zu sehen. Da steht uns mindestens ein Gespräch zu. Und zwar sofort.

– Sie arbeitet.

– Und wenn sie früher geht? Oder einen anderen Ausgang nimmt? Und wenn sie sich dann versteckt? Oder abhaut? Dann sehen wir sie nie wieder.

Heniek hob seinen Zeigefinger und wollte erst etwas erwidern, schwieg dann aber.

Sie beschlossen, sich auf die beiden Seiten des Hotels zu verteilen und die Türen im Blick zu behalten, bis Beatka heraustreten würde. Andrzej legte sich wie vorher unter den Baum, Heniek machte es sich vor dem Hotel inmitten des Dünenhafers bequem, das Meer im Rücken, die Flaniermeile zwischen ihm und der Eingangstür, seine Reisetasche zu seinen Füßen.

Und damit begann erneut das Warten.

75

Nach Ablauf des zweiten Mutterschutzes kehrte Beatka nicht zu ihrer Arbeit als Putzfrau ins Regionalgericht zurück. Sie wollte, da ihre Schönheit langsam schwand und da vonseiten ihres Mannes und ihrer Kinder nichts Großes zu erwarten war, zumindest schnell zu Geld und auf diese Weise schnell zu Ansehen gelangen und in dieser nicht mehr ersten, aber doch noch frühen Stunde des Kapitalismus zu den Gewinnern gehören. Daher suchte sie nach neuen, amerikanischen Wegen, Geld zu verdienen.

Etwas zu finden, war überraschend einfach. Denn während die Arbeitslosigkeit in der noch jungen Dritten Rzeczpospolita Polens, wie sich der Staat im Anklang an die römische *res publica* selbst nannte, Anfang der Neunzigerjahre in die Höhe schnellte, tauchten überall im Land alternative Wege auf, zu Geld zu kommen. Wie Pilze schossen Multi-Level-Marketing-Systeme aus dem nassen Boden nach dem Tauwetter von 1989/90. Plötzlich wollte jeder sein eigener Chef sein, sämtliche Bevölkerungsschichten führten das Wort Business – auf Polnisch *Biznes* – im Mund, und alle folgten dem ewigen Versprechen des Westens, für kurze Zeit viel und hart zu arbeiten, um sich dann zurücklehnen zu können und nicht mehr arbeiten zu müssen.

Beatka war sofort überzeugt. Neben der Aussicht, schnell viel zu verdienen, lag die außerordentliche Anziehungskraft der MLMs darin, dass man anders als bei traditionellen *Biznes*-Modellen weder über besondere Fertigkeiten noch über Startkapital verfügen musste. Im Grunde genügte in diesem amerikanischsten aller Systeme das bloße Streben nach Glück. Und wer hatte das nicht? Hilfreich waren darüber hinaus eine grundsätzliche Offenheit, mit Menschen, auch mit fremden, zu sprechen, und die Gabe, diese Menschen überzeugen und mitreißen zu können.

Und über diese Gabe verfügte Beatka, weiß Gott! Sie redete, wenn sie wollte, sehr charmant, sie war unglaublich schön dabei, und bei all ihren Worten funkelten ihre Augen und versprühten einen Zauber, dem sich niemand entziehen konnte. Es fiel ihr leicht, andere Menschen von den Produkten und Systemen zu überzeugen, weil sie sie niemals hinterfragte und daher selbst mit Inbrunst an sie glaubte.

Den Anfang machte sie bei Amway, und dort blieb sie auch knapp zehn Jahre. Mit großer Begeisterung lud Beatka ihre Freundinnen und deren Bekannte zu Präsentationen zu sich nach Hause ein und stellte, da sie ja gewissermaßen selbst Fachfrau auf diesem Gebiet war, die mannigfaltigen Reinigungsprodukte Amways vor: Da waren Wischtücher und Schwämme, Spülmittel unterschiedlichster Hautverträglichkeit, Glas-, Küchen-, Edelstahl-, Bad-, WC-, Ofen-, Fliesen-, Holz- und Parkettreiniger, spezielle Pasten zum Aufpolieren von Silber und Messing, Mehrzweck- und Allzweckreiniger – wobei Heniek, der manchmal den Verkaufsgesprächen beiwohnte, niemals wirklich verstand, wie eine Firma den Widerspruch zwischen einem Mehrzweck- und einem Allzweckreiniger einerseits und einer derart breiten Produktpalette an Spezialreinigern andererseits aushalten konnte –, ferner Schuhcremes und Gallseifen, Voll-, Flüssig-, Baby- und Feinwaschmittel, alles natürlich in Weiß und Color, Textilbleichmittel, Weichspüler in verschiedenen Düften, Vorwaschsprays und schließlich, da im Haus kaum noch etwas übrig blieb, was nicht schon gereinigt worden wäre, Luft- und Wasserfilter sowie Erfrischungssprays. Die Schränke unter der Spüle und dem Waschbecken füllten und überfüllten sich zunehmend, und *Biznes* roch im Haus Zabłocki nach Spülmittel mit Zitronennote.

Der Geruch von Dollar blieb dagegen aus. Beatka machte zwar keinen Verlust, aber richtig viel verdiente sie über die zehn Jahre hinweg bei Amway nicht. Obwohl das Unternehmen mit schnellem Geld warb, lag, wie die amerikanische Bundeshandelskommission am Ende eines Verfahrens zur Prüfung des Pyramiden- und Schneeballvorwurfs einmal festgestellt hatte, der Durchschnittsverdienst eines Amway-Händlers bei weniger als hundert Dollar im Monat. Mehr als die Hälfte aller Händler verdiente gar nichts.

So wechselte Beatka, als sie über die Körperpflegepalette Amways schließlich auch das Kosmetiksortiment für sich entdeckte, zu Mary Kay.

Der amerikanische Kosmetikhersteller war da gerade erst seit einem Jahr in Polen, und Beatka gehörte zu den ersten Mitarbeiterinnen. Da sich Schönheitsprodukte leichter verkaufen lassen, wenn sie von einer schönen Frau verkauft werden, war Beatka in den ersten Jahren sehr erfolgreich. So füllte sich im Hause Zabłocki auch das Schränkchen über dem Waschbecken mit mannigfaltigen Produkten: Da waren Gesichts- und Handcremes, Tages- und Nachtcremes, Augenpflege-, Antifalten- und allgemeine Feuchtigkeitscremes – alles natürlich für jeden erdenklichen Hauttyp und in verschiedenen Duftrichtungen –, Regenerationsgels, Bodylotions, Gesichtswässer, Toning Lotions, Pore Minimizer, Kohlemasken, Augenmasken, Mascara, Eyeliner, Lidschattenunterlagen, Lidschatten, Concealer, Make-up-Grundierungen und Make-up-Entferner, Korrektoren, Konturenpuder, Highlight-Puder, Rouge, Lippenbalsam, Lippenstifte, Lipgloss und Lipliner, Nagellack in allen Nuancen des Farbspektrums und Nagellackentferner, Selbstbräuner und ein paar Liter an unterschiedlichen Parfümen. Hinzu kamen noch die Körperpflegeprodukte wie Shampoos, Seifen und Duschgels. Wohin

Heniek auch seinen Blick im Haus wendete, überall standen Fläschchen, Döschen und Tuben in Schwarz und Altrosa. *Biznes* roch im Haus Zabłocki nun nach Parfüm.

Und als Beatka innerhalb der Firma aufstieg, übernahm Mary Kay als zusätzliche Provision für sie die Kosten eines Leasingvertrags. Von da an schmückte ein nagelneuer Ford Focus die Einfahrt ihres Hauses.

Beatka war stolz, zu Recht stolz auf ihre Leistung. Nicht viele hatten so viel Erfolg im Multi-Level-Marketing, und das Auto war, da es wie alle Firmenwagen von Mary Kay ganz in Pink gehalten war, das weithin sichtbare Zeichen ihres persönlichen Erfolgs. 1,8 Liter Turbodiesel mit Common-Rail-Einspritzung, 115 PS, Schiebedach. Obwohl auch der Ford Focus nur vier Zylinder besaß, war er dem alten Fiat 125p wie auch dem Polonez Caro und dem Toyota Corolla, die sie sich nacheinander nach der Wende gekauft hatten, bei Weitem überlegen. Und er war Beatkas erstes eigenes Auto.

Sie war da schon sechsundvierzig Jahre alt, hatte aber das Gefühl, dass ihr Leben gerade erst richtig begann. Nun würde sie auf der pinken Karriereleiter noch weiter aufsteigen und endlich das Leben führen, das sie sich vorstellte, das ihr, Brigitte Bardot, zustand. Schon schaute sie die Werbeprospekte Mary Kays durch und überlegte, ob sie auf der nächsten Stufe den Mercedes oder doch lieber den Jaguar als Provision wählen sollte.

Doch da stockte ihre Karriere wieder. Zuerst wuchs ihr Umsatz nur nicht mehr, bald darauf brach er innerhalb weniger Wochen ohne sichtbaren Grund fast vollständig ein. Beatka musste mit ansehen, wie die jungen Zwanzigjährigen, die sie anwarb, schnell ihren Umsatz übertrafen. Sie erklärte es sich damit, dass diese keine Familien hatten, von denen sie, wie sie dachte, ausgebremst wurden, und sie vermutete, dass am Ende des Tages die Kundinnen Kosmetika doch lieber von zwanzigjährigen als von vierzigjährigen Frauen kaufen würden. Ihr selbst ging es da ja auch nicht anders. Daher konnte sie die Niederlage ohne größere Schwierigkeiten mit sich selbst vereinen. Im Endeffekt wusste ja nur sie, was auf ihrem Gehaltszettel stand oder eben auch nicht stand. Als sie aber kurze Zeit später auch den Wagen zurückgeben musste, weil sie nicht mehr die Bedingungen für diese Provision erfüllte, war es anders. All ihre Bitten um Nachsicht und Aufschub hatten nicht helfen können; Mary Kay blieb hart. Nun war das Verschwinden des Autos aber deutlich sichtbar, und sofort fragten ihre Nachbarinnen, was denn aus dem auffälligen Ford geworden sei.

– Er hat mir nicht mehr gefallen. – antwortete Beatka und schwor sich, bald wieder einen neuen Wagen in der Einfahrt stehen zu haben. Die MLMs wirkten nicht anders als das Glücksspiel: Wenn man nur einmal Erfolg gehabt hatte, machte man so lange weiter, bis man ihn erneut – nur noch ein letztes Mal – haben würde.

In den Folgejahren versuchte Beatka es noch zweimal mit anderen Kosmetikfirmen, danach mit den Frischhaltedosen und Küchengeräten von Tupperware, bevor sie, dem allgemeinen gesellschaftlichen Trend folgend, zu Gesundheitsprodukten wechselte. Den Anfang machte das Allheilmittel Alveo, das zwar auch zur akuten Anwendung gedacht war, dessen wahre, nämlich präventivmedizinische Wirkung sich jedoch erst nach zwanzig Jahren des regelmäßigen Trinkens einstellte. Dann folgten die Heilhologramme von Aegea. Im Grunde sahen sie nicht anders aus als die Hologramme auf Geldscheinen oder teureren Stickern. Doch auf den Körper geklebt wirkten sie, wie der Hersteller versicherte, nanomedizinisch. Und wenn man sie fünf Sekunden lang über ein Glas hielt, wurde das Wasser darin gereinigt. Zum Schluss kam das Heilspray von Lavylites zur inneren und äußeren Anwendung, das sie Iwona auf der Erstkommunion ihrer jüngsten Tochter Alicja präsentierte.

In all diese Firmen investierte Beatka viel Geld und noch viel mehr Zeit, und sie vertrieb ihre Produkte mit heiligem Ernst. In dem Streben, den Erfolg von Mary Kay zu wiederholen und zu übertreffen, veranstaltete sie nahezu jedes Wochenende Verkaufsgespräche. Kaum ein Nachmittag verging, ohne dass sie zu einer potenziellen Kundin fuhr, kaum eine Stunde zu Hause, ohne dass sie ein geschäftliches Telefonat führte. Auf ihrem Nachttisch stapelten sich Motivationsbücher, dünne, unsauber gedruckte Heftchen, die hauptsächlich von Amerikanern geschrieben und nur schlecht ins Polnische übersetzt worden waren und die Titel trugen wie: *In fünf Schritten zum Erfolg*, *Sei dein eigener Chef*, *Das Geheimnis des Erfolgs*, *Lebe deinen Traum*, *Weck den Leader in dir* oder *Erfolg ist nur eine Frage der Einstellung*. Sie waren, wie die Texte auf den Rückumschlägen informierten, von einfachen Leuten geschrieben worden, die es durch MLMs zu Millionären gebracht hatten. Und sie wirkten unheimlich inspirierend auf Beatka. Wenn sie ein solches Buch las, war sie für eine Woche wie ausgetauscht. Dann erledigte sie alles um sich herum mit großem Elan und schaffte in Stunden, wofür andere Tage brauchten. Wie sehr wünschte sie sich, Heniek würde auch einmal ein solches Buch lesen. Doch wann immer sie ihm mit leuchtenden Augen eines hinhielt und sagte:

– Hier, lies das mal, das wird dein Leben verändern. – dann brummte er nur:

– Ich will mein Leben gar nicht verändern.

Und wenn sie doch weiter drängte, weil sie nicht glauben mochte, dass er mit dem bisschen, das sie hatten, wirklich zufrieden war, wirklich zufrieden sein konnte, nahm er das Buch in die Hand, überflog die Kurzvita des Autors auf dem Rückumschlag und fragte:

– Warum schreibt und verkauft jemand, der Millionär ist, eigentlich noch solche Bücher?

Daraufhin riss Beatka ihm den Ratgeber beleidigt aus der Hand. Natürlich wusste sie, dass alles, was Heniek sagte, nur Vorwand war, um nicht lesen zu müssen. Er hatte in seinem ganzen Leben noch kein Buch gelesen, nicht einmal eine Zeitschrift. Aber da war noch etwas anderes, was sie viel mehr kränkte, als dass Heniek bloß keinen Ehrgeiz hatte: Egal wie leidenschaftlich sie für etwas brannte, er ließ sich nicht davon anstecken. Mit so vielen fremden Menschen konnte sie gemeinsam Träume träumen – mit ihrem Ehemann nicht.

So fühlte sie sich bald, vor allem als der Erfolg ausblieb, alleingelassen. Und da sie nicht gern allein war, da es anders als bei Heniek überhaupt nicht ihrem Wesen entsprach, füllte sich das Haus der Zabłockis schnell mit Männern, die Beatka ihrem Gatten als ihre *Biznes*-Partner vorstellte und die meist Zbyszek oder Marcin oder Władek hießen. Sie waren nie sonderlich alt, höchstens Mitte vierzig, nicht selten sogar in ihren Zwanzigern, und trugen blaue Jeans und dunkle Sakkos, schmale Sonnenbrillen und breite Armbanduhren. Ins Haus traten sie, als wären sie und Beatka alte Freunde, wobei sie den Schlüsselbund mit dem Autoschlüssel noch in der Hand hielten, wie wenn sie gleich zum nächsten Termin eilen müssten.

Und dann blieben sie.

Während sie in der Küche im Stehen einen Kaffee tranken und mit dem Autoschlüssel klimperten, indem sie den Zeigefinger durch den Ring schoben und den Bund mit Mittel- und Ringfinger geschäftig hin und her schwangen, scherzten sie mit Beatka, machten ihr Komplimente und sprachen von Gelegenheiten und Aussichten und Erfolgen. Und irgendwann setzten sie sich dann doch – eine Einladung zum Mittagessen oder Beatkas selbst gebackener Kuchen waren meist die Anlässe –, und dann legten sie den Schlüsselbund auf den Tisch, und neben dem silbernen Logo von Mercedes, Audi oder Porsche breiteten sie auf der geblümten Tischdecke ihre Kontoauszüge aus, damit diese ihre Worte belegten und für sie weitersprachen, während sie selbst die Suppe schlürften oder ein Stück Kuchen kauten.

Heniek beachteten sie nicht. Und wenn er doch mal ins Gespräch eingebunden wurde, dann nur durch Beatka, die sagte:

– Wir brauchen noch Gurken!

oder:

– Nicht die, die vom Vorjahr.

oder:

– Hol mal deinen Likör.

Und dann ging er hinab und hörte das Scherzen und Lachen und gemeinsame Planen und all die Höhenflüge im Erdgeschoss. Und er hasste es, er hasste alles daran, und blieb möglichst lange weg und wünschte sich nur, diese Zbyszeks und Marcins und Władeks würden endlich aus seinem Haus und aus seinem und vor allem aus Beatkas Leben verschwinden.

Und wenn sie dann tatsächlich irgendwann gingen und Heniek aufatmete, weil es endlich still, beglückend still wurde, dann legte Beatka das benutzte Geschirr in die Spüle und versank in Gedanken, denn ihr Haus kam ihr nun unerträglich leise und verloren vor.

Doch sosehr diese Männer Beatka auch motivierten und anspornten, der Erfolg blieb aus.

– Du musst ihn nur genug wollen. – sagten sie immer wieder. Und Beatka gab sich Mühe, ihn noch mehr zu wollen. Sie besuchte Motivationsseminare in Łódź und in Warszawa und hörte den motivierenden Vorbildern zu, die wie sie angefangen, dann aber furchtbare Rück- oder Schicksalsschläge erlitten hatten, um schließlich wieder wie der Phönix aus der Asche aufzustehen und den Erfolg zu erlangen, den sie verdienten, den, wie sie sagten, jeder verdiente, der nur wollte. Und Beatka wollte wirklich, daran ließ sie keinen Zweifel. Nichts wollte sie so sehr.

Doch der Erfolg blieb aus.

– Du musst endlich den Sozialismus hinter dir lassen und im 21. Jahrhundert ankommen. – sagten sie dann. Und Beatka ließ den Sozialismus hinter sich, kaufte sich einen Laptop und ein Smartphone und installierte Hotmail, Facebook und Instagram. Sie bestellte ihre Waren nun direkt auf den Seiten der Hersteller, und ihre Kunden loggte sie im Internet ein. Am Morgen schaute sie Produktvideos auf Youtube, am Abend besuchte sie Webinare.

Doch der Erfolg blieb noch immer aus.

– Du machst alles richtig, jetzt musst du nur noch etwas härter arbeiten. – sagten sie dann. Und Beatka arbeitete härter. Sie erstellte Listen von ihrer Familie, ihren Freunden und Bekannten und selbst von Personen, die sie nur flüchtig kennengelernt hatte, die einst vor Jahren in ihren Aufenthaltsraum neben der Toilette im Regionalgericht getreten waren und sich namentlich vorgestellt hatten. Und dann organisierte Beatka all ihre Telefonnummern und rief sie an, um ihnen, wie sie sagte, ein gemeinsames *Biznes* vorzuschlagen.

Doch der Erfolg blieb immer noch aus, und die Zbyszeks, Marcins und Władeks sagten nichts mehr. Sie kamen immer seltener, blieben immer kürzer, und nach und nach zogen sie sich ganz zurück.

Beatka war ratlos. Sie hatte alles getan, was man von ihr verlangt hatte. Sie hatte alles gegeben, all ihr Geld und all ihre Zeit.

Die zweitbesten Jahre ihres Lebens.

Langsam wuchs in ihr die Überzeugung, dass es nicht ihre Schuld war, wenn sie keinen Erfolg hatte, sondern dass es vielleicht die Umstände sein könnten, weil sie einfach zu früh geboren worden war, weil es noch keine MLMs in Polen gegeben hatte, als sie sich in den besten Jahren ihres Lebens befand. Damals war sie noch jung und dynamisch gewesen, doch nun, wo die MLMs da waren, war sie älter und hatte eine Familie. Und immer drängender reifte eine neue Überzeugung in ihr, die bald zur Enttäuschung und schließlich zum Vorwurf wurde, nämlich: dass sie allein dastand, weil Heniek ihr nicht half, ja, sich gar nicht für ihre Arbeit interessierte. Denn die wirklich erfolgreichen MLMer in Polen waren alles Paare, Power-Couples, die sich gegenseitig anspornten, statt immer nur zu nörgeln und sich gegenseitig im Weg zu stehen.

So hatte Beatka nun auch ein Argument, das sie gegen Heniek anführen konnte, wenn er ihr vorwarf, ihre ganze Tätigkeit bringe nichts ein.

– Sie würde, – sagte sie dann, – wenn du mir nur helfen würdest.

Doch da er ihr nicht half und da sie weitermachte und doch keinen Erfolg hatte, entstand ein Riss zwischen ihnen, der im Laufe der Jahre immer größer wurde. Der Vorwurf auf der einen Seite, nichts zu verdienen, und die Zeit, die sie gemeinsam in glücklicher Untätigkeit verbringen könnten, allein oder mit Fremden zu verschwenden, um unerfüllbaren kindischen Träumen hinterherzujagen, mischte sich mit

Eifersucht und Verbitterung, während auf der anderen Seite Enttäuschung stand und die Einsicht, in den eigenen Träumen nicht unterstützt, nicht einmal ernst genommen, sondern nur behindert zu werden.

Auch die kurze Phase des Erfolgs bei den Versicherungen von *Amberlife* schaffte da nur geringe Abhilfe. Triumphierend verzeichnete Beatka die schnellen Gewinne und richtete die verdienten Geldscheine wie eine Waffe gegen Heniek. Damit er immer vor Augen hätte, dass ihre Bemühungen sinnvoll und ihre Träume erreichbar waren, kaufte sie ihm zu seinem sechzigsten Geburtstag einen riesigen Flatscreen.

Das Geld kam nämlich am Anfang unheimlich schnell rein: Für jeden Kunden, den sie warb und der fünfhundert Złoty als Versicherungsprämie einzahlte, erhielt sie zweihundertfünfzig, für jeden in zweiter Generation noch einmal hundertfünfzig Złoty. Lediglich hundert Złoty gingen an *Amberlife*. So weit schien das Ganze noch eine gewöhnliche Pyramide. Was Beatka aber nicht verstanden oder in den Konsequenzen nicht durchdacht hatte, war, dass *Amberlife* den verkauften Versicherungsschutz gar nicht selbst stellte, sondern nur organisierte. Im Leistungsfall mussten nämlich die Vermittler aufkommen und die Auszahlung aus ihrer Provision bestreiten.

Das Ganze lief gut, solange nichts passierte. Doch als sich der alte Jerzy eines Tages bei einem sehr unglücklichen Sturz vom Fahrrad – denn mit seinem alten Polonez fuhr er selten, weil er meist betrunken war – den linken Arm brach und die im Versicherungsvertrag vereinbarten zehntausend Złoty einforderte, waren Beatkas Gewinne fast vollständig aufgebraucht. Kurze Zeit später brach sich auch Kazik, Jerzys bester Freund, bei einem verblüffend ähnlichen Sturz den Arm, und wieder wurden zehntausend Złoty fällig. Um das Geld aufzubringen, verkaufte Beatka in beeindruckendem Tempo neue Versicherungen. Erleichtert atmete sie auf, als sie Kazik das Geld innerhalb von zwei Wochen aushändigen konnte. Erleichtert und stolz, denn sie hatte das Gefühl, viel geleistet zu haben: Immerhin hatte sie in kürzester Zeit über zwanzigtausend Złoty verdient. Der Umsatz war beinahe doppelt so hoch. Nur ihr selbst blieb davon nahezu nichts.

Und als sich Frau Halina den Fuß verstauchte, musste Beatka erneut Geld beschaffen. Von da an begann ein Wettlauf, den sie nicht gewinnen konnte: Mit dem Geld verkaufter Versicherungen zahlte sie die Schadensfälle bestehender Versicherungen aus. Tag für Tag fuhr Beatka aus Gajerudki nach Zduńska Wola, um in der größeren Stadt weitere Versicherungen zu verkaufen, denn in Gajerudki gab es keine potenziellen Kunden mehr. Und wenn sie an der alten Eiche am Ortsausgang vorbeifuhr, dann hoben der alte Jerzy und sein bester Freund Kazik, die, beide den linken Arm im Gips, im Schatten des Baumes auf einer Bank saßen, lächelnd die Flaschen zum Gruß in die Höhe. Doch Beatka schaute nicht hin. Sie hasste diese Welt bereits, in der niemand größere Träume zu träumen schien, in der die Leute sich lieber den Arm brachen, als zu arbeiten, und aus der es vor allem keinen Ausweg gab.

Da tauchte Marysia mit ihrem falschen Leberfleck und dem Hoteljob in Holland auf. Marilyn Monroe brauchte Brigitte Bardot nicht lange zu überreden. Die Aussicht, nicht weniger als alles hinter sich zu lassen und ein neues Leben zu beginnen, war so verlockend, dass Beatka nach wenigen Worten bereits entschlossen war, bei der nächsten Gelegenheit mitzufahren. Die weiteren Gespräche verwandten die beiden Frauen nur darauf, einander gegenseitig in ihrem Entschluss zu bestärken, indem sie sich das Leben in Domburg ausmalten und so die Vorfreude weckten.

In der Nacht, als Beatka Heniek schließlich mitteilte, dass sie sich Marysia anschließen wolle, war daher bereits alles entschieden und beschlossen. Es galt nur noch, den Ehegatten zu informieren.

Beatka hatte sich in Stellung gebracht, um den Sturm des ehelichen Streits über sich hinwegziehen zu lassen. Wie ein General seine Truppen vor der Schlacht mustert, hatte sie sich Erklärungen, Ausflüchte und Gegenvorwürfe zurechtgelegt. Und dann hatte sie ihn kommen lassen und war schließlich auf seine Seite gerutscht und hatte im Spiel mit seinen Brusthaaren Deckung gesucht. Sie war bereit für den Sturm, weil er es ihr am Ende nur leichter machen würde, Gajerudki zu verlassen. Doch dann stritt sich Heniek gar nicht mit ihr, sondern stellte nur dieses

– Warum?

in den Raum. Und der Raum veränderte sich. Er wurde innig und behaglich um sie herum, dort, wie sie beieinanderlagen, und weit und geräumig vor ihnen, wo er Platz bot für all ihre Wünsche, Enttäuschungen und Gefühle, kurz: für die Wahrheit. Doch Beatka wollte das nicht. Das heißt, eigentlich wollte sie es doch, sicherlich hätte sie es früher gewollt, und mit Sicherheit wollte sie es auch in Domburg. Aber nicht in Gajerudki, nicht mit Heniek, nicht jetzt, wo sie beschlossen hatte, das alles hinter sich zu lassen. Und so schob sie dieses kurze

– Wir können das Geld gut gebrauchen.

zwischen Heniek und sich, das zwar keine Lüge, aber auch nicht die Wahrheit war. Und das reichte auch schon, denn alles, was jetzt nicht die volle Wahrheit war, schob sich, auch wenn sie noch so nah beieinanderlagen, zwischen sie und schuf einen Raum, der weit und unüberbrückbar wurde. Und der Raum vor ihnen, in den ihre Wünsche, Enttäuschungen und Gefühle, kurz: die Wahrheit, gepasst hätten, schrumpfte zusammen und bot nur noch Platz für vorwurfsvolles Schweigen, Gereiztheit oder belanglose Themen.

Und so endete dieser kurze Augenblick, in dem ihre Ehe kein mehr oder weniger zufälliges Zusammenleben, keine Gütergemeinschaft und Wirtschaftseinheit, kein Heraufbeschwören oder Vermeiden von Streit und kein Tribut an die Tradition war, sondern ein Mit- und Ineinander zweier Menschen.

Und Beatka verließ Gajerudki und verließ Polen, das Land ihrer Väter, ihrer Kinder und ihres Mannes, und stieg in den Bus nach Domburg, vermeintlich, um sich als Saisonarbeiterin ein paar Wochen lang etwas dazuzuverdienen, in Wahrheit aber, um ein neues Leben zu beginnen. Auf Probe zuerst, denn wenn es ihr dort in den Niederlanden nicht gefallen würde, könnte sie immer noch nach Gajerudki zurückkehren und hätte bei ihrer Rückkehr sogar nicht wenige Scheine in der Hand. Wenn dieses Domburg der Probe jedoch standhalten würde, dann wäre Beatka bereit, dort ihr Leben mit siebenundfünfzig Jahren von vorn zu beginnen.

Mit dem bangen Gefühl eines bevorstehenden Abenteuers setzte sich Beatka in den Reisebus, nickte ihrem Ehemann zu, der am Busbahnhof winkte, und brach ins Ungewisse auf.

76

Hatten Heniek und Andrzej auf ihrer Reise das Warten gelernt, so reichte das eine Treffen mit Beatka, um das Gelernte wieder auf die Probe zu stellen. Nach außen hin immer noch ruhig, doch innerlich besorgt und ungeduldig, beobachtete Heniek von seiner Position aus abwechselnd die Eingangstür des Hotels, wo sich sehr wenig bewegte, und sein Handydisplay, auf dem sich, so schien es, gar nichts tat. Die Zeit wollte einfach nicht verstreichen. Und als er unbeabsichtigt und reflexartig, weil er gerade das Handy in der Hand hielt, einen Anruf für eine Sekunde entgegennahm, bevor er sofort wieder auflegte, denn es handelte sich um den Besitzer des Mercedes, beschloss Heniek, dass er sich irgendwie beschäftigen musste. So riss er etwas Dünenhafer ab, klemmte ihn zwischen seine Daumen und begann, darauf zu spielen. Es war zuerst recht schwierig, der herben Natur einen Ton zu entlocken, doch er hatte ja genug Zeit, und je länger er blies, desto einfacher fiel es ihm. Nach einer Weile versuchte er sich an einfachen Tonfolgen, und bald schon spielte er einige Melodien aus dem Kopf. Es klang verblüffend gut. Als er gerade versuchte, ein spanisches Lied, das die Katalanen am Lagerfeuer gesungen hatten, nachzuträllern, warf einer der Flanierenden eine Münze auf Henieks Tasche. Heniek hielt verdutzt inne, nahm die Münze erstaunt in die Hand und betrachtete sie. Es war ein Zehncentstück, das auf der Vorderseite die Umrisse von Europa und auf der Rückseite das Gesicht der Venus von Botticelli mit den im Wind flatternden Haaren zeigte. Heniek hatte diese Frau schon irgendwo gesehen, doch es wollte ihm nicht einfallen, um wen es sich handelte. Er stand auf, um die Münze dem Besitzer zurückzugeben, doch dieser war bereits so weit entfernt, dass Heniek ihm nicht mehr nachlaufen wollte: Er würde sonst die Eingangstür des Hotels kurz aus den Augen verlieren. Also warf er die Münze zurück auf die Tasche, setzte sich wieder auf seinen Platz und spielte weiter.

Von da an warfen ihm immer mehr Passanten Geld hin. Es war seltsam, aber je mehr Münzen auf seiner Tasche lagen, desto mehr warfen die Menschen auch dazu, und bald auch nicht nur Münzen, sondern kleinere Scheine, sodass Heniek um 15.00 Uhr wieder genauso viel Geld besaß wie am Anfang seiner Reise: immer noch lächerlich wenig für einen erwachsenen Mann, der sein ganzes Leben gearbeitet hatte, aber genug, um seine Frau zu einem nicht allzu teuren Mittagessen einzuladen.

Wie sich, so dachte er, die Dinge doch manchmal von selbst fügen, und küsste dabei sein Marienmedaillon.

In diesem Augenblick trat Beatka aus der Tür. Tatsächlich, sie war gekommen.

Vielleicht hatte das Hotel keinen dritten Ausgang. Vielleicht dachte sich Beatka, dass es sinnlos wäre, sich vor Heniek und Andrzej zu verstecken, da sie nun ja wussten, wo sie arbeitete. Vielleicht war sie aber auch einfach neugierig, was die beiden ihr zu sagen hatten.

Was auch immer der Grund sein mochte, um drei Uhr schlenderte sie tatsächlich, wie verabredet, mit zwei Kolleginnen aus dem Hotel und schaute sich um, wobei sie ihre rechte Hand zum Schutz vor der Sonne über ihre Augen hielt. Sie erkannte Heniek sofort und verabschiedete sich von ihren Kolleginnen.

Schnell stopfte Heniek das Geld in seine Tasche stand auf und klopfte sich den Sand von seiner Hose. Als die beiden Andrzej von seinem Posten abholten, bemerkte Heniek, dass Beatka sich anders verhielt als beim ersten Treffen: Sie war nun sicherer und gesprächiger und darauf aus, die Initiative zu behalten und den beiden und sich zu gefallen. Vor allem aber wollte sie zeigen, wie sehr sie das Leben in Domburg bereits verändert hatte. Voller Begeisterung und Stolz führte sie die Besucher durch das Städtchen, wies sie mal hier auf eine Sehenswürdigkeit hin und erzählte mal da eine Anekdote, wobei sie statt Strand *Strad* und statt Ebbe *Laag water* und statt aufräumen *opruimen* sagte.

– Tut mir leid, aber ich komme kaum noch dazu, Polnisch zu sprechen. – entschuldigte sie sich. – Man stellt sich so schnell auf eine neue Sprache um.

– Sprichst du denn mit deiner polnischen Kollegin Holländisch? – fragte Heniek.

Er meinte die Frage ernst, doch Andrzej lachte sofort laut und entwaffnend los.

– Oder mit Marysia? – ergänzte er spöttisch.

– Marysia ist nach Hause zurückgekehrt. – entgegnete Beatka kühl. – Die Saison neigt sich dem Ende zu.

Danach schwiegen die Zabłockis eine Weile. Heniek fragte sich, warum ausgerechnet Marysia, dieser falsche Leberfleck, die keine Familie hatte, von selbst nach Gajerudki zurückkehren musste und nicht seine Beatka, die so sehr vermisst wurde. Und die Vermisste und Gefundene selbst biss sich auf die Lippen und streute von da an keine weiteren holländischen Wörter mehr ein – wahrscheinlich stellte sie sich doch schneller wieder aufs Polnische um, als sie gedacht hatte. Ihre Verstimmung hielt aber nur eine kurze Weile. Schließlich führte sie Heniek und Andrzej in ein schickes Café, das sie extra für diesen Anlass ausgewählt hatte und das sie als einen ihrer Lieblingsorte in der Stadt pries. Als sie eintraten, ließ sie ihren beiden Begleitern Zeit, den Raum mit der hohen Decke, dem Dielenboden und den elegant geschwungenen Thonet-Stühlen zu betrachten, und fragte dann:

– Schon was anderes als bei Waldek, nicht wahr?

Andrzej wiegte den Kopf hin und her und antwortete spontan und ehrlich:

– Das in Berlin war beeindruckender.

– Ihr wart in Berlin? – fragte Beatka ihren Mann überrascht.

– Ja.

– Was habt ihr da gemacht?

Heniek zuckte mit den Schultern. Was hatten sie schon gemacht? Vor der polnischen Kirche gelegen, Schnaps getrunken, sich aus der Kollekte bedient und gewartet. Aber Andrzej antwortete für ihn:

– Ach, dies und das. Wir waren da eine Woche lang.

– Eine Woche?

Beatka nickte überrascht und anerkennend und anscheinend leicht verstimmt. Dann setzten sie sich, und Beatka übersetzte ihnen die Speisekarte. Heniek nahm einen Kaffee und seine Frau einen Latte macchiato und ein Stück vom Karottenkuchen, für den sich auch Andrzej zu seinem Bier entschied. Doch ehe ihre Bestellung gebracht wurde, trat ein weiterer Mann in das Café und an ihren Tisch. Er trug eine sportliche und doch elegante, braune Lederjacke über einem weißen T-Shirt und einen legeren und doch zielstrebigen, dunkelgrauen Seitenscheitel über seiner gebräunten Stirn. Zufällig war er nicht da. Er musste vielmehr verabredet sein, denn er schaute sich kurz um, bevor er mit schnellen Schritten an Beatka herantrat und seine Hand auf ihre Schulter legte. Sie aber ergriff diese sofort, zog ihn zu sich herab und küsste ihn auf den Mund.

– Darf ich vorstellen? – sagte sie im Genuss der Überraschung, die dieses Mal von ihr ausging – Das ist …

Doch dann stockte sie. Eigentlich wollte sie – jemand aus meinem *neuen* Leben. – sagen. Aber dann dachte sie, Heniek würde sich vielleicht zu viel drauf einbilden, dass ihr seine Wortwahl von vorhin so sehr gefallen hatte. Und da sie also stockte und der Neuankömmling nicht verstanden hatte, was sie sagte, außer dass sein Name nicht gefallen war, streckte er Heniek seine Hand entgegen und sagte selbst:

– Hi, Arnod.

– Schwarzenegger? – fragte Andrzej.

– *Nee*, Arnod, *zonder l.*

Andrzej schaute Beatka an:

– Was sagt er?

Doch statt zu übersetzen, antwortete Beatka:

– Hör auf, Witze zu machen.

Andrzej wollte protestieren: Er hatte gar nicht vor, irgendwelche Witze zu machen, weder bei der Stadtführung noch beim Eintritt ins Café, noch jetzt bei der Begrüßung. Er sagte nur einfach das, was ihm in den Sinn kam, und fühlte sich sofort wie in der Schule, als seine spontanen Bemerkungen ebenfalls als unverschämte Witze wahrgenommen worden waren. Eines zumindest hatte er damals gelernt: Es würde jetzt nichts bringen, zu protestieren und sich zu erklären. Stattdessen schaute er seinen besten Freund an und versuchte zu erahnen, wie es diesem ging.

Heniek hatte natürlich sofort verstanden, was er die ganze Zeit über nicht als Gedanken zulassen wollte und was er beim Wiedersehen mit Beatka aufgrund ihrer ersten Freude und der Zeit, die sie sich nun für sie nahm, gänzlich vergessen hatte. Mit einem Mal überrumpelte ihn die Erkenntnis:

Es war also wahr, Beatka hatte wirklich jemanden.

Jemand anderen.

77

Jemand anderen kennenzulernen, war für Beatka ein Leichtes gewesen: Sie war nämlich bereit gewesen, jemand anderen kennenzulernen. Sie hatte nicht daran gedacht, als sie zum ersten Mal nach Holland fuhr, sie hatte es nicht geplant, aber sie hatte die Möglichkeit auch nicht ausgeschlossen. Und das genügte bereits.

Arnod betrieb eine kleine Wäscherei in Domburg und beschäftigte zwei Mitarbeiter. Zumindest zur Hauptsaison in den Sommermonaten konnte man damit sehr gut verdienen, waren doch alle Hotels und Pensionen darauf angewiesen, die Reinigung der Bettwäsche ihrer Gäste an externe Firmen auszulagern. So waren seine Auftragsbücher immer gut gefüllt. Doch als wirklich wohlhabend konnte man Arnod auch nicht bezeichnen, weil er zum einen nicht in der Lage war, seine unnötig hohen Ausgaben für Leasingfahrzeuge, allerlei Elektrogeräte – von Waffeleisen bis hin zu Massagestühlen – und für Zusatzversicherungen – von den Zähnen bis zur Berufsunfähigkeit – zu senken, und weil er zum anderen die Hälfte seines Gewinns mit seiner Ex-Frau und den beiden Kindern teilen musste. Dennoch, er war ein durchaus attraktiver Mann mit festem Einkommen und wechselnden Liebschaften, und er roch nach chemischer Reinigung und frischer Wäsche und einem Aftershave mit herber Fruchtnote.

Beatka beachtete ihn ihn zu Beginn nicht besonders, weil sie den Eindruck hatte, er würde sich mehr für Marysia interessieren. Doch als er die beiden Damen, nachdem sie einander mehrmals am Hinterausgang des Hotels über den Weg gelaufen und bei dieser Gelegenheit ins Gespräch gekommen waren, einmal in eine Diskothek ausführte und vielleicht infolge eines tatsächlichen und von Beatka zuerst nicht bemerkten Interesses, vielleicht aber auch einfach aufgrund der Tatsache, dass Marysia schnell mit zwei jungen Engländern auf die Tanzfläche verschwand, Beatka, wie man so sagt, den Hof machte, indem er mit ihr sprach, ihr Komplimente machte und mit jedem Drink, den er ihr spendierte, näher an sie heranrückte, da begann auch sie, ihn wahrzunehmen und in Erwägung zu ziehen. Beatka sprach weder Niederländisch noch Englisch und Arnod kein Polnisch. Dennoch störte es sie verblüffend wenig, dass sie sich nicht wirklich verstehen konnten. Arnod erzählte trotzdem gut gelaunt, teils auf Niederländisch, teils auf Englisch, und gestikulierte dabei viel, und Beatka beobachtete seine chemisch reinen Finger, lachte, wenn er lachte, wiederholte auch mal das ein oder andere Wort und erzählte ihrerseits etwas auf Polnisch. So lernte sie die Wörter Ex-Frau, Spaß und Tanzen, er *kurwa*, weil es ihr zwischendurch rausgerutscht war, Gajerudki und *lato*.

Nach zwei weiteren Verabredungen gab sie schließlich, wie man so sagt, seinem Werben nach. Kurz darauf zog sie bei ihm ein.

Als sie nach Gajerudki zurückkehrte, trug sie ein auf still geschaltetes Prepaid-Handy mit niederländischer Nummer und den Vorsatz, beim nächsten Mal für immer in Domburg zu bleiben, im Gepäck. Sie machte sich keine Illusionen darüber, dass Arnod ihrer Romanze kaum mehr Bedeutung zuschrieb als einem Sommerflirt. Auch wenn sie nicht wusste, dass er, wie im Grunde die meisten westeuropäischen Männer, osteuropäische Frauen anders betrachtete als die aus seinem eigenen Land, indem er ihnen jene widersprüchliche Mischung aus den traditionellen Werten Familie, Haus, Kirche auf der einen und Freizügigkeit und Sexyness auf der anderen zusprach, so ahnte sie doch, dass ihre Beziehung von vornherein nicht gleichberechtigt war: Sie war in seinem Land gewesen, sie war die Putzfrau und er der Unternehmer, sie war bei ihm eingezogen. Es war klar, dass sie Niederländisch lernen musste, er würde nie Polnisch sprechen, er würde es nicht einmal versuchen.

Daher hatte sie ihn an sich binden müssen, und sie hatte es getan, indem sie all das gewesen war, wonach er suchte: unkompliziert, gut aussehend und lebensfroh. So hatte sie etwa niemals ihre Kinder erwähnt oder gar Fotos von ihnen gezeigt, und wenn Arnod fragend auf ihren Ehering oder das vibrierende Handy gewiesen hatte, auf dem der Schriftzug ›Heniek‹ erschienen war, hatte sie nur abgewunken und den

Kopf geschüttelt, als wollte sie sagen: nicht der Rede wert. Dass Arnod nicht weitergefragt und keine Anzeichen von Eifersucht gezeigt hatte, machte es ihr nur umso leichter, sich von ihrem bisherigen Leben und von Heniek zu lösen. Kein Mann in Gajerudki hätte so reagiert.

Doch sie verstand auch, dass er dasselbe von ihr forderte. Sie setzte keine Hoffnungen in seine Treue und glaubte noch weniger, dass er zurückhaltend und keusch auf sie warten würde, solange sie in Polen wäre. Doch das machte ihr nichts aus. Sie würde noch früh genug den Platz in seinem Leben einnehmen, den sie wollte. Zunächst galt es nur, den Kontakt zu ihm aufrechtzuerhalten, solange sie sich auf ihr neues Leben vorbereitete. Denn auch wenn er ihr angeboten hatte, sofort bei ihm zu bleiben, sie wollte noch einmal zurück nach Gajerudki, richtig und nicht bloß für ein paar Sommerwochen packen und ihre Familie ein letztes Mal sehen. Vor allem wollte sie sich jedoch bereit machen, sie wollte die Sprache lernen und sie wollte sich aus ihrer alten polnischen Haut herauspellen, sich herausschälen aus all dem, was Gajerudki war, und herausschlüpfen wie ein verjüngtes Wesen, das jetzt erst seine ganze Schönheit und seinen ganzen Lebenswillen entfalten würde.

Das war ihr Recht, dachte sie. Henieks Geld dafür zu nehmen, seinen Fernseher und seinen Falken, war dagegen schwieriger. Doch sechsunddreißig Jahre lang, so redete sie sich ein, hatte sie mit ihm zusammengelebt. Dafür hatte sie sich etwas verdient. Und außerdem: Heniek konnte Nein sagen. Niemand zwang ihn, ihre Operationen zu bezahlen. Dass er es dennoch tat, war sein Problem. Und schließlich bekam er ja auch etwas dafür, er konnte sie als Erster sehen, er durfte sie als Erster anfassen, er durfte als Erster mit ihr schlafen. Und doch – das Gefühl von Schuld blieb und vergällte ihr den Neuanfang.

78

So weit entsprach alles dem, was sich Beatka mehr oder weniger genau vorgenommen hatte für die Monate zwischen dem Ende der Nachsaison, als sie aus Domburg zurückgekehrt war, und dem Beginn der Vorsaison im nächsten Jahr, wenn sie wieder und dann endgültig nach Domburg reisen würde. Ein wenig arbeitete sie noch bei den Versicherungen von Amberlife, musste ihre Tätigkeit jedoch wegen ihrer Operationen und der Tage, die sie im Anschluss nicht unter Menschen gehen konnte, immer wieder unterbrechen. Wenn sie schnell an Geld kommen wollte, verkaufte sie eine Versicherung, und durch ihre häufigen Besuche in der Schönheitsklinik in Łódź konnte sie ihren Radius vergrößern und hatte Zugang zu ganz neuen potenziellen Kunden.

Doch kaum brachte sie den Stein ins Rollen, meldete schon jemand seine Ansprüche an, und Beatka musste wieder von vorn anfangen. Sie hatte einfach kein Glück: Ständig passierte ihren Kunden etwas, und ständig wurden Leistungen eingefordert, die ihre Gewinne sofort wieder überstiegen. Bei Iwona, welche sie als Partnerin in ihr MLM gebracht hatte, sah das anders aus. Iwona strich langsam, aber kontinuierlich Gewinne ein, die Beatka neidisch machten und Andrzejs Augen glänzen ließen. Da gab es keine Forderungen, keine verstauchten Füße oder linken Arme im Gips, da gab es nur regelmäßige Beträge, die jeden Fünfzehnten auf dem Konto erschienen. Vielleicht hing das damit zusammen, dass Iwona vorsichtiger und zurückhaltender handelte und ihr Produkt nicht jedem beliebigen Kunden verkaufte. Aber wahrscheinlicher war, dass sie einfach nur Anfängerglück hatte. Denn irgendwann trat schließlich auch bei ihr der erste Leistungsfall ein, und genauso erstaunt darüber, dass sie als Vermittlerin selbst für die Entschädigung aufkommen musste wie Beatka damals, wandte sich Iwona an ihre beste Freundin und fragte, was sie tun sollte. Nur war der Fall dieses Mal anders gelagert, denn Iwona konnte tatsächlich das tun, was Beatkas Partner ihr damals empfohlen hatten: Geld beiseitezulegen, um etwaige Zahlungen aus einem selbst angelegten Rücklagen- und Sparkonto zu bestreiten.

Und während Beatka sprach und wiederholte, was man ihr damals geraten hatte, kam sie plötzlich auf die Idee, dass sie sich zusammentun könnten. Denn je mehr Geld auf dem Rücklagenkonto wäre, desto höher wären die Zinsen, und je mehr Kunden sie gemeinsam hätten, desto unwahrscheinlicher würden plötzliche, ihr Kapital übersteigende Forderungen.

Iwona und Andrzej willigten ein. Nicht gemeinsam, sondern nacheinander. Denn Beatka überzeugte zuerst ihre Freundin. Das war deutlich einfacher. Die Aussicht, gemeinsam zu arbeiten, so, wie sie es in den Anfangstagen ihrer MLM-Karriere getan hatten, war für Iwona das wichtigere Argument als alle Ausführungen Beatkas über Wahrscheinlichkeiten, Risikominimierung und Zinseszinsen. Sie war fast sofort einverstanden.

Andrzej dagegen war skeptischer. Er erinnerte vor allem daran, dass Heniek und Beatka sich doch vor Kurzem erst Geld für Beatkas Halsstraffung geliehen hatten und dass daher wohl nicht zu erwarten sei, dass Beatka irgendetwas zu einem gemeinsamen Sparkonto beisteuern könnte.

Beatka blieb bei diesem Einwand betont ruhig. Sie wölbte ihre vollen und sinnlichen Premium-Deluxe-Lippen, legte ihre Hand wie zum Schwur feierlich auf ihr noch zu großes Dekolleté und erklärte, dass Heniek eingewilligt habe, sein Auto zu verkaufen, und dass sie bereits einen Käufer gefunden hätten. Von einem Teil des Erlöses würden sie ihre – im Übrigen ja geringen – Schulden bezahlen, und der weitaus größere Rest wäre für das Sparkonto reserviert. Die Brustverkleinerung, die der eigentliche Grund des Autoverkaufs war, verschwieg Beatka; und sie hatte keine Gewissensbisse, denn erstens log sie nicht, sondern erzählte bloß nicht alles, und zweitens: Was ging ihre Nachbarn an, was sie mit ihrem Geld und mit ihrer Brust machte?

Im Nachhinein sah alles wie ein raffinierter Plan aus. Doch in Wahrheit waren es Zufälle und einfach nur das Ergreifen der Gelegenheit.

Nachdem Andrzej sein Einverständnis gegeben hatte, eröffneten Beatka und Iwona ein gemeinsames Konto. Die Witkowskis zahlten volle zweihunderttausend Zloty ein. Beatka sollte, nachdem der Audi verkauft wäre und je nachdem, wie viel sie bekommen würden, dreißig- bis vierzigtausend Złoty einzahlen und den Rest nach und nach ergänzen. Ihre Schulden sollte sie erst einmal behalten, die Investition war wichtiger: Sobald Andrzej und Iwona überzeugt worden waren, wollten sie die Sache richtig angehen.

Und so waren alle zufrieden. Iwona konnte weiterhin bei Amberlife arbeiten und genoss Andrzejs Bewunderung für ihren Erfolg; Andrzej hatte sein Gewissen freigekauft und sah darüber hinaus regelmäßige Geldeingänge, und Beatka hatte die Enttäuschung und die damit einhergehenden Vorwürfe ihrer Freunde vorerst abgewendet. Darüber, was später wäre, würde sie auch später nachdenken. Oder gar nicht, denn dann wäre sie nicht mehr da. Jetzt galt ihre Aufmerksamkeit ohnehin ihrer letzten Operation.

Dass Beatka das Geld vom Verkauf des Audi nicht auf das gemeinsame Konto zahlte, fiel Iwona zuerst nicht auf. Dann war Beatka in der Schönheitsklinik und musste sich erholen, sodass man sie in dieser Zeit mit solch profanen Dingen nicht behelligen wollte, und schließlich war es Iwona nicht so wichtig, weil alles ja gut lief und weil sie ihrer Freundin vertraute.

Beatka frohlockte innerlich, wie gut sie alles organisiert hatte. Bis zu ihrer Abfahrt nach Domburg hatte sie Ruhe, sie hatte alle Operationen durchführen können, die sie wollte, und um sie herum waren allesamt zufrieden.

Und dann, eines Tages, als sie in Zduńska Wola vorm Geldautomaten stand und Geld abheben wollte, dies jedoch immer wieder aufgrund eines nicht gedeckten Kontos verweigert wurde, sodass Beatka immer geringere Beträge probieren musste, erblickte sie die neue EC-Karte in ihrer Geldbörse. Und plötzlich kam Beatka die Idee, dass sie die Karte auch zum Auszahlen von Geld benutzen konnte, und sie probierte sie aus, mit einem spöttischen Lächeln, weil sie ihrer eigenen Idee kaum glauben konnte.

Weil im Leben nichts so einfach ist.

Doch tatsächlich: Der Automat brummte und ratterte und streckte ihr zwei glatte, frisch duftende Einhundertzłotyscheine entgegen. Beatka nahm sie wie einen Schatz entgegen, kopfschüttelnd, mit großen Augen und mit fiebrigen Fingern. Wie schwer war es in ihrem Leben bisher gewesen, zu Geld zu kommen; und jetzt, wo sie es am wenigsten erwartete, hatte sie plötzlich Zugang zu einem zinslosen Kreditrahmen in Höhe von unglaublichen zweihunderttausend Złoty.

Denn Beatka kam nicht auf die Idee, das Geld zu stehlen. Sie war keine Diebin, und jedem, der eine solch beleidigende Behauptung in den Raum gestellt hätte, gäbe sie auf der Stelle eine Ohrfeige. Was auch immer sie von dem Konto abheben würde, sie würde es, so dachte sie, Iwona zurückgeben. Nur um Erlaubnis würde sie ihre Freundin nicht bitten. Dieses kleine Zugeständnis, diese kleine Belohnung, wenn man so wollte, räumte sie sich für ihren Verzicht und ihre Ehrlichkeit ein. Und um sich selbst zu beweisen, dass sich dies so verhielt, zahlte sie die geborgten zweihundert Złoty nach wenigen Tagen wieder ein. Dass Iwona auf diese Weise nichts von der Bewegung auf dem Konto mitbekam, war ein erfreulicher Nebeneffekt.

In den folgenden Tagen legte sich Beatkas Fieber nicht.

Bis zu ihrer Abfahrt wälzte sie den Gedanken an das Geld auf dem gemeinsamen Konto hin und her, ohne ihn je richtig zu fassen, ohne ihn zu Ende zu denken, ohne eine Entscheidung zu treffen. Sie gestand sich nicht einmal ein, worüber sie nachdachte, selbst dann nicht, als sie für den Tag ihrer Abreise, zwei Stunden bevor sie in den Bus steigen würde, bei der Bank einen Termin für eine höhere Bargeldabhebung machte. Nur für alle Fälle, dachte sie, und dann versuchte sie, möglichst wenig daran zu denken. Das gelang ihr erstaunlich gut, schließlich hatte sie ohnehin genug damit zu tun, ihr komplettes Leben zu packen: Sommer- und Wintersachen, Schmuck, ihre Lieblingsteller und ein paar Fotos von ihren Kindern, den goldenen Lippenstift, ein Adressbuch, in das sie sämtliche Telefonnummern und Anschriften ihrer Familie wie auch ihrer besten Freundinnen nachgetragen hatte, die schönste Spitzenunterwäsche, die Bettwäsche ihrer Großmutter, in der ihr berühmter Großvater geschlafen hatte, all ihre Zeugnisse, ihr Silvesterkleid und ihre Rentenunterlagen.

Heniek kam dazu und wunderte sich über die Menge, die sie mitnehmen wollte, und Beatka wunderte sich, dass er die ganze Zeit über nicht verstand, was in ihr vorging, und sagte es ihm schließlich. Sie sagte ihm, dass sie ihn verlassen wolle, dass sie ihn gerade verließ, denn im Grunde war das, was sie jetzt und seit Monaten tat, nichts anderes, und nur, dass sie ihn in Wahrheit bereits verlassen hatte, verschwieg sie. Sie hatte überlegt, es ihm gar nicht zu sagen, doch diese Idee hatte sie schnell wieder verworfen: Er würde sich nämlich sonst Sorgen machen, würde denken, ihr sei etwas zugestoßen, würde sie anrufen, sie gar suchen und aufsuchen. Jetzt aber stellte er stattdessen seine lächerlichen Fragen, und als ihm Beatka zeigte, wie lächerlich sie waren, da schlug er ohne Vorwarnung zu.

Sie floh ins Badezimmer und verbarrikadierte sich. Die Tür hing nur schwach in den Angeln und war sehr dünn. Selbst die Wand war dünn. Ohne Schwierigkeiten könnte Heniek – ein Schraubenzieher würde bereits genügen – die Tür aufschließen; kein Werkzeug, nur etwas Willen wäre nötig, um die Tür aufzubrechen, ja selbst durch die Wand könnte sich Heniek schlagen, wenn er einen Lampenfuß oder den Messingwisent, den sie zur Hochzeit geschenkt bekommen hatten und der seitdem in ihrem Schlafzimmer stand, zu Hilfe nehmen würde. Wenn Heniek nur wollte, könnte er sie ohne Schwierigkeiten erreichen, und Beatka hielt für einen Augenblick den Atem an und lauschte. Genauso, wie sie sich immer gewünscht hatte, Heniek wäre tatsächlich so und würde diesen Kraft- und Gewaltakt vollführen, kurz: er wäre ein Mann, der für seine Würde und um seine Frau kämpfen und für diesen Kampf ihre Achtung und ihre Liebe als Preisgeld gewinnen würde, genauso graute ihr davor, er könnte es nun tatsächlich tun.

Doch die bange Ungewissheit währte nur einen Augenblick. Beatka hörte, dass er nichts dergleichen tat, dass er wie so oft nur unentschlossen dastand, und sofort wählte sie auf dem Handy, das sie auf ihrer Flucht eingesteckt hatte, Marysias Nummer.

Als sich das Adrenalin in ihrem Körper daraufhin langsam zu legen begann, bemerkte Beatka, dass sich eine seltsame Zufriedenheit in ihr einstellte. Die Gewichte hatten sich auf einmal verschoben, die Situation hatte sich verändert. Sie war nun nicht mehr die Ehefrau, die ihren treuen Mann verließ, sondern die Frau, die einen Mann verließ, der sie schlug. Nicht ›weil‹ er sie schlug – das entspräche nicht der Wahrheit –, sondern ›der‹ sie schlug. Aber jeder Zuhörer würde diesen kleinen Schritt vom neutralen Relativpronomen zur kausalen Konjunktion in Gedanken mitgehen, würde, wenn sie auf die Frage, warum sie ihren Mann verlassen habe, antwortete:

– Noch am Tag meiner Abfahrt hat er mich geschlagen.

– Gut gemacht. – entgegnen und Beatka ein wenig bemitleiden, gleich aber ihre Stärke bewundern und ihr vor allem geben. Und dieses Gefühl des Im-Recht-Seins war es, was sie brauchte, was sie die richtige Haltung finden ließ, als sie mit der dunklen Sonnenbrille auf den Augen ein allerletztes Mal an Heniek vorbeiging, und was vor allem ihr tagelanges Grübeln löste: Wenn es sich so verhielt, wenn das also die Art war, wie sich Gajerudki von ihr verabschiedete, dann hatte sie auch das Recht, sich zum Abschied zu nehmen, was sie wollte.

Und mochten es zweihunderttausend Złoty sein.

Sie, Beatka, die alle Brigitte Bardot nannten, würde Gajerudki nicht als geschlagene Ehefrau verlassen, und sie würde nicht als geschlagene Ehefrau ihr neues Leben beginnen. Es war schon damals falsch gewesen, ihr Leben als auf einer Veranda Sitzengelassene zu beginnen. Nun aber würde sie sich wehren. Und so verließ sie das Haus, in dem sie sechsunddreißig Jahre lang gelebt hatte, hocherhobenen Hauptes, und hocherhobenen Hauptes betrat sie – wie es der Zufall so wollte – dieselbe Bank und dasselbe Büro, wo Andrzej einst den Coup seines Lebens gelandet und einen unerhört hohen Kredit aufgrund der Inflation auf einen Schlag abbezahlt hatte. Und jetzt, etwa fünfundzwanzig Jahre danach und achtunddreißig Jahre, nachdem er sie einfach so für Iwona auf der Veranda sitzen gelassen hatte, zahlte Beatka alles Geld aus, das ihm gehörte, und hocherhobenen Hauptes stieg sie in den Bus nach Holland und begann ein neues Leben zu ihren Bedingungen.

79

Von dem Augenblick an, da dieser Arnod zu ihnen an den Tisch getreten und von Beatka geküsst worden war, hatte Heniek das Gefühl, als senkte sich die hohe Decke auf ihn herab und als führen die Wände gegeneinander wie in einer Schrottpresse. Seine Brust zog sich zusammen und drückte ihm Tränen in die Augen: Es tat ihm weh, dass Beatka jemand anderen hatte, und es tat ihm weh, dass sie das auf solche Art zeigte. Heniek brauchte einen Augenblick, um sich zu sammeln.

Im Übrigen bemerkte auch Arnod, dass etwas nicht stimmte. Gestern Abend noch waren Beatka und er schweigend und jeder auf seiner Bettseite, voneinander abgewandt, eingeschlafen. Sie hatten sich nicht richtig gestritten, aber es gab eine doch nicht unbeträchtliche Meinungsverschiedenheit zwischen ihnen darüber, ob in der Wohnung geraucht werden durfte und wie sie mit ihren sehr unterschiedlichen Einkommen umgehen sollten. Das eine hatte vordergründig nichts mit dem anderen zu tun, aber sie waren trotzdem von ersterem Thema auf letzteres übergegangen, ohne auch nur eines von beiden zu einem versöhnlichen Abschluss zu führen. Und dann hatte Beatka ihn heute angerufen, darauf bestanden, dass er zu dieser Uhrzeit eine Kaffeepause einlegen sollte, und hatte ihn so überschwänglich begrüßt. Misstrauisch und mit dem vagen Gefühl, hier vor diesen beiden Polen nur vorgeführt zu werden, setzte er sich neben Beatka, schlug die Beine übereinander und legte seinen Arm über ihre Stuhllehne. Sofort kuschelte sie sich in seine Umarmung.

Dann schwiegen sie.

Alle vier schwiegen. Die Männer, weil sie nicht wussten, was sie sagen sollten, Beatka, weil für sie alles gesagt worden war.

In die Stille hinein kam der Kellner mit der Bestellung. Er verteilte die Getränke und den Kuchen und hörte sich an, was Arnod wollte. Dann wurde es wieder still am Tisch, aber zumindest hatten sie nun Kaffee und Kuchen und Andrzej ein Bier, um diese Stille zu überbrücken. Lediglich Arnod wartete noch auf seinen gerade erst bestellten Espresso, darum sprach er zuerst:

– *Jullie zijn uit …*

– Gajerudki. – antwortete Beatka für Heniek und Andrzej, die eigentlich angesprochen waren.

Arnod schaute die beiden an und hob kurz die Augenbrauen. Es war ihm unangenehm, hier am Tisch sitzen zu müssen. Er hatte nun nicht mehr nur das Gefühl, vorgeführt zu werden, er glaubte auch, dass das Gespräch seinetwegen, weil er der Einzige war, der nicht Polnisch sprach, nicht in Gang kommen wollte.

Und außerdem war da etwas Beunruhigendes an diesem Heniek, der Beatka und ihn unentwegt anblickte.

Darum trank er den Espresso, der ihm gebracht wurde, mit einem Mal aus und verabschiedete sich schnell wieder mit den Worten, dass er zurück zur Arbeit müsse. Zum Abschied gab ihm Beatka noch einmal einen Kuss auf die Lippen und strich über seinen Oberschenkel.

– Nun? – fragte sie, als er gegangen war.

– Was nun? – entgegnete Heniek.

– Du wolltest doch mit mir sprechen. Was wolltest du mir sagen?

Um Zeit zu gewinnen, nahm er einen Schluck aus seiner Tasse. So hatte er sich das Wiedersehen mit Beatka nicht vorgestellt. Er war sich nicht sicher, was er sich eigentlich vorgestellt hatte; so vieler auch in den letzten Wochen an Beatka gedacht hatte, den Augenblick, wo sie einander wirklich gegenüberstehen würden, hatte er in seinen Gedanken immer ausgespart.

Und nun saßen sie da, und es war alles so unheimlich banal: diese Tasse, dieses Café, dieser Arnod, dieses Domburg, dieses Holland. Heniek wäre bereit gewesen, um Beatka zu kämpfen. Er wäre in eine Manege gestiegen und hätte es mit allem aufgenommen, was aus dem gegenüberliegenden Kerker herausgekommen wäre, sei es ein Panther, sei es ein Löwe, sei es ein Bär, nur um ein Taschentuch oder einen Handschuh seiner Angebeteten zu gewinnen. Er wäre durch einen finsteren Wald geritten und hätte gegen einen übermächtigen Feuer spuckenden Drachen gekämpft, allein mit der Lanze seines Willens und dem Schild seiner Ergebenheit bewaffnet, und er hätte die tausend Stufen zum höchsten Turm erklommen und die schlafend wartende Prinzessin geweckt. Auf ein Schiff wäre er gestiegen und ans Ende der Welt gesegelt und hätte jede Stadtmauer überwunden und jede Stadt vernichtet, nur um seine geraubte Beatka wieder heimführen zu können. Nur umrisshaft hatte er den Gedanken zugelassen, Beatka könnte jemanden kennengelernt haben, und wenn er daran dachte, dann war er sich sicher, er würde diesem anderen, sobald er ihm gegenüberstehen würde, sofort und unvermittelt ins Gesicht schlagen, und ein Zweikampf würde beginnen: er mit einem öligen Tuch und einem Schraubenschlüssel bewaffnet, der unbekannte Holländer mit Holzschuhen und Käse – oder was auch immer diese Holländer so treiben, denn Heniek hatte keine Ahnung. Und Heniek würde den Kampf seines Lebens führen und jede Verletzung in Kauf nehmen und kämpfen, bis er siegen würde oder nicht mehr aufstehen könnte, denn er hatte nichts zu verlieren, aber alles zu gewinnen, und Beatka wäre zuerst erschrocken und dann beeindruckt von all der Aggressivität und selbstzerstörerischen Gewalt, die in Heniek geschlummert und die sie nicht gekannt noch auch nur geahnt hatte und die nun aus ihm hervorsprudelte wie das Blut aus seinen und des Feindes Wunden; und Heniek würde, nachdem er den Gegner endgültig niedergestreckt hätte, sich von ihm abwenden, der bewegungslos zu seinen Füßen lag, und Beatka anschauen, und Beatka würde vor diesem Blick erschauern und erkennen:

Du bist mein Mann.

Ich bin deine Frau.

Hier aber gab es keinen Kampf zu kämpfen. Es gab nur Kaffee zu trinken und auf unnötig geschwungenen Stühlen zu sitzen und einen Arnod kennenzulernen, der im Grunde ganz sympathisch schien und den Heniek für die Lage, in die ihn Beatka geworfen hatte, sogar ein wenig bemitleidete.

Und dennoch musste sich Heniek nun hier beweisen, weil er wusste, dass all diese Banalität der letzte Augenblick zwischen Beatka und ihm sein könnte. Nach sechsunddreißig Jahren und ungezählten Kaffees in ihrer Küche und manchmal im Sommer in der Gartenlaube, die Andrzej und er zusammen gezimmert hatten, tranken sie hier nun ihren letzten Kaffee. Einem Augenblick sollte solch eine große Bürde nicht aufgezwungen werden.

Heniek setzte die Tasse ab.

– Entschuldigung.

Verwundert schaute Beatka ihn an.

– Wofür?

– Dass ich dich bei deiner Abfahrt geschlagen habe. – sagte er leise.

Beatka lachte auf.

– Und deswegen bist du extra hierhergekommen?

– Nein.

– Sondern?

Heniek suchte erneut Zuflucht in seiner Tasse. Er ließ sie ein wenig kreisen, obwohl der Kaffee schon längst nicht mehr zu heiß war. Dann blickte er Beatka unvermittelt an und sprach den Satz, der seit Wochen Tag und Nacht sein Denken begleitete. Immer wieder hatte er überlegt, wie er ihn sagen sollte, doch da er bis zu diesem Augenblick keine besseren Worte gefunden hatte, sprach er einfach:

– Komm zurück.

Beatka hielt seinem Blick stand.

– Aber ich bin nicht weggefahren, weil du mich geschlagen hast.

– Ich weiß.

Und da sie darauf schwieg, fragte er:

– Warum bist du weggefahren?

Sie wich zum ersten Mal seinem Blick aus. Gepresst lachte sie und schaute hin und her, als wollte sie sich bei Zuschauern, die nicht da waren, Bestätigung dafür holen, dass Heniek die offensichtlichste Sache von der Welt gefragt hatte. Doch Heniek ließ sich davon nicht beirren und wartete. Ohne sich dessen bewusst zu sein, hatte er erneut die Warum-Frage gestellt, so wie damals, vor über anderthalb Jahren, als Gajerudki noch ihre Heimat und Holland nur ein fernes Land irgendwo in Europa gewesen war, damals, als sie zusammen im Bett gelegen hatten und Beatka noch nicht wusste, was oder wer sie in Domburg erwarten würde. Und damals hatte sie auf sein ›Warum?‹ geantwortet:

– Wir können das Geld gut gebrauchen.

Und dann hatten sie geschwiegen, weil sie beide nicht mehr die Kraft hatten, diese Lüge aus der Welt zu schaffen. Denn es war eine Lüge, eine von diesen schlimmsten und hartnäckigsten, die ganz unschuldig daherkommen und die Maske der Wahrheit tragen, aber doch nichts anderes sind als eine Lüge. Wenn sie hinterfragt werden, dann kann man rasch antworten:

– Was denn? Ist es nicht wahr?

Oder schlimmer noch:

– Hast du das nicht selbst immer gesagt?

Und so konnte man recht behalten in seinem Unrecht. Doch die größte Lüge war bereits das erste Wort gewesen: das ›wir‹ am Anfang des Satzes. In Wahrheit hatte es da kein ›wir‹ gegeben. Ein einziges ›ich‹ wäre die Wahrheit gewesen.

Und so begann Beatka dieses Mal ihre Antwort denn auch mit diesem ›ich‹:

– Ich liebe dich nicht.

Andrzej stand plötzlich auf. Er hatte schon eher gehen wollen, aber nicht den richtigen Augenblick gefunden. Und nun war es deutlich zu spät, und darum wollte er sich zumindest so schnell wie möglich entfernen.

– Ich lass euch mal lieber allein. – sagte er. Doch nach einem Schritt drehte er sich noch einmal um.

– Hast du vielleicht eine Zigarette?

Beatka reichte ihm ihre Schachtel.

– Kannst du behalten.

– Ich warte draußen. Tschuldigung. – sagte er noch leise zu Heniek und ging hinaus.

Heniek und Beatka schauten ihm beide nach, weil sie einander nicht anschauen konnten.

Für Beatka war nun endgültig alles gesagt. Heniek aber genügte das nicht. Er grübelte über dem, was sie nicht gesagt hatte, über dem Punkt, an dem ihr Satz unerwartet und gnadenlos abbrach und sechsunddreißig Jahre ihres Lebens mit einem Schlag erhellte und zugleich verdunkelte: Sie hatte nicht ›nicht mehr‹, sie hatte nur ›ich liebe dich nicht‹ gesagt.

Doch da er sah, dass seine Frau jetzt am liebsten auch hinausgegangen wäre, um zu rauchen, sagte er schnell:

– Und liebst du ihn?

Dabei nickte er in Richtung des Stuhls, auf dem vorhin Arnod gesessen hatte.

Wieder lächelte Beatka und atmete dabei laut durch die Nase aus. Wieder schüttelte sie ihren Kopf, und wieder wollte sie sofort antworten. Doch dann überlegte sie und merkte erneut, dass ihr die Antwort unerwartet schwerfiel. Verärgert und ungeduldig sagte sie schnell:

– Ist das denn wichtig?

Nein, dachte Heniek. Es war nicht wichtig. Eine Wahrheit pro Unterhaltung genügte.

Und dann dachte Heniek, war es vielleicht doch wichtig.

80

Die erste Zigarette schmeckte nicht. Andrzejs Körper hatte sich schon entwöhnt, und er wunderte sich, wieso er vor wenigen Wochen noch geglaubt hatte, ohne Zigaretten überhaupt nicht leben zu können.

Die zweite dagegen schmeckte wie ein Wunder. Er zündete sie sich nur an, um nach der ersten sicherzugehen, dass er von seiner Sucht befreit war und dass es nicht an den dünnen Mentholzigaretten lag, die Beatka rauchte. Doch mit einem Mal spürte er, wie das Nikotin seinen Körper mit Ruhe und Frieden erfüllte. Alles schien ihm weniger wichtig und irgendwie gut so, wie es war. Vorsichtig schaute er durch die Scheibe und sah Heniek und Beatka noch immer auf ihren Stühlen am Tisch. Sie waren nicht aufgestanden, hatten nicht versucht, den anderen mit Gewalt nach Hause zu zerren, hatten kein Geschirr nach einander geworfen und waren auch nicht weinend zusammengebrochen.

Immerhin, dachte er. Denn im Grunde hatte er sich keine Illusionen gemacht, wie es um Beatka stand. Gajerudki war kein Ort und Heniek kein Mann für Brigitte Bardot. Nicht einmal er selbst wäre ein Mann für sie gewesen. Für eine heiße Liebesnacht oder einen leidenschaftlichen Sommer sicherlich. Und er würde lügen, wenn er behauptete, dass ihm beides in den Jahrzehnten, die er sie kannte, nicht schon mal durch den Kopf gegangen wäre. Doch sobald es um den Alltag ging, um die Kinder, den Abwasch und um Hausaufgabenhefte, so glaubte er nicht, dass irgendwer längere Zeit Beatka genügen könnte.

Daher wunderte es ihn nicht, dass sie Heniek nach sechsunddreißig Jahren verlassen hatte, es wunderte ihn vielmehr, dass sie so lange bei ihm geblieben war.

Andrzej trat den Stummel aus und ging wieder hinein. Die übrigen drei Zigaretten in der Packung wollte er sich für später aufheben.

Drinnen sah er, dass das Gespräch weitestgehend zum Erliegen gekommen war. Beatka schaute gedankenverloren auf den Tisch, Heniek lächelte still und blickte sie mit großem Bedauern an.

– Seid ihr fertig? – fragte Andrzej, als er wieder an den Tisch trat. Und da er merkte, dass diese Frage anders, härter klang, als er sie meinte, fügte er schnell hinzu:

– Oder braucht ihr mehr Zeit?

– Nein. – antwortete das Ehepaar Zabłocki gleichzeitig, und diese Gleichzeitigkeit der Antwort machte beide ein wenig verlegen.

– Gut. – sagte Andrzej. – Dann gib mir jetzt mein Geld zurück, und dann können wir fahren.

Beatka presste ihre vollen Lippen zusammen. Andrzej war natürlich deswegen hier, da hatte sie sich keine Illusionen gemacht. Und er würde sie nicht in Ruhe lassen, bis er nicht bekäme, wofür er gekommen war. Für einen Augenblick erwog sie, die Ahnungslose zu spielen, ihm irgendeine Lüge zu erzählen oder einfach schweigend davonzugehen. Doch so, wie die Dinge standen, wäre es besser, hier jetzt in diesem Café mit allem, was ihrem frühen Leben angehörte, endgültig abzuschließen und, wie man so sagt, reinen Tisch zu machen.

Beatka war da nämlich sehr praktisch veranlagt. Und es war besonders einfach, reinen Tisch zu machen, wenn man nicht viel und darüber hinaus kein eigenes Geld auf den Tisch zu legen hatte.

– Das ist nicht so einfach. Ich habe es investiert.

Andrzej machte sich nicht die Mühe zu fragen, in was Beatka investiert hatte. Es interessierte ihn nicht. Außerdem klang ihm das Wort viel zu hochtrabend. Aber er war froh, dass sie zumindest nichts abstritt.

– Hol es zurück.

– Das geht nur mit großem Verlust.

– Wie groß?

Beatka zog ihr Handy aus der Tasche und prüfte irgendetwas darauf.

– Wenn ich das Geld heute auszahlen würde, dann würdest du sechshunderteinundsiebzig Dollar und zweiundsechzig Cent bekommen.

– Und wo ist der Rest?

Beatka lächelte nachsichtig, wie man lächelt, wenn ein Kind eine dumme Frage stellt und man es ihm noch einmal erklären muss.

– Es gibt keinen Rest.

Andrzej war zuerst blass geworden. Jetzt wurde er laut:

– Aber, Scheiße, es waren zweihunderttausend Złoty!

– Das ist normal. Nach dem Börsengang fallen die meisten Aktien erst einmal. Dann kann man günstig einkaufen. Aber bald wird der Wert steigen, das ist absolut sicher.

Jetzt interessierte es ihn doch:

– In was hast du denn investiert?

– In Bestcoins.

– In was?

– In Bestcoins.

– In was? – Er schrie nun schon.

– Das ist eine Kryptowährung.

Andrzej schaute sie mit offenem Mund und halb zugekniffenen Augen an. Beatka verstand diesen Gesichtsausdruck falsch und glaubte, ihm erklären zu müssen, was Kryptowährungen sind.

– Das Finanzwesen wird eine Revolution erleben. Es ist nur eine Frage der Zeit, bis …

Doch Andrzej unterbrach ihren offensichtlich angelernten Vortrag:

– Was schwafelst du mir vom Finanzwesen, Scheiße?

– Ich war auf …

Sie wollte die vielen Vorträge und Schulungen aufzählen, die sie zu dem Thema besucht hatte, und die zahlreichen Webinare. Doch Andrzej unterbrach sie erneut:

– Eine Putzfrau. Du bist eine beschissene Putzfrau! Aus dem beschissenen Gajerudki! Und ich bin Straßenbauer. Ich hatte mal ein Sägewerk, aber das, was ich gelernt habe, ist, mit einer Scheißschaufel beschissenen Sand aufzuhäufen. Und er da, – hier zeigte Andrzej auf Heniek, – ist Mechaniker. Er repariert Autos. Verstehst du? Und er hat noch am meisten Ahnung von etwas. Sein Audi: ein Meisterwerk. Und wüsstest du, wie du im Wald überleben kannst? Tagelang?

Heniek blickte verblüfft und verlegen auf Andrzej. Sein Freund hatte ihn noch nie so gelobt. Und in diesem Wutausbruch kam die Wendung zum Lob überaus unerwartet. Doch Andrzej fand schnell zum Thema zurück:

– Aber Aktien, Scheiße! Keiner von uns hat Ahnung von Aktien. Nicht ich, nicht Heniek und sicher auch nicht du. Glaubst du, wir sind hier an der Wall Street?

– Bestcoins sind keine Aktien.

– Was sind das dann?

– Tokens.

Allerdings sagte Beatka nicht wirklich ›Tokens‹. Sie sprach das Wort polnisch aus, also mit kurzem O, und benutzte anstelle des S das polnische Y, um den Plural zu markieren: *Tokeny*.

– Und was ist das?

– Das ist schwer zu erklären. Mit den *Tokeny* reservierst du dir das Recht über eine bestimmte Menge von Coins – sie sagte *Coiny* –, sobald sie geschürft werden. Wenn du das Silberpaket für fünfhundert Dollar nimmst, bekommst du zehn *Tokeny*, die etwa vier *Coiny* generieren. Das Goldpaket für zweitausendfünfhundert Dollar enthält …

Andrzej schüttelte nur den Kopf:

– Und du hast alles Geld in diese Bestcoins investiert?

– Ja.

– Die ganzen zweihunderttausend Złoty?

– Ja.

– Ich glaube dir nicht. Wo ist mein Geld?

Und als ob die Frage erst verständlich würde, wenn er sie wiederholte und mit einer gewissen Aggression unterlegte, sagte er noch einmal:

– Wo, *Kurwa*, ist mein Geld, *Kurwa*?

Beatka blieb ruhig. Sie zeigte ihm ihr Handy und scrollte

mit ihrem langen, bunten Fingernagel durch die Einkaufshistorie in der App. Aber Andrzej schaute nur flüchtig hin. Er sah lauter Zahlen und Pfeile und konnte doch nicht wirklich etwas damit anfangen. Die Welt verdunkelte sich vor seinen Augen, und er bekam wieder unglaubliche Sehnsucht nach einer Zigarette.

Beatka beließ es dabei. Wie, dachte sie, sollte sie Andrzej erklären, was ihr selbst unerklärlich war? Wie sollte sie erzählen, dass sie alles Geld so schnell verloren hatte, obwohl sie sich vorgenommen hatte, es dieses Mal anders zu machen? Das konnte sie nicht einmal sich selbst eingestehen, um wie viel schwieriger war es, dies jemand anderem zu sagen, vor allem Andrzej und Heniek. Im Bus nach Domburg, während der Fahrt in ihr neues Leben, hatte sie hinter einem Mann gesessen, der die ganze Zeit über telefoniert und dabei so fremdartige und magische Worte verwendet hatte wie:

– Investieren. Finanzsektor. Blockchains. Fünfhundert Prozent Rendite. Einmalige Gelegenheit.

Als sie ihn darauf angesprochen hatte, hatte er gefragt, ob sie die Geschichte von dem Jungen aus Norwegen kenne, der sich vor zehn Jahren Bitcoins im Wert von hundert Dollar gekauft und seinen Kauf dann kurz darauf wieder vergessen habe. – Nein. – Da hatte Beatka gelächelt. – Was ist mit ihm?

– Er ist jetzt Multimillionär.

Es hatte wie ein Märchen geschienen, wie eine Fügung: Sie war auf dem Weg in ihr neues Leben gewesen, und dann hatte sich da diese Gelegenheit aufgetan. Und Beatka hatte Vorträgen gelauscht über die Revolution des Finanzwesens, über die Vor- und Nachteile von Bitcoins und über die robusteren und besseren Blockchains von Bestcoins. Und noch während der Busfahrt, noch bevor sie in Holland angekommen waren, hatte sie etwas Geld investiert, fünfhundert Dollar, ganz vorsichtig nur, denn sie hatte nicht vor, ihr Geld zu schnell und zu unbedacht auszugeben.

Doch dann hatte es so viele weitere Gelegenheiten gegeben. Bestcoins war an die Börse gegangen, der Kurs war gestiegen, der Kurs war gefallen – was hieß, dass man noch einmal günstig nachkaufen konnte –, eine App mit Bezahlfunktion war entwickelt worden, Bill Gates wollte investieren, und Schweden plante, die Krone nächstes Jahr durch eine eigene Kryptowährung zu ersetzen. Und obwohl Beatka gesehen hatte, wie der Kurs von Bestcoins abstürzte, von 50 Cent auf 20, auf 2, dann auf 0,1, auf 0,05 und schließlich auf 0,002 Cent, hatte sie immer wieder nachgekauft. Inzwischen war sie nämlich schon so weit gegangen, dass sie nicht mehr die Kraft aufbringen konnte, die Notbremse zu ziehen. Als könnte sie den Fehler, überhaupt die ersten fünfhundert Dollar in Bestcoins investiert zu haben, wiedergutmachen, wenn sie nur genug Geld hineinsteckte, hatte sie einem fiebrigen Amok gleich immer weiter und immer höhere Beträge eingezahlt.

Irgendwann war schließlich alles Geld aufgebraucht. Von den zweihunderttausend Złoty waren Beatka nur ein paar Grafiken auf ihrem Handy geblieben.

Diese Grafiken schaute sich nun Andrzej an. Doch all die bunten Diagramme und Pfeile und Zahlen wollten vor seinen Augen einfach keinen Sinn ergeben.

– Wie kann so viel Geld einfach verschwinden?

Beatka teilte nicht ihr eigenes Unverständnis mit Andrzej. Stattdessen seufzte sie wie eine Lehrerin, die ihrem Schüler zum dritten Mal etwas Selbstverständliches erklären muss und im Innern bereits weiß, dass er es doch nicht verstehen wird.

– Noch mal, mein Lieber: Das Geld ist nicht weg. Es wäre jetzt bloß ein ungünstiger Zeitpunkt, es auszuzahlen.

Andrzej ballte unwillkürlich die Faust. Kaum etwas erzeugte in ihm so viel Wut, wie wenn er von oben herab behandelt wurde. Insbesondere von einer Frau.

– Und, – fragte er scharf, – wann wird der Augenblick günstig sein?

Wieder lächelte Beatka nachsichtig.

– Wer kann das schon wissen? Vielleicht morgen? Vielleicht in einer Woche? Vielleicht erst in einem Jahr?

Und als spräche sie von etwas, das für sie Alltag und für die anderen etwas völlig Fremdes sei, fügte sie hinzu:

– So ist das nun mal mit Investitionen.

Andrzej sprang auf und stürzte sich auf sie. Mit der linken Hand wollte er sie würgen, mit der rechten schlagen, und er konnte sich nicht entscheiden, womit er anfangen sollte. Doch ehe er sie erreichte, spürte er einen Stoß und fiel zu Boden. Der Kaffeetisch samt Kaffeegeschirr folgte ihm.

Andrzej drehte sich um und verstand nicht gleich, was geschehen war. Seine kleinen Augen bewegten sich hastig hin und her, bis er begriff, dass Heniek sich wohl zwischen ihn und Beatka geworfen, ihn dabei zu Boden geschleudert und den Tisch mitgezogen haben musste. Wütend drückte er sich vom Boden ab und stürzte sich noch einmal auf Beatka. Doch wieder stellte sich ihm Heniek in den Weg und presste seine ausgestreckten Arme gegen seine Schultern.

– Geh mir aus dem Weg!

Und ohne eine Antwort abzuwarten, schlug er von oben gegen Henieks Arme, sodass dieser sein Gleichgewicht verlor und nach vorn kippte.

Andrzej nutzte die Gelegenheit, um einen Schritt an ihm vorbei auf Beatka zuzumachen und die Faust zu heben. Beatka blieb vor Schreck sitzen, schob ihren Stuhl nur mit einer schnellen Bewegung ihrer Füße zurück, hielt ihre Hände vor ihr Gesicht und schloss die Augen.

Andrzej wollte zuschlagen. Er ballte seine Faust wie noch nie in seinem Leben, jene Faust, die sich in jahrelanger Knochenarbeit um den Griff einer Schaufel geballt hatte und der nach Jahren an der Kreissäge eine Fingerkuppe fehlte und welcher nun ganz plötzlich die Frucht all dieser Arbeit und all der Entbehrungen genommen sein sollte, sodass sie nichts mehr umschlossen hielt und ganz leer dem Tod entgegengehen würde.

Er wollte zuschlagen. Er wollte diese seine Faust in ihr Gesicht graben, aus dem sie ein Gemälde gemacht hatte, in dem sie die Linie der Lippen nachgezogen und den Teint der Haut übermalt und aus dem sie die Altersfalten gezogen hatte, und er wollte dieses Bild vernichten, das sie selbst von sich geschaffen hatte.

Er wollte zuschlagen. Mit dem Mut der Kränkung und der Feigheit der Verzweiflung und mit aller Macht der zerstörten Existenz wollte er zuschlagen. Koste es, was es wolle. Sollte er doch dafür ins Gefängnis wandern, sollte er hier in diesem gottverdammten Holland hinter irgendwelchen Mauern sein Leben fristen und sein geliebtes Gajerudki nicht mehr wiedersehen und die Sprache seiner Väter und seiner Kinder nie mehr hören. Das zählte nichts. Er hatte nichts zu verlieren. Er berauschte sich am Rausch des Zorns, der nichts kennt außer sich selbst, der nicht an Gesetze oder Moral oder an das Morgen denkt. Der Zorn ist ganz im Moment, ganz *carpe diem*, ein Dämon des Jetzt, eine Gottheit der Zerstörung, und seine einzige Währung heißt Gewalt.

Andrzej wollte zuschlagen. Und weil im Zorn Wollen und Tun eins sind, weil der Mensch als Person außer sich ist und der Körper ihm mit ungeahnten Kraftreserven darin folgt, schlug er zu.

Doch Heniek, der hinter ihm sein Gleichgewicht zurückerlangt hatte, warf sein ganzes Gewicht gegen Andrzejs erhobene Faust, stoppte den Schlag und zog seinen Freund rückwärts zu Boden.

Andrzejs Zorn, einem tollwütigen Tier gleich, richtete sich daraufhin gegen Heniek. Mit der noch freien Hand versuchte er, ihn von sich zu stoßen, fasste ihm, da das keine Wirkung zeigte, ins Gesicht und rief:

– Lass mich, du Idiot.

– Nein.

– Lass mich ihr ihre Scheiß-Arroganz aus der Fresse prügeln! – rief er und riss an Henieks Arm.

– Nein. Beruhige dich!

– Ich will mich nicht beruhigen, ich will der Schlampe zeigen, was ein Mann ist.

– Komm zu dir.

Andrzej schüttelte sich heftig, doch Heniek verstärkte seinen Griff.

– So eine muss man schlagen. – brüllte Andrzej. – Wie in alten Zeiten, mindestens einmal die Woche. Nicht erst, wenn es zu spät ist.

– Ja, ja. Ist ja schon gut.

Heniek gab sich gar nicht die Mühe zu widersprechen. Er hielt nur seinen Freund fest und wartete. Und in der Tat: Immer seltener und immer schwächer versuchte dieser, sich aus seinem Griff zu lösen, und bald schon wehrte er sich nicht mehr gegen Henieks Umarmung und schimpfte nur noch.

– Du hast sie einfach zu gut behandelt. Die würde dich achten, ja anhimmeln, wenn du sie mal ordentlich zusammenschlagen würdest. Lieben würde sie dich.

Und da Heniek nichts sagte, schimpfte Andrzej weiter:

– Du hättest ihr nicht nur in den Bauch schlagen sollen, sondern in ihr Gesicht. Wenn sie meine Frau wäre, dann würde ich ihr 'ne Tracht Prügel verpassen, dass sie sich wochenlang nicht trauen würde, aus dem Haus zu gehen. Dann wäre es aber so was von schnell vorbei mit Holland und den Reisen und dieser ganzen Scheiße. Und dann würde ich sie mal so richtig ficken. Denn das fehlt ihr offenbar auch.

– Andrzej, es reicht jetzt.

Sein Griff wurde noch fester. Er drehte Andrzejs Schulter ein wenig zurück, sodass es schmerzen musste. Sein Freund schrie auf.

– Das machst du doch nur, weil sie eigentlich mich wollte!

Heniek erschrak vor diesem Satz und verlor seine Kraft. Da gab ihm Andrzej einen Tritt und riss sich endlich von ihm los. Er ergriff einen Stuhl und hob ihn hoch.

– Andrzej, – rief Heniek, – du hättest ihr das Geld nicht geben müssen. Es war deine Entscheidung. Nur deine. Und du weißt genau, warum du das getan hast.

– Aber wenn sie nicht wäre, dann …

– Dann was? Dann hättest du jetzt Geld. Aber das wahre Problem würde es nicht lösen.

Andrzej hielt inne.

– Aber sie hat mir mein Geld geklaut.

– Ja. Und irgendwer hat es nun ihr geklaut. Schau sie dir an. Willst du wegen ihr ins Gefängnis? Es ist vorbei. Komm, lass uns nach Hause gehen. Und dann übernimmst du Verantwortung für das, was du getan hast!

Andrzej kam zu sich. Er schaute in die Runde. Alle Blicke im Café waren auf ihn gerichtet. Zwei Kellner waren – wer weiß, wann? – herbeigestürzt und riefen aufgeregt, sie sollten auf der Stelle aufhören, sonst würde man die Polizei rufen. Ein Herr in dunklem Anzug, ganz offensichtlich der Inhaber, stand bei ihm und forderte ihn in strengem Ton und mit unmissverständlichen Gesten auf, unverzüglich das Lokal zu verlassen und sich hier niemals wieder blicken zu lassen.

Auch Beatka schaute Andrzej an. Die pure Aggression, mit der er sich auf sie stürzen wollte, hatte sie zuerst in einen ganz körperlichen Schrecken versetzt: Ihr Atem war plötzlich flach und hastig gegangen, ihre Haut war blass geworden, ihre Hände hatten zu zittern begonnen. Doch je länger Andrzej und Heniek miteinander rangen, desto mehr hatte sich ihr erster Schrecken in Erstaunen und schließlich in Genugtuung verwandelt.

Eine sehr späte Genugtuung.

Langsam ließ Andrzej seinen Stuhl herab. Ein letztes Mal noch trat er mit halber Kraft gegen ihn, wie um zu zeigen, dass es noch immer nicht vorbei sei, dass es gleich wieder losgehen könne, und dann nahm er seine Sachen, hauptsächlich die Zigaretten, und sagte:

– Ich warte draußen auf euch.

Beatka wartete einen Augenblick ab, um nicht zusammen mit ihm loszugehen, und erhob sich ebenfalls, selbstsicher und majestätisch. Nur Heniek hob hastig den umgestürzten Tisch auf und sammelte das Geschirr zusammen. Dann öffnete er die Seitentasche seines Gepäcks, ließ alle Münzen, die er am Strand verdient hatte, auf den Tisch regnen, deutete auf die zersprungene Tasse und das Geld und folgte Andrzej und Beatka hinaus.

81

Sie gingen geradewegs zu einem Geldautomaten. Beatka musste ein paar Operationen in der App ausführen, dann konnte sie das Geld abheben. Doch bevor sie den letzten Bestätigen-Button drückte, zögerte sie noch einmal.

– Soll ich das wirklich tun? Man kann die Sache dann nicht mehr rückgängig machen. Und wenn deine Tokeny in drei Monaten hunderttausend Dollar wert sind, rastest du wieder aus.

Hoffnung ist nicht nur blind, sondern auch dumm. Doch die Aussicht auf schnelles Geld verunsicherte Andrzej nur kurz. Mit etwas Nachdenken und Erfahrung kann man ihr beikommen.

– Zeig mir mal den Kursverlauf.

Beatka reichte ihm ihr Handy, auf dem seit dem zweiten Kurstag ein unaufhörlicher Abstieg gegen null zu sehen war. Andrzej wusste sofort wieder, was zu tun war.

– Zahl es aus.

– Wenn wir das Geld jetzt auszahlen, ist es deine Entscheidung.

– Ja!

– Gut.

Beatka bestätigte das Unumkehrbare, zahlte die knapp sechshundert Euro, die es nach der Umrechnung waren, aus und seufzte, als sie die wenigen Scheine entgegennahm. Zum einen war sie enttäuscht, dass auch aus dieser Investition und diesem Traum vom schnellen Geld nichts geworden war, doch auf der anderen Seite seufzte sie auch vor Erleichterung, das ›geliehene‹, wie sie dachte, Geld wieder zurückzahlen und die Sache also endgültig abschließen zu können.

Das war's. Wir sind dann quitt? – sagte sie, als sie Andrzej das Geld überreichte.

– Fick dich, Beatka, fick dich und deine Investitionen und alles, was du tust! Du …

Andrzej hätte noch mehr gesagt, doch Heniek schaltete sich ein.

– Kannst du jetzt mal die Klappe halten?

– Warum sollte ich? Soll sie doch wissen, dass sie nichts anderes ist als eine gewöhnliche Diebin. Schlampe! Diebin!

Beatka setzte ihr stolzestes Gesicht auf und ging davon, ohne ein Wort zu entgegnen.

– Warte, Beatka! – rief Heniek. Und zu Andrzej gewandt: – Das ist der letzte Augenblick mit meiner Frau. Versau ihn mir nicht.

Andrzej hob stumm die Arme zum Himmel.

– Gut, bitte. Genieß es.

Und dann ging er ein paar Schritte zur Seite, wobei er heftig den Kopf schüttelte.

– Was ist noch? – fragte Beatka ungeduldig. Sie wollte endlich ihrem alten Leben den Rücken kehren.

– Fahr mit uns.

Beatka lachte.

– Nein. Bestimmt nicht.

– Du gehörst nicht hierher. Dein Zuhause ist in Gajerudki, nicht in irgendeinem Domburg.

Beatka musste grinsen: Henieks Aussage war unfreiwillig komisch, weil das polnische Wort für Haus, *dom*, Domburg viel ähnlicher klang als Gajerudki.

– Ich meine: Was hast du schon hier?

Beatka wollte auf das Meer deuten und das Café, in dem sie gerade gesessen hatten, auf die gepflasterte Straße und die schönen Menschen, auf die renovierten Fassaden und die Bäckerei an der Ecke und noch vieles weitere.

– Wenn du das nicht selbst siehst, dann weiß ich auch nicht.

– Und deine Familie? Deine Kinder, deine Enkel? Die Gräber deiner Eltern?

– Wie geht es Kasia?

– Gut.

– Und Kuba?

– Wie immer. Sie vermissen dich. Deine Enkel vermissen dich.

– Ich komme sie irgendwann besuchen.

Sie wussten beide, dass das eine Lüge war. Aber Beatka wollte sich nicht emotional oder moralisch in die Enge drängen lassen. Und so ging sie, wie um der Einkreisung zu entkommen, bei ihren letzten Worten einen Schritt zur Seite. Heniek hielt sie zurück:

– Ich vermisse dich.

– Mach's gut, Heniek, ich muss gehen.

– Beatka, warte!

– Was denn noch?

Heniek spürte: Das war nun endgültig der letzte Augenblick. Danach würde er Beatka nicht mehr wiedersehen. Was nun folgen würde, wären die letzten Worte, die er ihr sagen würde.

Er atmete ein. Dann sprach er:

– Du kannst jederzeit zurückkehren. Was auch immer ist, wie viel Zeit vergeht: Du kannst zurückkommen.

Beatka wollte zuerst noch etwas darauf entgegnen, und ihre Lippen umspielte bereits der Schatten eines ironischen Lächelns. Doch dann sah sie, wie ernst Heniek es meinte, und sein Ernst steckte auch sie an. So nickte sie nur.

Und dann ging sie davon.

82

Als sie außer Sichtweite war, suchte Heniek einen Supermarkt auf und kaufte einen Kasten Bier. Das Geld musste zwar Andrzej von den frisch ausbezahlten sechshundert Euro beisteuern, aber es war Heniek, der den Kasten zum Strand trug, seinem Freund eine Flasche reichte und sprach:

– Danke, Andrzej. Auf unsere Reise.

– Leck mich!

Andrzej taumelte noch durch die Nachwehen seiner Wut und Verzweiflung. Mit zittrigen Händen zündete er sich eine Zigarette an und rauchte sie, indem er laut ein- und ausatmete:

– Dass all die Wochen völlig umsonst waren! Wir haben nichts erreicht, wir werden ohne Frau und ohne Geld in unser beschissenes Gajerudki zurückkehren.

– Du vergisst: und ohne den Mercedes. – ergänzte Heniek und lachte.

Andrzej schaute ihn an.

– Findest du das witzig?

– Ja. Du nicht?

– Nein! Hör auf zu lachen.

Heniek verstummte und nahm einen großen Schluck. Doch obwohl er nichts sagte, umspielte ein deutliches Lächeln noch immer seine Lippen. Das konnte auch die Bierflasche nicht verbergen. Fröhlich blickte er umher und deutete schließlich mit der Flasche auf den Strand und das Meer:

– Einen hässlichen Ort hat sie sich nicht ausgesucht.

– Warum, verdammt, bist du so scheißzufrieden?

Heniek ignorierte seine Frage:

– Ich habe nachgedacht: Du solltest es ihr sagen.

– Was?

– Iwona. Alles.

Sofort nahm Andrzejs Stimmung einen anderen Ton an.

– Warum?

– Sie verdient es zu wissen. Wer du wirklich bist.

– Und dann?

Heniek zuckte mit den Schultern, und auch Andrzej sagte nichts mehr. Schwerfällig, doch schon ruhiger schaute er sich um und nahm einen Schluck aus seiner Flasche.

– Ich mag das Meer nicht.

– Du spinnst doch. – wunderte sich Heniek.

– Wirklich.

– Wie kann man das Meer nicht mögen?

– Man kann nichts draus machen.

– Was?

– Man kann nichts drauf bauen, man kann nichts davon absägen, man kann es nicht handeln. Es ist einfach nur da. Ist doch scheiße.

Heniek wollte zuerst etwas entgegnen, doch dann schüttelte er nur den Kopf.

– Nicht mal trinken kann man es.

Beide führten ihre Flaschen zum Mund und tranken erneut. Heniek sah, dass sein Freund sich beruhigt hatte.

– Sie hat gesagt, – nahm er Andrzejs Frage wieder auf, – sie liebt mich nicht.

– Ja?

– Sie hat nicht gesagt: nicht mehr.

– Hm. Ja, tut mir leid.

– Und diesen Arnod liebt sie auch nicht.

– Auf keinen Fall!

– Auch nach den Kindern hat sie nicht gefragt.

– Nein?

– Nein. *Ich* musste anfangen, von Kuba und Kasia zu sprechen.

– Hm.

– Weißt du, was das bedeutet?

Andrzej dachte nach. Doch er konnte in alldem einfach keinen Sinn erkennen, keinen zumindest, der Henieks Stimmung erklären würde, den Frieden, den er gefunden hatte.

– Sie ist achtundfünfzig. Sie hat in ihrem Leben noch nie jemanden geliebt.

Andrzej schaute auf die schaumigen Wellen, die unaufhörlich herbeiströmten, und dachte über Henieks Worte nach.

– Bis auf sich selbst. – ergänzte er bitter.

– Selbst da bin ich mir nicht sicher.

– Ist doch traurig, so zu leben. – sprach Heniek weiter, mehr für sich als für Andrzej.

Eine Zeit lang schauten sie aufs Meer. Dann öffnete Andrzej, nun schon vollkommen ruhig, die nächsten beiden Flaschen.

– Prost.

Er reichte Heniek das Bier und stieß mit ihm an.

– Und deswegen …?

– Ja. Ich weiß, alle in Gajerudki meinen, ich sollte wütend auf sie sein. Aber … irgendwie verstehe ich sie. Sie tut mir einfach leid.

Und nach einer Weile ergänzte er:

– Ich könnte nicht so leben.

– Na, also für mich ist sie immer noch eine Schlampe. Sie hat alle verarscht, die ihr nahestehen. Sie hat Iwona, die ihr nun wirklich nichts angetan hat, einfach bestohlen.

– Und glaubst du, dass es ihr gut damit geht?

Für einen kurzen Augenblick bäumte sich noch einmal die Wut in Andrzej auf.

– Das interessiert mich einen Scheißdreck.

Sie schauten wieder auf das Meer und die Möwen, die im starken Wind, fast ohne mit den Flügeln zu schlagen, in der Luft segelten. Heniek nahm einen großen Schluck. Er musste sich überwinden, um zu sagen, was er sagen wollte.

– Weißt du, es ist doch so: Wir stecken alle im Stau.

– Im Stau?

– Ja. – antwortete Heniek. – Ich meine: Das Leben, so als Ganzes, ist, wie wenn man im Stau steht. Eigentlich wartet man nur darauf, dass es endlich losgeht. Und die ganze Zeit hat man das Gefühl, dass die links und rechts schneller vorankommen. Aber wenn man die Spur wechselt, bringt es gar nichts.

– Hm.

Sie sagten nichts mehr. Andrzej nickte nur leicht, und es war nicht zu erkennen, ob er Heniek zustimmte oder ob er nur höflich sein wollte. Dann zündete er sich noch eine Zigarette an, rauchte sie und drückte sie im Sand aus.

– Also, ich schwimm jetzt eine Runde.

– Ich dachte, du magst das Meer nicht.

– Wenn wir schon mal hier sind …

– Ich weiß nicht, ob man hier nackt baden darf.

Doch das kümmerte Andrzej nicht. Als wäre er zu Hause allein im Bad, zog er sich unbekümmert aus, richtete sich, wie sie es bei Günther gesehen hatten, ohne den Anflug einer Scham gerade auf und sagte:

– Das, liebe Holländer, ist ein polnischer Schwanz.

Damit ging er ins Wasser.

Heniek musste grinsen, zögerte kurz und tat es ihm schließlich gleich.

Sie schwammen eine Weile und genossen es, nichts zu müssen und nichts zu wollen. Doch als sie schließlich wieder hinauswateten, machte sich das Bier bemerkbar, das sie getrunken hatten. Knietief im Wasser, machten sie sich gar nicht erst die Mühe, an Land oder ins tiefere Wasser zurückzukehren. Stattdessen drehten sie sich um in Richtung Horizont.

Zwei Männer, nackt, Anfang sechzig, standen sie nebeneinander im Wasser, blickten nach Westen in den beginnenden Sonnenuntergang und pissten.

Ohne einander anzuschauen, sagten sie gleichzeitig:

– Es wird Zeit, nach Hause zu fahren.

EPILOG

Heniek hob das letzte Würstchen vom Grill.

– Wer möchte noch eins?

Niemand antwortete. Heniek drehte und wendete das Würstchen noch einmal in der Hitze, doch es war einfach von allen Seiten fertig. Besser konnte es nicht mehr werden.

– Wer möchte das letzte Würstchen?

Wieder antwortete niemand. Heniek schaute in die Runde in seinem Garten und versuchte, sich bemerkbar zu machen. Doch die Gäste hörten ihn nicht. Zwischen dem Apfelbaum und der Pflaume stand ein langer weißer Plastiktisch, der über und über mit Salatschüsseln, Bierdosen, Colaflaschen und Geschirr voller Ketchupreste und Fettflecken bedeckt war. Alle Gäste waren noch da, doch nur die Erwachsenen saßen noch am Tisch, während die Kinder durch den Garten tobten. Kuba unterhielt sich laut über zwei Plätze hinweg mit Kasia. Sein Sohn hatte, wie Heniek neulich mit Überraschung festgestellt hatte, bereits graue Haare. Noch dieses erste Grau, das wie angelaufenes Silber scheint und einem Mann wie Kuba durchaus Dynamik und Stärke verleiht, das aber eben doch schon Grau ist. Bei Kasia sah man es noch nicht. Vielleicht, so dachte Heniek in diesem Augenblick zum ersten Mal, färbte sie sich ihre Haare bereits. Beatka hatte ja auch früh damit angefangen.

Kuba hatte nicht schlecht gestaunt, als Heniek ihn am Ende der Reise angerufen und nach Berlin bestellt hatte. In Henieks und Andrzejs Familien sagte man nur ›die Reise‹, wenn man vom Sommer 2017 und dem plötzlichen und wochenlangen Verschwinden der beiden Väter und ihrer Fahrt durch Deutschland und Holland bis nach Domburg zu Beatka sprach. Alle Kinder und Enkel kannten die einzelnen Stationen der Reise, konnten mit dem Finger auf ihren Handys den Weg nachzeichnen, den die beiden Ältesten genommen hatten, und konnten die Personen aufzählen, die ihnen unterwegs begegnet waren.

Und sie alle kannten den Wortlaut des Telefonats zwischen Vater und Sohn. Wenn man in guter Stimmung war, sprach man die Worte nach, die Heniek und Kuba vor nunmehr zwei Jahren gewechselt hatten, und man lachte noch immer darüber.

Erst ganz zum Schluss hatte Heniek seinen Sohn angerufen. Nachdem Andrzej und er den Kasten am Strand ausgetrunken hatten, waren sie mit dem Bus nach Rotterdam gefahren und hatten sich dort Zugtickets bis nach Łódź gekauft. Im Traum hätten die beiden nicht gedacht, dass Zugfahren so teuer sein könnte: Mit ein paar belegten Brötchen, einem weiteren Kasten Bier und zwei Schachteln Zigaretten blieb ihnen nach dem Kauf der beiden Fahrkarten nichts mehr von dem Geld übrig, das Beatka Andrzej ausgezahlt hatte. Sie würden mit leeren Händen nach Hause zurückkehren.

Stumm saßen sie im Abteil und schauten aus dem Fenster. Sie brauchten nichts zu sagen. Die Landschaften, die sie zurücklegt hatten, zogen jetzt in umgekehrter Reihenfolge vorüber: Hier waren sie von den Katalanen mitgenommen worden, hier irgendwo musste der Campingplatz sein, wo sie zusammen am Feuer gesessen und Gitarre gespielt hatten. Kurz danach kam der Wald, in dem sie drei Tage im Regen verbracht hatten. Davor waren sie gewandert – sie wussten nicht mehr, wie lang. Dann, auf dieser Höhe etwa, waren sie

Eirini und Jutta begegnet und hatten bei Julia auf Eva aufgepasst. Der kleine Günther mit dem großen Schwanz hatte sie zur Tankstelle gebracht, wo sie Julia begegnet waren und wo sie im Kreis gelaufen sein mussten. Günther, dachten sie, der in die Luft geschossen hatte, um sein Ruderboot zurückzuerlangen. Und bald würde Berlin kommen mit Søren und seinem Schnurrbart, der hinter seinem Laptop sitzt und redet und redet und redet. Und dann der Priester, der ihnen nicht helfen wollte, und dann die Nazihütte im Wald und das kleine Städtchen mit den eingeschlagenen Fenstern und dann die Stelle, wo sie gegen das Reh gefahren waren.

Während sie einander wortlos die Brötchen oder Flaschen reichten und hin und wieder ein Lächeln der Erinnerung tauschten, begannen sie, über die Zukunft nachzudenken, darüber, was sein würde, wenn sie nach Gajerudki zurückkehrten. Heniek versuchte, sich ein Leben in seinem verlassenen Haus vorzustellen, doch so oft er nur daran dachte, machte ihm die Einsamkeit Angst. Und dann war da auch noch das Problem mit dem Mercedes, das er lösen musste.

Andrzej überlegte, ob und wie er Iwona von seinen nächtlichen Ausflügen erzählen sollte. Doch so oft er nur daran dachte, schien ihm alles falsch, egal wofür er sich entscheiden würde. Und dann war da auch noch das Problem mit dem Kredit und der drohenden Insolvenz.

So beschlichen sie mit jedem Kilometer, den sie sich der polnischen Grenze näherten, immer größere Sorgen, und obwohl beide schwiegen, wie sie es die ganze Zeit schon taten, wurde ihre Stimmung zunehmend bedrückter.

Da sprang Heniek plötzlich auf und rief, sie müssten aussteigen. Andrzej schaute ihn fragend an, blickte aus dem Fenster, wo Berlin Hauptbahnhof stand, und meinte, dass sie weder am Ziel seien noch hier umsteigen müssten. Doch

Heniek zog ihr Gepäck – seine Tasche und Andrzejs Bundeswehrrucksack – von der Kofferablage und wiederholte noch einmal, dass sie jetzt sofort hier den Zug verlassen sollten.

– Warum? – fragte Andrzej.

– Wir brauchen Geld. – erläuterte Heniek. Er wollte noch mehr sagen, doch da ertönte bereits der Pfiff am Bahnsteig. Andrzej zögerte, und sein Blick wanderte unzufrieden von Heniek, der bereits in der Tür stand, auf das Schild draußen vor dem Fenster, das so gar nicht polnisch aussah.

– Na gut, – brummte er, – ich hoffe, du weißt auch, was du tust.

– Kein bisschen.

Andrzej unterbrach das Ächzen, das sein Aufstehen begleitete, und schaute seinen Freund böse an, bevor sie gemeinsam zur Tür stürmten und diese öffneten, indem sie den Notschalter betätigten. Der Zugführer schimpfte, als sie hinaussprangen, doch die beiden scherten sich nicht darum.

Andrzej schaute dem Zug nach, der sich Richtung Osten in Bewegung setzte und in welchem der Kasten Bier ohne sie über die Grenze fahren würde.

– Gut, sag mir, was du vorhast. – sagte er zu Heniek, als sein Rückfahrschein nicht mehr zu sehen war.

Doch Heniek hielt bereits sein Handy am Ohr und begann jenes Gespräch, dessen Wortlaut seitdem etliche Male in der Familie wiederholt wurde:

– Hallo Kuba!

– Papa, endlich! Geht es dir gut?

Die ehrliche Sorge und die Frage nach seinem Befinden machten Heniek stolz: Kuba war ein guter Junge.

– Ja.

– Wo warst du die ganze Zeit?

– In Deutschland. Und Holland.

– Was? Warum?

– Das ist eine lange Geschichte.

– Papa, geht es dir gut?

Die zweite Frage nach seinem Befinden machte Heniek nicht mehr stolz, sondern ärgerte ihn.

– Kuba, ich hab einen Auftrag für dich.

– Ja?

– Fahr rüber zu Bronek und kauf ihm seinen alten Lada ab.

Durch das Telefon und über die Landesgrenze hinweg konnte man in der Stille Kubas skeptischen Gesichtsausdruck hören. Obwohl er es wollte, erkundigte er sich nicht noch ein drittes Mal, ob es seinem Vater gut ging. Stattdessen fragte er:

– Wozu?

– Wasch ihn einmal ordentlich, pack die Rostlaube auf deinen Schlepper und komm dann damit zu mir.

– Wohin?

– Nach Berlin.

– Berlin? Was machst du in Berlin?

– Ich verkaufe den Lada.

Und mit diesem Telefonat begann ein kleiner Handel, ein Geschäft, ein *Biznes*, wenn man so will. Heniek und Andrzej suchten Søren auf, der zuerst überrascht war, als die beiden in seinem Büro auftauchten und ihn mit vielen Gesten um Hilfe beim Verkauf ihres Ladas baten. Doch als er endlich begriff, worum es ihnen ging, freute er sich über die Aussicht, in seinem Leben *something real* zu tun, und willigte ein.

Der Wagen wurde tatsächlich binnen weniger Tage für knapp dreitausend Euro verkauft. Ein fünfzigjähriger Sachse kaufte ihn, der, wie er ausführlich und sehr sächsisch erzählte, zu DDR-Zeiten einen solchen Lada bestellt und acht Jahre lang darauf gewartet hatte. Als er ihn endlich bekommen sollte, fiel die Mauer. Nun wollte er seinen Jugendtraum nachholen.

Und das war der Beginn einer Geschäftspartnerschaft zwischen Andrzej, Heniek und Søren und der Auftakt eines kleinen, internationalen Autohandels: Andrzej suchte die Fahrzeuge, brachte sie zuerst zu Heniek und dann nach Berlin, Heniek reparierte sie und machte sie verkaufsfertig, und Søren, über den sich Kuba am meisten wunderte – im Leben hätte er nicht gedacht, dass sein Vater jemals solche Bekannte haben könnte –, verkaufte sie. Natürlich geschah das alles schwarz, und der Gewinn, der dabei erzielt wurde, war nicht überaus groß. Aber er genügte, dass Heniek seine Schulden beim Mercedesbesitzer begleichen und sich bald schon einen neuen Flatscreen ins Wohnzimmer hängen konnte.

Für Andrzej reichte das Geld dagegen nicht. Zuerst wurde sein Sägewerk und kurz darauf auch sein Haus zwangsversteigert. Doch damit war es auch gut. Denn wenig später landete Amberlife in Polen auf dem Index betrügerischer Firmen und wurde schließlich verboten. Bestehende Verträge und daraus resultierende Verbindlichkeiten wurden für nichtig erklärt. Und wenn Andrzej und Iwona auch nichts mehr hatten, so hatten sie auch nichts mehr zu verlieren. Und das kleine Auto-*Biznes* schenkte ihnen die Perspektive für einen Neuanfang. Eine Perspektive, die sie dringend brauchten.

Es hatte Iwona schmerzlich getroffen, als Andrzej ihr nach seiner Rückkehr und einigen Tagen des Grübelns und Zweifelns endlich seine Untreue beichtete. Zuerst glaubte sie ihm nicht, und Andrzej musste ihr alles noch einmal sagen und Details nennen, die er lieber ausgelassen hätte. Dann schlug sie ihn. Zu Beginn mit der flachen Hand ins Gesicht, dann mit den Fäusten auf die Brust. Immer wilder schlug sie auf ihn ein, wie damals hinter Waldemars Laden, nur dass er sich dieses Mal nicht wehrte. Doch dann hörte sie plötzlich auf.

– Was gebe ich mich überhaupt mit dir ab, du selbstverliebter Hurensohn? – schimpfte sie, stürzte ins Schlafzimmer und begann zu packen.

Aber sie packte nicht wie sonst. Während sie für gewöhnlich ihre Kleider sorgfältig auswählte und akkurat zusammenlegte, riss sie sie dieses Mal von den Bügeln und drückte und quetschte sie mit zitternden Händen in ihre zwei Koffer. Andrzej wollte sie abhalten, bat sie, ihn anzuhören, versuchte, sie zu fassen. Doch sie schrie ihn bloß an, hielt sich die Ohren zu und riss sich von ihm los.

Andrzej erschrak. Zuerst hatte er nur Angst um den Schmerz gehabt, den er ihr zufügen würde. Doch nun wurde ihm zum ersten Mal klar, dass sie ihn auch verlassen und dass er plötzlich allein sein könnte. Er dachte an Heniek, und Panik ergriff ihn.

Da war Iwona fertig. Aber statt sie zu ergreifen und hinauszugehen, sank sie plötzlich auf die beiden gepackten Koffer und weinte.

– Du gehst nicht? – fragte Andrzej vorsichtig.

– Wo soll ich denn hingehen?

Und dann weinte sie weiter.

Das berührte Andrzej umso stärker. So wie ihn in seiner Kindheit der Blick dieser wehrlosen Ratte erschüttert hatte, die seine Cousine Wanda und er einmal gefangen und dann gemeinsam gefoltert hatten, so erschütterte ihn nun dieses Weinen Iwonas. Und zum ersten Mal verstand er, was es bedeutete, verheiratet zu sein: ganz auf einander angewiesen zu sein, sich dem anderen ganz wehrlos auszuliefern.

Zwei Jahre waren seitdem vergangen. Andrzej hatte Iwona nie wieder betrogen, und er kümmerte sich so liebevoll um sie wie noch nie in seinem Leben. Doch so viel Mühe er sich auch gab – die Heiterkeit in Iwonas Augen war verschwunden und kehrte nicht mehr zurück. Warum, dachte Andrzej, hatte er das nicht früher verstanden und sich ihr gegenüber nicht von Anfang so verhalten? Doch dafür war es nun zu spät. Vielleicht würden es seine sechs Kinder besser machen oder die vielen Enkelkinder, die jetzt Fangen spielten, um den Tisch liefen und den Garten mit ihrem Lärm erfüllten.

Die Wohnungsfrage wurde dagegen ungewöhnlich einfach gelöst. Es war Heniek, der, als er erfuhr, dass ihr Haus unumkehrbar versteigert worden war, in seinem eigenen Wohnzimmer seinen Blick über die zwei Sessel und das Sofa mit den drei weiteren Plätzen, in der Küche über den viel zu großen Esstisch und im Flur über die Türen zu den seit Jahren schon unbewohnten Kinderzimmern wandern ließ und die Sinnlosigkeit dieser Leere einmal mehr fühlte, aber nicht wie vor der Reise, als er den Kindern und Beatka nachtrauerte, die ausgezogen waren und gleichsam alles Leben mitgenommen hatten, sondern nun, indem er den Überfluss erkannte, in dem er lebte, während andere, ihm nahestehende andere, seine besten Freunde, Mangel litten. Und daraufhin schlug er, als wäre es das Natürlichste von der Welt, vor:

– Zieht doch einfach bei mir ein.

War Henieks und Andrzejs plötzliches Verschwinden bereits großes Gesprächsthema in Gajerudki gewesen, so galt dies umso mehr für ihr Zusammenziehen und den gemeinsamen Haushalt:

Die beiden Freunde unter einem Dach.

Iwona, die mit zwei Männern zusammenwohnt.

Bald aber war auch dieses Gerede verstummt; überlagert wurde es ohnehin von den Gerüchten, dass Andrzej und Iwona kein Geld mehr hatten und alles verkaufen mussten. Denn auch wenn das Eheglück oder -unglück hinter der nachbarschaftlichen Hecke die Mitmenschen beschäftigt, der

Vergleich mit ihren wirtschaftlichen Verhältnissen tut es noch mehr.

Andrzej, Iwona und Heniek selbst machten sich nicht viel daraus und genossen die gegenseitige Gesellschaft und den Umstand, dass sie nicht ihren Kindern zur Last fallen mussten. Denn keine ihrer fünf Töchter und auch nicht der geliebte Felek hatten Andrzej und Iwona angeboten, bei ihnen einzuziehen, und es hatte sich einmal mehr das alte Sprichwort bewahrheitet, dass ein Vater leichter zehn Söhne ernährt als zehn Söhne einen Vater. Andrzej und Iwona waren deshalb nicht verbittert, vielmehr blühten sie wieder auf wie in den ersten Jahren: Andrzej überzeugte seinen Freund, einen Hühnerstall in den Garten zu stellen, und versorgte alle drei morgens in fröhlichster Stimmung mit frischen Eiern, Iwona freute sich – trotz aller Traurigkeit in ihren Augen –, dass die Zeit der großen Projekte vorbei war und dass sie einfach wieder zusammenleben konnten wie in den ersten Jahren ihrer Ehe. Und Heniek war, auch wenn er Beatka vermisste, doch froh, dass es im Haus nicht leise war und dass er sich sein Mittagessen nicht mehr selbst kochen musste.

So lebten sie.

Wenn Andrzej, um Søren einen Wagen zu überlassen, gerade an einem Sonntag in Berlin war, dann besuchte er die polnische Kirche und legte einen Schein in die Kollekte, bevor er dem Priester vor dem Eingang mit seinem Bier in der Hand zuprostete und jedes Mal in einen anderen sowjetischen Oldtimer stieg.

Und einmal kamen sogar Paco und Estefania zu Besuch. Sie hatten einen kleinen Jungen, Juan Leszek, dabei und wollten ihrem Sohn das Land zeigen, in dem sie sich kennengelernt und ineinander verliebt hatten. Sie landeten in Danzig, fuhren dann nach Warschau und von Warschau schließlich nach Krakau. Unterwegs riefen sie Heniek an und kehrten für zwei Nächte bei ihm ein. Arm in Arm schlenderten sie durch das Haus und ließen sich ein Foto von Beatka zeigen, der Frau, von der sie nur gehört hatten und die sie nie kennenlernen würden. Und dann veranstalteten Heniek und Andrzej ein Grillfest, und die spanischen Gäste saßen im Garten auf den Plätzen, wo jetzt Kuba und Kasia saßen.

Zwischen den beiden Geschwistern saßen ihre Ehepartner, Kubas Frau Ania – es hieß, dass die beiden gerade Schwierigkeiten in ihrer Ehe hatten, aber Ania war trotzdem gekommen, und das war gut – und Kasias Jędrzej. Er war ein toller Junge. Eigentlich war er bereits Mitte dreißig, aber für Heniek blieb Jędrzej immer Kasias Junge. Er war es auch, der im Internet recherchiert und Heniek mitgeteilt hatte, dass es – mit Verlaub – eher unwahrscheinlich sei, dass sein Schwiegervater damals im Regen einem Wisent begegnet sei: Es habe zwar in demselben Sommer einen Wisent in Deutschland gegeben, doch der sei kurz hinter der Grenze erschossen worden. Und noch etwas hatte Jędrzej nach einigen Minuten an seinem Handy in Erfahrung gebracht: In Deutschland dürfe man ein Auto sehr wohl mit Speiseöl betanken.

– Wir hätten also gar keine Angst vor der Polizei haben müssen? – hatte Heniek da gefragt.

– Nein.

– Und dann hätten wir also auch nicht nachts auf die Landstraße abfahren brauchen?

– Nein.

– Und dann wäre der Unfall gar nicht geschehen und damit auch alles andere?

– Nein.

Und alle hatten damals über Henieks und Andrzejs Gesichter gelacht, als diese begriffen, dass es so einfach gewesen wäre, die späteren Unannehmlichkeiten zu vermeiden. Doch bis auf Kuba, der die beiden in Berlin abgeholt hatte, verstand niemand, dass Heniek und Andrzej froh waren, dass es so gekommen und dass ihnen all diese Unannehmlichkeiten widerfahren waren.

Jetzt würde sich Heniek gern gleich zu Jędrzej setzen, denn dieser unterhielt sich quer über den Tisch mit Andrzejs Schwiegersöhnen über die Vor- und Nachteile von Elektro- gegenüber Wasserstoffmotoren. Und dazu hatte auch Heniek eine Meinung.

– Wer möchte das letzte Würstchen? – rief er noch einmal.

– Ist ja gut, ich nehme es.

Andrzej stand mit seinem Teller in der Hand und einer Zigarette im Mundwinkel neben dem Grill.

– Nicht, dass du hier vom Schreien noch einen Herzinfarkt bekommst.

– Ist das eine gute Idee?

Heniek spielte damit auf die Leberbeschwerden an, die Andrzej in letzter Zeit plagten.

– Nein. Aber das ist es wert.

Und mit der Bratwurst auf dem Teller setzte er sich neben Iwona, die in diesem Augenblick wahrscheinlich dasselbe sagte wie Heniek kurz zuvor, weil Andrzej nur genervt abwinkte. Doch dann tat ihm seine Ungeduld sofort leid. Er schnitt die Hälfte von der Wurst ab, drückte sie dem kleinen Igor, seinem jüngsten Enkel, in die Hand und schaute Iwona mit dem Blick des Ehemanns an, der für seine Bravheit von seiner Frau gelobt werden möchte – ein Blick, den Andrzej als kleines Kind bereits bei seiner Mutter gelernt hatte.

Igor lachte sofort vor Freude über die Wurst. Der kleine Igor Witkowski – nicht wenig Widerstand hatte es gegen diesen Namen gegeben: Der einzige Nachfahre, der Andrzejs

Familiennamen fortleben lassen würde, musste ausgerechnet Igor heißen. Andrzej und Iwona waren recht betrübt darüber gewesen, dass sich ihr Sohn keine Polin, sondern eine Olga, eine Ukrainerin, genommen hatte. Alle Solidarität in Ehren – aber gleich heiraten? Doch als sie ihre Schwiegertochter besser kennenlernten und sahen, wie sie mit einer Hand den Bigos umrührte, während sie mit der anderen ihren einjährigen Sohn hielt, um zwischendurch am Telefon mit einem ukrainischen und einem polnischen Handwerker zu schimpfen, weil diese bei ihrer Arbeit gepfuscht hatten, beglückwünschten sie Felek sehr bald zu seinem Glück. Außerdem bot sich so eine neue Möglichkeit für den Autohandel. Denn dank Olga und ihrer Onkel brauchte Andrzej die Ladas nicht mehr mühsam in Polen zusammenzusuchen, sondern konnte sie aus der Ukraine holen, wo es mehr von ihnen gab und wo sie günstiger waren. Und nicht nur Ladas waren da zu finden. Vor Henieks Werkstatt, der polnischen Gemeinde in Berlin und vor Sørens Büro parkten bald auch Wolgas – der runde alte aus den Sechzigerjahren mit der seltsam hohen vorderen Achsenaufhängung und der eckige neuere aus den Siebzigerjahren mit dem V6-Motor, der im Sozialismus nur dem KGB vorbehalten war; ferner Moskwitschs, aber nicht die alten, die auf dem Opel Kadett basierten, welchen die Sowjetunion als Reparaturleistung erhalten hatte, sondern die späteren Modelle 408 und 412. Und hin und wieder stand dort auch ein unverwüstlicher GAZ 69 Geländewagen, das Nachfolgemodell des sowjetischen Armeejeeps, ein Fahrzeug, das zweifelsohne auch den nächsten Weltkrieg überleben würde.

Igor, dachte Andrzej kopfschüttelnd, und Olga. Aber Miras Eltern waren mit der Wahl ihrer Tochter ja auch nicht einverstanden gewesen. Und hatten sie nicht bessere Gründe gehabt?

– Wer möchte etwas Kirschlikör? – fragte Heniek.

– Na endlich! Wir dachten schon, du fragst nie. – antwortete die Runde durcheinander.

– Verrätst du uns heute das Geheimnis? – fragte Kuba, nachdem man angestoßen und den Jahrgang 2019 probiert und gelobt hatte.

Heniek und Andrzej wechselten einen Blick.

– Gut, – sagte Heniek, – ich will es ja nicht mit ins Grab nehmen. Im Grunde ist es ganz einfach: Siebzig Prozent Kirschen und dreißig Prozent Blätter.

– Blätter? Das ist alles?

– Ja. Die gleichen die Süße aus.

Und dann tranken alle, und sie tranken noch lange.

Und als es Abend wurde und alle Kinder nach Hause gefahren waren und sie im Garten aufgeräumt und den Abwasch gemacht und Andrzej und er noch ein paar Gläschen Wodka getrunken hatten, bevor sich auch sein bester Freund verabschiedet hatte und zu Iwona ins Zimmer gegangen war, löschte Heniek sorgfältig die Lichter im Haus und stieg langsam die Treppe hinauf. Und als er ins Schlafzimmer trat, fiel sein Blick auf das Foto von Beatka, das auf seinem Nachttisch lag und das er jeden Morgen und jeden Abend anschaute, und dann auf die leere Betthälfte, in der nach seiner Frau nie wieder jemand gelegen hatte und wo das Kissen und die sorgsam gefaltete Decke einladend warteten. Und Heniek sprach sein Abendgebet, in welchem er Europa nicht mehr verfluchte und das stattdessen in der Bitte endete, seine Beatka möge glücklich sein oder die Kraft finden zurückzukehren.

Und dann schlief er ein.

Und weit weg im Westen, zwei Landesgrenzen von Gajerudki entfernt, stand Beatka leise aus ihrem Bett auf, um den Mann, der darin lag und der nicht Arnod, sondern sein zweiter

Nachfolger war, nicht zu wecken. Sie schlich barfuß in die Küche, kochte sich, weil sie nicht einschlafen konnte, einen Kräutertee und ging damit auf den kleinen Balkon. Die heiße Tasse umschloss sie fest mit ihren beiden schon faltigen Händen, weil sie ein wenig fror, und sie schaute über die Dächer von Rotterdam, wohin sie zuerst nur über die Wintermonate, inzwischen aber vollständig gezogen war, weil man hier anders als in Domburg das ganze Jahr über im Hotel arbeiten konnte. Ihr Blick blieb auf dem hell beleuchteten Hafen in der Ferne und der dunklen Masse des Meeres dahinter stehen und ging gleichzeitig darüber hinaus, weit weg, an einen Ort, den sie nicht kannte und den sie noch immer suchte, und dann wieder weit zurück nach Gajerudki, doch nicht zu ihrem Mann Heniek oder ihren Kindern Kuba und Kasia, ihren Eltern oder ihrem Großvater, sondern zu dem kleinen Mädchen, das an seinem Geburtstag hinter der Tür gestanden hatte. Niemals würde sie in dieses Dorf zurückkehren, nicht sie, nicht Brigitte Bardot. Und doch fragte sie sich in stillen Augenblicken wie diesem, ob sie mit der Entscheidung, Gajerudki zu verlassen, wirklich hinter der Tür hervorgekommen war oder ob sie nicht vielmehr damals, als Heniek den Weg bis zu ihr ans Meer auf sich genommen und sie gebeten hatte, zu ihm zurückzukehren, in Wahrheit erst hinter der Tür gestanden hatte und ob Heniek nicht derjenige gewesen war, den es an ihrem zwölften Geburtstag nicht und auch in ihrem ganzen Leben danach nicht gegeben hatte: derjenige, der zu ihr gekommen war, um sie von hinter der Tür hervorzuholen.

Danksagung

Dieser Roman ist im Rahmen der vierzehnten Schreibwerkstatt der Jürgen Ponto-Stiftung entstanden. Danken möchte ich Barbara und Konrad Stahl für die Gastfreundschaft im malerischen Edenkoben und für die wichtigen ermunternden Worte zur richtigen Zeit, Ralf Suermann für die Organisation der Schreibwerkstatt und für die Hilfe, nachdem das Manuskript fertiggestellt war, den Leitern Olga Grjasnowa und Christopher Kloeble für die Kritik und die Einblicke aus der Szene und allen Teilnehmern für wertvolle Anregungen und Ideen: Theresia Töglhofer, Simone Falk, Mariusz Hoffmann, Charlotte Gneuß, Ann-Christin Kumm, Jessica Lind und Verena Keßler.

Adam Heise, Sophie Albers Ben Chamo, Ulrike Melzer und Alexander Simon gilt mein Dank für die schnelle Vermittlung des Manuskripts, Dr. Edgar Bracht für das Lektorat und die Geduld, Carina Stransky für die Öffentlichkeitsarbeit, Birgit Prosinger und Petra Leitner für das Korrektorat, und allen Mitarbeitern des Blessing Verlags für das Vertrauen und die Unterstützung – so viele Menschen, die ich gar nicht kennengelernt habe, und die doch im Verborgenen daran arbeiten, dass ein Roman erscheinen kann. … Ich würde gern mit jedem Einzelnen von Ihnen anstoßen.

Thorsten Schulze und Nicolas Stille danke ich für das ausdauernde Lesen – »Würdet ihr euch mal ein paar Seiten anschauen? Nur etwa die ersten … hundertfünfzig?« – und die Mut machenden Worte in *the dark night of the soul*, den

Teilnehmern unserer informellen, aber schon Tradition werdenden Gubiner Schreibwoche Theresia, Thorsten, Mariusz, Charlotte, Angela Lehner und Małgosia für das gemeinsame Schreiben, Pierogi und Kaiserschmarrn und den ein oder anderen Whiskey Sour am Kamin.

Mein letzter Dank gilt meinen Eltern, denen ich noch nie dafür gedankt habe, dass ich zwischen zwei Kulturen aufwachsen durfte.